मानसरोवर

भाग-4

प्रेमचंद

ट्रू साइन

प्रकाशक : ट्रू साइन पब्लिशिंग हाउस

पता : SY.N0.21/2 & 21/3, सोननहल्ली,
कृष्णराजपुरल, बेंगलुरु, कर्नाटक – 560049, भारत

ईमेल: books@truesign.in

वेबसाइट: www.truesign.in

मानसरोवर भाग-4

प्रेमचंद

ISBN: 978-93-90852-84-0

संस्करण: 2022

प्रेमचंद जी का जीवन परिचय

प्रेमचंद का जन्म ३१ जुलाई १८८० को वाराणसी के निकट लमही गाँव में हुआ था। उनकी माता का नाम आनन्दी देवी था तथा पिता मुंशी अजायबराय लमही में डाकमुंशी थे। उनकी शिक्षा का आरंभ उर्दू, फारसी से हुआ और जीवनयापन का अध्यापन से पढ़ने का शौक उन्हें बचपन से ही लग गया। 13 साल की उम्र में ही उन्होंने तिलिस्म-ए-होशरुबा को पढ़ लिया और उन्होंने उर्दू के मशहूर रचनाकार रतननाथ 'शरसार', मिर्ज़ा हादी रुस्वा और मौलाना शरर के उपन्यासों से परिचय प्राप्त कर लिया था। १८९८ में मैट्रिक की परीक्षा उत्तीर्ण करने के बाद वे एक स्थानीय विद्यालय में शिक्षक के रूप में नियुक्त हो गए। नौकरी के साथ ही उन्होंने अपनी पढ़ाई जारी रखी। १९१० में उन्होंने अंग्रेजी, दर्शन, फारसी और इतिहास से इंटर पास किया और १९१९ में बी.ए. पास करने के बाद शिक्षा विभाग के इंस्पेक्टर पद पर नियुक्त हो गए थे। सात वर्ष की अवस्था में उनकी माता तथा चौदह वर्ष की अवस्था में पिता का देहान्त हो जाने के कारण उनका प्रारंभिक जीवन संघर्षमय रहा। उनका पहला विवाह उन दिनों की परंपरा के अनुसार पंद्रह साल की उम्र में हुआ जो सफल नहीं रहा। १९०६ में उनका दूसरा विवाह शिवरानी देवी से हुआ जो बाल-विधवा थीं। वे सुशिक्षित महिला थीं जिन्होंने कुछ कहानियाँ और प्रेमचंद घर में शीर्षक पुस्तक भी लिखी। उनकी तीन संताने हुईं-श्रीपत राय, अमृत राय और कमला देवी श्रीवास्तव। १८९८ में मैट्रिक की परीक्षा उत्तीर्ण करने के बाद वे एक स्थानीय विद्यालय में शिक्षक नियुक्त हो गए। नौकरी के साथ ही उन्होंने पढ़ाई जारी रखी। १९१० में उन्होंने अंग्रेजी, दर्शन, फारसी और इतिहास विषयसहित इंटर पास किया। १९१९ में बी.ए. पास करने के बाद वे शिक्षा विभाग के इंस्पेक्टर पद पर नियुक्त हुए।

१९२१ ई. में असहयोग आंदोलन के दौरान महात्मा गाँधी के सरकारी नौकरी छोड़ने के आह्वान पर स्कूल इंस्पेक्टर पद से त्यागपत्र दे दिया। इसके बाद उन्होंने लेखन को अपना व्यवसाय बना लिया। मर्यादा, माधुरी आदि पत्रिकाओं में वे संपादक पद पर कार्यरत रहे। इसी दौरान उन्होंने प्रवासीलाल के साथ मिलकर सरस्वती प्रेस भी खरीदा तथा हंस और जागरण निकाला। प्रेस उनके लिए व्यावसायिक रूप से लाभप्रद सिद्ध नहीं हुआ। १९३३ ई. में अपने ऋण को पटाने के लिए उन्होंने मोहनलाल भवनानी के सिनेटोन कंपनी में कहानी लेखक के रूप में काम करने का प्रस्ताव स्वीकार कर लिया। फिल्म नगरी प्रेमचंद को रास नहीं आई। वे एक वर्ष का अनुबंध भी पूरा नहीं कर सके और दो महीने का वेतन छोड़कर बनारस लौट आए। उनका स्वास्थ्य निरंतर बिगड़ता गया। लम्बी बीमारी के बाद ८ अक्टूबर १९३६ को उनका निधन हो गया। वे आर्य समाज से प्रभावित रहे जो उस समय का बहुत बड़ा धार्मिक और सामाजिक आंदोलन हुआ करता था। उन्होंने विधवा-विवाह का समर्थन किया और १९०६ में

दूसरा विवाह अपनी प्रगतिशील परंपरा के अनुरूप बाल-विधवा शिवरानी देवी से किया। उनकी तीन संताने हुईं- श्रीपत राय, अमृत राय और कमला देवी श्रीवास्तव। १९१० में उनकी रचना सोज़े-वतन (राष्ट्र का विलाप) के लिए हमीरपुर के जिला कलेक्टर ने तलब किया और उन पर जनता को भड़काने का आरोप लगाया। सोजे-वतन की सभी प्रतियाँ जब्त कर नष्ट कर दी गईं। कलेक्टर ने नवाबराय को हिदायत दी कि अब वे कुछ भी नहीं लिखेंगे, यदि लिखा तो जेल भेज दिया जाएगा। इस समय तक प्रेमचंद, धनपत राय नाम से लिखते थे। उर्दू में प्रकाशित होने वाली ज़माना पत्रिका के सम्पादक और उनके अजीज दोस्त मुंशी दयानारायण निगम ने उन्हें प्रेमचंद नाम से लिखने की सलाह दी। इसके बाद वे प्रेमचन्द के नाम से लिखने लगे। उन्होंने आरंभिक लेखन ज़माना पत्रिका में ही किया। जीवन के अंतिम दिनों में वे गंभीर रूप से बीमार पड़े। उनका उपन्यास मंगलसूत्र पूरा नहीं हो सका और लम्बी बीमारी के बाद ८ अक्टूबर १९३६ को उनका निधन हो गया। उनका अंतिम उपन्यास मंगल सूत्र था जो उनके पुत्र अमृत ने पूरा किया था।

साहित्यिक जीवन

प्रेमचंद के साहित्यिक जीवन का आरंभ १९०१ से हुआ थ | आरंभ में वे नवाब राय के नाम से उर्दू में लिखते थे। प्रेमचंद के लेख पहली रचना के अनुसार उनकी पहली रचना अपने मामा पर लिखा व्यंग्य थी, जो अब अनुपलब्ध है। उनका पहला उपलब्ध लेखन उर्दू उपन्यास 'असरारे मआबिद' है जो धारावाहिक रूप में प्रकाशित हुआ। इसका हिंदी रूपांतरण देवस्थान रहस्य नाम से हुआ। प्रेमचंद का दूसरा उपन्यास 'हमखुर्मा व हमसवाब' है जिसका हिंदी रूपांतरण 'प्रेमा' नाम से १९०७ में प्रकाशित हुआ। १९०८ ई. में उनका पहला कहानी संग्रह सोज़े-वतन प्रकाशित हुआ। देशभक्ति की भावना से ओतप्रोत इस संग्रह को अंग्रेज़ सरकार ने प्रतिबंधित कर दिया और इसकी सभी प्रतियाँ जब्त कर लीं और इसके लेखक नवाब राय को भविष्य में लेखन न करने की चेतावनी दी। इसके कारण उन्हें नाम बदलकर लिखना पड़ा। 'प्रेमचंद' नाम से उनकी पहली कहानी बड़े घर की बेटी ज़माना पत्रिका के दिसम्बर १९१० के अंक में प्रकाशित हुई।

१९१५ ई. में उस समय की प्रसिद्ध हिंदी मासिक पत्रिका सरस्वती के दिसम्बर अंक में पहली बार उनकी कहानी सौत नाम से प्रकाशित हुई। १९१८ ई. में उनका पहला हिंदी उपन्यास सेवासदन प्रकाशित हुआ। इसकी अत्यधिक लोकप्रियता ने प्रेमचंद को उर्दू से हिंदी का कथाकार बना दिया। हालाँकि उनकी लगभग सभी रचनाएँ हिंदी और उर्दू दोनों भाषाओं में प्रकाशित होती रहीं। उन्होंने लगभग ३०० कहानियाँ तथा डेढ़ दर्जन उपन्यास लिखे।

१९२१ में असहयोग आंदोलन के दौरान सरकारी नौकरी से त्यागपत्र देने के बाद वे पूरी तरह साहित्य सृजन में लग गए। उन्होंने कुछ महीने मर्यादा नामक पत्रिका का संपादन किया। इसके बाद उन्होंने लगभग छह वर्षों तक हिंदी पत्रिका माधुरी का संपादन किया। उन्होंने १९३० में बनारस से अपना मासिक पत्र हंस का प्रकाशन शुरू किया। १९३२ ई. में उन्होंने हिंदी साप्ताहिक पत्र जागरण का प्रकाशन आरंभ किया। उन्होंने लखनऊ में १९३६ में अखिल

भारतीय प्रगतिशील लेखक संघ के सम्मेलन की अध्यक्षता की। उन्होंने मोहन दयाराम भवनानी की अजंता सिनेटोन कंपनी में कथा-लेखक की नौकरी भी की। १९३४ में प्रदर्शित फिल्म मजदूर की कहानी उन्होंने ही लिखी थी।

मरणोपरांत उनकी कहानियाँ "मानसरोवर" नाम से ८ खंडों में प्रकाशित हुईं।

रचनाएँ

बहुमुखी प्रतिभासंपन्न प्रेमचंद ने उपन्यास, कहानी, नाटक, समीक्षा, लेख, सम्पादकीय, संस्मरण आदि अनेक विधाओं में साहित्य की सृष्टि की। उनकी ख्याति कथाकार के तौर पर हुई और अपने जीवन काल में ही वे 'उपन्यास सम्राट' की उपाधि से सम्मानित हुए।

-प्रकाशक

अनुक्रमणिका

प्रेरणा

मेरी कक्षा में सूर्यप्रकाश से ज्यादा ऊधामी कोई लड़का न था, बल्कि यों कहो कि अध्यापन-काल के दस वर्षों में मुझे ऐसी विषम प्रकृति के शिष्य से साबका न पड़ा था। कपट-क्रीड़ा में उसकी जान बसती थी। अध्यापकों को बनाने और चिढ़ाने, उद्योगी बालकों को छेड़ने और रुलाने में ही उसे आनन्द आता था। ऐसे-ऐसे षडयंत्र रचता, ऐसे-ऐसे फंदे डालता, ऐसे-ऐसे बंधन बाँधता कि देखकर आश्चर्य होता था। गिरोहबंदी में अभ्यस्त था।

खुदाई फौजदारों की एक फौज बना ली थी और उसके आतंक से शाला पर शासन करता था। मुख्य अधिष्ठाता की आज्ञा टल जाय, मगर क्या मजाल कि कोई उसके हुक्म की अवज्ञा कर सके। स्कूल के चपरासी और अर्दली उससे थर-थर काँपते थे। इन्स्पेक्टर का मुआइना होने वाला था, मुख्य अधिष्ठाता ने हुक्म दिया कि लड़के निर्दिष्ट समय से आधा घंटा पहले आ जायँ। मतलब यह था कि लड़कों को मुआइने के बारे में कुछ जरूरी बातें बता दी जायँ, मगर दस बज गये, इन्स्पेक्टर साहब आकर बैठ गये, और मदरसे में एक लड़का भी नहीं। ग्यारह बजे सब छात्र इस तरह निकल पड़े, जैसे कोई पिंजरा खोल दिया गया हो। इन्स्पेक्टर साहब ने कैफियत में लिखा डिसिप्लिन बहुत खराब है। प्रिंसिपल साहब की किरकिरी हुई, अध्यापक बदनाम हुए और यह सारी शरारत सूर्यप्रकाश की थी, मगर बहुत पूछ-ताछ करने पर भी किसी ने सूर्यप्रकाश का नाम तक न लिया। मुझे अपनी संचालन-विधि पर गर्व था। ट्रेनिंग कालेज में इस विषय में मैंने ख्याति प्राप्त की थी, मगर यहाँ मेरा सारा संचालन-कौशल जैसे मोर्चा खा गया था। कुछ अक्ल ही काम न करती कि शैतान को कैसे सन्मार्ग पर लागें।

कई बार अध्यापकों की बैठक हुई, पर यह गिरह न खुली। नई शिक्षा-विधि के अनुसार मैं दंडनीति का पक्षपाती न था, मगर यहाँ हम इस नीति से केवल इसलिए विरक्त थे कि कहीं उपचार से भी रोग असाधय न हो जाय। सूर्यप्रकाश को स्कूल से निकाल देने का प्रस्ताव भी किया गया, पर इसे अपनी अयोग्यता का प्रमाण समझकर हम इस नीति का व्यवहार करने का साहस न कर सके। बीस-बाईस अनुभवी और शिक्षाशास्त्र के आचार्य एक बारह-तेरह साल के उद्दंड बालक का सुधार न कर सकें, यह विचार बहुत ही निराशाजनक था। यों तो सारा स्कूल उससे त्राहि-त्राहि करता था, मगर सबसे ज्यादा संकट में मैं था, क्योंकि वह मेरी कक्षा का छात्र था और उसकी शरारतों का कुफल मुझे भोगना पड़ता था। मैं स्कूल आता, तो हरदम यही खटका लगा रहता था कि देखें आज क्या विपत्ति आती है। एक दिन मैंने अपनी मेज की दराज खोली, तो उसमें से एक बड़ा-सा मेंढक निकल पड़ा। मैं चौंककर पीछे हटा तो क्लास में एक शोर मच गया। उसकी ओर सरोष नेत्रों से देखकर रह गया। सारा घंटा उपदेश में बीत गया और

वह पट्ठा सिर झुकाये नीचे मुस्करा रहा था। मुझे आश्चर्य होता था कि यह नीचे की कक्षाओं कैसे पास हुआ था।

एक दिन मैंने गुस्से से कहा, 'तुम इस कक्षा से उम्र भर नहीं पास हो सकते।'

सूर्यप्रकाश ने अविचलित भाव से कहा, 'आप मेरे पास होने की चिन्ता न करें। मैं हमेशा पास हुआ हूँ और अबकी भी हूँगा।'

'असम्भव !'

'असम्भव सम्भव हो जायगा !'

मैं आश्चर्य से उसका मुँह देखने लगा। जहीन से जहीन लड़का भी अपनी सफलता का दावा इतने निर्विवाद रूप से न कर सकता था। मैंने सोचा, वह प्रश्न-पत्र उड़ा लेता होगा। मैंने प्रतिज्ञा की, अबकी इसकी एक चाल भी न चलने दूँगा। देखूँ, कितने दिन इस कक्षा में पड़ा रहता है। आप घबड़ाकर निकल जायगा।

वार्षिक परीक्षा के अवसर पर मैंने असाधारण देखभाल से काम लिया; मगर जब सूर्यप्रकाश का उत्तर-पत्र देखा, तो मेरे विस्मय की सीमा न रही। मेरे दो पर्चे थे, दोनों ही में उसके नम्बर कक्षा में सबसे अधिक थे। मुझे खूब मालूम था कि वह मेरे किसी पर्चे का कोई प्रश्न भी हल नहीं कर सकता। मैं इसे सिद्ध कर सकता था; मगर उसके उत्तर-पत्रों को क्या करता ! लिपि में इतना भेद न था जो कोई संदेह उत्पन्न कर सकता। मैंने प्रिंसिपल से कहा,तो वह भी चकरा गये; मगर उन्हें भी जान-बूझकर मक्खी निगलनी पड़ी। मैं कदाचित् स्वभाव ही से निराशावादी हूँ। अन्य अध्यापकों को मैं सूर्यप्रकाश के विषय में जरा भी चिंतित न पाता था। मानो ऐसे लड़कों का स्कूल में आना कोई नई बात नहीं, मगर मेरे लिए वह एक विकट रहस्य था। अगर यही ढंग रहे, तो एक दिन या तो जेल में होगा, या पागलखाने में।

उसी साल मेरा तबादला हो गया। यद्यपि यहाँ का जलवायु मेरे अनुकूल था, प्रिंसिपल और अन्य अध्यापकों से मैत्री हो गई थी, मगर मैं अपने तबादले से खुश हुआ; क्योंकि सूर्यप्रकाश मेरे मार्ग का काँटा न रहेगा। लड़कों ने मुझे बिदाई की दावत दी और सब-के-सब स्टेशन तक पहुँचाने आये। उस वक्त सभी लड़के आँखों में आँसू भरे हुए थे। मैं भी अपने आँसुओं को न रोक सका। सहसा मेरी निगाह सूर्यप्रकाश पर पड़ी, जो सबसे पीछे लज्जित खड़ा था। मुझे ऐसा मालूम हुआ कि उसकी आँखें भी भीगी थीं। मेरा जी बार-बारचाहता था कि चलते-चलते उससे दो-चार बातें कर लूँ। शायद वह भी मुझसे कुछ कहना चाहता था, मगर न मैंने पहले बातें कीं, न उसने; हालाँकि मुझे बहुत दिनों तक इसका खेद रहा। उसकी झिझक तो क्षमा के योग्य थी; पर मेरा अवरोध अक्षम्य था। संभव था, उस करुणा और ग्लानि की दशा में मेरी दो-चार निष्कपट बातें उसके दिल पर असर कर जातीं; मगर इन्हीं खोये हुए अवसरों का नाम तो जीवन है। गाड़ी मंदगति से चली। लड़के कई कदम तक उसके साथ दौड़े। मैं खिड़की के बाहर सिर निकाले खड़ा था। कुछ देर मुझे उनके हिलते हुए रूमाल नजर आये। फिर वे रेखाएं आकाश में विलीन हो गईं : मगर एक अल्पकाय मूर्ति अब भी प्लेटफार्म पर खड़ी थी। मैंने अनुमान किया,

वह सूर्यप्रकाश है। उस समय मेरा हृदय किसी विकल कैदी की भाँति घृणा, मालिन्य और उदासीनता के बंधनों को तोड़-तोड़कर उसके गले मिलने के लिए तड़प उठा।

नये स्थान की नई चिंताओं ने बहुत जल्द मुझे अपनी ओर आकर्षित कर लिया। पिछले दिनों की याद एक हसरत बनकर रह गई। न किसी का कोई खत आया, न मैंने कोई खत लिखा। शायद दुनिया का यही दस्तूर है। वर्षा के बाद वर्षा की हरियाली कितने दिनों रहती है। संयोग से मुझे इंगलैण्ड में विद्याभ्यास करने का अवसर मिल गया। वहाँ तीन साल लग गये। वहाँ से लौटा तो एक कालेज का प्रिंसिपल बना दिया गया। यह सिध्दि मेरे लिए बिलकुल आशातीत थी। मेरी भावना स्वप्न में भी इतनी दूर न उड़ी थी; किन्तु पदलिप्सा अब किसी और भी ऊँची डाली पर आश्रय लेना चाहती थी।

शिक्षामंत्री से रब्त-जब्त पैदा किया। मंत्री महोदय मुझ पर कृपा रखते थे; मगर वास्तव में शिक्षा के मौलिक सिध्दांतों का उन्हें ज्ञान न था। मुझे पाकर उन्होंने सारा भार मेरे ऊपर डाल दिया। घोड़े पर वह सवार थे, लगाम मेरे हाथ में थी। फल यह हुआ कि उनके राजनैतिक विपक्षियों से मेरा विरोध हो गया। मुझ पर जा-बेजा आक्रमण होने लगे। मैं सिद्धान्त रूप से अनिवार्य शिक्षा का विरोधी हूँ। मेरा विचार है कि हर एक मनुष्य की उन विषयों में ज्यादा स्वाधीनता होनी चाहिए, जिनका उससे निज का संबंध है। मेरा विचार है कि यूरोप में अनिवार्य शिक्षा की जरूरत है, भारत में नहीं। भौतिकता पश्चिमी सभ्यता का मूल तत्त्व है। वहाँ किसी काम की प्रेरणा, आर्थिक लाभ के आधार पर होती है। जिन्दगी की जरूरत ज्यादा है; इसलिए जीवन-संग्राम भी अधिक भीषण है। माता-पिता भोग के दास होकर बच्चों को जल्द-से-जल्द कुछ कमाने पर मजबूर करते हैं। इसकी जगह कि वह मद का त्याग करके एक शिलिंग रोज की बचत कर लें, वे अपने कमसिन बच्चे को एक शिलिंग की मजदूरी करने के लिए दबायेंगे। भारतीय जीवन में सात्विक सरलता है। हम उस वक्त तक अपने बच्चों से मजदूरी नहीं कराते, जब तक कि परिस्थिति हमें विवश न कर दे। दरिद्र से दरिद्र हिंदुस्तानी मजदूर भी शिक्षा के उपकारों का कायल है। उसके मन में यह अभिलाषा होती है कि मेरा बच्चा चार अक्षर पढ़ जाय। इसलिए नहीं कि उसे कोई अधिकार मिलेगा; बल्कि केवल इसलिए कि विद्या मानवी शील का एक श्रृंगार है। अगर यह जानकर भी वह अपने बच्चे को मदरसे नहीं भेजता, तो समझ लेना चाहिए कि वह मजबूर है। ऐसी दशा में उस पर कानून का प्रहार करना मेरी दृष्टि में न्याय-संगत नहीं है। इसके सिवाय मेरे विचार में अभी हमारे देश में योग्य शिक्षकों का अभाव है। अर्ध्द-शिक्षित और अल्पवेतन पानेवाले अध्यापकों से आप यह आशा नहीं रख सकते कि वह कोई ऊँचा आदर्श अपने सामने रख सकें। अधिक-से-अधिक इतना ही होगा कि चार-पाँच वर्ष में बालक को अक्षर-ज्ञान हो जायगा। मैं इसे पर्वत खोदकर चुहिया निकालने के तुल्य समझता हूँ। वयस प्राप्त हो जाने पर यह मसला एक महीने में आसानी से तय किया जा सकता है।

मैं अनुभव से कह सकता हूँ कि युवावस्था में हम जितना ज्ञान एक महीने में प्राप्त कर सकते हैं, उतना बाल्यावस्था में तीन साल में भी नहीं कर सकते, फिर खामख्वाह बच्चों को मदरसे में

कैद करने से क्या लाभ ? मदरसे के बाहर रहकर उसे स्वच्छ वायु तो मिलती, प्राकृतिक अनुभव तो होते। पाठशाला में बन्द करके तो आप उसके मानसिक और शारीरिक दोनों विधानों की जड़ काट देते हैं। इसलिए जब प्रान्तीय व्यवस्थापक-सभा में अनिवार्य शिक्षा का प्रस्ताव पेश हुआ, तो मेरी प्रेरणा से मिनिस्टर साहब ने उसका विरोध किया। नतीजा यह हुआ कि प्रस्ताव अस्वीकृत हो गया। फिर क्या था। मिनिस्टर साहब की और मेरी वह ले-दे शुरू हुई कि कुछ न पूछिए। व्यक्तिगत आक्षेप किए जाने लगे। मैं गरीब की बीवी था, मुझे ही सबकी भाभी बनना पड़ा। मुझे देशद्रोही, उन्नति का शत्रु और नौकरशाही का गुलाम कहा, गया। मेरे कालेज में जरा-सी भी कोई बात होती तो कौंसिल में मुझ पर वर्षा होने लगती। मैंने एक चपरासी को पृथक् किया। सारी कौंसिल पंजे झाड़कर मेरे पीछे पड़ गई। आखिर मिनिस्टर साहब को मजबूर होकर उस चपरासी को बहाल करना पड़ा। यह अपमान मेरे लिए असह्य था। शायद कोई भी इसे सहन न कर सकता। मिनिस्टर साहब से मुझे शिकायत नहीं। वह मजबूर थे। हाँ, इस वातावरण में काम करना मेरे लिए दुस्साधय हो गया। मुझे अपने कालेज के आन्तरिक संगठन का भी अधिकार नहीं। अमुक क्यों नहीं परीक्षा में भेजा गया, अमुक के बदले अमुक को क्यों नहीं छात्रवृत्ति दी गई, अमुक अध्यापक को अमुक कक्षा क्यों नहीं दी जाती, इस तरह के सारहीन आक्षेपों ने मेरी नाक में दम कर दिया था। इस नई चोट ने कमर तोड़ दी। मैंने इस्तीफा दे दिया।

मुझे मिनिस्टर साहब से इतनी आशा अवश्य थी कि वह कम-से-कम इस विषय में न्याय-परायणता से काम लेंगे; मगर उन्होंने न्याय की जगह नीति को मान्य समझा और मुझे कई साल की भक्त ि का यह फल मिला कि मैं पदच्युत कर दिया गया। संसार का ऐसा कटु अनुभव मुझे अब तक न हुआ था। ग्रह भी कुछ बुरे आ गये थे, उन्हीं दिनों पत्नी का देहान्त हो गया। अन्तिम दर्शन भी न कर सका। सन्ध्या-समय नदी-तट पर सैर करने गया था। वह कुछ अस्वस्थ थीं। लौटा, तो उनकी लाश मिली। कदाचित् ह्रदय की गति बन्द हो गई थी। इस आघात ने कमर तोड़ दी। माता के प्रसाद और आशीर्वाद से बड़े-बड़े महान् पुरुष कृतार्थ हो गये हैं। मैं जो कुछ हुआ, पत्नी के प्रसाद और आशीर्वाद से हुआ; वह मेरे भाग्य की विधात्री थीं। कितना अलौकिक त्याग था, कितना विशाल धैर्य। उनके माधुर्य में तीक्ष्णता का नाम भी न था। मुझे याद नहीं आता कि मैंने कभी उनकी भृकुटी संकुचित देखी हो, वह निराश होना तो जानती ही न थीं। मैं कई बार सख्त बीमार पड़ा हूँ। वैद्य निराश हो गये हैं, पर वह अपने धैर्य और शांति से अणु-मात्र भी विचलित नहीं हुईं। उन्हें विश्वास था कि मैं अपने पति के जीवन-काल में मरूँगी और वही हुआ भी। मैं जीवन में अब तक उन्हीं के सहारे खड़ा था ! जब वह अवलम्ब ही न रहा, तो जीवन कहाँ रहता। खाने और सोने का नाम जीवन नहीं है। जीवन नाम है, सदैव आगे बढ़ते रहने की लगन का। यह लगन गायब हो गई। मैं संसार से विरक्त हो गया। और एकान्तवास में जीवन के दिन व्यतीत करने का निश्चय करके एक छोटे-से गाँव में जा बसा। चारों तरफ ऊँचे-ऊँचे टीले थे, एक ओर गंगा बहती थी। मैंने नदी के किनारे एक छोटा-सा घर बना लिया और उसी में रहने लगा। मगर काम करना तो मानवी स्वभाव है। बेकारी में जीवन कैसे कटता। मैंने एक छोटी-सी

पाठशाला खोल ली; एक वृक्ष की छाँह में गाँव के लड़कों को जमा कर कुछ पढ़ाया करता था। उसकी यहाँ इतनी ख्याति हुई कि आस-पास के गाँव के छात्र भी आने लगे। एक दिन मैं अपनी कक्षा को पढ़ा रहा था कि पाठशाला के पास एक मोटर आकर रुकी और उसमें से उस जिले के डिप्टी कमिश्नर उतर पड़े। मैं उस समय केवल एक कुर्ता और धोती पहने हुए था। इस वेश में एक हाकिम से मिलते हुए शर्म आ रही थी। डिप्टी कमिश्नर मेरे समीप आये तो मैंने झेंपते हुए हाथ बढ़ाया, मगर वह मुझसे हाथ मिलाने के बदले मेरे पैरों की ओर झुके और उन पर सिर रख दिया। मैं कुछ ऐसा सिटपिटा गया कि मेरे मुँह से एक शब्द भी न निकला। मैं अँगरेजी अच्छी लिखता हूँ, दर्शनशास्त्र का भी आचार्य हूँ, व्याख्यान भी अच्छे दे लेता हूँ। मगर इन गुणों में एक भी श्रृद्धा के योग्य नहीं। श्रृद्धा तो ज्ञानियों और साधुओं ही के अधिकार की वस्तु है। अगर मैं ब्राह्मण होता, तो एक बात थी। हालाँकि एक सिविलियन का किसी ब्राह्मण के पैरों पर सिर रखना अचिंतनीय है। मैं अभी इसी विस्मय में पड़ा हुआ था कि डिप्टी कमिश्नर ने सिर उठाया और मेरी तरफ देखकर कहा, आपने शायद मुझे पहचाना नहीं।

इतना सुनते ही मेरे स्मृति-नेत्र खुल गये, बोला, 'आपका नाम सूर्यप्रकाश तो नहीं है ?'

'जी हाँ, मैं आपका वही अभागा शिष्य हूँ।'

'बारह-तेरह वर्ष हो गये।'

सूर्यप्रकाश ने मुस्कराकर कहा, 'अध्यापक लड़कों को भूल जाते हैं, पर लड़के उन्हें हमेशा याद रखते हैं।

मैंने उसी विनोद के भाव से कहा, 'तुम जैसे लड़कों को भूलना असंभव है।'

सूर्यप्रकाश ने विनीत स्वर में कहा, 'उन्हीं अपराधों को क्षमा कराने के लिए सेवा में आया हूँ। मैं सदैव आपकी खबर लेता रहता था। जब आप इंगलैण्ड गये, तो मैंने आपके लिए बधाई का पत्र लिखा; पर उसे भेज न सका। जब आप प्रिंसिपल हुए, मैं इंगलैण्ड जाने को तैयार था। वहाँ मैं पत्रिकाओं में आपके लेख पढ़ता रहता था। जब लौटा, तो मालूम हुआ कि आपने इस्तीफा दे दिया और कहीं देहात में चले गये हैं। इस जिले में आये हुए मुझे एक वर्ष से अधिक हुआ; पर इसका जरा भी अनुमान न था कि आप यहाँ एकांत-सेवन कर रहे हैं। इस उजाड़ गाँव में आपका जी कैसे लगता है ? इतनी ही अवस्था में आपने वानप्रस्थ ले लिया ?'

मैं नहीं कह सकता कि सूर्यप्रकाश की उन्नति देखकर मुझे कितना आश्चर्यमय आनंद हुआ। अगर वह मेरा पुत्र होता तो भी इससे अधिक आनंद न होता। मैं उसे अपने झोंपड़े में लाया और अपनी रामकहा,नी कह सुनाई। सूर्यप्रकाश ने कहा, 'तो यह कहिए कि आप अपने ही एक भाई के विश्वासघात के शिकार हुए। मेरा अनुभव तो अभी बहुत कम है; मगर इतने ही दिनों में मुझे मालूम हो गया है, कि हम लोग अभी अपनी जिम्मेदारियों को पूरा करना नहीं जानते। मिनिस्टर साहब से भेंट हुई तो पूछूँगा, कि यही आपका धर्म था।'

मैंने जवाब दिया-- 'भाई, उनका दोष नहीं। संभव है, इस दशा में मैं भी वही करता, जो उन्होंने किया। मुझे अपनी स्वार्थलिप्सा की सजा मिल गई, और उसके लिए मैं उनका ऋणी हूँ। बनावट नहीं, सत्य कहता हूँ कि यहाँ मुझे जो शांति है, वह और कहीं न थी। इस एकान्त-जीवन में मुझे जीवन के तत्त्वों का वह ज्ञान हुआ, जो संपत्ति और अधिकार की दौड़ में किसी तरह संभव न था। इतिहास और भूगोल के पोथे चाटकर और यूरप के विद्यालयों की शरण जाकर भी मैं अपनी ममता को न मिटा सका; बल्कि यह रोग दिन-दिन और भी असाधय होता जाता था। आप सीढ़ियों पर पाँव रखे बगैर छत की ऊँचाई तक नहीं पहुँच सकते। सम्पत्ति की अट्टालिका तक पहुँचने में दूसरों की जिंदगी ही ज़ीनों का काम देती है। आप कुचलकर ही लक्ष्य तक पहुँच सकते हैं। वहाँ सौजन्य और सहानुभूति का स्थान ही नहीं। मुझे ऐसा मालूम होता है कि उस वक्त मैं हिंस्त्र जंतुओं से घिरा हुआ था और मेरी सारी शक्तियाँ अपनी आत्मरक्षा में ही लगी रहती थीं। यहाँ मैं अपने चारों ओर संतोष और सरलता देखता हूँ। मेरे पास जो लोग आते हैं, कोई स्वार्थ लेकर नहीं आते और न मेरी सेवाओं में प्रशंसा या गौरव की लालसा है। यह कहकर मैंने सूर्यप्रकाश के चेहरे की ओर गौर से देखा। कपट मुसकान की जगह ग्लानि का रंग था। शायद यह दिखाने आया था कि आप जिसकी तरफ से इतने निराश हो गये थे, वह अब इस पद को सुशोभित कर रहा है। वह मुझसे अपने सदुद्योग का बखान कराना चाहता था। मुझे अब अपनी भूल मालूम हुई। एक संपन्न आदमी के सामने समृध्दि की निंदा उचित नहीं। मैंने तुरन्त बात पलटकर कहा, मगर तुम अपना हाल तो कहो। तुम्हारी यह काया-पलट कैसे हुई ? तुम्हारी शरारतों को याद करता हूँ तो अब भी रोएं खड़े हो जाते हैं। किसी देवता के वरदान के सिवा और तो कहीं यह विभूति न प्राप्त हो सकती थी।'

सूर्यप्रकाश ने मुसकराकर कहा, 'आपका आशीर्वाद था।' मेरे बहुत आग्रह करने पर सूर्यप्रकाश ने अपना वृत्तांत सुनाना शुरू किया आपके चले आने के कई दिन बाद मेरा ममेरा भाई स्कूल में दाखिल हुआ। उसकी उम्र आठ-नौ साल से ज्यादा न थी। प्रिंसिपल साहब उसे होस्टल में न लेते थे और न मामा साहब उसके ठहरने का प्रबन्ध कर सकते थे। उन्हें इस संकट में देखकर मैंने प्रिंसिपल साहब से कहा, उसे मेरे कमरे में ठहरा दीजिये। प्रिंसिपल साहब ने इसे नियम-विरुद्ध बतलाया। इस पर मैंने बिगड़कर उसी दिन होस्टल छोड़ दिया और एक किराये का मकान लेकर मोहन के साथ रहने लगा। उसकी माँ कई साल पहले मर चुकी थी। इतना दुबला-पतला, कमजोर और गरीब लड़का था कि पहले ही दिन से मुझे उस पर दया आने लगी। कभी उसके सिर में दर्द होता, कभी ज्वर हो आता।

आये दिन कोई-न-कोई बीमारी खड़ी रहती थी। इधर साँझ हुई और झपकियाँ आने लगीं। बड़ी मुश्किल से भोजन करने उठता। दिन चढ़े तक सोया करता और जब तक मैं गोद में उठाकर बिठा न देता, उठने का नाम न लेता। रात को बहुधा चौंककर मेरी चारपाई पर आ जाता। मेरे गले से लिपटकर सोता। मुझे उस पर कभी क्रोध न आता। कह नहीं सकता, क्यों मुझे उससे प्रेम हो गया। मैं जहाँ पहले नौ बजे सोकर उठता था, अब तड़के उठ बैठता और उसके लिए दूध

ारम करता। फिर उसे उठाकर हाथ-मुँह धुलाता और नाश्ता कराता। उसके स्वास्थ्य के विचार से नित्य वायु सेवन को ले जाता। मैं जो कभी किताब लेकर न बैठता था, उसे घंटों पढ़ाया करता। मुझे अपने दायित्व का इतना ज्ञान कैसे हो गया, इसका मुझे आश्चर्य है। उसे कोई शिकायत हो जाती तो मेरे प्राण नखों में समा जाते। डाक्टर के पास दौड़ता, दवाएं लाता और मोहन की खुशामद करके दवा पिलाता। सदैव यह चिंता लगी रहती थी, कि कोई बात उसकी इच्छा के विरुद्ध न हो जाय। इस बेचारे का यहाँ मेरे सिवा दूसरा कौन है। मेरे चंचल मित्रों में से कोई उसे चिढ़ाता या छेड़ता तो मेरी त्योरियाँ बदल जाती थीं ! कई लड़के तो मुझे बूढ़ी दाई कहकर चिढ़ाते थे; पर मैं हँसकर टाल देता था। मैं उसके सामने एक अनुचित शब्द भी मुँह से न निकालता। यह शंका होती थी, कि कहीं मेरी देखा-देखी यह भी खराब न हो जाय। मैं उसके सामने इस तरह रहना चाहता था, कि वह मुझे अपना आदर्श समझे और इसके लिए यह मानी हुई बात थी कि मैं अपना चरित्र सुधारूँ। वह मेरा नौ बजे सोकर उठना, बारह बजे तक मटरगश्ती करना, नई-नई शरारतों के मंसूबे बाँधना और अध्यापकों की आँख बचाकर स्कूल से उड़ जाना, सब आप-ही-आप जाता रहा। स्वास्थ्य और चरित्र पालन के सिध्दांतों का मैं शत्रु था; पर अब मुझसे बढ़कर उन नियमों का रक्षक दूसरा न था। मैं ईश्वर का उपहास किया करता, मगर अब पक्का आस्तिक हो गया था। वह बड़े सरल भाव से पूछता, परमात्मा सब जगह रहते हैं, तो मेरे पास भी रहते होंगे। इस प्रश्न का मजाक उड़ाना मेरे लिए असंभव था। मैं कहता हाँ परमात्मा तुम्हारे, हमारे सबके पास रहते हैं और हमारी रक्षा करते हैं। यह आश्वासन पाकर उसका चेहरा आनन्द से खिल उठता था, कदाचित् वह परमात्मा की सत्ता का अनुभव करने लगता था। साल ही भर में मोहन कुछ से कुछ हो गया। मामा साहब दोबारा आये, तो उसे देखकर चकित हो गये। आँखों में आँसू भरकर बोले 'बेटा ! तुमने इसको जिला लिया, नहीं तो मैं निराश हो चुका था। इसका पुनीत फल तुम्हें ईश्वर देंगे। इसकी माँ स्वर्ग में बैठी हुई तुम्हें आशीर्वाद दे रही है।' सूर्यप्रकाश की आँखें उस वक्त भी सजल हो गई थीं।

मैंने पूछा, 'मोहन भी तुम्हें बहुत प्यार करता होगा ?'

सूर्यप्रकाश के सजल नेत्रों में हसरत से भरा हुआ आनन्द चमक उठा,' बोला, वह मुझे एक मिनट के लिए भी न छोड़ता था। मेरे साथ बैठता, मेरे साथ खाता, मेरे साथ सोता। मैं ही उसका सबकुछ था। आह ! वह संसार में नहीं है। मगर मेरे लिए वह अब भी उसी तरह जीता-जागता है। मैं जो कुछ हूँ, उसी का बनाया हुआ हूँ। अगर वह दैवी विधान की भाँति मेरा पथ-प्रदर्शक न बन जाता, तो शायद आज मैं किसी जेल में पड़ा होता। एक दिन मैंने कह दिया था अगर तुम रोज नहा न लिया करोगे तो मैं तुमसे न बोलूँगा। नहाने से वह न जाने क्यों जी चुराता था। मेरी इस धमकी का फल यह हुआ कि वह नित्य प्रात:काल नहाने लगा। कितनी ही सर्दी क्यों न हो, कितनी ही ठंडी हवा चले; लेकिन वह स्नान अवश्य करता था। देखता रहता था, मैं किस बात से खुश होता हूँ। एक दिन मैं कई मित्रों के साथ थियेटर देखने चला गया, ताकीद कर गया था कि तुम खाना खाकर सो रहना।

तीन बजे रात को लौटा, तो देखा कि वह बैठा हुआ है ! मैंने पूछा, 'तुम सोये नहीं ? बोल, नींद नहीं आई।'

उस दिन से मैंने थियेटर जाने का नाम न लिया। बच्चों में प्यार की जो एक भूख होती है दूध मिठाई और खिलौनों से भी ज्यादा मादक ज़ो माँ की गोद के सामने संसार की निधि की भी परवाह नहीं करती, मोहन की वह भूख कभी संतुष्ट न होती थी। पहाड़ों से टकराने वाली सारस की आवाज की तरह वह सदैव उसकी नसों में गूँजा करती थी। जैसे भूमि पर फैली हुई लता कोई सहारा पाते ही उससे चिपट जाती है, वही हाल मोहन का था। वह मुझसे ऐसा चिपट गया था कि पृथक् किया जाता, तो उसकी कोमल बेल के टुकड़े-टुकड़े हो जाते। वह मेरे साथ तीन साल रहा और तब मेरे जीवन में प्रकाश की एक रेखा डालकर अन्धकार में विलीन हो गया। उस जीर्ण काया में कैसे-कैसे अरमान भरे हुए थे। कदाचित् ईश्वर ने मेरे जीवन में एक अवलम्ब की सृष्टि करने के लिए उसे भेजा था। उद्देश्य पूरा हो गया तो वह क्यों रहता।

'गर्मियों की तातील थी। दो तातीलों में मोहन मेरे ही साथ रहा था। मामाजी के आग्रह करने पर भी घर न आया। अबकी कालेज के छात्रों ने काश्मीर-यात्रा करने का निश्चय किया और मुझे उसका अध्यक्ष बनाया। काश्मीर यात्रा की अभिलाषा मुझे चिरकाल से थी। इसी अवसर को गनीमत समझा। मोहन को मामाजी के पास भेजकर मैं काश्मीर चला गया। दो महीने के बाद लौटा, तो मालूम हुआ मोहन बीमार है। काश्मीर में मुझे बार-बार मोहन की याद आती थी और जी चाहता था, लौट जाऊँ। मुझे उस पर इतना प्रेम है, इसका अन्दाज मुझे काश्मीर जाकर हुआ; लेकिन मित्रों ने पीछा न छोड़ा। उसकी बीमारी की खबर पाते ही मैं अधीर हो उठा और दूसरे ही दिन उसके पास जा पहुँचा। मुझे देखते ही उसके पीले और सूखे हुए चेहरे पर आनन्द की स्फूर्ति झलक पड़ी। मैं दौड़कर उसके गले से लिपट गया। उसकी आँखों में वह दूरदृष्टि और चेहरे पर वह अलौकिक आभा थी जो मँडराती हुई मृत्यु की सूचना देती है। मैंने आवेश से काँपते हुए स्वर में पूछा, यह तुम्हारी क्या दशा है मोहन ? दो ही महीने में यह नौबत पहुँच गई ? मोहन ने सरल मुस्कान के साथ कहा, 'आप काश्मीर की सैर करने गये थे, मैं आकाश की सैर करने जा रहा हूँ।'

'मगर यह दु:ख की कहानी कहकर मैं रोना और रुलाना नहीं चाहता। मेरे चले जाने के बाद मोहन इतने परिश्रम से पढ़ने लगा मानो तपस्या कर रहा हो। उसे यह धुन सवार हो गई थी कि साल भर की पढ़ाई दो महीने में समाप्त कर ले और स्कूल खुलने के बाद मुझसे इस श्रम का प्रशंसारूपी उपहार प्राप्त करे। मैं किस तरह उसकी पीठ ठोकूँगा, शाबाशी दूँगा, अपने मित्रों से बखान करूँगा, इन भावनाओं ने अपने सारे बालोचित उत्साह और तल्लीनता से उसे वशीभूत कर लिया। मामाजी को दफ्तर के कामों से इतना अवकाश कहाँ कि उसके मनोरंजन का ध्यान रखें। शायद उसे प्रतिदिन कुछ-न-कुछ पढ़ते देखकर वह दिल में खुश होते थे। उसे खेलते देखकर वह जरूर डाँटते। पढ़ते देखकर भला क्या कहते। फल यह हुआ कि मोहन को हल्का-

हल्का ज्वर आने लगा, किन्तु उस दशा में भी उसने पढ़ना न छोड़ा। कुछ और व्यतिक्रम भी हुए, ज्वर का प्रकोप और भी बढ़ा; पर उस दशा में भी ज्वर कुछ हल्का हो जाता, तो किताबें देखने लगता था। उसके प्राण मुझमें ही बने रहते थे। ज्वर की दशा में भी नौकरों से पूछता भैया का पत्र आया ? वह कब आयेंगे ? इसके सिवा और कोई दूसरी अभिलाषा न थी। अगर मुझे मालूम होता कि मेरी काश्मीर-यात्रा इतनी महँगी पड़ेगी, तो उधर जाने का नाम भी न लेता। उसे बचाने के लिए मुझसे जो कुछ हो सकता था, वह मैंने सब किया; किन्तु बुखार टाइफायड था, उसकी जान लेकर ही उतरा। उसके जीवन के स्वप्न मेरे लिए किसी ऋषि के आशीर्वाद बनकर मुझे प्रोत्साहित करने लगे और यह उसी का शुभ फल है कि आज आप मुझे इस दशा में देख रहे हैं। मोहन की बाल अभिलाषाओं को प्रत्यक्ष रूप में लाकर यह मुझे संतोष होता है कि शायद उसकी पवित्र आत्मा मुझे देखकर प्रसन्न होती हो। यही प्रेरणा थी कि जिसने कठिन से कठिन परीक्षाओं में भी मेरा बेड़ा पार लगाया; नहीं तो मैं आज भी वही मंदबुद्धि सूर्यप्रकाश हूँ, जिसकी सूरत से आप चिढ़ते थे।'

उस दिन से मैं कई बार सूर्यप्रकाश से मिल चुका हूँ। वह जब इस तरफ आ जाता है, तो बिना मुझसे मिले नहीं जाता। मोहन को अब भी वह अपना इष्टदेव समझता है। मानव-प्रकृति का यह एक ऐसा रहस्य है, जिसे मैं आज तक नहीं समझ सका।

***

सद्गति

दुक्खी चमार द्वार पर झाड़ू लगा रहा था और उसकी पत्नी झुरिया घर को गोबर से लीप रही थी। दोनों अपने-अपने काम से फुर्सत पा चुके, तो चमारिन ने कहा- तो जाके पंडित बाबा से कह आओ न? ऐसा न हो, कहीं चले जाएँ।

दुक्सी- हां जाता हूँ लेकिन यह तो सोच, बैठेंगे किस चीज पर?

झुरिया- कहीं से खटिया न मिल जाएगी? ठकुराने से माँग लाना।

दुक्खी- तू तो कभी-कभी ऐसी बात कह देती है कि देह जल जाती है। ठकुराने वाले मुझे खटिया देंगे! आग तक तो घर से निकलती नहीं, खटिया देंगे! कैथाने में जाकर एक लोटा पानी मांगों तो न मिले। भला, खटिया कौन देगा। हमारे उपले, सेंठे, भूसा लकड़ी थोड़े ही हैं कि जो चाहें उठा ले जाएँ। ला, अपनी खटोली धोकर रख दें। गरमी के दिन तो हैं। उनके आते-आते सूख जाएगी।

झुरिया- वह हमारी खटोली पर बैठेंगे नहीं। देखते नहीं कितने नेम-धरम से रहते हैं।

दुक्खी ने जरा चिंतित होकर कहा- हाँ, यह बात तो है। महुआ के पत्ते तोड़कर एक पत्तल बना लूँ तो ठीक हो जाए। पत्तल में बड़े-बड़े आदमी खाते हैं यह पवित्तर है। ला तो डंडा, पत्ते तोड़ लूँ।

झुरिया- पत्तल मैं बना लूंगी। तुम जाओ, लेकिन हाँ, उन्हें सीधा भी तो देना होगा। अपनी थाली में रख दूँ।

दुक्खी- नहीं ऐसा गजब न करना, नहीं तो सीधा भी जाए और थाली भी फूटे। बाबा थाली उठाकर पटक देंगे। उनको जल्दी किरोध चढ़ जाता है। किरोध में पंडिताइन तक को छोड़ते नहीं, लड़के को ऐसा पीटा कि आज तक टूटा हाथ लिये फिरता है। पत्तल में सीधा भी देना। हां, मुदा तू छूना मत। झरी गोंड की लड़की को लेकर साह की दुकान से सब चीजें ले आना। सीधा भरपूर हो। सेर भर आटा, आधा सेर चावल, पाव भर दाल, आधा पाव घी, नोन, हल्दी और पत्तल में एक किनारे चार आने पैसे रख देना। गोंड की लड़की न मिले, तो भुर्जिन के हाथ-पैर जोड़कर ले जाना। तू कुछ मत छूना, नहीं गजब हो जाएगा।

इन बातों की ताकीद करके दुक्खी ने लकड़ी उठायी और घास का एक बड़ा- सा गट्ठा लेकर पंडितजी से अर्ज़ करने चला। खाली हाथ बाबाजी की सेवा में कैसे -जाता? नज़राने के लिए उसके पात्र घास के सिवाय और क्या था? उसे खाली हाथ देखकर तो बाबा दूर ही से दुत्कारते।

2

पंडित घासीराम ईश्वर के परम भक्त थे। नींद खुलते ही ईशोपासन में लग जाते। मुँह-हाथ धोते आठ बजते तब असली पूजा शुरू होती, जिसका पहला भाग भंग की तैयारी था। उसके बाद आधा घंटे तक चंदन रगड़ते, फिर आइने के सामने तिनके से माथे पर तिलक लगाते। चंदन की दो रेखाओं के बीच में लाल रोरी की बिंदी होती थी। फिर छाती पर, बाँहों पर चंदन की गोल-गोल मुद्रिकाएँ बनाते। फिर ठाकुरजी की मूर्ति निकालकर उसे नहलाते, चंदन लगाते, फूल चढ़ाते, आरती करते, घंटी बजाते। दस बजते-बजते वह पूजन से उठते और भंग छानकर बाहर आते। तब तक दो-चार जजमान द्वार पर आ जाते। ईशोपासन का तत्काल फल मिल जाता। यही उनकी खेती है।

आज वह पूजन गृह से निकले तो देखा, दुक्खी चमार चारा का एक गट्ठा लिये बैठा है। दुक्खी उन्हें देखते ही उठ खड़ा हुआ और उन्हें साष्टांग दंडवत करके हाथ बाँधकर खड़ा हुआ। यह तेजस्वी मूर्ति देखकर उसका हृदय श्रद्धा से परिपूर्ण हो गया। कितनी दिव्य मूर्ति थी। छोटा-सा गोल-मटोल आदमी चिकना सिर, फूले गाल. ब्रह्मतेज से प्रदीप्त आंखें। रोरी और चंदन देवताओं की प्रतिभा प्रदान कर रही थीं। दुक्खी को देखकर श्रीमुख से बोले- आज कैसे चला रे दुखिया?

दुक्खी ने सिर झुकाकर कहा- बिटिया की सगाई कर रहा हूँ महाराज! कुछ साइत-सगुन विचारना है। कब मर्जी होगी?

घासी- आज मुझे छुट्टी नहीं। हां, साँझ तक आ जाऊंगा।

दुक्खी- नहीं महाराज, जल्दी मर्जी हो जाये। सब सामान ठीक कर आया हूँ। यह घास कहां रख दूँ?

घासी- इसे गाय के सामने डाल दे और जरा झाड़ू लेकर द्वार तो साफ कर दे। यह बैठक भी कई दिन से लीपी नहीं गई। उसे भी गोबर से लीप दे। तब तक मैं भोजन कर लूँ। फिर जरा आराम करके चलूंगा। हां, यह लकड़ी भी चीर देना। खलिहान में चार खाँची भूसा पड़ा है। उसे भी उठा लाना और भुसौल में रख देना।

दुक्खी फौरन हुक्म की तामील करने लगा। द्वार पर झाड़ू लगायी, बैठक को गोबर से लीपा। तब तक बारह बज गये। पंडितजी भोजन करने चले गये। दुक्खी ने सुबह से कुछ नहीं खाया था। उसे भी जोर की भूख लगी, पर वहाँ खाने को क्या धरा था। घर यहाँ से मील भर था। वहाँ खाने चले जाए तो पंडितजी बिगड़ जाएं। बेचारे ने भूख दबायी और लकड़ी फाड़ने लगा। लकड़ी की मोटी-सी गाँठ थी, जिस पर पहले, कितने ही भक्तों ने अपना जोर आजमा लिया था। वह उसी दमखम के साथ लोहे-से-लोहा लेने के लिए तैयार थी। दुक्खी घास छीलकर बाजार ले जाता था। लकड़ी चीरने का उसे अभ्यास न था। घास उसके खुरपे के सामने सिर झुका देती थी। यहाँ कस-कसकर कुल्हाड़ी का भरपूर हाथ लगाता, पर उस गाँठ पर निशान तक न पड़ता था। कुल्हाड़ी उलट जाती। पसीने में तर था, हांफता था, थककर बैठ जाता। फिर उठता था, हाथ उठाए न उठते थे, पाँव काँप रहे थे, कमर सीधी न होती थी, फिर भी अपना काम किए जाता

था। अगर एक चिलम पीने को मिल जाती, तो शायद कुछ ताकत आती। उसने सोचा. यहाँ चिलम और तम्बाकू कहां मिलेगी? ब्राह्मनों का पूरा है। ब्राह्मन लोग हम नीच जातों की तरह तमाखू थोड़े ही पीते हैं। शायद उसे याद आया कि गाँव में एक गोंड भी रहता है । उसके यहाँ जरूर चिलम-तमाखू होगी! तुरंत उसके घर दौड़ा। खैर मेहनत सुफल हुई। उसने तमाखू भी दी और चिलम दी, पर आग वहाँ न थी। दुक्खी ने कहा-आग की चिंता न करो? मैं जाता हूँ पंडितजी के घर से मांग लूंगा। वहाँ तो अभी रसोई बन रही थी।

यह कहता हुआ वह दोनों चीजें लेकर चला आया और पंडितजी के घर में बरौठे के द्वार पर खड़ा होकर बोला- मालिक, रचिक आग मिल जाये, तो चिलम पी लें।

पंडितजी भोजन कर रहे थे। पंडिताइन ने पूछा- यह कौन आदमी आग माँग रहा है?

पंडित- अरे, वही ससुरा दुखिया चमार है। कहा है, थोड़ी-सी लकड़ी चीर दे। आग तो है। दे दो।

पंडिताइन ने भवें चढ़ाकर कहा- तुम्हें तो जैसे पोथी-पत्रों के फेर में धरम- करम किसी बात की सुधि ही नहीं रही। चमार हो, धोबी हो, पासी हो, मुंह उठाए घर में चला आए। हिंदू का घर न हुआ, कोई सराय हुई। कह दो दाढ़ीजार से चला जाए, नहीं तो इसी लुआठी से मुँह झुलस दूंगी! आग मांगने चले हैं।

पंडितजी ने उन्हें समझाकर कहा-भीतर आ गया, तो क्या। तुम्हारी कोई चीज तो नहीं छुई। धरती पवित्र है। जरा-सी आग दे क्यों नहीं देती, काम तो हमारा ही कर रहा है। कोई लोनिया यही लकड़ी फाड़ता, तो कम-से-कम चार आने लेता।

पंडिताइन ने गरजकर कहा- यह घर में आया क्यों?

पंडित ने हारकर कहा- ससुरे का अभाग था और क्या।

पंडिताइन- अच्छा, इस वक्त तो आग दिये देती हूँ लेकिन फिर जो इस तरह कोई घर में आएगा, तो उसका मुँह ही जला दूंगी।

दुक्खी के कानों में इन बातों की भनक पड़ रही थी। पछता रहा था, नाहक आया। सच तो कहती हैं। पंडित के घर में चमार कैसे चला आए? बड़े पवित्तर होते हैं यह लोग, तभी तो संसार पूछता है, तभी तो इतना मान है। भर-चमार थोड़े ही हैं। इसी गाँव में बूढ़ा हो गया, मगर मुझे इतनी अकल भी न आयी।

इसलिए जब पंडिताइन आग लेकर निकली, तो वह मानो स्वर्ग का वरदान पा गया। दोनों हाथ जोड़कर जमीन पर माथा टेकता हुआ बोला-पड़ाइन, माता मुझसे बड़ी भूल हो गई कि घर में चला आया। चमार की अक्ल ही तो ठहरी। इतने मूरख न होते, तो लात क्यों खाते?

पंडिताइन चिमटे से पकड़कर आग लायी थीं। पाँच हाथ की दूरी से घूंघट की आड़ से दुक्खी की तरफ आग फेंकी। आग की बड़ी-सी चिनगारी दुक्खी के सिर पर पड़ गई। जल्दी से पीछे हटकर सिर को झोटे देने लगा। उसके मन ने कहा- यह एक पवित्तर ब्राह्मन के घर को अपवित्र

करने का फल है। भगवान ने कितनी जल्दी फल दे दिया। इसी से तो संसार पंडितों से डरता है। और सबके के रुपये मारे जाते हैं, ब्राह्मन के रुपये भला कोई मार तो ले। घर भर का सत्यानाश हो जाए, पाँव गल-गल कर गिरने लगें।

बाहर आकर उसने चिलम पी और फिर कुल्हाड़ी लेकर जुट लाया। खटखट की आवाजें आने लगीं।

उस पर आग पड़ गई, तो पंडिताइन को उस पर कुछ दया आ गई। पंडित जी भोजन करके उठे, तो बोलीं-इस चमरवा को भी कुछ खाने को दे दो, बेचारा कब से काम कर रहा है। भूखा होगा।

पंडितजी ने इस प्रस्ताव को व्यावहारिक क्षेत्र से समझकर पूछा- रोटियां हैं?

पंडिताइन-दो-चार बच जाएंगी।

पंडित-दो-चार रोटियों में क्या होगा? चमार है, कम-से-कम सेर भर चढ़ा जाएगा।

पंडिताइन कानों पर हाथ रखकर बोलीं- अरे, बाप रे! सेर भर! तो फिर रहने दो।

पंडितजी ने अब शेर बनकर कहा-कुछ भूसी-चोकर हो, तो आटे में मिला कर दो दो लिट्टी ठोंक दो। साले का पेट भर जाएगा। पतली रोटियों से इन नीचों का पेट नहीं भरता। इन्हें तो जुवार का लिट्ट चाहिए।

पंडिताइन ने कहा- अब जाने भी दो, धूप में कौन मरे।

3

दुक्खी ने चिलम पीकर फिर कुल्हाड़ी सँभाली। दम लेने से जरा हाथों में ताकत आ आई थी। कोई आध घंटे तक फिर कुल्हाड़ी चलाता रहा। फिर बेदम होकर वहीं सिर पकड़कर बैठ गया।

इतने में गोंड़ आ गया। बोला- क्यों जान देते हो बूढ़े दादा, तुम्हारे फाड़े यह गाँठ न फटेगी। नाहक हलकान होते हो।

दुक्खी ने माथे का पसीना पोंछकर कहा- अभी गाड़ी भर भूसी ढोना है भाई। गोंड़- कुछ खाने को मिला कि काम ही कराना जानते हैं। जाके माँगते क्यों कहीं?

दुक्खी- कैसी बात करते हो चिखुरी, बाह्मन की रोटी हमको पचेगी।

गोंड़- पचने को पच जाएगी, पहले मिले तो। मूछों पर ताव देकर भोजन किया और आराम से सोए, तुम्हें लकड़ी फाड़ने का हुक्म लगा दिया। जमींदार भी कुछ खाने को देता है। हाकिम भी बेगार लेता है, तो थोड़ी-बहुत मजूरी दे देता है। यह उनसे भी बढ़ गये। उस पर धर्मात्मा बनते हैं।

दुक्खी- धीरे-धीरे बोलो भाई, कहीं सुन लें, तो आफत आ जाए।

यह कहकर दुक्खी फिर संभल पड़ा और कुल्हाड़ी की चोट मारने लगा। चिखुरी को उस पर दया आयी। आकर कुल्हाड़ी उसके हाथ से छीन ली और कोई आध घंटे तक कस-कसकर

कुल्हाड़ी चलायी, पर गाँठ में एक दरार भी न पड़ी। तब उसने कुल्हाड़ी फेंक दी और यह कहकर चला गया- तुम्हारे फाड़े यह न फटेगी, जान भले निकल जाए।

दुक्खी सोचने लगा, बाबा ने यह गाँठ कहां रख छोड़ी थी कि फाड़े नहीं फटती। कहीं दरार तो पड़ती नहीं। मैं कब तक इसे चीरता रहूंगा? अभी घर पर सौ काम पड़े हैं। कार-परोजन का घर है, एक-न-एक चीज घटी ही रहती है, पर इन्हें इसकी क्या चिंता? चलूं जब तक भूसा ही उठा लाऊँ। कह दूंगा, बाबा। आज तो लकड़ी नहीं फटी, कल आकर फाड़ दूंगा।

उसने झौवा उठाया और भूसा ढोने लगा। खलिहान यहाँ से दो फलांग से कम न था। अगर झौवा भर-भरकर लाता तो काम जल्द खत्म हो आता, लेकिन फिर झौवे को उठता कौन? अकेला भरा हुआ झौवा उससे न उठ सकता था। इसलिए थोड़ा-थोड़ा लाता था। चार बजे भूसा कहीं खत्म हुआ। पंडित की नींद भी खुली। मुंह-हाथ धोया, पान खाया और बाहर निकले। देखा, तो दुक्खी झौवे पर सिर रखे सो रहा है। जोर से बोले- अरे, दुखिया, तू सो रहा है? लकड़ी तो अभी ज्यों-का-त्यों पड़ी हुई है। इतनी देर तू करता क्या रहा? मुट्ठी भर भूसा ढोने में सांझ कर दी। उस पर सो रहा है। उठा, ले कुल्हाड़ी और लकड़ी फाड़ डाल। तुझसे जरा-सी लकड़ी नहीं फटती फिर सायत भी वैसी निकलेगी, मुझे दोष मत देना। इसी से कहा है कि बीच के घर में खाने को हुआ और उसकी आंख बदली।

दुक्खी ने फिर कुल्हाड़ी उठायी। जो बातें पहले से सोच रखी थी, यह सब भूल गई। पेट-पीठ में धँसा जाता था, आज सवेरे जलपान तक न किया था। अवकाश ही न मिला। उठना भी पहाड़ मालूम होता था। जी डूबा जाता था, पर दिल को समझाकर उठा। पंडित हैं, कहीं सायत ठीक न विचारें तो फिर सत्यानाश ही हो जाए। तभी तो संसार में इतना मान है। सायत ही का तो सब खेल है। जिसे चाहे बिगाड़ दें। पंडितजी गाँठ के पास आकर खड़े हो गये और बढ़ावा देने लगे- जोर मार कसके, और मार-कसके मार-अबे जोर से मार-तेरे हाथ में तो जैसे दम ही नहीं है- लगा कसके खड़ा सोचने क्या लगता है-हाँ-बस, फटी जाती है! दे उसी दरार में।

दुक्खी अपने होश में न था। न-जाने कौन-सी गुप्त शक्ति उसके हाथों को चला रही थी। वह थकन, भूख, कमजोरी सब मानो भाग गई। उसे अपने बाहुबल पर स्वयं आश्चर्य हो रहा था। एक-एक चोट वज्र की तरह पड़ती थी। आध घंटे तक यह इसी तरह उन्माद की दशा में हाथ चलाता रहा, यहाँ तक कि लकड़ी बीच से चीर गई और दुक्खी के हाथ से कुल्हाड़ी छूटकर गिर पड़ी। इसके साथ वह भी चक्कर खाकर गिर पड़ा। भूखा, प्यासा, थका हुआ शरीर जवाब दे गया।

पंडितजी ने पुकारा-अबे दो-चार हाथ और लगा दे। पतली-पतली चैलियां हो जाएँ।

दुक्खी न उठा। उन्होंने भी अब उसे दिक करना उचित न समझा। पंडितजी ने भीतर जाकर बूटी छानी, शौच गये, स्नान किया और पंडिताई बाना पहनकर बाहर निकले। दुक्खी अभी तक वहीं पड़ा हुआ था। जोर से पुकारा- अरे, क्या पड़े ही रहोगे दुक्खी? चलो तुम्हारे ही घर चल रहा हूँ। सब सामान ठीक-ठीक है न? दुक्खी फिर न उठा।

अब पंडितजी को कुछ शंका हुई। पास जाकर देखा, तो दुक्खी अकड़ा पड़ा हुआ था। बदहवास होकर भागे और पंडिताइन से बोले- दुखिया तो जैसे मर गया।

पंडिताइन हकबकाकर बोलीं- यह तो अभी लकड़ी चीर रहा था?

पंडित- हाँ लकड़ी चीरते-चीरते मर गया। अब क्या होगा?

पंडिताइन ने शांत होकर कहा- होगा क्या, चमरौटे में कहला भेजों, मुर्दा उठा ले जाएँ।

एक क्षण में गाँव भर में खबर हो गई। पूरे में ब्राह्मनों की ही बस्ती थी। केवल एक घर गोंड़ का था। लोगों ने उधर का रास्ता छोड़ दिया। कुएं रास्ता उधर ही से था, पानी कैसे भरा जाए। चमार की लाश के पास से पानी भरने कौन जाए। एक बुढ़िया ने पंडितजी से कहा- अब मुर्दा फेंकवाते क्यों नहीं? कोई गाँव में पानी पीएगा या नहीं?

इधर, गोंड़ जे चमरौटे में जाकर सबसे कह दिया- खबरदार, मुर्दा उठाने मत जाना। अभी तहकीकात होगी। दिल्लणी है कि एक गरीब की जान ले ली । पंडित तो अपने घर के होंगे। लाश उठाओगे तो तुम भी पकड़े जाओगे।

इसके बाद ही पंडितजी पहुँचे, पर चमरौने का कोई आदमी लाश उठा लाने को तैयार न हुआ। हाँ, दुक्खी की स्त्री और कन्या, दोनों हाय-हाथ करती वहाँ चलीं और पंडितजी के द्वार पर आकर सिर पीट-पीटकर रोने लगीं। उसके साथ दस-पाँच और चमारिनें थी। कोई रोती थी, कोई समझाती थी, पर चमार एक भी न था। पंडितजी ने चमारों को बहुत धमकाया, समझाया, मिन्नत की, पर चमारों के दिल पर पुलिस का रोब छाया हुआ था, एक भी न मिनका। आखिर निराश होकर लौट आए।

4

आधी रात तक रोना-पीटना जारी रहा। देवताओं का सोना मुश्किल हो गया, पर लाश लेने कोई चमार न आया, और ब्राह्मण चमार की लाश कैसे उठाते। भला, ऐसा किसी शास्त्र-पुराण में लिखा है? कहीं कोई दिखा दे।

पंडिताइन में झुँझला कर कहा- इन डायनों ने तो खोपड़ी चाट डाली। सभों का गला भी नहीं थकता।

पंडित ने कहा- रोने दो चुडैलों को, कब तक रोएंगी? जीता था तो कोई बात न पूछता था। मर गया, तो कोलाहल मचाने के लिए सबकी-सब आ पहुँचीं।

पंडिताइन- चमार का रोना मनहूस है।

पंडित- हाँ बहुत मनहूस।

पंडिताइन-अभी से दुर्गंध उठने लगी।

पंडित- चमार था ससुरा कि नहीं। साध-असाध किसी का विचार है क्या सबों को?

पंडिताइन- इन सबों को घिन भी नहीं लगती।

पंडित- भ्रष्ट हैं सब।

रात तो किसी तरह कटी, मगर सवेरे भी कोई चमार न आया। चमारिनें भी रो-पीटकर चली गई। दुर्गन्ध -कुछ फैलने लगी।

पंडितजी ने एक रस्सी निकाली। उसका फन्दा बनाकर मुर्दे के पैर में डाला, और फंदे को खींचकर कस दिया। अभी कुछ-कुछ धुंधलका था। पंडितजी ने रस्सी पकड़कर लाश को घसीटना शुरू किया और गाँव के बाहर घसीट ले गये। वहाँ से आकर तुरंत स्नान किया, दुर्गा पाठ पढ़ा और घर में गंगाजल छिड़का ।

उधर दुक्खी की लाश को खेत में गीदड़ और गिद्ध, कुत्ते और कौए नोंच रहे थे। यही जीवन-पर्यन्त की भक्ति, सेवा और निष्ठा का पुरस्कार था।

□□□

तगादा

सेठ चेतराम ने स्नान किया, शिवजी को जल चढ़ाया, दो दाने मिर्च चबाए, दो लोटे पानी पिया और सोटा लेकर तगादे पर चले।

सेठजी की उम्र कोई पचास की थी। सिर के बाल झड़ गये थे और खोपड़ी ऐसी साफ-सुधरी निकल आयी थी, जैसे ऊसर खेत। आपकी आंखें थी तो छोटी, लेकिन बिलकुल गोल। चेहरे के नीचे पेट था और पेट के नीचे टाँगें, मानो किसी पीपे में दो मेखें गाड़ दी गई हो। लेकिन यह खाली पीपा न था। इसमें सजीवता और कर्मशीलता कूट-कूटकर भरी हुई थी। किसी बाकीदार आसामी के सामने इस पीपे का उछलना-कूदना और पैंतरे बदलना देखकर किसी नट का चिगिया भी लज्जित हो जाता। कैसे आँखें लाल-पीली करते, कैसे गरजते कि दर्शकों की भीड़ लग जाती। उन्हें कंजूस तो नहीं कहा जा सकता, क्योंकि जब यह दुकान पर होते, तो हरेक भिखमंगे के सामने एक कौड़ी फेंक देते। हां, उस समय उनके माथे पर कुछ ऐसा बल पड़ जाता, आँखें कुछ ऐसी प्रचंड हो जातीं, नाक कुछ ऐसी सिकुड़ जाती कि भिखारी फिर उनकी दुकान पर न आता। लहने का बाप तगादा है, इसी सिद्धान्त के वह लब्ध भक्त थे। जलपान करने के बाद संध्या तक वह बराबर तगादा करते रहते थे। इसमें एक तो घर का भोजन बचता था, दूसरे आसामियों के माथे दूध, पूरी, मिठाई आदि पदार्थ खाने को मिल जाते थे एक वक्त का भोजन बच जाना कोई साधारण बात नहीं है। एक भोजन का एक आना भी रख लें, तो केवल इसी मद में उन्होंने अपने तीस वर्षों के महाजनी जीवन में कोई आठ सौ रुपये बचा लिए थे। फिर लौटते समय दूसरी बेला के लिए भी दूध, दही, तेल, तरकारी, उपले-ईंधन मिल जाते थे। बहुधा संध्या का भोजन भी न करना पड़ता था। इसलिए तगादे से न चूकते थे। आसमान फटा पड़ता हो, आग बरस रही हो, आंधी आती हो, पर सेठजी प्रकृति के अटल नियम की भांति तगादे पर जरूर निकल आते।

सेठानी ने पूछा- भोजन?

सेठजी ने गरज कर कहा- नहीं।

साँझ का?

आने पर देखी जाएगी।'

2

सेठजी के एक किसान पर पाँच रुपये आते थे। छह महीने से दुष्ट ने सूद ब्याज कुछ न दिया था, और न कभी सौगात ही लेकर हाजिर हुआ था। उसका घर तीन कोस से कम पर न था, इसीलिए

सेठजी टालते आते ये। आज उन्होंने उसी गाँव चलने का निश्चय किया। आज बिना उस दुष्ट से रुपये लिये न मारूंगा, चाहे कितना ही रोए-घिघियाए, मगर इतनी लम्बी यात्रा पैदल करना निंदास्पद था। लोग कहेंगे, नाम बड़े और दर्शन थोड़े। कहलाने को सेठ, चलते हैं पैदल। इसलिए मंथर गति से इधर-उधर ताकते, राहगीरों से बातें करते चले जाते थे कि लोग समझे, वायु-सेवन करने जा रहे हैं।

सहसा एक खाली इक्का उसी तरफ जाता हुआ मिल गया। इक्केवान ने पूछा-कहीं लाला, कहीं जाना है।

सेठजी ने कहा- जाना तो कहीं नहीं है, दो पग तो और है, लेकिन लाओ बैठ जाएं।

इक्केवाले ने चुभती हुई नजरों से सेठजी को देखा। सेठजी ने भी अपनी गोल आँखों से उसे घूरा। दोनों समझ गये, आज लोहे के चने चबाने पड़ेंगे।

इक्का चला। सेठजी ने पहला वार किया-कहाँ घर है मियाँ साहब?

घर कहां है हुजूर, जहाँ पड़ा रहूँ वहीं पर घर है। जब घर था तब था। अब तो बेघर, बेदर हूँ और सबसे बड़ी बात यह है कि बेघर हूँ तकदीर ने भी पर काट लिए। लँडूरा बनाकर छोड़ दिया। मेरे दादा नवाबी में चकलेदार थे, हुजूर सात जिले के मालिक, जिसे चाहें, तोप-दम कर दें, फांसी पर लटका दें । सूरज निकलने के पहले लाखों की थैलियाँ नजर चढ़ जाती थीं हुजूर। नवाब साहब भाई की तरह मानते थे। एक दिन वह थे, एक दिन यह है कि हम आप लोगों की गुलामी कर रहे हैं। दिनों का फेर है।

सेठजी को हाथ मिलाते ही मालूम हो गया, पक्का फिकैत है, अखाड़ेबाज, इससे पेश आना मुश्किल है, पर अब तो कुश्ती बद गई थी, अखाड़े में उतर पड़े थे। बोले- तो यह कहो कि बादशाही घराने के हो? यह सूरत ही गवाही दे रही है। दिनों का फेर है भाई, सब दिन बराबर नहीं जाते। हमारे यहाँ लक्ष्मी को चंचला कहते हैं, बराबर चलती रहती है, आज मेरे घर, कल तुम्हारे घर। तुम्हारे दादा ने रुपये खूब छोड़े होंगे?

इक्केवाला- अरे सेठ, उस दौलत का कोई हिसाब था। न जाने कितने तैखाने भरे हुए थे। बोरे में तो सोने-चाँदी के डले रखे हुए थे। जवाहरात टोकरियों में भरे पड़े थे। एक-एक पत्थर पचास लाख का। चमक-दमक ऐसी थी कि चिराग मात। मगर तकदीर भी तो कोई चीज है। इधर दादा का चालीसवाँ हुआ, उधर नवाबी बुर्द हुई। सारा खजाना लुट गया। छकड़ों पर लाद-लादकर लोग जवाहरात ले गये। फिर भी घर में इतना बच रहा था कि अब्बाजान ने जिंदगी भर ऐश किया- ऐसा ऐश किया कि क्या कोई भकुवा करेगा। सोलह कहारों के सुख-पाल पर निकलते थे। आगे-पीछे चौबदार दौड़ते रहते थे। फिर भी मेरे गुजर भर को उन्होंने बहुत छोड़ा। अगर हिसाब-किताब से रहता तो आज भला आदमी होता, लेकिन रईस का बेटा रईस ही तो होगा। एक बोतल चढ़ाकर बिस्तर से उठता था। रात-भर मुजरा होता रहता था। क्या जानता था एक दिन यह ठोकरें खानी पड़ेगी।

सेठ- अल्ला मियां का सुकुर करो भाई कि ईमानदारी से अपने बाल-बच्चे की परवरिश तो ...ते हो, नहीं तो हमारे-तुम्हारे कितने ही भाई रात-दिन कुकर्म करते रहते हैं, फिर भी दाने-दाने को मोहताज रहते हैं। ईमान की सलामती चाहिए। नहीं, दिन तो सभी के कट जाते हैं, दूध-रोटी खाकर कटे तो क्या, सूखे चने चबाकर कटे तो क्या। बड़ी बात तो ईमान है। मुझे तो सूरत देखते ही मालूम हो गया था कि नीयत से साफ-सच्चे आदमी हो। बेईमानी की तो सूरत ही से फटकार बरसती है।

इक्केवाला- सेठजी, आपने ठीक कहा कि ईमान सलामत रहे, तो सब कुछ है। आप लोगों से चार पैसे मिल जाते हैं, वहीं बाल-बच्चों को खिला-पिलाकर पड़ा रहता हूँ। हुजूर, और इक्केवालों को देखिए, तो कोई किसी मर्ज में मुब्तिला है, कोई किसी मर्ज में। मैंने तोबा बोला! ऐसा काम ही क्यों करें, कि मुसीबत में फंसे। बड़ा कुनबा है। हुजूर, माँ हैं, बच्चे हैं, कई बेवाएँ हैं, और कमाई यही इक्का है। फिर भी अल्लाह मियाँ किसी तरह निबाहे जाते हैं।

सेठ- वह बड़ा कारसाज है खाँ साहब, तुम्हारी कमाई में हमेशा बरकत होगी।

इक्केवाला- आप लोगों की मेहरबानी चाहिए।

सेठ- भगवान की मेहरबानी चाहिए। तुमसे खूब भेंट हो गई, मैं इक्केवालों से बहुत घबराता हूँ लेकिन अब मालूम हुआ, अच्छे-बुरे सभी जगह होते हैं। तुम्हारे जैसा सच्चा, दीनदार आदमी मैंने नहीं देखा। कैसी तो साफ तबियत पायी है तुमने कि वाह!

सेठजी की ये लच्छेदार बातें सुनकर इक्केवाला समझ गया कि यह महाशय पल्ले सिरे के बैठकबाज हैं। यह सिर्फ मेरी तारीफ करके मुझे चकमा दिया चाहते हैं। अब और किसी पहलू से अपना मतलब निकालना चाहिए। इनकी दया से तो कुछ ले मरना मुश्क्रिल है, शायद इनसे भय से कुछ ले मरूँ। बोला- मगर लाला, यह न समझिए कि मैं जितना सीधा और नेक नजर आता हूँ उतना सीधा और नेक हूँ भी। नेकों के साथ नेक हूँ लेकिन बुरों के साथ पक्का बदमाश हूँ। यों कहिए, आपकी जूतियाँ सीधी कर दूँ लेकिन किराये के मामले में मैं किसी के साथ रियायत नहीं करता। रियायत करूँ, तो खाऊँ क्या?

सेठजी ने समझा था, इक्केवाले को हत्थे पर चढ़ा लिया। अब यात्रा निर्विघ्न और निःशुल्क समाप्त हो जाएगी, लेकिन यह अलाप सुना, तो कान खड़े हुए बोले- भाई, रुपये-पैसे के मामले में मैं भी किसी से रियायत नहीं करता, लेकिन कभी-कभी जब यार-दोस्तों का मामला आ पड़ता है, तो झक मारकर दबना ही पड़ता है। तुम्हें भी कभी-कभी बल खाना ही पड़ता होगा। दोस्तों से बेमुरव्वती तो नहीं की जाती।

इक्केवाले ने रूखेपन से कहा- मैं किसी के साथ मुरव्वत नहीं करता। मुरव्वत का सबक तो उस्ताद ने पढ़ाया ही नहीं। एक ही चंडूल हूँ। मजाल क्या कि कोई एक पैसा दबा ले। घरवाली तक को तो मैं एक पैसा देता नहीं, दूसरों की बात ही क्या है। और इक्केवाले अपने महाजन की खुशामद करते हैं। उसके दरवाजे पर खड़े रहते हैं। यहाँ महाजनों को भी धता बताता हूँ। सब

मेरे नाम को रोते हैं। रुपये लिए और साफ डकार गया। देखें, अब कैसे करते हो बच्चा, नालिश करो, घर में क्या धरा है, जो ले लोगे।

सेठजी को मानो जूड़ी चढ़ आई। समझ गये, यह शैतान बिना पैसा लिए न मानेगा। जानते कि यह विपत्ति गले पड़ेगी, तो भूलकर भी इक्के पर पाँव न रखते। इतनी दूर पैदल चलने में कौन पैर टूट जाते थे। अगर इस तरह रोज पैसे देने पड़े, तो फिर लेन-देन कर चुका।

सेठजी भक्त जीव थे। शिवजी को जल चढ़ाने में, जब से होश सँभाला एक नागा भी न किया। क्या भक्तवत्सल शंकर भगवान इस अवसर पर मेरी सहायता न करेंगे? इष्टदेव का सुमिरन करके बोले- खाँ साहब, और किसी से चाहे न दबो, पर पुलिस से तो दबना ही पड़ता होगा। वह तो किसी के सगे नहीं होते।

इक्केवाले ने कहकहा मारा- कभी नहीं, उससे उलटे और कुछ-न-कुछ वसूल करता हूँ। जहाँ कोई शिकार मिला, झट सस्ते भाड़े में बिठाता हूँ और थाने पर पहुंच देता हूँ। किराया भी मिल जाता है और इनाम भी। क्या मजाल कि कोई बोल सके। लइसन नहीं लिया, आज तक लइसन। मजे में सदर में इक्का दौड़ाता फिरता हूँ। कोई साला चूं नहीं कर सकता। मेले-ठेलों में अपनी खूब बन आती है। अच्छे- अच्छे माल चुनकर कोतवाली पहुंचाता हूँ। यहाँ कौन किसी की दाल गलती है। जिसे चाहे रोक लें, एक दिन, दो दिन, तीन दिन। बीस बहाने हैं। कह दिया, शक था कि यह औरत को भगाये लिए जाता था, या औरत को कह दिया कि अपनी ससुराल से रूठकर भागी चली थी। फिर कौन बोल सकता है? साहब भी छोड़ना चाहें, तो नहीं छोड़ सकते। मुझे सीधा न समझिए। एक ही हरामी हूं सवारियों से पहले किराया तय नहीं करता, ठिकाने पहुँचकर एक के दो लेता हूं। जरा भी चीं-चपड़ किया, तो आस्तीन चढ़ा पैंतरे बदलकर खड़ा हो जाता हूँ। फिर कौन है, जो सामने ठहर सके।

सेठजी को रोमांच हो आया। हाथ में एक सोंटा तो था, पर उसका व्यवहार करने की शक्ति का उसमें अभाव था। आज बुरे फंसे, न जानें किस मनहूस का मुँह देखकर घर से चले थे। कहीं यह दुष्ट उलझ पड़े, तो दस-पाँच दिन हल्दी- सोंठ पीना पड़े। अब से भी कुशल है, यहाँ उतर जाऊँ, जो बच जाए, वही सही। भीगी बिल्ली बनकर बोले- अच्छा, अब रोक लो खाँ साहब, मेरा गाँव आ गया, बोलो, तुम्हें क्या दे दूँ?

इक्केवाले ने घोड़े को एक चाबुक और लगाया और निर्दयता से बोला-

मजूरी सोच लो भाई। तुझको न बैठाया होता तो तीन सवारियाँ बैठा लेता। तीनों चार-चार आने देते, तो बारह आने हो जाते। तुम आठ ही आने दे दो।

सेठजी की बधिया बैठ गई। इतनी बड़ी रकम उन्होंने उम्र भर इस मद में नहीं खर्च की थी। इतनी-सी दूर के लिए इतना किराया, वह किसी तरह न दे सकते थे। मनुष्य के जीवन में एक ऐसा अवसर भी आता है, जब परिणाम की उसे चिंता रहती। सेठजी के जीवन में ऐसा ही अवसर था। अगर आने-दो आने की बात होती, खून का घूंट पीकर दे देते, लेकिन आठ आने

के लिए, कि जिसका द्विगुण एक कलदार होता है, अगर तू-तू मैं-में ही नहीं, हाथापाई की भी नौबत आए, तो वह करने को तैयार थे। यह निश्चय करके वह दृढ़ता के साथ बैठ रहे।

सहसा सड़क के किनारे एक झोंपड़ा नजर आया। इक्का रुक गया, सेठजी उतर पड़े और कमर से एक दुअन्नी निकालकर इक्केवान की ओर बढ़ायी। इक्केवान ने सेठजी के तेवर देखे, तो समझ गया, ताव बिगड़ गया। चाशनी कड़ी होकर कठोर हो गई। अब वह दाँतों से लड़ेगी। ऐसे चुबलाकर ही मिठास का आनंद लिया जा सकता है। नम्रता से बोला- मेरी ओर से इसकी रेवड़ियां लेकर बाल-बच्चों को खिला दीजिएगा। अल्लाह आपको सलामत रखे।

सेठ जी ने एक आना और निकाला और बोला- बस, अब जबान न हिलाना एक कौड़ी भी अधिक न दूँगा।

इक्केवाला- नहीं मालिक, आप ही ऐसा कहेंगे, तो हम गरीबों के बाल-बच्चे कहाँ से पलेंगे? हम लोग भी आदमी पहचानते हैं हुजूर।

इतने में झोपड़ी में से एक स्त्री गुलाबी साड़ी पहने, पान चबाती हुई निकल आयी और बोली- आज बड़ी देर लगाई। (एकाएक सेठजी को देखकर) अच्छा, आज लालाजी तुम्हारे इक्के पर थे। फिर आज तुम्हारा मिजाज़ काहे को मिलेगा? एक चेहरेशाही तो मिली ही होगी। इधर बढ़ा दो सीधे से।

यह कहकर वह सेठजी के समीप आकर बोली- आराम से चरपैया पर बैठो लाला। बड़े भाग थे कि आज आपके सबेरे दर्शन हुए।

उसके वस्त्र मंद-मंद महक रहे थे। सेठजी का दिमाग ताजा हो गया। उसकी ओर कनखियों से देखा। औरत चंचल, बाँकी-कटीली, तेज-तर्रार थी। सेठानी जी की मूर्ति आँखों के सामने आ गई- भद्दी, थल-थल, पिल-पिल, पैरों में बिवाए फटी हुई, कपड़ों से दुर्गंध उठती हुई। सेठ जी नाममात्र को भी रसिक न थे, पर इस समय आंखों से हार गये। आंखों को उधर से हटाने की चेष्टा करके चारपाई पर बैठ गये। अभी कोस भर की मंजिल बाकी है, इसका ख्याल ही न रहा।

स्त्री एक छोटी-सी पंखिया उठा लाई और सेठजी को झलने लगी। हाथ की प्रत्येक गति के साथ सुगंध का एक झोंका आकर सेठजी को उन्मत्त करने लगा। सेठजी ने जीवन में ऐसा उल्लास कभी अनुभव न किया था। उन्हें प्राय: सभी घृणा की दृष्टि से देखते थे। चोला मस्त हो गया। उसके हाथ से पंखिया छीन लेनी चाही।

तुम्हें कष्ट हो रहा है, लाओ मैं झल लूँ।

यह कैसी बात है लालाजी। आप हमारे दरवाजे पर आए हैं। क्या इतनी खातिर भी न करने दीजिएगा? और हम किस लायक हैं? इधर कहीं दूर जाना है? अब तो बहुत देर हो आई। कहीं जाइयेगा?

सेठजी ने पापी आँखों को फेरकर और पापी मन को दबाकर कहा- यहाँ से थोड़ी दूर एक गाँव है, वहीं जाना है। साँझ को इधर ही से लौटूंगा।

सुंदरी ने प्रसन्न होकर कहा- तो फिर आज यहीं रहियेगा। साँझ को फिर कहाँ खाइएगा। एक दिन घर के बाहर की हवा भी खाइए। फिर न-जाने कब मुलाकात होगी।

इक्केवाले ने आकर सेठजी के कान में कहा- पैसे निकालिए तो दाने-चारे का इन्तजाम करूँ?

सेठजी ने चुपके से अठन्नी निकाल कर दे दी।

इक्केवाले ने फिर पूछा- आपके लिए कुछ मिठाई लेता आऊँ? यहाँ आपके लायक मिठाई क्या मिलेगी, हाँ मुँह मीठा हो जाएगा।

सेठजी बोले- मेरे लिए कोई जरूरत नहीं, हां, बच्चों के लिए यह चार आने की मिठाई लेते आना।

चवन्नी निकालकर सेठजी ने उसके सामने ऐसे गर्व से फेंकी, मानो इसकी उनके सामने कोई हकीकत नहीं है। सुंदरी के मुँह का भाव तो देखना चाहते थे, पर डरते थे कि कहीं वह यह न समझे, लाला चवन्नी क्या दे रहे हैं, मानों किसी को मोल ले रहे हैं।

इक्केवाला चवन्नी उठाकर जा रहा था कि सुंदरी ने कहा- सेठजी की चवन्नी लौटा दो। लपक कर उठा ली। शर्म नहीं आती। यह मुझसे रुपया ले लो। आठ आने की ताजी मिठाई बनवाकर लाओ।

उसने रुपया निकालकर फेंका। सेठजी मारे लाज के लाड़ गये। एक इक्केवान की भठियारिन, जिसकी टके की भी औकात नहीं, इतनी खातिरदारी करे कि उनके लिए पूरा रुपया निकालकर दे दे, वह भला कैसे सह सकते थे? बोले-नहीं-नहीं, यह नहीं हो सकता। तुम अपना रुपया रख लो (रसिक आंखों को तृप्त करके) मैं रुपया दिए देता हूँ। यह लो, आठ आने की ले लेना।

इक्केवान तो उधर मिठाई और दाना-चारे की फिक्र में चला, इधर सुंदरी ने सेठ से कहा- यह तो अभी देर में आएगा लाला, तब तक पान तो खाओ।

सेठजी ने इधर-उधर ताक कर कहा- यहाँ तो कोई तम्बोली नहीं है।

सुंदरी उनकी ओर कटाक्ष पूर्ण नेत्रों से देखकर बोली- क्या मेरे लगाए पान तम्बोली के पानों से भी खराब होंगे?

सेठजी ने लज्जित होकर कहा, नहीं-नहीं, यह बात नहीं। तुम मुसलमान हो न? सुन्दरी ने विनोदपूर्ण आग्रह से कहा- खुदा की कसम, इसी बात पर मैं तुम्हें पान खिलाकर छोडूंगी।

यह कहकर उसने पानदान से एक बीड़ा निकाला और सेठजी की तरफ चली। सेठजी ने एक मिनट तक तो, हाँ! हां! किया, फिर दोनों हाथ बढ़ाकर उसे हटाने की चेष्टा की, फिर जोर से दोनों होंठ बंद कर लिये, पर जब सुंदरी किसी तरह न मानी, तो सेठजी अपना धर्म लेकर बेतहाशा भागे। सोंटा वहीं चारपाई पर रह गया। बीस कदम पर जाकर रुक गये और हांफ कर बोले- देखो, इस तरह किसी का धर्म नहीं लिया जाता। हम लोग तुम्हारा छुआ पानी भी पी लें तो धर्म भ्रष्ट हो जाए।

सुन्दरी ने फिर दौड़ाया। सेठजी फिर भागे। इधर पचास वर्ष से उन्हें इस तरह भागने का अवसर न पड़ा था। धोती खिसककर गिरने लगी, मगर इतना अवकाश न था कि धोती बाँध लें। बेचारे धर्म को कंधे पर रखे दौड़े चले जाते थे। न मालूम कब कमर से रुपयों का बटुआ खिसक पड़ा। जब एक पचास कदम पर फिर रुके और धोती ऊपर उठायी, तो बटुआ नदारद। पीछे फिरकर देखा। सुंदरी हाथ में बटुआ लिये, उन्हें दिखा रही थी और इशारे से बुला रही थी। मगर सेठजी को धर्म रुपये से कहीं प्यारा था। दो-चार कदम चले, फिर रुक गये।

एकाएक धर्म-बुद्धि ने डाँट बतायी। थोड़े रुपये के लिए धर्म छोड़ देते हो। रुपये बहुत मिलेंगे। धर्म कहां मिलेगा?

यह सोचते हुए वह अपनी राह चले, जैसे कोई कुत्ता झगड़ालू कुत्तों के बीच से आहत, दुम दबाए भागा जाता हो और बार-बार पीछे पलटकर देख लेता हो कि कहीं वे दुष्ट आ तो नहीं रहे हैं।

□□□

दो कब्रें

अब न वह यौवन है, न वह नशा है, न वह उन्माद। वह महफिल उठ गई, वह दीपक बुझ गया, जिससे महफिल की रौनक थी। वह प्रेममूर्ति कब्र की गोद में सो रही है। हां, उसके प्रेम की छाप अब भी हृदय पर है और उसकी अमर स्मृति आँखों के सामने। वीरांगनाओं में ऐसी वफा, ऐसा प्रेम, ऐसा व्रत दुर्लभ है और रईसों में ऐसा विवाह, ऐसा समर्पण, ऐसी भक्ति और भी दुर्लभ। कुँवर रनवीर सिंह रोज बिना नागा संध्या समय जुहरा की कब्र के दर्शन करने जाते थे, उसे फूलों से सजाते, आँसुओं से सींचते। पन्द्रह साल गुजर गये, एक दिन भी नागा नहीं हुआ। प्रेम की उपासना ही उनके जीवन का उद्देश्य था, उस प्रेम की, जिसमें उन्होंने जो कुछ देखा, वही पाया और जो कुछ अनुभव किया, उसी की याद अब भी उन्हें मस्त कर देती है। इस उपासना में सुलोचना भी उसके साथ होती, जो जुहरा का प्रसाद और कुँवर साहब की सारी अभिलाषाओं की केन्द्र थी।

कुँवर साहब ने दो शादियाँ की थी, पर दोनों स्त्रियों में से एक भी संतान का मुँह न देख सकी। कुँवर साहब ने फिर विवाह न किया। एक दिन एक महफिल में उन्हें जुहरा के दर्शन हुए। उस निराश पति और अतृप्त युवती में ऐसा मेल हुआ, मानो चिरकाल से बिछुड़े हुए दो साथी फिर मिल गये हों। जीवन का वसंत- विकास संगीत और सौरभ से भरा हुआ आया, मगर अफसोस! पाँच वर्षों के अल्पकाल में उसका भी अंत हो गया। वह मधुर स्वप्न निराशा से भरी हुई जागृत में लीन हो गया। वह सेवा और व्रत की देवी तीन साल की सुलोचना को उनकी गोद में सौंपकर सदा के लिए सिधार गई।

कुँवर साहब ने इस प्रेमादेश का इतने अनुराग से पालन किया कि देखने वालों को आश्चर्य होता था। कितने ही तो उन्हें पागल समझते थे। सुलोचना ही की नींद सोते, उसी की नींद जागते, खुद पढ़ाते, उसके साथ सैर करते, इतनी एकाग्रता के साथ, जैसे कोई विधवा अपने अनाथ बच्चे को पाले।

जबसे वह यूनिवर्सिटी में दाखिल हुई, उसे खुद मोटर में पहुँचा कर आते और शाम को खुद जाकर ले आते। वह उसके माथे पर से कलंक धो डालना चाहते थे, जो मानो विधाता ने क्रूर हाथों से लगा दिया था। धन तो उसे न धो सका, शायद विद्या धो डाले।

2

एक दिन शाम को कुँवर साहब जुहरा के मजार को फूलों से सजा रहे थे और सुलोचना कुछ दूर पर खड़ी अपने कुत्ते को गेंद खेला रही थी कि सहसा उसने अपने कॉलेज के प्रोफेसर डॉक्टर राजेन्द्र को आते देखा। सकुचा कर उसने मुंह फेर लिया मानो उन्हें देखा ही नहीं। शंका हुई, कहीं राजेन्द्र इस मजार के बारे में कुछ पूछ न बैठें।

यूनिवर्सिटी में दाखिल हुए उसे एक साल हुआ इस एक साल में उसने प्रणय के विविध रूपों को देख लिया था। कहीं क्रीड़ा थी, कहीं विनोद था, कहीं कुत्सा थी, कहीं लालसा थी, कहीं उच्छृंखलता थी, किंतु कहीं वह सहृदयता न थी जो प्रेम का मूल है। केवल राजेन्द्र ही एक ऐसे सज्जन थे, जिन्हें अपनी ओर ताकते देखकर उसके हृदय में सनसनी होने लगी थी, पर उनकी आंखों में कितनी विवशता, कितनी पराजय, कितनी वेदना छिपी होती थी।

राजेन्द्र ने कुँवर साहब की ओर देखकर कहा- तुम्हारे बाबा इस कब्र पर क्या कर रहे हैं?

सुलोचना का चेहरा कानों तक लाल हो गया। बोली- यह इनकी पुरानी आदत है।

राजेन्द्र- किसी महात्मा की समाधि है?

सुलोचना ने इस सवाल को उड़ा देना चाहा। राजेन्द्र यह तो जानते थे कि सुलोचना कुँवर साहब की दासता औरत की लड़की है, पर उन्हें यह न मालूम था कि यह उसी की कब्र है और कुँवर साहब अतीत प्रेम के इतने उपासक हैं। मगर यह प्रश्न उन्होंने बहुत धीमे स्वर में न किया था। कुँवर साहब जूते पहन रहे थे। यह प्रश्न उनके कानों में पड़ गया। जल्दी से जूता पहन लिया और समीप जाकर बोले-संसार की आँखों में तो वह महात्मा न थी, पर मेरी आँखों में थी, और है। यह मेरे प्रेम की समाधि है।

सुलोचना की इच्छा होती थी, यहाँ से भाग जाऊँ, लेकिन कुंवर साहब को जुहरा के यशोगान में आत्मिक आनंद मिलता था। राजेन्द्र का विस्मय देखकर बोले- इसमें यह देवी सो रही है, जिसने मेरे जीवन को स्वर्ग बना दिया था। यह सुलोचना उसी का प्रसाद है।

राजेन्द्र ने कब्र की तरफ देखकर आश्चर्य से कहा- अच्छा!

कुँवर साहब ने मन में उस प्रेम का आनंद उठाते हुए कहा- वह जीवन ही और था, प्रोफेसर साहब! ऐसी तपस्या मैंने और कहीं नहीं देखी। आपको फुरसत हो तो आप मेरे साथ चलिए। आपको उन यौवन-स्मृतियों...

सुलोचना बोल उठी- वह सुनने की चीज नहीं हैं, दादा!

कुँवर- मैं राजेन्द्र बाबू को गैर नहीं समझता।

राजेन्द्र को प्रेम का अलौकिक रूप मनोविज्ञान का एक रत्न-सा मालूम हुआ। वह कुंवर साहब के साथ ही उनके घर आए और कई घंटे तक उन हसरत में डूबी हुई प्रेम-स्मृतियों को सुनते रहे।

जो वरदान माँगने के लिये उन्हें साल भर से साहस न होता था, दुविधा में पड़कर रह जाते थे, वह आज उन्होंने माँग लिया।

3

लेकिन विवाह के बाद राजेन्द्र को नया अनुभव हुआ। महिलाओं का आना-जाना प्रायः बंद हो गया। इसके साथ ही मर्द दोस्तों की आमद-रफ्त बढ़ गई। दिन भर उनका ताँता लगा रहता था। सुलोचना उनके आदर-सत्कार में लगी रहती। पहले एक -दो महीने तक तो राजेन्द्र ने इधर

ध्यान नहीं दिया, लेकिन जब कई महीने गुजर गये और स्त्रियों ने बहिष्कार का त्याग न किया तो उन्होंने एक दिन सुलोचना से कहा- यह लोग आजकल अकेले ही आते हैं।

सुलोचना ने धीरे से कहा- हां, देखती तो हूँ।

राजेन्द्र- इनकी औरतें तो तुमसे परहेज नहीं करतीं ?

सुलोचना- शायद करती हों।

राजेन्द्र- अगर ये लोग विचारों के बड़े स्वाधीन हैं। इनकी औरतें भी शिक्षित हैं, फिर क्या बात है ?

सुलोचना ने दबी जबान से कहा- मेरी समझ में कुछ नहीं आता।

राजेन्द्र ने कुछ देर असमंजस में पड़कर कहा- हम लोग किसी दूसरी जगह चले जाएँ तो क्या हर्ज ? वहाँ तो कोई हमें न जानता होगा।

सुलोचना ने अबकी तीव्र स्वर में कहा- दूसरी जगह क्यों जाएँ ? हमने किसी का कुछ बिगाड़ा नहीं है, किसी से कुछ माँगते नहीं। जिसे आना हो, आए, न आना हो, न आए। मुँह क्यों छिपाएं ?

धीरे-धीरे राजेन्द्र पर और रहस्य खुलने लगा, जो महिलाओं के व्यवहार से कहीं अधिक घृणास्पद और अपमानजनक था। राजेन्द्र को अब मालूम होने लगा कि ये महाशय जो आते हैं और घंटों बैठे सामाजिक और राजनीतिक प्रश्नों पर बहस किया करते हैं। वास्तव में विचार विनिमय के लिए नहीं, बल्कि रूप की उपासना के लिए आते हैं। उनकी आँखें सुलोचना को खोजती रहती हैं। उनके कान उसी की बातों की ओर लगे रहते हैं। उसके रूप-माधुर्य का आनंद उठाना ही उनका अभीष्ट है। यहाँ उन्हें यह संकोच नहीं होता, जो किसी भले आदमी की बहू-बेटी की ओर आंख नहीं उठने देता। शायद वे सोचते हैं, यहाँ उन्हें कोई रोक-टोक नहीं है।

कभी-कभी जब राजेन्द्र की अनुपस्थिति में कोई महाशय आ जाते, तो कुत्सित संकेतों से, अपनी रहस्यपूर्ण बातों से, अपनी लम्बी साँसों से उसे दिखाना चाहते थे कि हम भी तुम्हारी कृपा के भिखारी हैं, अगर राजेन्द्र का तुम पर सोलहों आना अधिकार है, तो थोड़ी-सी दक्षिणा के अधिकारी हम भी हैं। सुलोचना उस वक्त जहर का घूंट पीकर रह जाती।

अब तक राजेन्द्र और सुलोचना दोनों क्लब जाया करते थे। यहाँ उदार सज्जनों का अच्छा जमघट रहता था। जब तक राजेन्द्र को किसी की ओर से संदेह न था, यह उसे आग्रह करके अपने साथ ले जाते थे। सुलोचना के पहुँचते ही यहाँ एक स्फूर्ति-सी उत्पन्न हो जाती थी। जिस मेज़ पर सुलोचना बैठती, उसे लोग घेर लेते थे। कभी-कभी सुलोचना गाती भी थी। उस वक्त सब-के-सब उन्मत्त हो जाते।

क्लब में महिलाओं की संख्या अधिक न थी। मुश्किल से पाँच छह लेडियाँ आती थीं, मगर ये भी सुलोचना से दूर-दूर रहती थीं, बल्कि अपनी भाव-भंगियों और कटाक्षों से वे उसे जता देना चाहती थीं कि तुम पुरुषों का दिल खुश करो, हम कुल-बंधुओं के पास नहीं आ सकतीं।

लेकिन जब राजेन्द्र पर इस कटु सत्य का प्रकाश हुआ, तो उन्होंने क्लब जाना छोड़ दिया, मित्रों के यहाँ आना-जाना बंद कर दिया, और अपने यहाँ आने वालों की भी उपेक्षा करने लगे। वे चाहते थे कि मेरे एकांतवास में कोई विघ्न न डाले। आखिर उन्होंने बाहर आना-जाना छोड़ दिया। अपने चारों ओर छल-कपट का जाल- सा बिछा हुआ मालूम होता था। किसी पर विश्वास न कर सकते थे, किसी से सद्व्यवहार की आशा नहीं। सोचते, ऐसे धूर्त, कपटी, दोस्ती की आड़ में गला काटने वाले आदमियों से मिले ही क्यों?

वे स्वभाव से मिलनसार आदमी थे। पक्के वारबाश। यह एकांतवास जहाँ न कोई सैर थी, न विनोद, न कोई चहल-पहल, उनके के लिए कठिन कारावास से कम न था। यद्यपि कर्म और वचन से सुलोचना की दिलजोई करते रहते थे, लेकिन सुलोचना की सूक्ष्म और सशंक आँखों से अब यह बात छिपी न थी कि यह अवस्था इनके लिए दिन-दिन असह्य होती जाती थी। वह दिल में सोचती, इनकी यह दशा मेरे ही कारण तो है, मैं ही तो इनके जीवन की काँटा हो गई।

एक दिन उसने राजेन्द्र से कहा- आजकल क्लब क्यों नहीं चलते? कई सप्ताह हुए, घर से निकले तक नहीं?

राजेन्द्र ने बेदिली से कहा- मेरा जी कहीं जाने को नहीं चाहता। अपना घर सबसे अच्छा है।

सकुलोचना- जी ऊबता ही होगा। मेरे कारण यह तपस्या क्यों करते हो? मैं तो न जाऊंगी। उन स्त्रियों से मुझे घृणा होती है। उनमें एक भी ऐसी नहीं, जिसके दामन पर काले दाल नहीं, लेकिन सब सीता बनी फिरती हैं। मुझे तो उनकी सूरत से चिढ़ हो गई है, मगर तुम क्यों नहीं जाते? कुछ दिल ही बहल जाएगा ।

राजेन्द्र- दिल नहीं, पत्थर बहलेगा। जब अंदर आग लगी हुई हो, तो बाहर शांति कहाँ?

सुलोचना चौंक पड़ी। आज पहली बार उसने राजेन्द्र के मुँह से ऐसी बात सुनी। वह अपने ही को बहिष्कृत समझती थी। अपना अनादर जो कुछ था, उसका था। राजेन्द्र के लिए तो अब भी सब दरवाजे खुले हुए थे। वह जहाँ चाहे जा सकते हैं, जिससे चाहें मिल सकते हैं, उनके लिए कौन-सी रुकावट है। लेकिन नहीं, अगर उन्होंने किसी कुलीन स्त्री से विवाह किया होता तो उनकी यह दशा क्यों होती? प्रतिष्ठित घरानों की औरतें आतीं, आपस में मैत्री बनती, जीवन सुख से कटता, रेशम-में-रेशम का पैबंद लग जाता। अब तो उसमें टाट का पैबंद लग गया। मैंने आकर सारे तालाब को गंदा कर दिया। उसके मुख पर उदासी छा गई।

राजेन्द्र को भी तुरंत मालूम हो गया कि उनकी जुबान से एक ऐसी बात निकल गई, जिसके दो अर्थ हो सकते हैं। उन्होंने फौरन बात बनायी-क्या तुम समझती हो कि हम और तुम अलग-अलग हैं? हमारा और तुम्हारा जीवन एक है। जहां तुम्हारा आदर नहीं मैं वहां कैसे जा सकता हूँ? फिर मुझे भी समाज के उन सियारों से घृणा हो रही है। मैं इन सबों के कच्चे चिट्ठे जानता हूँ। पद या उपाधि या धन से किसी की आत्मा शुद्ध नहीं हो जाती। जो ये लोग करते हैं, वह अगर कोई नीचे दरजे का आदमी करता, उसे कहीं मुँह दिखाने की हिम्मत न होती, मगर यह लोग अपनी सारी बुराई उदारतावाद के पर्दे में छिपाते हैं। इन लोगों से दूर रहना ही अच्छा है।

सुलोचना का चित शांत हो गया।

4

दूसरे साल सुलोचना की गोद में एक चाँद-सी बालिका का उदय हुआ। उसका नाम रखा गया शोभा। कुंवर साहब का स्वास्थ्य इन दिनों कुछ अच्छा न था। मंसूरी गये हुए थे। यह खबर पोते ही राजेन्द्र को तार दिया कि जच्चा और बच्चा को लेकर यहाँ आ जाओ।

लेकिन राजेन्द्र इस अवसर पर न जाना चाहते थे। अपने मित्रों की सज्जनता और उदारता की अन्तिम परीक्षा लेने का इससे अच्छा और कौन-सा अवसर हो सकता था। सलाह हुई एक शानदार दावत दी जाए। प्रोग्राम में संगीत भी शामिल था, कई अच्छे-अच्छे गवैए बुलाए गये, अंग्रेजी, हिंदुस्तानी, मुसलमानी, सभी प्रकार के भोजनों का प्रबंध किया गया।

कुँवर साहब गिरते-पड़ते मंसूरी से आए। उसी दिन दावत थी। नियत समय पर निमंत्रित लोग एक-एक करके आने लगे। कुँवर साहब स्वयं सबका स्वागत कर रहे थे। खाँ साहब आए, मिर्जा साहब आए, मीर साहब आए, मगर पंडितजी और बाबूजी, और लाला साहब और चौधरी साहब कक्कड़, मेहरा और चोपड़ा, कौल और हुक्कू श्रीवास्तव और खरे किसी का पता न था।

यही सब लोग होटलों में सब-कुछ खाते थे, अण्डे और शराब उड़ाते थे, इस विषय में किसी तरह का विवेक या विचार न करते थे। फिर आज क्यों तशरीफ नहीं लाये? इसलिए नहीं के छूतछात का विचार था, बल्कि इसलिए कि वह अपनी उपस्थिति को इस विवाह के समर्थन की सनद समझते थे और यह सनद देने की उनकी इच्छा न थी।

दस बजे रात तक कुंवर साहब फाटक पर खड़े रहे। लेकिन उस वक्त तक कोई न आया, तो कुँवर साहब ने आकर राजेन्द्र से कहा- अब लोगों का इंतजार फिजूल है। मुसलमानों को खिला दो और बाकी सामान गरीबों को दिला दो।

राजेन्द्र एक कुर्सी पर हतबुद्धि-से बैठे हुए थे। कुंठित स्वर से बोले- जी हां, यही तो मैं सोच रहा हूँ।

कुंवर- मैंने तो पहले ही समझ लिया था। हमारी तौहीन नहीं हुई। खुद उन लोगों की कलई खुल गई।

राजेन्द्र- खैर, परीक्षा तो हो गई। कहिए तो अभी जाकर एक-एक की खबर लूँ।

कुंवर साहब ने विस्मित होकर कहा- क्या उनके घर जाकर?

राजेन्द्र- जी हां। पूछूं कि आप लोग जो समाज-सुधार का राग अलापते फिरते हैं, वह किस बल पर?

कुवंर- व्यर्थ है। जाकर आराम से लेटो। नेक और बद की सबसे बड़ी पहचान अपना दिल है। अगर हमारा दिल गवाही दे कि यह काम बुरा नहीं है, तो फिर सारी दुनिया मुँह फेर ले, हमें किसी की परवाह न करनी चाहिए।

राजेन्द्र- लेकिन मैं इन लोगों को यों न छोड़ूंगा एक-एक की बखिया उधेड़ कर रख न दूँ तो नाम नहीं।

यह कहकर उन्होंने पत्तल और कसोरे उठवा-उठवा कर कंगालों को देना शुरू किया।

5

राजेन्द्र सैर करके लौटे ही थे कि वेश्याओं का एक दल सुलोचना को बधाई देने के लिए आ पहुंचा। जुहरा की एक सगी भतीजी थी, गुलनार। सुलोचना के यहाँ पहले बराबर आती-जाती थी। इधर दो साल से न आयी थी। यह उसी का बधाई था। दरवाजे पर अच्छी खासी भीड़ हो गई थी। राजेन्द्र ने शोरगुल सुना। गुलनार ने आगे बढ़कर उन्हें सलाम किया और बोली- बाबूजी, बेटी मुबारक। बधाई लायी हूं।

राजेन्द्र पर मानो लकवा-सा गिर गया। सिर झुक गया और चेहरे पर कालिमा- सी पूत गयी। न मुंह से बोले, न किसी को बैठने का इशारा किया, न वहाँ से हिले। बस, मूर्तिवत खड़े रह गये। एक बाजारी औरत से नाता पैदा करने का ख्याल इतना लज्जास्पद था, इतना जघन्य कि उसके सामने सज्जनता भी मौन रह गई। इतना शिष्टाचार भी न कर सके कि सब को कमरे में जाकर बिठा तो देते। आज पहली बार उन्हें अपने अद्य पतन का अनुभव हुआ। मित्रों की कुटिलता और महिलाओं की उपेक्षा को वह उनका अन्याय समझते थे अपना अपमान नहीं, लेकिन यह बधाई उनकी अबाध्य उदारता के लिए भी भारी था।

सुलोचना का जिस वातावरण में पालन-पोषण हुआ, वह एक प्रतिष्ठित हिंदू कुल का वातावरण था। यह सच है कि अब भी सुलोचना नित्य जुहरा के मजार की परिक्रमा करने जाती थी, मगर जुहरा अब एक पवित्र स्मृति थी, दुनिया की मलिनताओं और कलुषताओं से रहित। गुलनार से नातेदारी और परस्पर का विवाह दूसरी बात थी। जो लोग तस्वीरों के सागने सिर झुकाते हैं, उन पर फूल चढ़ाते हैं, वे भी मूर्ति-पूजा की निंदा करते हैं। एक स्पष्ट है, दूसरा सांकेतिक। एक प्रत्यक्ष है दूसरा आंखों से छिपा हुआ।

सुलोचना अपने कमरे में चिक की आड़ में खड़ी राजेन्द्र का असमंजस और क्षोभ देख रही थी। जिस समाज को उसने अपना उपास्य बनाना चाहा था, जिसके द्वार पर सिजदे करते उसे बरसों हो गये थे, उसकी तरफ से निराश होकर, उसका हृदय इस समय उससे विद्रोह करने पर तुला हुआ था। उसके जी में आता था, गुलनार को बुलाकर गले लगा लूँ। जो लोग मेरी बात भी नहीं पूछते, उनकी खुशामद क्यों करूं? यह बेचारियां इतनी दूर से आयी हैं, मुझे अपना ही समझकर तो। उनके दिल में प्रेम तो है, यह मेरे दु:ख-सुख में शरीक होने को तैयार तो हैं।

आखिर राजेन्द्र ने सिर उठाया और शुष्क मुस्कान के साथ गुलनार से बोले- आइए, आप लोग अंदर चले आइए। यह कहकर वह आगे- रास्ता दिखाते हुए दीवानखाने की ओर चले कि सहसा महरी निकली और गुलनार के हाथ में एक पुर्जा देकर चली गयी। गुलनार ने यह पुर्जा लेकर देखा उसे राजेन्द्र के हाथ में देकर वहीं खड़ी हो आई। राजेन्द्र ने पुर्जा देखा, लिखा था-

बहन गुलनार, तुम यहाँ नाहक आयी। हम लोग यों ही बदनाम हो रहे हैं। अब और बदनाम मत करो, बधाई वापस ले जाओ। कभी मिलने को जी चाहे, तो रात को आना और अकेली। मेरा जी तुम्हारे गले लिपटकर रोने के लिए तड़प रहा है, मगर मजबूर हूं।

राजेन्द्र ने पुर्जा फाड़कर फेंक दिया और उद्दंड होकर बोले- इन्हें लिखने दो। मैं किसी से नहीं डरता। अंदर आओ।

गुलनार वे एकदम पीछे फिरकर कहा- नहीं, बाबूजी, अब हमें आज्ञा दीजिए।

राजेन्द्र- एक मिनट तो बैठो।

गुलनार- जी नहीं। एक सेकंड भी नहीं।

6

गुलनार के चले जाने के बाद राजेन्द्र अपने कमरे में जा बैठे। जैसी पराजय उन्हें आज हुई, वैसी पहले कभी नहीं हुई। वह आत्माभिमान, वह सच्चा क्रोध, जो अन्याय के काल के ज्ञान से पैदा होता है, लुप्त हो गया था। उसकी जगह लज्जा और ग्लानि थी। इसे बधाई की क्यों सूझी। यों तो कभी आती-जाती न थी, आज न जाने कहां से फट पड़ी। कुवंर साहब होंगे उतने उदार। उन्होंने जुहरा के नातेदारों से भाई-चारे का निबाह किया होगा, मैं इतना उदार नहीं हूँ। कहीं सुलोचना छिपकर इसके पास आती-जाती तो नहीं। लिखा भी तो है कि मिलने को जी चाहे तो रात को आना और अकेली- क्यों न हों, खून तो वही है। मनोवृत्ति यही, विचार वही, आदर्श वही। माना, कुंवर साहब के घर में पालन-पोषण हुआ मगर रक्त का प्रभाव इतनी जल्दी नहीं मिट सकता। अच्छा, दोनों बहिनें मिलती होंगी, तो उनमें क्या बातें होती होंगी? इतिहास या नीति की चर्चा तो हो नहीं सकती। वही निर्लज्जता की बातें होती होंगी। गुलनार अपना वृत्तांत करती होगी, उस बाजार के खरीदारों और दुकानदारों के गुण-दोष पर बहस होती होगी। यह हो ही नहीं सकता कि गुलनार इसके पास आते ही अपने को भूल जाए और कोई भद्दी, अनर्गल और कलुषित बात न करें। एक क्षण में उनके विचारों ने पलटा खाया, मगर आदमी बिना किसी से मिले- जुले रह भी तो नहीं सकता। यह भी तो एक तरह की भूख है। भूख में अगर शुद्ध भोजन न मिले तो आदमी अशुद्ध खाने से भी परहेज नहीं करता। अगर इन लोगों ने सुलोवना को अपनाया होता, उसका यों बहिष्कार न करते, तो उसे क्यों ऐसे प्राणियों से मिलने की इच्छा होती, उसका कोई दोष नहीं, यह सारा दोष परिस्थितियों का है, जो हमारे अतीत की याद दिलाती रहती हैं।

राजेन्द्र इन्हीं विचारों में पड़े हुए थे कि कुंवर साहब आ पहुंचे और कटु स्वर में बोले- मैंने सुना गुलनार अभी बधाई लाई थी, तुमने उसे लौटा दिया।

राजेन्द्र का विरोध सजी हो उठा। बोले- मैंने तो नहीं लौटाया, सुलोचना ने लौटाया। पर मेरे खयाल में अच्छा किया।

कुँवर-तो यह कहो तुम्हारा इशारा था। तुमने इन पतितों को अपनी ओर खींचने का कितना अच्छा अवसर हाथ से खो है! सुलोचना को देखकर जो कुछ असर पड़ा, वह मिटा दिया। बहुत

संभव था कि एक प्रतिष्ठित आदमी से नाता रखने का अभिमान उसके जीवन में एक नये युग का आरम्भ करता, मगर तुमने इन बातों पर जरा भी ध्यान न दिया।

राजेन्द्र ने कोई जवाब न दिया। कुंवर साहब जरा उत्तेजित होकर बोले- आप लोग यह क्यों भूल जाते हैं कि हरेक बुराई मजबूरी से होती है। चोर इसलिए चोरी नहीं करता कि चोरी में उसे विशेष आनन्द आता है, बल्कि केवल इसलिए कि जरूरत उसे मजबूर कर देती है। हां, यह जरूरत वास्तविक है या काल्पनिक इसमें मतभेद हो सकता है। स्त्री के मैके जाते समय कोई गहना बनवाना एक आदमी के लिए जरूरी हो सकता है। दूसरे के लिए बिलकुल गैर जरूरी। क्षुधा से व्यथित होकर एक आदमी अपना ईमान खो सकता है, दूसरा मर जायगा पर किसी के सामने हाथ न फैलायेगा, पर प्रकृति का यह नियम आप जैसे विद्वानों को न भूलना चाहिए कि जीवन-लालसा प्राणी गात्र में व्यापक है। जिंदा रहने के लिए आदमी सब कुछ कर सकता है। जिंदा रहना जितना ही कठिन होगा, बुराइयाँ भी उसी मात्रा में बढ़ेंगी, जितना ही आसान होगा उतनी ही बुराइयां कम होंगी। हमारा यह पहला सिद्धांत न होना चाहिए कि जिंदा रहना हरेक के लिए सुलभ हो। राजेन्द्र बाबू आपने इस वक्त इन लोगों के साथ वही व्यवहार किया जो दूसरे आपके साथ कर रहे हैं और जिससे आप बहुत दु:खी हैं।

राजेन्द्र ने इस लम्बे व्याख्यान को इस तरह सुना, मानो कोई पागल बक बक कर रहा हो। इस तरह की दलीलों का वह खुद कितनी बार समर्थन कर चुके हैं। पर दलीलों से व्यथित अंग की पीड़ा नहीं शांत होती। पतित स्त्रियों का नातेदार की हैसियत सा द्वार पर आना इतना अपमानजनक था कि राजेन्द्र किसी दलील से पराभूत होकर उसे भूल न सकते थे। बोले- मैं ऐसे प्राणियों से कोई संबंध नहीं रखता। यह विष अपने घर में नहीं फैलाना चाहता।

सहसा सुलोचना भी कमरे में आ गई। प्रसवकाल का असर अभी बाकी था पर उत्तेजना ने चेहरे को आरक्त कर रखा था। राजेन्द्र सुलोचना को देखकर तेज हो गये। वह उसे जता देना चाहते थे कि इस विषय में एक रेख तक का जा सकता हूं। उसके आगे किसी तरह नहीं जा सकता। बोले मैं यह कभी पसंद न करूंगा कोई बजारू औरत किसी भेष में मेरे घर में आये। रात को अकेले आने या सूरत बदलकर आने से क्या इस बुराई का असर मिट सकता है। मैं समाज के दंड से नहीं डरता, नैतिक विष से डरता हूं।

सुलोचना अपने विचार में मर्यादा-रक्षा के लिए काफी आत्मसमर्पण कर चुकी थी। उसकी आत्मा ने अभी तक क्षमा न किया था। तीव्र स्वर में बोली- क्या तुम चाहते हो कि मैं अकेली जान दे दूं ? कोई तो हो, जिससे आदमी हंसे बोले।

राजेन्द्र ने गर्म होकर कहा- हंसने- बोलने का इतना ही शौक था, तो मेरे साथ विवाह न करना चाहिए था। विवाह का बंधन बड़ी हद तक त्याग का बंधन है। जब तक संसार में विधान का राज्य है, और स्त्री कुल मर्यादा की रक्षक समझी जाती है, उस वक्त तक कोई मर्द यह स्वीकार न करेगा कि उसकी पत्नी बुरे आचरण के प्राणियों से किसी प्रकार का संसर्ग रखे।

कुँवर साहब समझ गये कि वाद-विवाद से राजेन्द्र और भी जिद पकड़ लेंगे और मुख्य विष लुप्त हो आएगा, इसलिए नम्र स्वर में बोले- लेकिन बेटा, यह क्यों ख्याल करते हो कि ऊंच दरजे की पढ़ी-लिखी स्त्री दूसरों के प्रभाव में आ जाएगी, और अपना प्रभाव न डालेगी?

राजेन्द्र - इस विषय में शिक्षा पर मेरा विश्वास नहीं। शिक्षा ऐसी कितनी बातों को मानती है, जो रीति- नीति और परम्परा की दृष्टि में त्याज्य हैं? अगर पाँव फिसल जाए, तो हम उसे काटकर फेंक नहीं देते, पर मैं इस (Analogy) के सामने सिर झुकाये को तैयार नहीं हूं। मैं स्पष्ट कह देना चाहता हूँ कि मेरे साथ रहकर पुराने सम्बन्धों का त्याग करना पड़ेगा। इतना ही नहीं, मन को ऐसा बना लेना पड़ेगा कि ऐसे लोगों से उसे खुद घृणा हो। हमें इस तरह अपना संस्कार करना पड़ेगा कि समाज अपने अन्याय पर लज्जित हो, न कि हमारे आचरण ऐसे भ्रष्ट हो जाएँ कि दूसरों की निगाह में यह तिरस्कार औचित्य का स्थान पा जाए।

सुलोचना ने उद्धत होकर कहा- स्त्री इसके लिए मजबूर नहीं है कि वह आपकी आंखों से देखे और आपके कानों से सुने। उसे यह निश्चय करने का अधिकार है कि कौन-सी बीच उसके हित की है, कौन-सी नहीं।

कुँवर साहब भयभीत होकर बोले- सिल्ली, तुम भूली जाती हो कि बातचीत में हमेशा मुलायम शब्दों का व्यवहार करना चाहिए। हम झगड़ा नहीं कर रहे हैं, केवल एक प्रश्न पर अपने-अपने विचार प्रकट कर रहे हैं।

सुलोचना ने निर्भीकता से कहा- जी नहीं, मेरे लिए बेड़ियाँ तैयार की जा रही हैं। मैं इन बेड़ियों को नहीं पहन सकती। मैं अपनी आत्मा को उतना ही स्वाधीन समझाती हूं, जितना कोई मर्द समझता है।

राजेन्द्र ने अपनी कठोरता पर कुछ लज्जित होकर कहा- मैंने तुम्हारी आत्मा की स्वाधीनता को छीनने की कभी इच्छा नहीं की और न मैं इतना विचारहीन हूं। शायद तुम भी इसका समर्थन करोगी, लेकिन क्या तुम्हें विपरीत मार्ग पर चलते देखूँ तो मैं समझा नहीं सकता?

सुलोचना- उसी तरह, जैसे मैं तुम्हें समझा सकती हूँ। तुम मुझे मजबूर नहीं कर सकते।

राजेन्द्र - मैं इसे नहीं मान सकता।

सुलोचना- अगर मैं अपने किसी नातेदार से मिलने जाऊं, तो आपकी इज्जत में बट्टा लगता है। क्या इसी तरह आप यह स्वीकार करेंगे कि आपका व्यभिचारियों से मिलना-जुलना मेरी इज्जत में दाग लगाता है?

राजेन्द्र - हां, मैं मानता हूँ।

सुलोचना - आपका कोई व्यभिचारी भाई आ जाए, तो आप उसे दरवाजे से भगा देंगे?

राजेन्द्र- तुम मुझे इसके लिए मजबूर नहीं कर सकती।

सुलोचना - और आप मुझे मजबूर कर सकते हैं?

'बेशक'

'क्यों?'

इसलिए कि मैं हूँ पुरूष हूं। इस छोटे-से परिवार का मुख्य अंग हूँ। इसलिए कि तुम्हारे ही कारण मुझे... राजेन्द्र कहते-कहते रुक गये, पर सुलोचना उनके मुँह से निकलने वाले शब्दों को ताड़ गई। उसका चेहरा तमतमा उठा, मानो छाती में बरछी-सी लग गई। मन में ऐसा उद्वेग उठा कि इसी क्षण यह घर छोड़कर, सारी दुनिया से नाता तोड़कर चली जाऊं और इन्हें कभी मुँह न दिखाऊँ। अगर इसी का नाम विवाह है कि किसी की मर्जी की गुलाम होकर रहूं, अपमान सहन करूं, तो ऐसे विवाह को दूर ही से सलाम है।

वह तैश में आकर कमरे से निकलना चाहती थी कि कुँवर साहब ने लपक कर उसे पकड़ लिया और बोले- क्या करती हो बेटी, घर में जाओ, क्यों रोती हो? अभी तो मैं जीता तुम्हें क्या गम है। राजेन्द्र बाबू ने कोई ऐसी बात नहीं कही और न कहना चाहते थे। फिर आपस की बातों का क्या बुरा मानना। किसी अवसर पर तुम भी जो जी में आए कह लेना।

यों समझाते हुए कुँवर साहब उसे अंदर ले गये। वास्तव में सुलोचना कभी गुलनार से मिलने की इच्छुक न थी। वह उससे स्वयं भागती थी। एक क्षणिक आवेश में उसने गुलनार को वह पुर्जा लिख दिया था। मन में स्वयं समझाती थी, ऐसे लोगों से मेल-जोल रखना मुनासिब नहीं, लेकिन राजेन्द्र ने यह विरोध किया, यही उसके लिए असह्य था। यह मुझे मना क्यों करें? क्या मैं इतना भी नहीं समझती? क्या इन्हें मेरी ओर से इतनी शंका है। इसीलिए, कि मैं कुलीन नहीं हूं। मैं अभी-अभी गुलनार से मिलने जाऊंगी, जिद्दन जाऊंगी। देखूं, मेरा क्या करते हैं।

लाड़-प्यार में पली हुई सुलोचना को कभी किसी ने तीखी आँखों से न देखा था। कुँवर साहब उसकी गर्जी के गुलाम थे। राजेन्द भी इतने दिनों उसका मुँह जोहते रहे। अब अकस्मात् यह तिरस्कार और फटकार पाकर उसकी स्वेच्छा प्रेम और आत्मीयता के सारे नातों को पैरों-से कुचल डालने के लिए विकल हो उठी। यह सब कुछ सह लेगी, पर यह धौंस, यह अन्याय, यह अपमान उससे न सहा जाएगा।

उसने खिड़की से सिर निकलकर कोचवान को पुकारा। और जोर से बोली- गाड़ी लाओ, मुझे चौक जाना है, अभी लाओ।

कुंवर साहब ने पुचकार कर कहा- बेटी सिल्लो, क्या कर रही हो। मेरे ऊपर दया करो। इस वक्त कहीं मत जाओ, नहीं हमेशा के लिए पछताना पड़ेगा। राजेन्द्र बाबू भी बड़े गुस्सेवर आदमी हैं। फिर तुमसे बड़े हैं, ज्यादा विचारवान हैं, उन्हीं का कहना मान जाओ। मैं तुमसे सच कहता हूँ, तुम्हारी माँ जब थीं, तो कई बार ऐसी नौबत आयी कि मैंने उनसे कहा, घर से निकल जाओ। पर उस प्रेम की देवी ने कभी घर के बाहर पांव नहीं निकाला। इस वक्त धैर्य से काम लो। मुझे विश्वास है, जरा देर में राजेन्द्र बाबू खुद लज्जित होकर तुम्हारे पास अपना अपराध क्षमा कराने आएँगे।

सहसा राजेन्द्र ने आकर पूछा- गाड़ी क्यों मंगवायी कहाँ जा रही हो?

राजेन्द्र का चेहरा इतना क्रोधोन्मत्त हो रहा- था कि सुलेचना सहम उठी। दोनों आँखों ज्वाला-सी निकल रही थी। नथने फफक रहे थे। पिंडलियां काँप रही थीं। यह कहने की हिम्मत न पड़ी कि गुलनार के घर जाती हूँ। गुलनार का नाम सुनते ही शायद वह मेरी गर्दन पर सवार हो जाएंगे- इस भय से वह काँप उठी। आत्म-रक्षा का भाव प्रबल हो गया। बोली- जरा अम्मा के मजार तक जाऊंगी। राजेन्द्र ने डपटकर कहा- कोई जरूरत नहीं वहाँ जाने की।

सुलोचना ने कातर स्वर में कहा- क्यों, अम्मा के मजार तक जाने की भी रोक है?

राजेन्द्र ने उसी ध्वनि में कहा- हाँ।

सुलोचना- तो फिर अपना घर सँभालो, मैं जाती हूँ।

राजेन्द्र- जाओ, तुम्हारे लिए क्या, यह न सही, दूसरा घर सही।

अभी तक तस्मा बाकी था, वह कट गया। यों शायद सुलोचना वहाँ से कुँवर साहब के बँगले पर जाती, दो-चार दिन रूठी रहती, फिर राजेन्द्र उसे मना लाते और मामला तय हो जाता, लेकिन इस चोट ने समझौते और संधि की जड़ काट दी। सुलोचना दरवाजे तक पहुँची थी, वहीं चित्र-लिखित-सी खड़ी रह गई। मानो किसी ऋषि के शाप ने उसके प्राण खींच लिये हों। वहीं बैठ गई। न कुछ बोल सकी, न कुछ सोच सकी। जिसके सिर पर बिजली गिर पड़ी हो, वह क्या सोचे, क्या रोए, क्या बोले? राजेन्द्र के यह शब्द बिजली से कहीं अधिक घातक थे।

सुलोचना कब तक वहाँ बैठी रही, उसे कुछ खबर न थी। जब उसे कुछ होश आया, तो घर में सन्नाटा छाया हुआ था। घड़ी की तरफ आंख उठी, एक बज रहा था। सामने आरामकुर्सी पर कुँवर साहब नवजात शिशु को गोद में लिये सो गये थे। सुलोचना ने उठकर बरामदे में झाँका, राजेन्द्र अपने पलँग घर लेटे हुए थे। उसके जी में आया, इसी वक्त इन्हीं के सामने जाकर कलेजे में छुरी मार ले और इन्हीं के सामने तड़प-तड़प कर मर जाऊँ। वह घातक शब्द याद आ गये। उनके मुँह से ऐसे शब्द निकले क्यों कर। इतने चतुर, इतने उदार और इतने विचारशील होकर भी वह जबान पर ऐसे शब्द क्यों कर ला सके?

उसका सारा सतीत्व, भारतीय आदर्शों की गोद में पली हुई भूमि पर आहत पड़ी हुई, अपनी दीनता पर रो रहा था। यह सोच रही थी, अगर मेरे नाम पर यह दाग न होता, मैं भी कुलीन होती, तो क्या यह शब्द इनके मुँह से निकल सकते थे? लेकिन मैं बदनाम हूँ, दलित हूँ, त्याज्य हूं, मुझे सब कुछ कहा जा सकता है। उफ, इतना कठोर हृदय, क्या वह किसी दशा में राजेंद्र पर इतना कठोर प्रहार कर सकती थी?

बरामदे में बिजली की रोशनी थी। राजेन्द्र के मुख पर क्षोभ या ग्लानि का नाम भी न था। क्रोध की कठोरता अब तक उनके मुख को विकृत किए हुए थी। शायद इन आंखों में आँसू देखकर अब भी सुलोचना के आहत हृदय को तस्कीन होती, लेकिन वहाँ तो अभी तक तलवार खिंची हुई थी। उसकी आंखों में सारा संसार सूना हो गया।

सुलोचना फिर अपने कमरे में आयी। कुँवर साहब की आंखें अब भी बन्द थी। इन चन्द घंटों ही में उनका तेजस्वी मुख कांतिहीन हो गया था। गालों पर आंसुओं की रेखाएँ सूख गई थीं। उसने उनके पैरों के पास बैठ सच्ची भक्ति के आँसू बहाए। हाय! मुझ अभागिन के लिए इन्होंने कौन-कौन से कष्ट नहीं झेले, कौन-कौन-से अपमान नहीं सहे, अपना सारा जीवन ही मुझ पर अर्पण कर दिया और उसका हृदय-विदारक अंत।

सुलोचना ने फिर बच्ची को देखा, अगर उसका गुलाब का-सा विकसित मुख देखकर भी उसके हृदय में ममता की तरंग न उठी। उसने उसकी तरफ से मुँह फेर लिया। यही उस अपमान की मूर्तिमान वेदना है, जो इतने दिनों मुझे भोगनी पड़ी। मैं इसके लिए क्यों प्राण संकट में डालूं? अगर उसके निर्दयी पिता को उसका प्रेम है, तो उसको पाले। और एक दिन वह भी इसी तरह रोए, जिस तरह आज मेरे पिता को रोना पड़ रहा है। ईश्वर अबकी अगर जन्म देना, तो किसी भले आदमी के घर जन्म देना।

***

जहाँ जुहरा का मजार था, उसी के बगल में एक और मजार बना हुआ है। जुहरा के मजार पर घास जम आयी है, जगह-जगह से चूना गिर गया है, लेकिन दूसरा मजार साफ-सुथरा और सजा हुआ है। उसके चारों तरफ गमले रखे हुए हैं और मजार तक जाने के लिए गुलाब के बेलों की रविशों बनी हुई हैं।

शाम हो गई है। सूर्य की क्षीण, उदास, पीली किरणें मानो उस मजार पर आंसू बहा रही हैं। एक आदमी एक तीन-चार साल की बालिका को गोद में लिये हुए आया और उस मजार को रूमाल से साफ करने लगा। रबिशों में जो पत्तियाँ पड़ी थी, उन्हें चुनकर साफ कीं और मजार पर सुगंध छिड़कने लगा। बालिका दौड़-दौड़कर तितलियों को पकड़ने लगी।

यह सुलोचना का मजार है। उसकी आखिरी नसीहत थी, कि मेरी लाश जलाई न जाए, मेरी माँ की बगल में मुझे सुला दिया जाए । कुँवर साहब तो सुलोचना के बाद छह महीने से ज्यादा न चल सके। हाँ राजेन्द्र अपने अन्याय का पश्चात्ताप कर रहे हैं।

शोभा अब तीन साल की हो गई है और उसे विश्वास है कि एक दिन उसकी माँ इसी मजार से निकलेगी।

□□□

ढपोरसंख

मुरादाबाद में मेरे एक पुराने मित्र हैं, जिन्हें दिल में तो मैं एक रत्न समझता हूं, पर पुकारता हूं ढपोरसंख और वह बुरा भी नहीं मानते। ईश्वर ने उन्हें जितना हृदय दिया है, उसकी आधी बुद्धि दी होती, तो आज वह कुछ और होते। उन्हें हमेशा तंगहस्त ही देखा। मगर किसी के सामने कभी हाथ फैलाते नहीं देखा। हम और वह बहुत दिनों तक साथ पढ़े हैं, खासी बेतकल्लुफ़ी है, पर यह जानते हुए भी कि मेरे लिए सौ-पचास रुपये से उनकी मदद करना कोई बड़ी बात नहीं और मैं बड़ी खुशी से करूंगा, कभी मुझसे एक पाई के रवादार न हुए। अगर हौले से बच्चों को दो-चार रुपये दे देता तो विदा होते समय उसकी दुगुनी रकम के मुरादाबादी बरतन लादने पड़ते हैं। इसलिए मैंने यह नियम बना लिया है कि जब उनके पास जाता हूँ तो एक-दो दिन में जितनी बड़ी-से-बड़ी चपत दे सकता हूँ देता हूँ। मौसम में जो महंगी-से-महँगी चीज होती है, वही खाता हूँ। और मांग- माँगकर खाता हूं, मगर दिल के ऐसे बेहया हैं, कि अगर एक बार भी उधर से निकल जाऊं और उनसे न मिलूं तो बुरी तरह डाँट बताते हैं। इधर दो-तीन साल से मुलाकात न हुई थी। जी देखने को चाहता था। मई में नैनीताल जाते हुए उनसे मिलने के लिए उतर पड़ा। छोटा-सा घर है, छोटा-सा परिवार, छोटा-सा डील। द्वार पर आवाज दी-ढपोरसंख। तुरन्त बाहर निकल आये और गले से लिपट गए। ताँगे पर से मेरे ट्रंक को उतारकर कंधे पर रखा, बिस्तर बगल में दबाया और घर में दाखिल हो गए। कहता हूं बिस्तर मुझे दे दो, मगर कौन सुनता है। भीतर कदम रखा तो देवी जी के दर्शन हुए। छोटे बच्चे ने आकर प्रणाम किया। बस, यही परिवार है।

कमरे में गया तो देखा, खतों का एक दफ्तर फैला हुआ है। खतों को सुरक्षित रखने की तो इनकी आदत नहीं। इतने खत किसके हैं? कुतूहल से पूछा, यह क्या कूड़ा फैला रखा है जी, समेटो।

देवीजी मुस्कुराकर बोली- कूड़ा न कहिए, एक-एक पत्र साहित्य का रत्न है। आप तो इधर आये नहीं। इनके एक नए मित्र पैदा हो गए हैं। यह उन्हीं के कर-कमलों के प्रसाद है।

ढपोरसंख ने अपनी नन्ही-नन्ही आँखें सिकोड़ कर कहा- तुम उसके नाम से क्यों इतना जलती हो, मेरी समझ में नहीं आता। अगर तुम्हारे दो-चार सौ रुपये उस पर आते हैं तो उनका देनदार मैं हूँ। वह भी अभी जीता-जागता है। किसी को बेईमान क्यों समझती हो? यह क्यों नहीं समझती कि उसे अभी सुविधा नहीं है। और दो-चार सौ रुपये एक मित्र के हाथों डूब ही जाएँ तो क्यों रोओ। माना हम गरीब हैं, दो-चार सौ रुपये हमारे लिए दो-चार लाख से कम नहीं, लेकिन खाया तो एक मित्र ने।

देवीजी जितनी रूपवती थी, उतनी ही जबाब की तेज थीं। बोलीं- अगर ऐसों ही का नाम मित्र है, तो मैं नहीं समझती, शत्रु किसे कहते हैं।

ढपोरसंख ने मेरी तरफ देखकर, मानो मुझसे हामी भरने के लिए कहा- औरतों का हृदय बहुत ही संकीर्ण होता है।

देवीजी नारी-जाति पर यह आक्षेप कैसे सह सकती थी, आँखें तरेर कर बोली- यह क्यों नहीं कहते, कि उल्लू बनाकर ले गया, ऊपर से हेकड़ी जताते हो। दाल गिर जाने पर तुम्हें भी सूखा अच्छा लगे, तो कोई आश्चर्य नहीं। मैं जानती हूं, रुपया हाथ का मैल है। यह भी समझती हूँ कि जिसके भाग्य का जितना होता है, उतना वह खाता है, मगर यह मैं कभी न मानूंगी कि वह सज्जन था, आदर्शवादी था और यह था, वह था। साफ-साफ क्यों नहीं कहते, लम्पट था, दगाबाज था। बस, मेरा तुमसे कोई झगड़ा नहीं।

ढपोरसंख ने गर्म होकर कहा- मैं यह नहीं मान सकता।

देवीजी भी गर्म होकर बोलीं- तुम्हें मानना पड़ेगा। महाशय जी आ गए हैं। मैं इन्हें पंच मानती हूँ। अगर यह कह देंगे कि सज्जनता का पुतला था, आदर्शवादी था, वीरात्मा था, तो मैं मान लूंगी और फिर उनका नाम न लूंगी और यदि इनका फैसला मेरे अनुकूल हुआ, तो लाला, तुम्हें इनको अपना बहनोई कहना पड़ेगा।

मैंने पूछा- मेरी समझ तो कुछ नहीं आ रहा है, आप किसका जिक्र कर रही हैं? वह कौन था?

देवीजी ने आँखें नचा कर कहा- इन्हीं से पूछो, कौन था? इनका बहनोई था।

ढपोरसंख ने झेंपकर कहा- अजी, एक साहित्य-सेवी था- करुणाकर जोशी। बेचारा विपत्ति का मारा यहाँ आ पड़ा था। उस वक्त तो यह भी भैया-भैया करती थीं, हलवा बना-बनाकर खिलाती थीं, उसकी विपत्ति-कथा सुनकर टेसवे बहाती थीं, और आज वह दगाबाज है, लम्पट है, लबार है।

देवीजी ने कहा- वह तुम्हारी खातिर थी। मैं समझती की, लेख लिखते हो, व्याख्यान देते हो, साहित्य के मर्मज्ञ बनते हो, कुछ तो आदमी पहचानते हो, पर अब मालूम हो गया कि कलम घिसना और बात है, मनुष्य की नाड़ी पहचानना और बात।

मैं इस जोशी वृतांत सुनने के लिए उत्सुक हो उठा। ढपोरसंख तो अपना पचड़ा सुनाने को तैयार थे, मगर देवीजी ने कहा- खाने-पीने से निवृत्त होकर पंचायत बैठे। मैंने भी इसे स्वीकार कर लिया।

देवीजी घर में जाती हुई बोलीं - तुम्हें कसम है, जो अभी जोशी के बारे में एक शब्द भी इनसे कहो। मैं भोजन बनाकर जब तक खिला न दूं तब तक दोनों आदमियों पर दफा 144 है।

ढपोरसंख ने आंखें मारकर कहा- तुम्हारा नमक खाकर यह तुम्हारी ही तरफदारी करेंगे ही।

शायद देवीजी के कानों में यह जुमला न पड़ा। धीमे स्वर में कहा भी गया था, नहीं तो देवी ने कुछ-न-कुछ जबाब जरूर दिया होता। देवीजी चूल्हा जला चुकी और ढपोरसंख उनकी ओ से निश्चिंत हो गए, तो मुझसे बोले- जब तक वह रसोई में हैं, मैं संक्षेप में तुम्हें वह वृत्तांत सुन दूँ?

मैंने धर्म की आड़ लेकर कहा- नहीं भाई, मैं पंच बन गया हूं और इस विषय में कुछ न सुनूगां। उन्हें आ जाने दो।

मुझे भय है कि उन्हीं का-सा फैसला कर दोगे और फिर वह मेरा घर में रहना आषाढ़ कर देंगी।

मैंने ढाढस दिया- आप यह कह सकते हैं, मैं क्या फैसला करूंगा?

मैं तुम्हें जानता जो हूं। तुम्हारी अदालत में औरत के सामने मर्द कभी जीत ही नहीं सकता।

तो क्या चाहते हो, तुम्हारी डिग्री कर दूँ?

क्या दोस्ती का इतना हक भी नहीं अदा कर सकते?

अच्छा लो, तुम्हारी जीत होगी, चाहे गालियाँ ही क्यों न मिलें।

खाते-पीते दोपहर हो गयी। रात का जागा था। सोने की इच्छा हो रही थी; पर देवी जी कब मानने वाली थी। भोजन करके आ पहुँची। ढपोरसंख ने पत्रों का पुलिंदा समेटा और वृत्तांत सुनाने लगे।

देवीजी ने सावधान किया-एक शब्द भी झूठ बोले, तो जुर्माना होगा। ढपोरसंख ने गम्भीर होकर कहा - झूठ वह बोलता है जिसका पक्ष निर्बल होता है। मुझे तो अपनी विजय का विश्वास है।

इसके बाद कथा शुरू हो गई-

दो साल से ज्यादा हुए, एक दिन मेरे पास एक पत्र आया, जिसमें साहित्य- सेवा के जाते एक ड्रामे की भूमिका लिखने की प्रेरणा की गई थी। यह करुणाकर का पत्र था। इस साहित्यिक रीति से मेरा उनसे प्रथम परिचय हुआ। साहित्यकारों की इस जमाने में जो दुर्दशा है, उसका अनुभव कर चुका हूँ और करता रहता हूँ और यदि भूमिका तक बात रहे, तो उनकी सेवा करने में पसोपेश नहीं होता। मैंने तुरंत जवाब दिया, आप ड्रामा भेज दीजिए। एक सप्ताह में ड्रामा आ गया,. पर अब पत्र में, भूमिका लिखने ही की नहीं, कोई प्रकाशक ठीक कर देने की भी प्रार्थना की गयी थी। मैं प्रकाशकों के झंझट में नहीं पड़ता। दो-एक बार पड़कर कई मित्रों को जानी दुश्मन बना चुका हूँ। मैंने ड्रामे को पढ़ा, उस पर भूमिका लिखी और हस्तलिपि लौटा दी। ड्रामा मुझे सुन्दर मालूम हुआ, इसलिए भूमिका भी प्रशंसात्मक थी। कितनी ही पुस्तकों की भूमिका लिख चुका हूँ। कोई नई बात न थी, पर अबकी भूमिका लिखकर पिंड न छूटा। एक सप्ताह के बाद लेख आया कि इसे अपनी पत्रिका में प्रकाशित कर दीजिए। (ढपोरसंख एक पत्रिका के सम्पादक हैं।) इसे गुण कहिए या दोष, मुझे दूसरों पर विश्वास बहुत जल्द आ जाता है। और

जब किसी लेखक का मुआमला हो, तो मेरी विश्वास-क्रिया और भी तीव्र हो जाती है। मैं अपने एक मित्र को जानता हूँ जो साहित्यकारों के साए से भागते रहते हैं और खुद निपुण लेखक हैं। बड़े ही सज्जन है, बड़े ही जिंदादिल। अपनी शादी करके लौटने पर जब-जब रास्ते में मुझसे भेंट हुई, कहा-आपकी मिठाई रखी हुई है, भेजवा दूँगा, पर मिठाई आज तक न आयी हालांकि अब ईश्वर की दया से विवाह-तरु में फल भी लग आए, लेकिन खैर, मैं साहित्य-सेवियों से इतना चौकन्ना नहीं रहता। इन पत्रों में इतनी विनय, इतना आग्रह, इतनी भक्ति होती थी कि मुझे जोशी से बिना साक्षात्कार के ही स्नेह हो गया। मालूम हुआ, एक बड़े बाप का बेटा है, घर से इसलिए निर्वासित है कि उसके चाचा दहेज की लम्बी रकम लेकर उसका विवाह करना चाहते थे, यह उसे मंजूर न था। इस पर चाचा ने घर से निकाल दिया। बाप के पास गया। बाप आदर्श भ्रातृ-भक्त था। उसने चाचा के फैसले की अपील न सुनी। ऐसी दशा में सिद्धांत का मारा युवक सिवाय घर से बाहर निकल भागने और क्या करता? यों वन-वन में पत्ते तोड़ता, द्वार-द्वार ठोकर खाता, वह ग्वालियर आ गया था। उस पर मंदाग्नि का रोगी, जीर्ण-ज्वर से ग्रस्त। आप ही बतलाइए, ऐसे आदमी से क्यों आपकी सहानुभूति न होती? फिर जब एक आदमी 'आपको प्रिय भाई साहब' लिखता है, अपने मनोरहस्य आपके सामने खोलकर रखता है, विपत्ति में भी धैर्य और पुरुषार्थ को हाथ से नहीं छोड़ता, कड़े-से-कड़ा परिश्रम करने को तैयार है, तो यदि आपमें सौजन्य का अणुमात्र भी है, तो आप उसकी मदद करेंगे।

अच्छा, अब फिर इस ड्रामे की तरफ आइए। कई दिनों बाद जोशी का पत्र प्रयाग से आया। वह वहाँ की एक मासिक-पत्रिका के सम्पादकीय विभाग में नौकर हो गया था। यह पत्र पाकर मुझे कितना संतोष और आनंद हुआ, कह नहीं सकता। कितना उद्यमशील आदमी है। उसके प्रति मेरा स्नेह और भी प्रगाढ़ हो गया। पत्रिका का स्वामी सम्पादक सख्ती से पेश आता था, जरा-सी देर हो जाने पर दिन भर की मजदूरी काट लेता था, बात-बात पर घुड़कियां जमाता था, पर यह सत्याग्रही वीर सब कुछ सहकर भी अपने काम में लगा रहता था। अपना भविष्य बनाने का ऐसा अवसर पाकर वह उसे कैसे छोड़ देता? यह सारी बातें स्नेह और विश्वास को बढ़ाने वाली थीं। एक आदमी को कठिनाइयों का सामना करते देखकर किसे उससे प्रेम न होगा, विश्वास न होगा, गर्व न होगा।

प्रयाग में वह ज्यादा ठहर न सका। उसने मुझे लिखा, मैं सब कुछ झेलने को तैयार हूं। भूखों मरने को तैयार हूं पर आत्मसम्मान में दाग नहीं लगा सकता, कुवचन नहीं सह सकता।

ऐसा चरित्र यदि आप पर प्रभाव न डाल सके, तो मैं कहूँगा, आप चालाक चाहे जितने हों पर हृदय-शून्य हैं।

एक सप्ताह के बाद प्रयाग से फिर पत्र आया- यह व्यवहार मेरे लिए असह्य हो गया। आज मैंने इस्तीफा दे दिया। यह न समझिए कि मैंने हलके दिल से लगी- लगाई रोजी छोड़ दी। मैंने वह सब किया, जो मुझे करना चाहिए था। यहां तक कि कुछ-कुछ वह भी किया, जो मुझे न करना चाहिए था, पर आत्मसम्मान का खून नहीं कर सकता। अगर वह कर सकता.. तो मुझे घर छोड़कर निकलने की क्या आवश्यकता थी? मैंने बम्बई जाकर अपनी किस्मत आजमाने

का निश्चय किया है। मेरा दृढ़ संकल्प है कि अपने घरवालों के सामने हाथ न फैलाऊंगा उनसे दया की भिक्षा न मागूंगा। मुझे कुली गिरी करनी मंजूर है, टोकरी ढोना मंजूर है, पर अपनी आत्मा को कलंकित नहीं कर सकता।

मेरी श्रद्धा और बढ़ गई। यह व्यक्ति अब मेरे लिए केवल ड्रामा का चरित्र न था, जिसके सुख से सुखी और दु:ख से दु:खी होने पर भी हम दर्शक ही रहते हैं। यह अब मेरे इतने निकट पहुँच गया था कि उस पर आघात होते देखकर मैं उसकी रक्षा करने को तैयार था, डूबते देखकर पानी में कूदने से भी न हिचकता। मैं बड़ी उत्कंठा से उसके बम्बई से आने वाले पत्र का इंतजार करने लगा। छठे दिन पत्र आया। वह बम्बई में काम खोज रहा था, लिखा था- घबराने की कोई बात नहीं है, मैं सब कुछ झेलने को तैयार हूँ। फिर दो-दो चार-चार दिन के अंतर से कई पत्र आये। वह वीरों की भांति कठिनाइयों के सामने कमर कसे खड़ा था. हालांकि तीन दिल से उसे भोजन न मिला था।

ओह! कितना ऊंचा आदर्श है। कितना उज्ज्वल चरित्र, मैं समझता हूँ, मैंने उस समय बही कृपणता की। मेरी आत्मा ने मुझे धिक्कारा- वह बेचारा इतने कष्ट उठा रहा है, और तुम बैठे देख रहो हो। क्यों उसके पास कुछ रुपये नहीं भेजते? मैंने आत्मा के कहने पर अमल न किया, पर अपनी बेदर्दी पर खिन्न अवश्य था।

जब कई दिन की बेचैनी भरे हुए इंतजार के बाद यह समाचार आया कि वह एक साप्ताहिक पत्र के सम्पादकीय विभाग में जगह पा गया है, तो मैंने आराम की साँस ली और ईश्वर को सच्चे दिल से धन्यवाद दिया।

साप्ताहिक में जोशी के लेख थे। उसने मुझसे भी लेख माँगे, पर मुझे अवकाश न था। क्षमा मांगी, हालांकि इस अवसर पर उसको प्रोत्साहन न देने पर मुझे बड़ा खेद होता था।

लेकिन शायद बाधाएं हाथ धोकर उसके पीछे पड़ी थीं। पत्र के ग्राहक कम थे। चंदे और डोनेशन से काम चलता था। रुपये हाथ आ जाते तो कर्मचारियों को थोड़ा-थोड़ा मिल जाता। नहीं आसरा लगाए काम करते रहते। इस दशा में गरीब ने तीन महीने काटे होंगे। आशा थी, तीन महीने का हिसाब होगा, तो अच्छी रकम हाथ लगेगी, मगर यहाँ सूखा जवाब मिला। स्वामी ने टाट उलट दिया। पत्र बंद हो गया और कर्मचारियों को अपना मुँह लिये विदा होना पड़ा। स्वामी की सज्जनता में संदेह नहीं, लेकिन रुपये कहां से लाता। सज्जनता के नाते लोग आधे वेतन पर काम कर सकते थे, लेकिन पेट बाँधकर काम करना कब मुमकिन था। और फिर बम्बई का खर्च। बेचारे जोशी को फिर ठोकरें खानी पड़ीं। मैंने खत पढ़ा, तो बहुत दु:ख हुआ। ईश्वर ने मुझे इस योग्य न बनाया, नहीं बेचारा क्यों पेट के लिए यों मारा-मारा फिरता।

बारे, अबकी बहुत हैरान न होना पड़ा। किसी मिल में गाँठों पर नम्बर लिखने का काम मिल गया। एक रुपया रोज मजूरी थी। बम्बई में एक रुपया इधर के चार आने के बराबर समझो- कैसे उसका काम चलता था, ईश्वर ही जाने।

कई दिन के बाद एक लम्बा पत्र आया। एक जर्मन एजेंसी उसे रखने पर तैयार थी, अगर वह तुरंत सौ रुपये की जमानत दे सके। एजेंसी वहाँ की फौजों में जूते, सिगार, साबुन आदि सप्लाई करने का काम करती थी। अगर यह जगह मिल जाली तो उसके दिन आराम से कटने लगते। लिखा था, अब जिंदगी से तंग आ गया हूं। हिम्मत ने जवाब दे दिया, आत्महत्या करने के सिवाय और कोई उपाय नहीं सूझता। केवल माताजी की चिंता है। रो-रो कर प्राण दे देंगी। पिताजी के साथ उन्हें शारीरिक सुखों की कमी नहीं, पर मेरे लिए उनकी आत्मा तड़पती रहती है। मेरी यही अभिलाषा है कि कहीं का ठिकाना मिल जाता, तो एक बार उन्हें अपने साथ रखकर उनकी जितनी सेवा हो सकती, करता। इसके सिवा मुझे कोई इच्छा नहीं है, लेकिन जमानत कहाँ से लाऊं? बस, काल का दिन और। परसों कोई और उम्मीदवार जमानत देकर यह जगह ले लेगा और मुंह ताकता रह जाऊंगा। एजेंट मुझे रखना चाहता है, लेकिन अपने कार्यालय के नियमों को क्या करे।

इस पत्र ने मेरी कृपण प्रकृति को भी वशीभूत कर लिया। इच्छा हो जाने पर कोई-न-कोई राह निकल आती है। मैंने रुपये भेजने का निश्चय कर लिया। अगर इतनी मदद से एक युवक का जीवन सुधर रहा हो, तो कौन ऐसा है, जो मुँह छिपा ले। इससे बड़ा रुपयों का और क्या सदुपयोग हो सकता है? हिंदी में कलम घिसने वालों के पास इतनी बड़ी रकम जरा मुश्किल ही से निकलती है पर संयोग से उस वक्त मेरे कोष में रुपये मौजूद थे। इसके लिए अपनी कृपणता का ऋणी हूँ। देवीजी से सलाह की। वह बड़ी खुशी से राजी हो गईं, हालांकि अब सारा-दोष मेरे ही सिर मढ़ा जा रहा है। कल रुपयों का पहुंचना आवश्यक था नहीं तो अवसर हाथ से निकल जायेगा। मनीआर्डर तीन दिन में पहुँचेगा। तुरंत तार घर गया और तार से रुपये भेज दिये। जिसने बरसों की कतर-व्यौंत के बाद इतने रुपये जोड़े हों और जिसे भविष्य भी अभाव-मय ही दीखता हो, वही उस आनंद का अनुभव कर सकता है, जो इस समय मुझे हुआ। सेठ अमीरचंद को दस लाख का दान करके भी इतना आनंद न हुआ होगा। दिया तो मैंने ऋण समझकर ही, पर यह दोस्ती का ऋण था। जिसका अदा होना स्वप्न का यथार्थ होना है।

उस पत्र को मैं कभी न भूलूंगा, जो धन्यवाद के रूप में चौथे दिन मुझे मिला। कैसे सच्चे उद्गार थे! एक-एक शब्द अनुग्रह में डूबा हुआ। मैं उसे साहित्य की एक चीज समझता हूँ।

देवीजी ने चुटकी ली- सौ रुपये में उससे बहुत अच्छा पत्र मिल सकता है। ढपोरसंख ने कुछ जवाब न दिया। कथा कहने में तन्मय थे।

बम्बई में वह किसी प्रसिद्ध स्थान पर ठहरा था। केवल नाम और पोस्ट-बॉक्स लिखने ही से उसे पत्र मिल जाता था। वहाँ से कई पत्र आये। वह प्रसन्न था। देवीजी फिर बोली-प्रसन्न क्यों न होता, कम्पे में एक चिड़िया जो फंस गई।

ढपोरसंख ने चिढ़ कर कहा- या तो मुझे कहने दो, या तुम कहो। बीच में मत बोलो।

बंबई से कई दिन के बाद एक पत्र आया कि एजेंसी ने उसके व्यवहार से प्रसन्न होकर उसे काशी में नियुक्त कर दिया है और वह काशी आ रहा है। उसे वेतन के उपरान्त भत्ता भी मिलेगा।

काशी में उसके एक मौसा थे, जो वहाँ के प्रसिद्ध डॉक्टर थे, पर वह उनके घर न उतरकर अलग ठहरा। इससे उसके आत्मसम्मान का पता चलता है, मगर एक महीने में काशी से उसका जी भर गया। शिकायत से भरे पत्र आने लगे- सुबह से शाम तक फौजी आदमियों की खुशामद करनी पड़ती है, सुबह का गया-गया दस बजे रात को घर आता हूँ उस वक्त अकेला अँधेरा घर देखकर चित्त दु:ख से भर जाता है, किससे बोले, किससे हंसू? बाजार की पूरियां खाते-खाते तंग आ गया हूँ। मैंने समझा था, अब कुछ दिन चैन से कटेंगे, लेकिन मालूम होता है, अभी किस्मत में छल खाना लिखा है। मैं इस तरह जीवित नहीं रह सकता। रात-रात भर पड़ा रोता रहता हूँ? आदि। मुझे इन पत्रों में वह अपने आदर्श से गिरता हुआ मालूम हुआ। मैंने उसे समझाया, लगी रोजी न छोड़ो, काम किए जाओ। जवाब आया, मुझसे अब यहाँ नहीं रहा जाता। फौजियों का व्यवहार असह्य है। फिर मैनेजर साहब मुझे रंगून भेज रहे हैं और रंगून जाकर मैं बच नहीं सकता। मैं कोई साहित्यिक काम करना चाहता हूँ। कुछ दिन आपकी सेवा में रहना चाहता हूँ।

मैं इस पत्र का जवाब देने जा ही रहा था कि फिर पत्र आया- मैं कल देहरादून एक्सप्रेस से आ रहा हूँ। दूसरे दिन वह आ पहुंचा। दुबला-सा आदमी, साँवला रंग, लम्बा मुंह, बड़ी-बड़ी आंखें, अंग्रेजी वेश, साथ में कई चमड़े के ट्रंक, एक सूटकेस, एक होल्डाल। मैं तो उसका ठाट देखकर दंग रह गया।

देवीजी ने टिप्पणी की - फिर भी तो न चेते।

मैंने समझा था, गाढ़े का कुरता, चप्पल, ज्यादा-से-ज्यादा फाउंन्टेनपेन वाला आदमी होगा; मगर यह महाशय तो पूरे साहब बहादुर निकले। मुझे इस छोटे से घर में उसे ठहराते हुए संकोच हुआ।

देवीजी से बिना बोले न रहा गया- आते ही श्री चरणों पर सिर तो रख दिया, अब और क्या चाहते थे।

ढपोरसंख अबकी मुस्कराए - देखो श्यामा, बीच-बीच में टोको मत। अदालत की प्रतिष्ठा यह कहती है अभी चुपचाप सुनती जाओ। जब तुम्हारी बारी आये, तो जो चाहे कहना।

फिर सिलसिला शुरू हुआ - था तो दुबला-पतला, मगर बड़ा फुर्तीला, बातचीत में बड़ा चतुर, एक जुमला अंग्रेजी बोलता, एक जुमला हिंदी, और हिंदी-अंग्रेजी खिचड़ी, आप-जैसे सभ्य लोग बोलते हैं। बातचीत शुरू हुई- आपके दर्शनों की बड़ी इच्छा थी। मैंने जैसा अनुमान किया था, वैसा ही आपको देखा। बस, अब मालूम हो रहा है, कि मैं भी आदमी हूँ। इतने दिनों तक कैदी था।

मैंने कहा- तो क्या इस्तीफा दे दिया?

'नहीं, अभी तो छुट्टी लेकर आया हूँ। अभी इस महीने का वेतन भी नहीं मिला। मैंने लिख दिया है, यहाँ के पते से भेज दें। नौकरी तो अच्छी है, मगर काम बहुत करना पड़ता है और मुझे कुछ लिखने का अवसर नहीं मिलता।'

खैर, रात को तो मैंने इसी कमरे में उसे सुलाया। दूसरे दिन यहाँ के एक होटल में प्रबन्ध कर ...। होटल वाले पेशगी रुपये लेते हैं। जोशी के पास रुपये न थे। मुझे तीस रुपये देने पड़े। मैंने समझा, इसका वेतन तो आता ही होगा, ले लूँगा।

यहाँ मेरे एक माथुर मित्र हैं। उनसे भी मैंने जोशी का जिक्र किया था। उसके आने की खबरें पाते ही होटल दौड़े। दोनों में दोस्ती हो गई। जोशी दो-तीन बार दिन में, एक बार रात को जरूर आता खूब बातें करता। देवीजी उसकी हाथों पर लिये रहतीं। कभी उसके लिए पकौड़ियां बन रही हैं, कभी हलवा। हरफनमौला था। गाने में कुशल, हारमोनियम में निपुण, इंद्रजाल के करतब दिखलाने में कुशल। सालन अच्छा पकाता था, देवी जी को गाना सीखने का शौक पैदा हो गया था। उसे म्यूजिक मास्टर बना लिया।

देवीजी लाल मुंह करके बोलीं- तो क्या मुफ्त में हलवा, पकौड़ियाँ और पान बना-बनाकर खिलाती थी?

एक महीना गुजर गया, पर जोशी का वेतन न आया। मैंने पूछा भी नहीं। सोचा, अपने दिल में समझेगा। अपने होटल वाले रुपयों का तकाजा कर रहे हैं। माथुर के घर भी उसने आना-जाना शुरू कर दिया। दोनों साथ आते जाते, साथ रहते। जोशी जब आता, माथुर का बखान करता, माथुर जब आते, जोशी की तारीफ़ करते। जोशी के पास अपने अनुभवों का विशेष भंडार था। वह फौज में रह चुका था। जब उसकी मंगेतर का विवाह दूसरे आदमी से हो गया, तो शोक में उसने फौजी नौकरी छोड़ दी थी। सामाजिक जीवन की न जाने कितनी ही घटनाएँ उसे यदि थीं। और जब अपने माँ-बाप और चाचा-चाची का जिक्र करने लगता, उसकी आँखों में आंसू भर आते। देवीजी भी उस समय साथ रोती।

देवीजी तिरछी आंखों से देखकर रह गई। बात सच्ची थी।

एक दिन मुझसे अपने ड्रामे की बड़ी तारीफ की। यह ड्रामा कलकत्ते में खेला गया था और मदन कम्पनी के मैनेजर ने उसे बधाइयां दी थीं। ड्रामे के दो-चार टुकड़े जो उसके पास पड़े थे, मुझे सुनाए। मुझे ड्रामा बहुत पसंद आया। उसने काशी के एक प्रकाशक के हाथ ड्रामा बेच दिया था और कुल पच्चीस रुपये पर। मैंने कहा, उसे वापस मँगा लो। रुपये मैं दे दूंगा। ऐसी सुन्दर रचना किसी अच्छे प्रकाशक को देंगे, या किसी थियेटर कम्पनी से खिलवाएँगे। तीन-चार दिन के बाद मालूम हुआ कि प्रकाशक अब पचास रुपये लेकर लौटाएगा। कहता है, मैं कुछ अंश छपा चुका हूँ। मैंने कहा, मंगा लो, पचास रुपये ही सही। ड्रामा वी. पी. से वापस आया। मैंने पचास रुपये दे दिए।

महीना खतम हो रहा था। होटल वाले दूसरा महीना शुरू होते ही रुपये पेशगी माँगेंगे। मैं इसी चिन्ता में था कि जोशी ने आकर कहा- मैं अब माथुर के साथ रहूंगा। बेचारा गरीब आदमी है। अगर मैं तीस रुपये भी दे दूँगा, तो उसका काम चल जाएगा। मैं बहुत खुश हुआ। दूसरे दिन माथुर के घर डट गया।

अब आता, तो माथुर के घर का कोई-न-कोई रहस्य लेकर आता। यह तो मैं जानता था कि माथुर की आर्थिक दशा अच्छी नहीं है। बेचारा रेलवे के दफ्तर में नौकर था। वह नौकरी भी ... गयी थी, मगर यह न मालूम था कि उसके यहाँ फांके हो रहे हैं। कभी मालिक-मकान आकर गालियाँ सुना जाता है..। कभी दूध वाला, कभी बनिया, कभी कपड़े वाला। बेचारा उनसे मुँ छिपाता फिरता है जोशी आंखों में आंसू भर-भरकर उसके संकटों की करुण कहानी कहता और रोता। मैं जानता था, मैं ही एक आफत का मारा हूँ। माथुर की दशा देखकर मुझे अपनी विपत्ति भूल गई। मुझे अपनी ही चिन्ता है, कोई दूसरी फिक्र नहीं। जिसके द्वार पर जा पड़ूं दो रोटियाँ मिल जाएँगी, मगर माथुर के पीछे तो पूरा कुनबा है। माँ, दो विधवा बहनें, एक भांजी, दो भांजे, एक छोटा भाई। इतने बड़े परिवार के लिए पचास रुपये तो केवल रोटी-दाल के लिए चाहिए। माथुर सच्चा वीर है, देवता है, जो इतने बड़े परिवार का पालन कर रहा है। वह अब अपने लिए नहीं, माथुर के लिए दु:खी था।

देवीजी ने टोका की- जभी माथुर की भानजी पर डोरे डाल रहा था, दु:ख का मार कैसे न हलका करता?

ढपोरसंख ने बिगड़कर कहा- अच्छा तो अब तुम्हीं कहो।

मैंने समझाया- तुम तो यार, जरा-जरा सी बात पर तिनक उठते हो? क्या तुम समझते हो, यह फुलझड़ियाँ मुझे न्याय पथ से विचलित कर देंगी।

फिर कहानी शुरू हुई-एक दिन आकर - बोला- आज मैंने माथुर के उद्धार का उपाय सोच निकाला। मेरे एक माथुर मित्र बैरिस्टर हैं। उनसे जग्गो (माथुर की भांजी) के विवाह के विषय में पत्र-व्यवहार कर रहा हूं। उसकी एक विधवा बहन को दोनों बच्चों के साथ ससुराल भेज दूंगा। दूसरी विधवा बहन अपने देवर के पास जाने पर राजी है। बस, तीन-चार आदमी रह जाएंगे। कुछ मैं दूंगा, कुछ माथुर पैदा करेगा, गुजर हो जाएगा, मगर आज उसके घर का दो महीनों का किराया लेकर ही हटूंगा। आपके पास तीस रुपये हों, तो दे दीजिए। माथुर के छोटे भाई का वेतन कल-परसों तक मिल जाएगा, रुपये मिल जाएँगे एक मित्र संकट में पड़ा हुआ है। दूसरा मित्र उसकी सिफारिश कर रहा है। मुझे इनकार करने का साहस न हुआ। देवीजी ने उस वक्त नाक-भौं जरूर सिकोड़ा था, पर मैंने न माना। रुपये दे दिए।

देवीजी ने डंक मारा- यह क्यों नहीं कहते कि वह रुपये मेरी बहन ने बरतन खरीदकर भेजने के लिए भेजे थे।

ढपोरसंख ने गुस्सा पीकर कहा- खैर, यही सही। मैंने रुपये दे दिए। मगर मुझे यह उलझन होने लगी कि इस तरह तो मेरा कचूमर ही निकल जाएगा। माथुर पर एक-न-एक संकट रोज ही सवार रहेगा। मैं कहाँ तक उन्हें उबारूंगा? जोशी भी जान खा रहा था कि कहीं कोई जगह दिला दीजिए। संयोग से उन्हीं दिलों मेरे आगरे के एक मित्र आ निकले। कॉउन्सिल में मैंबर थे। अब जेल में हैं। गाने-बजाने का शौक है, दो-एक ड्रामे भी लिख चुके हैं, अच्छे-अच्छे रईसों-से परिचय है। खुद भी बड़े रसिक हैं। अबकी वह आये, तो मैंने जोशी का उनसे जिक्र किया।

उसका ड्रामा भी सुनाया। बोले- तो उसे मेरे साथ कर दीजिए। अपना प्राइवेट सेक्रेट्री बना लूंगा। मेरे घर में रहे, मेरे साथ घर के आदमी की तरह रहे। जेब खर्च के लिए मुझसे तीस रुपये महीना लेता जाए। मेरे साथ ड्रामे लिखे। मैं फूला न समाया। जोशी से कहा। जोशी भी तैयार हो गया, लेकिन जाने के पहले उसे कुछ रुपयों की जरूरत हुई। एक भले आदमी के साथ फटे हाल तो जाते नहीं बनता और न यही उचित था कि पहले ही दिन से रुपये का तकाजा होने लगे। बहुत काट- छाँट करने पर भी चालीस रुपये का खर्च निकल आया। जूते टूट गये थे, धोतियाँ फट गई थीं। और भी कई खर्च थे, जो इस वक्त याद नहीं आते। मेरे पास रुपये न थे। श्यामा से माँगने का हौसला न हुआ।

देवीजी बोली- मेरे पास तो कारूं का खजाना रखा था न। कई हजार महीने लाते हो, सौ-दो सौ रुपये बचत में आ ही जाते होंगे।

ढपोरसंख इस व्यंग्य पर ध्यान न देकर अपनी कथा कहते रहे- रुपये पाकर जोशी ने ठाठ बनाया और काउंसिलर साहब के साथ चला। मैं स्टेशन तक पहुँचाने गया। माथुर भी था। लौटा, तो मेरे दिल पर से एक बोझ उतर गया था।

माथुर ने कहा- मोहब्बती आदमी है।

मैंने समर्थन किया- मुझे तो भाई-सा मालूम होता है।

मुझे तो अब घर अच्छा न लगेगा। घर के सब आदमी रोते रहे। मालूम ही न होता था कि कोई गैर आदमी है। अम्मा से लड़के की तरह बातें करता था। बहनों से भाई की तरह।'

बदनसीब आदमी है। नहीं, जिसका बाप दो हजार रुपये माहवारी कमाता हो, वह यों मारा-मारा फिरे।

दार्जलिंग में इसके बाप की दो कोठिया हैं।

आई. एम. एस. हैं।

जोशी मुझे भी वहीं ले जाना चाहता है। साल-दो साल में तो वहाँ जाएगा ही। कहता है, तुम्हें मोटर की एजेंसी खुलवा दूंगा।

इस तरह खयाली पुलाव पकाते हुए हम लोग घर आये।

मैं दिल में खुश था चलो अच्छा जोशी के लिए अच्छा सिलसिला निकल आया। मुझे यह आशा भी बँध चल कि अबकी उसे वेतन मिलेगा, तो मेरे रुपये देगा। चार-पाँच महीने में चुकता कर देगा। हिसाब -लगाकर देखा, तो अच्छी- खासी रकम हो गई थी। मैंने दिल में समझा, यह भी अच्छा ही हुआ। यों जमा करता, तो कभी न जमा होते। इस बहाने से किसी तरह जमा तो हो गए। मैंने सोचा कि अपने मित्र से जोशी के वेतन के रुपये पेशगी क्यों न ले लूं। कह दूँ उसके वेतन से महीने-महीने काटते रहियेगा।

लेकिन अभी मुश्किल से एक सप्ताह हुआ होगा कि एक दिन देखता हूं, तो जोशी और माथुर दोनों चले आ रहे हैं। मुझे भय हुआ, कहीं जोशी जी फिर तो नहीं छोड़ आये, लेकिन शंका को दबाता हुआ बोला- कहो भई, कब आये? मजे में तो हो?

जोशी ने बैठकर एक सिगार जलाते हुए कहा- बहुत अच्छी तरह हूं। मेरे बाबू साहब बड़े ही सज्जन आदमी हैं। मेरे लिए अलग एक कमरा खाली करा दिया है। साथ ही खिलाते हैं। बिलकुल भाई की तरह रखते हैं। आज- किसी काम से दिल्ली गये हैं। मैंने सोचा, यहीं पड़े-पड़े क्या करूं, तब तक आप लोगों से मिलता आऊँ। चलते वक्त बाबू साहब ने मुझसे कहा था, से थोड़े बरतन लेते आना, मगर शायद उन्हें रुपये देना याद नहीं रहा। मैंने उस वक्त माँगना भी उचित न समझा। आप एक पचास रुपये दे दीजिएगा। मैं परसों तक जाऊंगा और वहाँ से जाते ही भिजवा दूंगा। आप तो जानते हैं, रुपये के मामले में वे कितने खरे हैं।

मैंने जरा रुखाई के साथ कहा- रुपये तो इस वक्त मेरे पास नहीं हैं।

देवीजी ने टिप्पणी की- क्यों झूठ बोलते हो? तुमने रुखाई से कहा था कि रुपये नहीं हैं?

ढपोरसंख ने पूछा- और क्या चिकनाई के साथ कहा था?

देवीजी- तो फिर कागज के रुपये क्यों दे दिए थे? बड़ी रुखाई करने वाले।

ढपोरसंख ने कहा- अच्छा साहब, मैंने हंसकर रुपये दे दिये। बस, अब खुशी हुई। तो भई, मुझे बुरा तो लगा, लेकिन अपने सज्जन मित्र का वास्ता था। मेरे ऊपर बेचारे कृपा रखते हैं। मेरे पास पत्रिका का कागज खरीदने के लिए पचास रुपये रखे हुए थे। वह मैंने जोशी को दे दिए।

शाम को माथुर ने आकर कहा- जोशी तो चले गये। कहते थे बाबू साहब का तार आ गया है। बड़ा उदार आदमी है। मालूम ही नहीं होता, कोई बाहरी आदमी है। स्वभाव भी बालकों का-सा है। भानजी की शादी तय करने को कहते थे। लेन-देन का तो कोई जिक्र है ही नहीं, पर कुछ नजर तो देना ही पड़ेगा। बैरिस्टर साहब, जिनसे विवाह हो रहा है.. दिल्ली के रहने वाले हैं। उनके पास जाकर नजर देनी होगी। जोशी जी चले जाएँगे। आज मैंने रुपये भी दे दिए। चलिए, एक बड़ी चिंता सिर से टली।

मैंने पूछा- रुपये तो तुम्हारे पास न होंगे?

माथुर ने कहा- रुपये कहाँ थे साहब! एक महाजन से स्टाम्प लिखकर लिये, दो रुपये सैकड़े सूद पर।

देवीजी ने क्रोध भरे स्वर में कहा- मैं तो उस दुष्ट को पा जाऊँ तो मुँह नोंच लूँ। पिशाच ने इस गरीब को भी न छोड़ा।

ढपोरसंख बोला- यह क्रोध तो आपको अब आ रहा है न। तब तो आप भी समझती थीं कि जोशी दया और धर्म का पुतला है।

देवीजी ने विरोध किया- मैंने उसे पुतला-पुतली कभी नहीं समझा। हां तुम्हारी तारीफों के भुलावे में पड़ जाती थी।

ढपोरसंख- तो साहब, इस तरह कोई दो महीने गुजरे, इस बीच में भी जोशी दो-तीन बार आया, मगर मुझसे कुछ माँगा नहीं। हां, अपने बाबू साहब के संबंध में तरह-तरह की बातें की, जिनसे मुझे दो-चार गल्प लिखने की सामग्री मिल गई।

मई का महीना था। एक दिन प्रात: जोशी आ पहुंचे। मैंने पूछा, तो मालूम हुआ, बाबू साहब नैनीताल चले गए। इन्हें भी लिये जाते थे; पर इन्होंने हम लोगों के साथ यहाँ रहना अच्छा समझा और चले आए।

देवीजी ने फुलझड़ी छोड़ी- कितना त्यागी था बेचारा। नैनीताल की बहार छोड़कर यहाँ गर्मी में प्राण देने चला आया।

ढपोरसंख जी ने इस ओर कुछ ध्यान न देकर कहा- मैंने पूछा, कोई नई बात तो नहीं हुई वहाँ?

जोशी ने हंसकर कर- मेरे भाग्य में तो नई-नई विपत्तियाँ लिखी हैं। उनसे कैसे जान बच सकती है? अबकी भी एक नई विपत्ति सिर पर पड़ी। यह कहिए आपका आशीर्वाद था, जो जान बच गई, नहीं तो अब तक यमुना जी में बहा चला जाता होता। एक दिन यमुना किनारे सैर करने चला गया। यहाँ तैराकी का मैच था। बहुत-से आदमी तमाशा देखने आए हुए थे। मैं भी एक जगह खड़ा होकर देखने लगा। मुझसे थोड़ी दूरी पर एक और महाशय एक युवती के साथ आये थे। मैंने बातचीत की, तो मालूम हुआ, मेरी ही बिरादरी के हैं। यह भी मालूम हुआ, मेरे पिता और चाचा, दोनों ही से उनका परिचय है। मुझसे स्नेह की बातें करने लगे- तुम्हें इस तरह ठोकरें खाते तो बहुत दिन हो गए, क्यों नहीं चले जाते अपने माँ-बाप के पास? माना कि लोभ-व्यवहार तुम्हें पसंद नहीं, लेकिन माता- पिता का पुत्र पर कुछ-न-कुछ अधिकार ही होता है।

माताजी को कितना दु:ख हो रहा होगा।

सहसा एक युवक किसी तरफ से आ निकला और वृद्ध महाशय तथा युवती को देखकर बोला- आपको शर्म नहीं आती कि आप अपनी युवती कन्या को इस तरह मेले में लिये खड़े हैं।

वृद्ध महाशय का मुँह जरा-सा निकल आया और युवती तुरंत घूंघट निकालकर पीछे हट गई। मालूम हुआ कि उसका विवाह इसी युवक से ठहरा हुआ है। वृद्ध उदार सामाजिक विचारों के आदमी थे। परदे के कायल न थे। युवक, वयस में युवक होकर भी खूसट विचारों का आदमी था, परदे का कट्टर पक्षपाती। वृद्ध थोड़ी देर- तक तो अपराधी-भाव से बातें करते रहे, पर युवक प्रतिक्षण गर्म होता जाता था। आखिर बूढ़े बाबा भी तेज हुए।

युवक ने आँखें निकालकर कहा- मैं ऐसी निर्लज्जा से विवाह करना अपने लिए अपमान की बात समझता हूँ।

वृद्ध ने क्रोध के आवेश में काँपते हुए स्वर में कहा- और मैं तुम-जैसे लम्पट से अपनी कन्या का विवाह करना लज्जा की बात समझता हूँ।

युवक ने क्रोध के आवेश में वृद्ध का हाथ पकड़कर धक्का दिया। बातों से न जीतकर अब यह हाथों से काम लेना चाहता था। वृद्ध धक्का आकर गिर पड़े। मैंने लपक कर उन्हें उठाया और युवक को डाँटा।

वह वृद्ध को छोड़कर मुझसे लिपट गया। मैं कोई कुश्तीबाज तो हूँ नहीं, वह लड़ना जानता था। मुझे उसने बात-की-बात में गिरा दिया 'और मेरा गला दबाने लगा। कुछ आदमी जमा हो गए थे। जब तक कुश्ती होती रही, लोग कुश्ती का आनंद उठाते रहे, लेकिन जब देखा, मामला संगीन हुआ चाहता है, तो तुरंत बीच-बचाव करा दिया। युवक बूढ़े बाबा से जाते-जाते कह गया- तुम अपनी लड़की को बाजार में घुमाना चाहते हो, तो अच्छी तरह घुमाओ, मुझे अब उससे विवाह नहीं करना है।

वृद्ध चुपचाप खड़े थे और युवती रो रही थी। भाई साहब, तब मुझसे न रहा, गया। मैंने कहा- महाशय आप मेरे पिता के तुल्य हैं और मुझे जानते हैं। यदि आप मुझे इस योग्य समझें, तो मैं इन देवीजी को अपनी हृदयेश्वरी बनाकर अपने को धन्य समझूंगा। मैं जिस दशा में हूँ आप देख रहे हैं। सम्भव है, मेरा जीवन इसी तरह कट जाए, लेकिन श्रद्धा और प्रेम यदि जीवन को सुखी बना सकता है, तो मुझे विश्वास है कि देवी के प्रति मुझमें इन भावों की कमी न रहेगी। बूढ़े बाबा ने गदगद होकर मुझे गले से लगा लिया। उसी क्षण अपने घर ले गए, भोजन कराया और विवाह का सगुन कर दिया। मैं एक बार युवती से मिलकर उसकी सम्मति भी लेना चाहता था। बूढ़े बाबा ने मुझे इसकी सहर्ष अनुमति दे दी। युवती से मिलकर मुझे ज्ञात हुआ कि वह रमणियों में रत्न है। मैं उसकी बुद्धिमत्ता को देखकर चकित हो गया। मैंने अपने मन में जिस सुन्दरी की कल्पना की थी, यह हू-ब-हू मिलती है। मुझे, उतनी ही देर में विश्वास हो गया कि मेरा जीवन उसके साथ सुखी होगा। मुझे अब आशीर्वाद दीजिए। युवती आपकी पत्रिका बराबर पढ़ती है और आपसे उसे बड़ी श्रद्धा है। जून में विवाह होना निश्चय हुआ है। मैंने स्पष्ट कह दिया-- जेवर-कपड़े नाममात्र को लाऊंगा, न कोई धूमधाम ही करूंगा। वृद्ध ने कहा- मैं तो स्वयं यही कहने वाला था। मैं कोई तैयारी नहीं चाहता, न धूमधाम की मुझे इच्छा है। जब मैंने आपका नाम लिया, कि यह मेरे बड़े भाई के तुल्य हैं तो वह बहुत प्रसन्न हुए। आपके लेखों को वह बड़े आदर से देखते हैं।

मैंने कुछ खिन्न होकर कहा- यह तो सब-कुछ है, लेकिन इस समय तुम्हें विवाह करने की सामर्थ्य भी नहीं है। और कुछ न हो, तो पचास रुपये की बँधी हुई आमदनी तो होनी ही चाहिए।

जोशी ने कहा- भाई साहब, मेरा उद्धार विवाह ही से होगा। मेरे घर से निकलने का कारण भी विवाह ही था और घर वापस जाने का कारण भी विवाह ही होगा। जिस समय प्रमिला हाथ बाँधे हुए जाकर पिताजी के चरणों पर गिर पड़ेगी, उनका पाषाण-हृदय भी पिघल जाएगा। समझेंगे, विवाह तो हो ही चुका, अब वधू पर क्यों जुल्म किया जाए। जब उसे आश्रय मिल जाएगा, तो वह मुझे झक मारकर बुलाएँगे। मैं इसी जिद पर घर से निकला था कि अपना विवाह अपनी इच्छानुसार, बिना कुछ लिये-दिये करूंगा और मेरी वह प्रतिज्ञा पूरी हुई जा रही है। प्रमिला इतनी चतुर है कि वह मेरे घरवालों को चुटकियों में मना लेगी। मैंने तखमीना लगा लिया है। कुल तीन

सौ रुपये खर्च होंगे और यही तीन-चार सौ रुपये मुझे ससुराल में मिलेंगे। मैंने सोचा है प्रमिला को पहले यहीं लाऊंगा। यहीं से वह मेरे घर पत्र लिखेगी और आप देखिएगा, तीसरे ही दिन चाचा साहब गहनों की पिटारी लिये आ पहुँचेंगे। विवाह हो जाने पर वह कुछ नहीं कर सकते। इसलिए मैंने विवाह की खबर किसी को नहीं दी।

मैंने कहा- लेकिन मेरे पास तो अभी कुछ नहीं है भाई। मैं तीन सौ रुपये कहाँ से लाऊंगा।

जोशी ने कहा- तीन सौ रुपये नकद थोड़े ही लगेंगे। कोई सौ रुपये के कपड़े लगेंगे। सौ रुपये की दो-एक सुहाग की चीजें बनवा लूँगा और सौ रुपये राह- खर्च समझ लीजिए। उनका मकान काशीपुर में है। वहीं से विवाह करेंगे। यह बंगाली सुनार जो सामने है, आपके कहने से एक सप्ताह के वादे पर जो-जो चीजें मांगूगा दे देगा। बजाज भी आपके कहने से दे देगा। नकद मुझे कुल सौ रुपये की जरूरत पड़ेगी और ज्यों ही उधर से लौटा, त्यों ही दे दूँगा। बारात में आप और माथुर के सिवा कोई तीसरा आदमी न होगा। आपको मैं कष्ट नहीं देना चाहता, लेकिन जिस तरह अब तक आपने मुझे भाई समझकर सहायता दी है, उसी तरह एक बार और दीजिए। मुझे विश्वास था कि आप इस शुभ कार्य में आपत्ति न करेंगे। इसलिए मैंने वचन दे दिया। अब तो आपको यह डोंगी पार लगानी ही पड़ेगी।

देवीजी बोलीं- मैं कहती थी, उसे एक पैसा मत दो, कह दो, हम तुम्हारी शादी-विवाह के झंझट में नहीं पड़ते।

ढपोरसंख ने कहा- हाँ, तुमने अबकी बार जरूर समझाया, लेकिन मैं क्या करता? शादी का मामला, उस पर उसने मुझे भी घसीट लिया था, अपनी इज्जत का कुछ खयाल तो करना ही पड़ता है।

देवीजी ने मेरा लिहाज किया और चुप हो गईं।

अब मैं उस वृत्तांत को न बढ़ाऊंगा। सारांश यह है कि जोशी ने ढपोरसंख के मत्थे सौ रुपये के कपड़े और सौ रुपये से कुछ ऊपर के गहनों को मढ़ दिया। खुद ब्याह में शरीक हुए। ब्याह में खासी धूमधाम रही। कन्या के पिता ने मेहमानों का आदर-सत्कार खूब किया। उन्हें जल्दी थी, इसलिए वह खुद तो दूसरे ही दिन चले आये, पर माथुर जोशी के साथ विवाह के अंत तक रहा। ढपोरसंख को आशा थी कि जोशी ससुराल से रुपया पाते ही माथुर के हाथों भेज देगा, या खुद लेता आयेगा, मगर माथुर भी दूसरे दिन आ गए खाली हाथ और यह खबर लाये कि जोशी को ससुराल में कुछ भी हाथ नहीं लगा। माथुर से उन्हें अब मालूम हुआ की लड़की से यमुना-तट पर मिलने की बात सर्वथा निर्मूल थी। इस लड़की से जोशी बहुत दिनों से पत्र-व्यवहार कर रहा था? फिर तो ढपोरसंख के कान खड़े हो गए। माथुर से पूछा- अच्छा। यह बिलकुल कल्पना थी उसकी?

माथुर-जी हां।

ढपोरसंख- अच्छा, तो तुम्हारी भानजी के विवाह का क्या हुआ?

माथुर- अभी तो कुछ नहीं हुआ।

ढपोरसंख- मगर जोशी ने कई महीने तक तुम्हारी सहायता तो खूब की।

माथुर- मेरी सहायता वह क्या करता? हां दोनों वक्त भोजन भले कर लेता था।

ढपोरसंख- तुम्हारे नाम पर उसने मुझसे जो रुपये लिये थे, वे तो तुम्हें दिये होंगे?

माथुर- क्या मेरे नाम पर भी कुछ रुपये लिये थे।

ढपोरसंख- हाँ भाई, घर का किराया देने के लिए तो ले गया था।

माथुर- सरासर बेईमानी। मुझे उसने एक पैसा भी नहीं दिया, उलटे और एक महाजन से मेरे नाम पर सौ रुपयों का स्टाम्प लिखकर रुपये लिये। मैं क्या जानता था कि धोखा दे रहा है।

संयोग से उसी वक्त आगरे से वह सज्जन आ गए, जिनके पास जोशी कुछ दिनों रहा था। उन्होंने माथुर को देखकर कहा- अच्छा! आप अभी जिंदा हैं। जोशी ने तो कहा था, माथुर मर गया है।

माथुर ने हँसकर कहा- मेरे तो सिर में दर्द भी नहीं हुआ?

ढपोरसंख ने पूछा- अच्छा, आपके मुरादाबादी बरतन तो पहुँच गये? आगरा- निवासी मित्र ने कौतूहल से पूछा- कैसे मुरादाबादी बरतन?

वही जो आपने जोशी की मार्फत मँगवाए थे?

मैंने कोई चीज उसकी मार्फत नहीं मंगायी। मुझे जरूरत होती तो आपको सीधा न लिखता।

माथुर ने हँसकर कहा- तो यह रुपये भी उसने हजम कर लिए।

आगरा-निवासी मित्र बोला- मुझसे भी तुम्हारी मृत्यु के बहाने सौ रुपये लाया था। वह तो एक ही जालिया निकला। उफ! कितना बड़ा चकमा दिया है उसने। जिंदगी में यह पहला मौका है कि मैं यों बेवकूफ बना। बच्चा को पा जाऊँ, तो तीन साल को भिजवाऊँ। कहाँ है आजकल?

माथुर ने कहा- अभी तो ससुराल में है।

ढपोरसंख का वृत्तांत समाप्त हो गया। जोशी ने उन्हीं को नहीं, माथुर जैसे गरीब और आगरा-निवासी सज्जन-जैसे घाघ को भी उलटे छुरे से मूडा और अगर भांडा न फूट गया होता, तो अभी न जाने कितने दिनों तक मूड़ता। उसकी इन मौलिक चालों पर मैं भी मुग्ध हो गया। बेशक! अपने फन का उस्ताद है छटा हुआ गुर्गा।

देवीजी बोली- सुन ली आपने सारी कथा?

अच्छा, तो अब आपका क्या फैसला है? (पति की ओर इशारा करके) इन्होंने घोंघापन किया या नहीं? जिस आदमी को एक-एक पैसे के लिए दूसरों का मुँह ताकना पड़े, यह घर के पाँच-छह सौ रुपये इस तरह उड़ा दे, इसे आप उसकी सज्जनता कहेंगे या बेवकूफी? अगर इन्होंने यह समझकर रुपये दिये होते कि पानी में फेंक रहा हूँ तो मुझे कोई आपत्ति न थी, मगर यह बराबर

इस धोखे में रहे और मुझे भी उसी धोखे में डालते रहे कि वह घर का मालदार है और मेरे सब रुपये ही न लौटा देगा, बल्कि और भी कितने सलूक करेगा। जिसका बाप दो हजार रुपये महीना पाता हो, जिसके चाचा की आमदनी एक हजार मासिक हो और एक लाख की जायदाद घर में हो, वह और कुछ नहीं तो यूरोप को सैर तो एक बार करा ही सकता था। मैं अगर कभी मना भी करती, तो आप बिगड़ जाते थे और उदारता का उपदेश देने लगते थे। यह मैं स्वीकार करती हूँ कि शुरू में मैं धोखे में आ गई थी, मगर पीछे से मुझे उस पर संदेह होने लगा था। और विवाह के समय तो मैंने जोर देकर कह दिया था कि अब एक पाई भी न दूँगी। पूछिए, झूठ कहती हूँ या सच? फिर अगर मुझे धोखा हुआ, तो मैं घर में रहने वाली स्त्री हूँ। मेरा धोखे में आ जाना क्षम्य है, मगर यह जो लेखक और विचारक और उपदेशक बनते हैं, यह क्यों धोखे में आये और जब मैं इन्हें समझाती थी, तो यह क्यों अपने को बुद्धिमत्ता का अवतार समझकर मेरी बातों की उपेक्षा करते थे? देखिए, रू-रिआयत न कीजिएगा, नहीं मैं बुरी तरह खबर लूंगी। मैं निष्पक्ष न्याय चाहती हूँ।

ढपोरसंख ने दर्दनाक आँखों से मेरी तरफ देखा, जो मानो मान-भिक्षा माँग रही थीं। उसी के साथ देवीजी का आग्रह, आदेश और गर्व से भरी आँखें ताक रही थीं। एक को अपनी हार का विश्वास था, दूसरी को अपनी जीत का। एक रिआयत चाहती थी, दूसरा सच्चा न्याय।

मैंने कृत्रिम गम्भीरता से अपना निर्णय सुनाया-मेरे मित्र ने कुछ भावुकता से अवश्य काम लिया है, पर उनकी सज्जनता निर्विवाद है।

ढपोरसंख उछल पड़े और मेरे गले लिपट गए। देवीजी ने सगर्व नेत्रों से देखकर कहा- यह तो मैं जानती ही थी, चोर-चोर मौसेरा भाई होंगे। तुम दोनों एक ही थैली के चट्टे-बट्टे हो। अब तक रुपये में एक पाई मर्दों का विश्वास था। आज तुमने वह भी उठा दिया। आज निश्चय हुआ कि पुरुष छली, कपटी, विश्वासघाती और स्वार्थी होते हैं। मैं इस निर्णय को नहीं मानती। मुफ्त में ईमान बिगाड़ना इसी को कहते हैं। भला मेरा पक्ष लेते तो अच्छा-भोजन मिलता, उनका पक्ष लेकर आपको सड़े सिगरेटों के सिवा और क्या हाथ लगेगा। खैर, हांडी तो गयी, कुत्ते की जात तो पहचानी गई।

उस दिन से दो-तीन बार देवीजी से भेंट हो चुकी है और यही फटकार सुननी पड़ी है। वह न क्षमा चाहती हैं, न क्षमा कर सकती हैं।

□□□

डिमांस्ट्रेशन

महाशय गुरु प्रसाद जी रसिक जीव हैं, गाने-बजाने का शौक है, खाने-खिलाने का शौक है और सैर-तमाशे का शौक है, पर उसी मात्रा में द्रव्योपार्जन का शौक नहीं है। यों वह किसी के मोहताज नहीं हैं, भले आदमियों की तरह हैं और हैं भी भले आदमी, मगर किसी काम में चिपट नहीं सकते। गुड़ होकर भी उनमें लस नहीं है। वह कोई ऐसा काम उठाना चाहते हैं, जिसमें चटपट कारूँ का खजाना मिल जाये और हमेशा के लिए बेफिक्र हो जाएँ। बैंक से छमाही सूद चला आए, खाएँ और मजे से पड़े रहें। किसी ने सलाह दी, नाटक-कंपनी खोलो। उनके दिल में भी बात जम गई। मित्रों को लिखा-ड्रामेटिक कम्पनी खोलने जा रहा हूँ, आप लोग ड्रामा लिखना शुरू कीजिए। कम्पनी का प्रास्पेक्टस बना, कई महीने उसकी खूब चर्चा रही, कई बड़े-बड़े आदमियों ने हिस्से खरीदने के वादे किए। लेकिन न हिस्से बिके, न कम्पनी खड़ी हुई। ही, इसी धुन में गुरु प्रसाद जी ने एक नाटक की रचना कर डाली। और यह फिक्र हुई कि इसे किसी कम्पनी को दिया जाए। लेकिन यह तो मालूम ही था, कम्पनी वाले एक ही घाघ होते हैं। फिर हरेक कम्पनी में उसका एक नाटककार भी होता है। वह कब चाहेगा उसकी कंपनी में किसी बाहरी आदमी का प्रवेश हो। वह इस रचना में तरह-तरह के ऐब निकालेगा और कम्पनी के मालिक को भड़का देगा। इसलिए प्रबंध किया गया कि मालिक पर नाटक का कुछ ऐसा प्रभाव जमा दिया जाए कि नाटककार महोदय की कुछ दाल न गल सके। पाँच सज्जनों की एक कमेटी बनाई गई, उसमें सारा प्रोग्राम विस्तार के साथ तय किया गया और दूसरे दिन पाँचों सज्जन गुरु प्रसाद जी के साथ नाटक दिखाने चले! ताँगे आ गए। हारमोनियम, तबला आदि सब उस पर रख दिये गये, क्योंकि नाटक का डिमांस्ट्रेशन (Demonstration) करना निश्चित हुआ था।

सहसा विनोद बिहारी ने कहा- यार, ताँगे पर जाने में तो कुछ बदरोबी होगी। मालिक सोचेगा, यह महाशय यों ही हैं। इस समय दस-पाँच रुपये का मुँह न देखन चाहिए। मैं तो अंग्रेजों की विज्ञापनबाजी का कायल हूँ कि रुपये में पंद्रह आने उसमें लगाकर शेष एक आने में रोजगार करते हैं। कहीं से दो मोटरें मंगानी चाहिए।

रसिकलाल बोले- लेकिन किराए की मोटरों से यह बात न पैदा होगी, जो आप चाहते हैं। किसी रईस से दो मोटरें माँगनी चाहिए, मारिस हो या नये चाल की आस्टिन।

बात सच्ची थी। भेष से भीख मिलती है। विचार होने लगा कि किस रईस से याचना की जाए। अजी, वह महा खूसट है। सवेरे उसका नाम ले तो तो दिन भर पानी न मिले। अच्छा, सेठजी के पास चलें तो कैसा? मुँह धो रखिए, उसकी मोटरें अफसरों के लिए रिजर्व हैं, अपने लड़के तक को कभी बैठने नहीं देता, आपको दिये देता है। तो फिर कपूर साहब के पास चलें। अभी उन्होंने

नई मोटर ली है। अजी उसका नाम न लो। कोई-न-कोई बहाना करेगा, ड्राइवर नहीं है, मरम्मत में है।

गुरु प्रसाद ने अधीर होकर कहा- तुम लोगों ने व्यर्थ का बखेड़ा कर दिया। तांगे पर चलने में क्या हर्ज था?

विनोद बिहारी ने कहा- आप तो घास खा गए हैं। नाटक लिख लेना दूसरी बात है और मामले को पटाना दूसरी बात है। रुपये पृष्ठ सुना देगा, अपना- सा मुँह लेकर रह जाओगे।

अमरनाथ ने कहा- मैं तो समझता हूँ मोटर के लिए किसी राजा-रईस की खुशामद करना बेकार है। तारीफ तो तब है कि पाँव-पाँव चलें और वहाँ ऐसा रंग जमायें कि मोटर से भी ज्यादा शान रहे।

विनोद बिहारी उछल पड़े। सब लोग पाँव-पांव चले। वहाँ पहुँचकर किस तरह बातें शुरू होंगी, किस तरह तारीखों के पुल बाँधे जाएँगे, किस तरह ड्रामेटिस्ट साहब को खुश किया जाएगा, इस पर बहस होती जाती थी।

ये लोग कम्पनी के कैम्प में दो बजे पहुंचे। वहाँ मालिक साहब, उनके ऐक्टर, नाटककार सब पहले ही से उनका इन्तजार कर रहे थे। पान, इलायची, सिगरेट मँगा लिये गये थे।

ऊपर जाते ही रसिकलाल ने मालिक से कहा- क्षमा कीजिएगा, हमें आने में देर हुई। हम मोटर से नहीं, पाँव-पाँव आये हैं। आज यही सलाह हुई कि प्रकृति की छटा का आनंद उठाते चलें। गुरु प्रसाद जी तो प्रकृति के उपासक हैं। इनका बस होता तो आज चिमटा लिये या तो कहीं भीख माँगते, या किसी पहाड़ी गाँव में वटवृक्ष के नीचे बैठे पक्षियों का चहकना सुनते होते।

अमर ने और रंग जमाया-पूरे सतजुगी आदमी हैं। नौकर-चाकर तो मोटरों पर सवार होते हैं और आप गली-गली मारे-मारे फिरते हैं। जब और रईस मीठी नींद में मजे लेते होते हैं, आप नदी के किनारे उषा का श्रृंगार देखते हैं।

मस्तराम ने फरमाया-कवि होना, मानो दीन-दुनिया से मुक्त हो जाना है।

गुलाब ने ही यूरोप के बड़े-बड़े कवियों को आसमान पर पहुँचा दिया है। यूरोप में होते तो आज इनके द्वार पर हाथी झूलता होता। एक दिन बालक को रोते देखकर आप रोने लगे। पूछता हूँ भई, क्यों रोते हो, तो और रोते हैं। मुँह से आवाज नहीं निकलती। बड़ी मुश्किल से आवाज निकली।

विनोद- जनाब! कवि का हृदय कोमल भावों का स्रोत है, मधुर संगीत का भंडार है, अनंत का आइना है।

रसिक- क्या बात कही है आपने, अनंत का आइना है। वाह! कवि की सोहबत में आप भी कुछ कवि हुए जा रहे हैं।

गुरु प्रसाद ने नम्रता से कहा- मैं कवि नहीं हूँ और न मुझे कवि होने का दावा है। आप लोग मुझे जबरदस्ती कवि बनाए देते हैं। कवि स्रष्टा की वह अद्भुत रचना है, जो पंचभूतों की जगह नौ रसों से बनती है।

मस्तराम-आपका यही एक वाक्य है, जिस पर सैकड़ों कविताएँ न्यौछावर हैं। सुनी आपने रसिकलाल जी, कवि की महिमा। याद कर लीजिए, रट डालिए।

रसिकलाल- कहां तक याद करें, भैया, यह तो सूक्तियों में बातें करते हैं और नम्रता का यह हाल है कि अपने को कुछ समझते ही नहीं। महानता का यही लक्षण है। जिसने अपने को कुछ समझा, वह गया। (कम्पनी के स्वामी से) आप तो अब खुद ही सुनेंगे, ड्रामे में अपना हृदय निकालकर रख दिया। कवियों में जो एक प्रकार का अल्हड़पन होता है, उसकी आप में कहीं गंध भी नहीं। इस ड्रामे की सामग्री जमा करने के लिए आपने कुछ नहीं तो एक हजार बड़े-बड़े पौधों का अध्ययन किया होगा। वाजिद अली शाह को स्वार्थी इतिहास-लेखकों ने कितना कलंकित किया है, आप लोग जानते ही हैं। उस लेख-राशि को छाँटकर उसमें से सत्य के तत्त्व खोज निकालना आप ही का काम था।

विनोद- इसी लिए हम और आप दोनों कलकत्ते गये और वहाँ से कोई छह महीने मटियाबुर्ज की खाक छानते रहे। वाजिद अली शाह की हस्तलिखित एक पुस्तक की तलाश की। उसमें उन्होंने खुद अपनी जीवन-चर्या लिखी है। एक बुढ़िया की पूजा की गई, तब जाकर छह महीने में किताब मिली।

अमरनाथ- पुस्तक नहीं, रत्न है।

मस्तराम- उस वक्त तो उसकी दशा कोयले की थी, गुरु प्रसाद जी ने उस पर मुहर लगाकर अशर्फी बना दिया। ड्रामा ऐसा चाहिए कि जो सुने, दिल हाथों से थाम ले। एक-एक वाक्य दिल में चुभ जाए।

अमरनाथ- संसार-साहित्य के सभी नाटकों को आपने चाट डाला और नाट्य- रचना पर सैकड़ों किताबें पढ़ डालीं।

विनोद- तभी तो चीज भी लासानी हुई है।

अमरनाथ- लाहौर ड्रोमेटिक क्लब का मालिक हफ्ते भर यहाँ पड़ा रहा, पैरों पड़ा कि मुझे यह नाटक दे दीजिए, लेकिन आपने न दिया। जब ऐक्टर ही अच्छे नहीं, तो उससे अपना ड्रामा खेलवाना उसकी मिट्टी खराब करना था। इस कम्पनी के ऐक्टर माशा-अल्लाह अपना जवाब नहीं रखते और इसके नाटककार की सारे जमाने में धूम है। आप लोगों के हाथों में पड़कर यह ड्रामा धूम मचा देगा।

विनोद- एक तो लेखक साहब खुद शैतान से ज्यादा मशहूर हैं, उस पर यहाँ के ऐक्टर का नाट्य-कौशल! शहर लुट जाएगा।

मस्तराम- रोज ही तो किसी-न-किसी कम्पनी का आदमी सिर पर सवार रहता है, मगर बाबू साहब किसी से सीधे मुँह बात नहीं करते।

विनोद- बस एक यह कम्पनी है, जिसके तमाशों के लिए दिल बेकरार रहता है, नहीं तो और जितने ड्रामे खेले जाते हैं, दो कौड़ी के। मैंने तमाशा देखना ही छोड़ दिया।

गुरु प्रसाद- नाटक लिखना-खेलना बच्चों का खेल नहीं है, खूने जिगर पीना पड़ता है। मेरे खयाल में एक नाटक लिखने के लिए पाँच साल का समय भी काफी नहीं, बल्कि अच्छा ड्रामा जिंदगी में एक ही लिखा जा सकता है। यों कलम घिसना दूसरी बात है। बड़े-बड़े धुरंधर आलोचकों का यही निर्णय है कि आदमी जिंदगी में एक ही नाटक लिख सकता है। रूस, फ्रांस, जर्मनी सभी देशों के ड्रामे पढ़े, पर कोई-न-कोई दोष सभी में मौजूद। किसी में भाव है तो भाषा नहीं, भाषा है तो भाव नहीं। हास्य है तो गाना नहीं, गाना है तो हास्य नहीं। लेकिन जब तक भाव, भाषा, हास्य और गाना यह चारों अंग न पूरे हों, उसे ड्रामा कहना ही न चाहिए। मैं तो बहुत ही तुच्छ आदमी हूँ कुछ आप लोगों की सोहबत में शुदबुद आ गया। मेरी रचना की हस्ती ही क्या। लेकिन ईश्वर ने चाहा, तो ऐसे दोष आपको न मिलेंगे।

विनोद- जब आप उस विषय के मर्मज्ञ हैं, तो दोष रह ही कैसे सकते हैं।

रसिकलाल- दस साल तक तो आपने केवल संगीत-कला का अभ्यास किया है। घर के हजारों रुपये उस्तादों की भेंट कर दिये, फिर भी दोष रह जाय, तो दुर्भाग्य है।

□□□

रिहर्सल

रिहर्सल शुरू और वाह! वाह हाय! हाय। का तार बंधा। कोरस सुनते ही ऐक्टर और प्रोप्राइटर और नाटककार सभी मानो जाग पड़े। भूमिका ने उन्हें विशेष प्रभावित न किया था, पर असली चीज सामने आते ही आंखें खुली। समां बँध गया। पहला सीन आया। आँखों के आगे वाजिदअली शाह के दरबार की तस्वीर खिंच गई। दरबारियों की हाजिरजवाबी और फड़कते हुए लतीफे। वाह! वाह! क्या कहना है! क्या वाक्य-रचना थी, क्या शब्द योजना थी, रसों का कितना सुरुचि से भरा हुआ समावेश था। तीसरा दृश्य हास्यमय था। हंसते-हंसते लोगों की पसलियाँ दुखने लगीं, स्थूलकाय की संयत अविचलता भी आन से डिग गई। चौथा सीन करुणाजनक था। हास्य के बाद करुणा, आँधी के बाद आने वाली शांति थी।

विनोद आंखों पर हाथ रखे, सिर झुकाए, जैसे रो रहे थे। मस्तराम बार- बार ठंडी आहें खींच रहे थे और अमरनाथ बार-बार सिसकियाँ भर रहे थे। इस तरह सीन-पर-सीन और अंक-पर-अंक समाप्त होते गए, यहाँ तक कि जब रिहर्सल समाप्त हुआ, दीपक जल चुके थे।

सेठजी अब तक सोंठ बने हुए बैठे थे। ड्रामा समाप्त हो गया, पर उनके मुखारविंद पर उनके मनो-विचार का लेशमात्र भी आभास न था। जड़भरत की तरह बैठे हुए थे, न मुस्कुराहट थी, न कुतूहल, न हर्ष, न कुछ। विनोद-बिहारी ने मामले की बात पूछी-तो इस ड्रामा के बारे श्रीमान् की क्या राय है?

सेठजी ने उसी विरक्त भाव से उत्तर दिया- मैं इसके विषय में कल निवेदन करूंगा। कल यहीं भोजन भी कीजिएगा। आप लोगों के लायक भोजन तो क्या होगा, उसे केवल विदुर का साग समझकर स्वीकार कीजिएगा।

पंच पांडव बाहर निकले, तो मारे खुशी के सबकी बाँछें खिली जाती थीं।

विनोद-पाँच हजार की थैली है। नाक-नाक बद सकता हूँ।

अमरनाथ- पाँच हजार है कि दस, यह तो नहीं कह सकता, पर रंग खूब जम गया।

रसिक- मेरा अनुमान तो चार हजार का है।

मस्तराम- और मेरा विश्वास है कि दस हजार से कम वह कहेगा ही नहीं। मैं तो सेठ के चेहरे की तरफ ध्यान से देख रहा था। आज ही कह देता पर डरता था, कहीं ये लोग अस्वीकार न कर दें उसके होंठों पर तो हंसी न थी, पर मगन हो रहा था।

गुरु प्रसाद- मैंने पढ़ा भी तो जी तोड़कर।

विनोद- ऐसा जान पड़ता था, तुम्हारी वाणी पर सरस्वती बैठ गई हैं। सभी की आंखें खुल गई।

रसिक- मुझे, उसकी चुप्पी से जरा संदेह होता है।

अमर- आपके संदेह का क्या कहना! आपको ईश्वर पर भी संदेह है।

मस्तराम- ड्रामेटिस्ट भी बहुत खुश हो रहा था। दस-बारह हजार का वारा-न्यारा है। भाई, आज इस खुशी में एक दावत होनी चाहिए।

गुरु प्रसाद- अरे, तो कुछ बोहनी-बट्टा तो हो जाए।

मस्तराम- जी नहीं, तब तो जलसा होगा। आज दावत होगी।

विनोद- भाग्य के बली हो तुम गुरु प्रसाद।

रसिक- मेरी राय है, जरा उस ड्रामेटिस्ट को गाँठ लिया जाए। उसका मौन मुझे भयभीत कर रहा है।

मस्तराम- आप तो वाही हुए हैं। यह नाक रगड़कर रह जाए तब भी यह सौदा होकर रहेगा। सेठजी अब बचकर निकल नहीं सकते।

विनोद- हम लोगों की भूमिका भी तो जोरदार थी।

अमर- उसी ने तो रंग जमा दिया। अब कोई छोटी रकम कहने का उसे साहस न होगा।

अभिनय

रात को गुरु प्रसाद के घर मित्रों की दावत हुई। दूसरे दिन कोई छह बजे पाँचों आदमी सेठजी के पास जा पहुँचे। संध्या का समय हवाखोरी का है। आज मोटर पर न आने के लिए बना-बनाया बहाना था। सेठजी आज बेहद खुश नजर आते थे। कल की वह मुहर्रमी सूरत अंतर्धान हो गई थी। बात-बात पर चहकते थे, हँसते थे, जैसे लखनऊ का कोई रईस हो। दावत का सामान तैयार था। मेजों पर भोजन चुना जाने लगा। अंगूर, संतरे, केले, सूखे मेवे, कई किस्म की मिठाइयाँ, कई तरह के मुरब्बे, शराब आदि सजा दिये गए और यारों ने खूब मजे से दावत खायी।

सेठजी मेहमाननवाजी के पुतले बने हुए हरेक मेहमान के पास आ-आकर पूछते- कुछ और मँगवाऊँ? कुछ तो और लीजिए। आप लोगों के लायक भोजन यहाँ कहाँ बन सकता है।

भोजन के उपरांत लोग बैठे, तो मुआमले की बातचीत होने लगी। गुरु प्रसाद का हृदय आशा और भय, से काँपने लगा।

सेठजी- हुजूर ने बहुत ही सुन्दर नाटक लिखा है। क्या बात है।

ड्रामेटिस्ट- यहाँ जनता अच्छे कामों की कद्र नहीं करती, नहीं तो यह ड्रामा लाजवाब होता।

सेठजी- जनता कद्र नहीं करती, न करे, हमें जनता की बिलकुल परवाह नहीं है, रत्ती बराबर परवाह नहीं है। मैं इसकी तैयारी में 10 हजार केवल बाबू साहब की खातिर से खर्च कर दूँगा। आपने इतनी मेहनत से एक चीज लिखी है, तो मैं उसका प्रचार भी उतने ही हौसले से करूंगा।

हमारे साहित्य के लिए क्या यह कुछ कम सौभाग्य की बात है कि आप जैसे अज्ञान पुरुष इस क्षेत्र में आ गए। वह कीर्ति हुजूर को अमर बना देगी।

ड्रामेटिस्ट- मैंने ऐसा ड्रामा आज तक नहीं देखा, लिखता मैं भी हूँ और लोग भी लिखते हैं। लेकिन आपकी उड़ान को कोई क्या पहुँचेगा। कहीं-कहीं तो आपने शेक्सपियर को भी मात कर दिया है।

सेठजी- यों जनाब, जो चीज दिल की उमंग से लिखी जाती है, वह ऐसी ही अद्वितीय होती है। शेक्सपियर ने जो कुछ लिखा, रुपये के लोभ से लिखा। हमारे दूसरे नाटककार भी धन ही के लिए लिखते हैं। उनमें वह बात कहां पैदा हो सकती है? गोसाईं जी की रामायण क्यों अमर है? इसी लिए कि वह भक्ति और प्रेम से प्रेरित होकर लिखी गई है। सादी की गुलिस्ताँ और बोस्ता, होमर की रचनाएँ इसीलिए स्थायी हैं, कि उन कवियों ने दिल की उमंग से लिखा। जो उमंग से लिखता है, वह एक-एक शब्द, एक-एक वाक्य, एक-एक उक्ति पर महीनों खर्च कर देता है। धनेच्छु को तो एक काम जल्दी से समाप्त करके दूसरा काम शुरू करने की फिक्र होती है।

ड्रामेटिस्ट- आप बिलकुल सत्य कह रहे हैं। हमारे साहित्य की अवनति केवल इसलिए हो रही है कि हम सब धन के लिए या नाम के लिए लिखते हैं।

सेठजी- सोचिए, आपने दस साल केवल संगीतालय में खर्च कर दिए। लाखों रुपये कलावंतों और गायकों को दे डाले होंगे। कहीं-कहीं से और कितने परिश्रम और खोज से इस नाटक की सामग्री एकत्र की। न जाने कितने राजाओं-महाराजाओं को सुनाया। इस परिश्रम और लगन का पुरस्कार कौन दे सकता है?

ड्रामेटिस्ट- मुमकिन ही नहीं। ऐसी रचनाओं के पुरस्कार की कल्पना करना उनका अनादर करना है। इनका पुरस्कार यदि कुछ है तो वह अपनी आत्मा का संतोष है, यह संतोष आपके एक-एक शब्द से प्रकट होता है।

सेठजी- आपने बिलकुल सत्य कहा कि ऐसी रचनाओं का पुरस्कार अपनी आत्मा का संतोष है। यश तो बहुधा ऐसी रचनाओं को मिल जाता है, जो साहित्य का कलंक हैं। आपसे ड्रामा ले लीजिए और आज ही पार्ट तकसीम कर दीजिए। तीन महीने के अंदर इसे खेल डालना होगा।

मेज़ पर ड्रामे की हस्तलिपि पड़ी हुई थी। ड्रामेटिस्ट ने उसे उठा लिया। गुरु प्रसाद ने दीन नेत्रों से विनोद की ओर देखा। विनोद ने अमर की ओर, अमर ने रसिक की ओर, पर शब्द किसी के मुँह से न निकला। सेठजी ने मानो सभी के मुँह सी दिये हों। ड्रामेटिस्ट साहब किताब लेकर चल दिये।

सेठजी ने मुस्कुराकर कहा- हुजूर को थोड़ी सी तकलीफ और करनी होगी। ड्रामा का रिहर्सल शुरू हो जाएगा, तो आपको थोड़े दिनों कम्पनी के साथ रहने का कष्ट उठाना पड़ेगा। हमारे ऐक्टर अधिकांश गुजराती हैं। वह हिंदी भाषा के शब्दों का शुद्ध उच्चारण नहीं कर सकते। कही-कहीं शब्दों पर अनावश्यक जोर देते हैं। आपकी निगरानी से यह सारी बुराइयां दूर हो जाएँगी। ऐक्टरों ने यदि पार्ट अच्छा न किया, तो आपके सारे परिश्रम पर पानी पड़ जाएगा। यह कहते हुए

उसने लड़के को आवाज दी-बॉय! आप लोगों के लिए सिगार लाओ। सिगार आ गया। सेठजी उठ खड़े हुए। यह मित्र-मंडली के लिए विदाई की सूचना थी। पाँचों सज्जन भी उठे। सेठजी आगे-आगे द्वार तक आये। फिर सबसे हाथ मिलाते हुए कहा- आज इस गरीब कम्पनी का तमाशा देख लीजिए। फिर यह संयोग न जाने कब प्राप्त हो।

गुरु प्रसाद ने मानो किसी कब्र के नीचे से कहा- हो सका तो आ जाऊंगा। सड़क पर आकर चारों मित्र खड़े होकर एक-दूसरे का मुँह ताकने लगे। अब पाँचों ही जोर से कहकहा मारकर हँस पड़े।

विनोद ने कहा- यह हम सबका गुरुघंटाल निकला।

अमर- साफ आँखों में धूल झोंक दी।

रसिक- मैं उसकी चुप्पी देखकर पहले ही से डर रहा था कि यह कोई पल्ले सिरे का घाघ है।

मस्तराम- मान गया इसकी खोपड़ी को। यह चपत उम्र भर न लेगी।

गुरु प्रसाद इस आलोचना में शरीक न हुए। वह इस तरह सिर झुकाए चले जा रहे थे, मानो अभी तक वह स्थिति को समझ ही न पाए हों।

□□□

दारोगाजी

कल शाम को एक जरूरत से ताँगे पर बैठा जा रहा था कि रास्ते में एक और महाशय ताँगे पर आ बैठे। ताँगे वाला उन्हें बिठाना तो न चाहता था पर इनकार भी न कर सकता था। पुलिस के आदमी से झगड़ा कौन मोल ले? यह साहब किसी थाने के दरोगा थे। एक मुकदमे की पैरवी करने सदर आये थे। मेरी आदत है कि पुलिस वालों से कम बोलता हूँ। सच पूछिए, तो मुझे उनकी सूरत से नफरत है। उनके हाथों प्रजा को कितने कष्ट उठाने पड़ते हैं, इसका अनुभव इस जीवन में कई बार कर चुका हूँ। मैं जरा एक तरफ खिसक गया और मुँह फेरकर दूसरी ओर देखने लगा दारोगाजी बोले- जनाब, यह आम शिकायत है कि पुलिस वाले बहुत रिश्वत लेते हैं, लेकिन यह कोई नहीं देखता कि पुलिस वाले को रिश्वत लेने के लिए कितना मजबूर किया जाता है। अगर रिश्वत लेना बंद कर दें, तो मैं हलफ से कहता हूँ ये जो बड़े-बहे पगड़ियों वाले रईस नजर आते हैं, सब के-सब जेलखाने के अंदर बैठे दिखाई दें। अगर हर एक मामले का चालान करने लगे, तो दुनिया पुलिस वालों को और भी बदनाम करे। आपको यकीन न आयेगा जनाब, रुपये की थैलियाँ गले लगाई जाती हैं। हम हजार इनकार करें, पर चारों तरफ से ऐसे दबाव पड़ते हैं कि लाचार होकर लेना ही पड़ता है।

मैंने उपहास के भाव में कहा- जो काम रुपये लेकर किया जाता है, वही काम बिन रुपये लिये भी तो किया जा सकता है।

दारोगाजी हँसकर बोले- वह तो गुनाह बेलज्जत होगा, बंदापरवर। पुलिस का आदमी इतना कट्टर देवता नहीं होता, और मेरा खयाल है कि शायद कोई इनसान भी बेलौस नहीं हो सकता। और सींगों के लोगों को भी देखता हूँ, मुझे तो कोई भी देवता न मिला।

मैं अभी इसका कुछ जवाब दे ही रहा था कि एक मियाँ साहब लम्बी अचकन पहने, तुर्की टोपी लगाए, ताँगे के सामने से निकले। दारोगाजी ने उन्हें देखते ही झुककर सलाम किया और शायद मिजाज़ शरीफ पूछना चाहते थे कि उस भले आदमी ने सलाम का जवाब गालियों से देना शुरू किया। ताँगा कई कदम आगे निकल आया, तो वह एक पत्थर लेकर ताँगे के पीछे दौड़ा। ताँगे वाले ने घोड़े को तेज किया। उस भलेमानुष ने भी कदम तेज किए और पत्थर फेंका। मेरा सिर बाल-बाल बच गया। उसने दूसरा पत्थर उठाया, वह हमारे सामने आकर गिरा। तीसरा पत्थर इतने जोर से आया कि दारोगाजी के घुटने में बड़ी चोट आयी, पर इतनी देर में ताँगा इतनी दूर निकल आया था कि हम अब पत्थरों की मार से दूर हो गए थे। हां गालियों की मार अभी तक जारी थी। जब तक यह आदमी आंखों से ओझल न हो गया, हम उसे एक हाथ में पत्थर उठाए, गालियाँ बकते हुए देखते रहे।

जब जरा चित्त शांत हुआ, मैंने दारोगाजी से पूछा- यह कौन आदमी है, साहब? कोई पागल तो नहीं है?

दारोगाजी ने घुटने को सहलाते हुए कहा- पागल नहीं है साहब, मेरा पुराना दुश्मन है। मैंने समझा था, जालिम पिछली बातें भूल गया, वरना मुझे क्या पड़ी थी कि सलाम करने जाता।

मैंने पूछा- आपने इसे किसी मुकदमे में सजा दिलाई होगी?

'बड़ी लम्बी दास्तान है जनाब। बस, इतना ही समझ लीजिए कि इसका बस चले, तो मुझे जिंदा ही निगल जाए।'

'आप तो शौक की आग को और भड़का रहे हैं। अब तो यह दास्तान सुने बगैर तस्कीन न होगी।'

दारोगाजी ने पहलू बदल कर कहा- अच्छी बात है, सुनिए। कई साल हुए, मैं सदर में ही तैनात था। बेफिक्री के दिन थे, ताजा खून, एक माशूक से आँख लड़ गई। आमद-रफ्त शुरू हुई। अब भी जब उस हसीना की याद आती है, तो आंखों से आँसू निकल आते। बाजारू औरतों में इतनी हया, इतनी वफा, इतनी मुहब्बत मैंने नहीं देखी। दो साल उसके साथ इतने लुत्फ से गुजरे कि आज भी उसकी याद करके रोता हूँ। मगर किस्से को बढ़ाऊंगा नहीं, वरना अधूरा ही रह जाएगा। मुख्तसर यह कि दो साल के बाद मेरे तबादले का हुक्म गया। उस वक्त दिल को जितना सदमा पहुँचा, उसका जिक्र करने के दफ्तर चाहिए। बस यही जी चाहता था कि इस्तीफा दे दूँ। उसी हसीना ने यह खबर सुनी, तो उसकी जान-सी निकल गई। सफर की तैयारी के लिए मुझे तीन दिन मिले थे। ये तीन दिन हमने मनसूबे बाँधने में काटे। उस वक्त मुझे अनुभव हुआ कि औरतों को अक्ल से खाली समझने में हमने कितनी बड़ी गलती की है। मेरे मनसूबे शेखचिल्ली के-से होते थे। कलकत्ते भाग चलें, वहाँ कोई दुकान खोल दें, या इसी तरह कोई दूसरी तजवीज करता। लेकिन वह यही जवाब देती कि अभी वहाँ जाकर अपना काम करो। जब मकान का बंदोबस्त हो जाए तो मुझे बुला लेना। मैं दौड़ी चली आऊंगी।

आखिर जुदाई की घड़ी आयी। मुझे मालूम होता था कि अब जान न बचेगी। गाड़ी का वक्त निकला जाता था, और मैं उसके पास से उठने का नाम न लेता था। मगर मैं फिर किस्से को तूल देने लगा। खुलासा यह कि मैं उसे दो-तीन दिन में बुलाने का वादा करके रुख़सत हुआ। पर अफसोस! वे दो-तीन-दिन कभी न आये। पहले दस-पाँच दिन तो अफसरों से मिलने और इलाके की देखभाल में गुजरे। इसके बाद घर से खत आ गया कि तुम्हारी शादी तय हो गई, रुख़सत लेकर चले आओ। शादी की खुशी में उस वफा की देवी की मुझे फिक्र न रही। शादी करके महीने भर बाद लौटा तो बीवी साथ थी। रही-सही याद भी जाती रही। उसने एक महीने के बाद एक खत भेजा, पर मैंने उसका जवाब न दिया। डरता रहता था कि कहीं एक दिन वह आकर सिर पर सवार न हो जाए, फिर बीवी को मुँह दिखाने लायक भी न रह जाऊँ।

साल भर के बाद मुझे एक काम से सदर आना पड़ा। उस वक्त मुझे उस औरत की याद आयी। सोचा, जरा चलकर देखना चाहिए, किस हालत में है। फौरन अपने खत न भेजने और

इतने दिनों तक न आने का जवाब सोच लिया और उसके द्वार पर जा पहुँचा। दरवाजा साफ सुथरा था, मकान की हालत भी पहले से अच्छी थी। दिल को खुशी हुई कि इसकी हालत उतनी खराब नहीं है, जितनी मैंने समझी थी। और क्यों खराब होने लगी? मुझ-जैसे दुनिया में क्या और आदमी ही नहीं हैं।

मैंने दरवाजा खटखटाया। अंदर से वह बंद था। आवाज आयी- कौन है?

मैंने कहा- वाह! इतनी जल्दी भूल गई। मैं हूँ बशीर...

कोई जवाब न मिला। आवाज उसी की थी, इसमें शक नहीं, फिर दरवाजा क्यों नहीं खोलती? जरूर मुझसे नाराज है? मैंने फिर किवाड़ खटखटाया और लगा अपनी मुसीबतों का किस्सा सुनाने। कोई पंद्रह मिनट के बाद दरवाजा खुला। हसीना ने मुझे इशारे से अंदर बुलाया और चट किवाड़ बंद कर लिए। मैंने कहा- मैं तुमसे माफी मांगने आया हूँ। यहां से जाकर बड़ी मुसीबत में फंस गया। इलाका इतना खराब है कि दम मारने को मोहलत नहीं।

हसीना ने मेरी तरफ न देखकर जमीन की तरफ ताकते हुए कहा- माफी किस बात की? तुमसे मेरा निकाह तो हुआ न था। दिल कहीं और लग गया, तो मेरी याद क्यों आती? मुझे तुमसे कोई शिकायत नहीं। जैसा और लोग करते हैं, वैसा ही तुमने किया। यही क्या कम है कि इतने दिनों के बाद इधर आ तो गए। रहे तो खैरियत से?

किसी तरह जिंदा हूँ।

शायद जुदाई में घुलते-घुलते यह तोंद निकल आई है। खुदा झूठ न बुलवाये, तब से दूने हो गए।

मैंने झेंपते हुए कहा- यह सारा बलगम का फसाद है। भला, मोटा मैं क्या होता। उधर का पानी निहायत बलगमी है। तुमने तो मेरी याद ही भुला दी।

उसने अबकी मेरी ओर तेज निगाहों से देखा और बोली-खत का जवाब तक न दिया, उलटे मुझी को इल्जाम देते हो। मैं तुम्हें शुरू से बेवफा समझती थी, और तुम वैसे ही निकले। बीवी लाये और मुझे खत तक न लिखा।

मैंने ताज्जुब से पूछा- तुम्हें कैसे मालूम हुआ कि मेरी शादी हो गई?

उसने रुखाई से कहा- यह पूछकर क्या करोगे? झूठ तो नहीं कहती? बेवफा बहुत देखे, लेकिन तुम सबसे बढ़कर निकले। तुम्हारी आवाज सुनकर जी में तो आया दुत्कार दूं लेकिन यह सोचकर दरवाजा खोल दिया कि अपने दरवाजे पर किसी को क्या जलील करूँ।

मैंने कोट उतारकर खूंटी पर लटका दिया, जूते भी उतार डाले और चारपाई पर लेटकर बोला- लैली, देखो, इतनी बेरहमी से न पेश आओ। मैं तो अपनी खताओं को खुद तस्लीम करता हूँ और इसी लिए अब तुमसे माफी माँगने आया हूँ। जरा अपने नाजुक हाथों से एक पान तो खिला दो। सच कहना, तुम्हें मेरी याद काहे को आती होगी। कोई और यार मिल गया होगा।

लैली पानदान खोलकर पान बनाने लगी कि एकाएक किसी ने किवाड़ खटखटाए। मैंने घबराकर पूछा- यह कौन शैतान आ पहुँचा?

हसीना ने होठों पर उँगली रखते हुए कहा- यह मेरे शौहर हैं, तुम्हारी तरफ से जब निराश हो गई, तो मैंने इनके साथ निकाह कर लिया।

मैंने त्यौरियां चढ़ाकर कहा- तो तुमने मुझसे पहले ही क्यों न बता दिया, मैं उलटे पाँव लौट जाता, यह नौबत क्यों आती। न-जाने कब की यह कसर निकाली!

'मुझे क्या मालूम कि यह इतने जल्द आ पहुँचेंगे। रोज तो पहर रात गये आते थे। फिर तुम इतनी दूर से आये थे, तुम्हारी कुछ खातिर भी तो करनी थी।

यह अच्छी खातिर की। बताओ, अब मैं जाऊँ कहां?

मेरी समझ में खुद कुछ नहीं आ रहा है। या अल्लाह! किस अजाब में फंसी।

इतने में उन साहब ने फिर दरवाजा खटखटाया। ऐसा मालूम होता था कि किवाड़ तोड़ डालेगा। हसीना के चेहरे पर एक रंग आता था, एक रंग जाता था। बेचारी खड़ी काँप रही थी। बस, जबान से यही निकलता था- या अल्लाह, रहम कर।

बाहर से आवाज आयी- अरे! तुम क्या सरेशाम से सो गयीं? अभी तो आठ भी नहीं बजे। कहीं साँप तो नहीं सूंघ गया। अल्लाह जानता है, अब और देर की तो किवाड़ चिरवा डालूँगा।

मैंने गिड़गिड़ाकर कहा- खुदा के लिए मेरे छिपने की कोई जगह बताओ। पिछवाड़े कोई दरवाजा नहीं है?

'ना?'

'संडास तो है? '

'सबसे पहले वह वहीं जाएँगे।'

'अच्छा, यह सामने कोठी कैसी है?'

'हां, है तो, लेकिन कहीं खोलकर देखा तो?'

'क्या बहुत डबल आदमी है?'

'तुम-जैसे दो को बगल दबा ले।'

'तो खोल दो कोठरी। वह ज्यों ही अंदर आएगा, मैं दरवाजा खोलकर निकल भागूँगा।'

हसीना ने कोठरी खोल दी। मैं अंदर जा घुसा। दरवाजा फिर बंद हो गया। मुझे कोठरी में बंद करके हसीना ने जाकर दरवाजा खोला और बोली- 'क्यों किवाड़ तोड़े डालते हो? आ तो रही हूँ।'

मैंने कोठरी के किवाड़ों के दराजों से देखा। आदमी क्या, पूरा देव था। अंदर आते ही बोला- 'तुम सरेशाम से सो गई थीं।'

‘हां, जरा आंख लग गई थी।’

‘मुझे तो ऐसा मालूम हो रहा था, तुम किसी से बातें कर रही हो।’

वहम की दवा तो लुकमान के पास भी नहीं।’

‘मैंने साफ सुना। कोई-न-कोई था जरूर। तुमने उसे कहीं छिपा रखा है।’

‘इन्हीं बातों पर तुमसे मेरा जी जलता है। सारा घर तो पड़ा है, देख क्यों नहीं लेते।’

‘देखूँगा तो मैं जरूर ही, लेकिन तुमसे सीधे-सीधे पूछता हूँ बतला दो, कौन था?’

हसीना ने कुंजियों का गुच्छा फेंकते कहा- अगर कोई था तो घर ही में न होगा। लो, सब जगह देख आओ। सुई तो है नहीं कि मैंने कहीं छिपा दी हो।

यह शैतान इन चकमों में न आया। शायद पहले भी ऐसा ही चटका खा चुका था। कुंजियों का गुच्छा उठाकर सबसे पहले मेरी कोठरी के द्वार पर आया और उसके ताले को खोलने की कोशिश करने लगा। गुच्छे में उस ताले की कुंजी न थी। बोला- ‘इस कोठरी की कुंजी कहां है?

हसीना ने बनावटी ताज्जुब से कहा- ‘अरे, तो क्या उसमें कोई छिपा बैठा है? यह तो लकड़ियों से भरी पड़ी है।’

‘तुम कुंजी दे दो न।’

‘तुम कभी-कभी पागलों के-से काम करने लगते हो। अंधेरे में कोई साँप-बिच्छू निकल आये तो? न भैया, मैं उसकी कुंजी न दूंगी।’

‘बला से सौंप निकल आएगा। अच्छा ही हो, निकल आये। इस बेहयाई की जिंदगी से तो मौत ही अच्छी।’

हसीना ने इधर-उधर तलाश करके कहा- ‘न जाने, उसकी कुंजी कहां रख दी। खयाल नहीं आता।’

‘इस कोठरी में तो मैंने कभी ताला नहीं देखा।’

‘मैं तो रोज लगाती हूँ। शाम कभी लगाना भूल गयी हूं तो नहीं कह सकती।’

‘तो तुम कुंजी न दोगी?’

‘कहती तो हूँ इस वक्त तो नहीं मिल रही है।’

‘कहे देता हूँ कच्चा ही खा जाऊंगा।’

अब तक तो मैं किसी तरह जब्त किए खड़ा रहा। बार-बार अपने ऊपर गुस्सा आ रहा था कि यहाँ क्यों आया। न जाने, यह शैतान कैसे पेश आए। कहीं तैश में आकर मार ही न डाले। मेरे हाथों में तो कोई छुरी भी नहीं। या खुदा अब तू ही मालिक है। दम रोके हुए खड़ा था कि एक पल का भी मौका मिले तो निकल भागूं, लेकिन अब उस मरदूद ने किवाड़ों को जोर से धमधमाना शुरू किया, तब तो रूह ही फना हो गई। इधर-उधर निगाह डाली कि किसी कोने में

छिपने की जगह है या नहीं। किवाड़ की दराजों से कुछ रोशनी आ रही थी। ऊपर जो निगाह डाली, तो एक मचान-सा दिखाई दिया। डूबते को तिनके का सहारा मिल गया। उचक कर चाहता था कि ऊपर चढ़ जाऊँ कि मचान पर एक आदमी को बैठे देखकर उस हालत में भी मेरे मुँह से चीख निकल आयी। हजरत अचकन पहने, घड़ी लगाए, एक खूबसूरत साफा बाँधे, उकड़ूं बैठे हुए थे। अब मुझे मालूम हुआ कि मेरे लिए दरवाजा खोलने में हसीना ने क्यों इतनी देर की थी। अभी उनको देख ही रहा था कि दरवाजे पर मूसल की चोटें पड़ने लगीं। मामूली किवाड़ तो थे ही, तीन-चार चोटों में दोनों किवाड़ नीचे आ रहे, और यह मरदूद लालटेन लिये कमरे में घुसा। उस वक्त मेरी क्या हालत थी, इसका अन्दाज आप खुद कर सकते हैं। उसने मुझे देखते ही लालटेन रख दी और मेरी गर्दन पकड़कर बोला- 'अच्छा, आप यहाँ तशरीफ रखते हैं। आइए आपकी कुछ खातिर करूँ। ऐसे मेहमान रोज कहां मिलते हैं?'

यह कहते हुए उसने मेरा एक हाथ पकड़कर इतने जोर से बाहर की तरफ धकेला कि मैं आंगन में औंधा जा गिरा। उस शैतान की आँखों से अंगारे निकल रहे थे। मालूम होता था, उसके होंठ मेरा खून पीने के लिए बढ़े चले आ रहे हैं। मैं अभी जमीन से उठ भी न पाया था कि वह कसाई एक बड़ा सा तेज छुरा लिये मेरी गर्दन पर आ पहुँचा। मगर जनाब, हूँ पुलिस का आदमी। उस वक्त मुझे एक चाल सूझ गयी। उसने मेरी जान बचा ली, वरना आज आपके साथ ताँगे पर न बैठा होता। मैंने हाथ जोड़कर कहा- हुजूर, मैं बिलकुल बेकसूर हूँ। मैं तो मीर साहब के साथ आया था।

उसने गरज कर पूछा--'कौन मीर साहब?'

मैंने जी कड़ा करके कहा- 'यह जो मचान पर बैठे हुए हैं। मैं तो हुजूर का गुलाम ठहरा, जहाँ हुक्म पाऊंगा, आपके साथ जाऊंगा । मेरी इसमें क्या खता है?'

'अच्छा, तो कोई मीर साहब भी मचान पर तशरीफ रखते हैं?'

उराने मेरा हाश पकड़ लिया और कोठरी में जाकर मचान पर देखा। वह हजरत सिमटे-सिमटाए, भीगी बिन्नी बने बैठे थे। चेहरा ऐसा पीला पड़ गया था, गोया बदन में जान ही नहीं।

'तू कौन है।'

'जी, मैं-मेरा मकान, यह आदमी झूठ बोलता है, यह मेरा नौकर नहीं है।'

'तू यहाँ क्या करने आया था?'

'मुझे यही बदमाश (मेरी तरफ देखकर) धोखा देकर लाया था।'

'यह क्यों नहीं कहता कि मजे उड़ाने आया था। दूसरों पर इल्जाम रखकर अपनी जान बचाना चाहता है, सुअर? ले, तू भी क्या समझेगा कि किसके पाले पड़ा था।'

यह कहकर उसने उसी तेज छुरे से उन साहब की नाक काट ली। मैं मौका पाकर बेतहाशा भागा लेकिन हाय-हाय की आवाज मेरे कानों में आ रही थी। इसके बाद उन दोनों में कैसी छनी, हसीना के सिर पर क्या आफत आयी, इसकी मुझे कुछ खबर नहीं। मैं तब से बीसों बार सदर

आ चुका हूँ पर उधर भूलकर भी नहीं गया। यह पत्थर फेंकने वाले हजरत वहीं हैं, जिनकी नाक कटी थी। आज न जाने कहां से दिखाई पड़ गए और मेरी शामत आयी कि उन्हें सलाम कर बैठा। आपने उनकी नाक की तरफ शायद खयाल नहीं किया।

मुझे अब खयाल आया कि उस आदमी की नाक कुछ चिपटी थी। बोला- हां नाक कुछ चपटी तो थी। मगर आपने उस गरीब बुरा फंसा दिया। 'और करता ही क्या?'

'आप दोनों मिलकर उस आदमी को क्या न दबा लेते?'

'दबा लेते, मगर चोर का दिल आधा होता है। उस वक्त अपनी-अपनी पड़ी थी कि मुकाबला करने की सूझती। कहीं उस रमझल्ले में धर लिया जाता, तो आबरू अलग जाती और नौकरी से अलग हाथ धोता। मगर अब इस आदमी से होशियार रहना पड़ेगा।'

इतने में चौक आ गया और हम दोनों ने अपनी-अपनी राह ली।

□□□

अभिलाषा

कल पड़ोस में बड़ी हलचल मची। एक पान वाला अपनी स्त्री को मार रहा था। वह बेचारी बैठी रो रही थी, पर उस निर्दयी को उस पर लेश-मात्र भी दया न आती थी। आखिर स्त्री को भी क्रोध आ गया। उसने खड़े होकर कहा- बस, अब मारोगे तो ठीक न होगा। आज से मेरा तुझसे कोई सम्बंध नहीं। मैं भीख मांगूंगी, पर तेरे घर न आऊंगी। यह कहकर उसने अपनी एक पुरानी साड़ी उठाई और घर से निकल पड़ी। पुरुष काठ के उल्लू की तरह खड़ा देखता रहा। स्त्री कुछ दूर चलकर फिर लौटी और दुकान की संदूकची खोलकर कुछ पैसे निकाले। शायद अभी तक उसे कुछ ममता थी, पर उस निर्दयी ने तुरंत उसका हाथ पकड़कर पैसे छीन लिये। हाय री हृदयहीनता। अबला स्त्री के प्रति पुरुष का यह अत्याचार। एक दिन इसी स्त्री पर उसने प्राण दिये होंगे। उसका मुँह जोहता रहा होगा, पर आज इतना निष्ठुर हो गया है, मानो कभी की जान-पहचान ही नहीं। स्त्री ने पैसे रख दिए, और बिना कुछ कहे-सुने चली गई, कौन जाने कहाँ? मैं अपने कमरे की खिड़की से घंटों देखती रही कि शायद वह फिर लौटे या शायद पान वाला ही उसे मनाने जाए, पर दोनों में से एक बात भी न हुई। आज मुझे स्त्री की सच्ची दशा का पहली बार ज्ञान हुआ। यह दुकान दोनों की थी। पुरुष तो मटरगश्ती किया करता था, स्त्री रात-दिन बैठी सती होती थी। दस ग्यारह बजे रात तक मैं उसे दुकान पर बैठे देखती थी। प्रात: काल नींद खुलती, तब भी उसे बैठे पाती। नोंच- खसोट, काट-कपट, जितना पुरुष करता था, उससे कुछ अधिक ही स्त्री करती थी। पर पुरुष सब-कुछ है, स्त्री कुछ नहीं। पुरुष जब चाहे उसे निकाल बाहर कर सकता है।

इस समस्या पर मेरा चित्त इतना अशांत हो गया कि नींद आँखों से भाग गई। बारह बज गए और मैं बैठी रही। आकाश पर निर्मल चाँदनी छिटकी हुई थी। निशानाथ- अपने रत्न-जटित सिंहासन पर गर्व से फूले बैठे थे। बादल के छोटे- छोटे टुकड़े धीरे-धीरे चंद्रमा के समीप आते थे और फिर विकृत हो जाते थे, मानो श्वेतवसना सुंदरियाँ उसके हाथों दलित और अपमानित होकर रुदन करती हुई चली जा रही हों। इस कल्पना ने मुझे इतना विकल किया कि मैंने खिड़की बंद कर दी और पलंग पर आ बैठी। मेरे प्रियतम निद्रा में मग्न थे। उनका तेजमय मुखमंडल इस समय मुझे कुछ चंद्रमा से ही मिलता-जुलता मालूम हुआ। वही साहस छवि थी, जिससे मेरे नेत्र तृप्त हो जाते थे। वही विशाल वक्ष था जिस पर सिर रखकर मैं अपने अन्तस्तल में एक कोमल मधुर कम्पन का अनुभव करती थी। वही सुदृढ़ बांहें थी, जो मेरे गले पड़ जाती थी, तो हृदय में आनंद की हिलोरें- सी उठने लगती थीं। पर आज कितने दिन हुए, मैंने उस मुख पर हँसी की उज्ज्वल रेखा नहीं देखी, न देखने को चित्त व्याकुल ही हुआ। कितने दिन हुए, मैंने

उसे वक्ष पर सिर नहीं रखा और न वह बांहें गले में पड़ीं। क्यों? क्या मैं कुछ और हो गई, य पतिदेव ही कुछ और हो गए।

अभी कुछ बहुत दिन भी तो नहीं बीते, कुल पाँच साल हुए हैं- कुल पाँच साल, जब पतिदेव ने विकसित नेत्रों और लालायित अधरों से मेरा स्वागत किया था। मैं लज्जा से गर्दन झुकाए हु थी। हृदय में कितनी प्रबल उत्कंठा हो रही थी कि उनकी मुख-छवि देख लूं पर लज्जावश सिर न उठा सकती । आखिर एक बार मैंने हिम्मत करके आँखें उठाईं और यद्यपि दृष्टि आधे रास्ते से ही लौट आयी, तो भी उस अदर्शन से मुझे जो आनंद मिला, क्या उसे कभी भूल सकती हूँ? वह चित्र अब भी मेरे हृदय-पटल पर खिंचा हुआ है। जब कभी उसका स्मरण आ जाता है, हृदय पुलकित हो उठता है। उस सार्थक-कृति में अब भी वही गुदगुदी, वही सनसनी है। लेकिन अब रात-दिन उस छवि के दर्शन करती हूँ। उषाकाल, प्रात:काल, मध्याह्न काल, संध्याकाल, निशाकाल-आठों पहर उसको देखती हूं पर हृदय में गुदगुदी नहीं होती। वह मेरे सामने खड़े मुझसे बातें किया करते हैं, मैं क्रोशिए की ओर देखती रहती हूँ। जब वह घर से निकलते थे, तो द्वार -पर आकर खड़ी हो जाती थी। और जब वह पीछे फिरकर मुस्करा देते थे, तो मानो मुझे स्वर्ग का राज्य मिल जाता था। मैं तीसरे पहर कोठे पर चढ़ जाती थी, और उनके आने की बाट जोहने लगती थी। उनको दूर से आते देखकर मैं उन्मत्त-सी होकर नीचे आती और द्वार पर जाकर उनका अभिवादन करती। पर अब मुझे यह भी नहीं मालूम होता कि वह कब जाते और कब आते हैं। जब बाहर का द्वार बंद हो जाता है, तो समझ जाती हूँ कि वह चले गए, जब द्वार खुलने की आवाज आती है तो समझ जाती हूँ कि आ गए।

तब वह घर में बहुत न आते थे, जब उनकी आवाज कानों में आ जाती, तो मेरी देह में बिजली-सी दौड़ जाती थी। उनकी छोटी-छोटी बातों, छोटे-छोटे कामों को भी मैं अनुरक्त, मुग्ध नेत्रों से देखा करती थी। वह जब छोटे लाला को गोद में उठाकर प्यार करते थे, जब टामी का सिर थपथपा कर उसे लिटा देते थे, जब बूढ़ी भक्तिन को चिढ़ा कर बाहर भाग जाते थे, जब बाल्टियों में पानी भर-भर कर पौधों को सींचते थे तब ये आंखें उसी ओर लगी रहती थीं। पर अब वह सारे दिन घर में रहते हैं, मेरे सामने हँसते हैं, बोलते हैं, मुझे खबर भी नहीं होती। न-जाने क्यों?

तब किसी दिन उन्होंने फूलों का एक गुलदस्ता मेरे हाथ में रख दिया था और मुस्कराए थे। वह प्रणय का उपहार पाकर मैं फूली न समाई थी। केवल थोड़े से फूल और पत्तियां थीं, पर उन्हें देखने से मेरी आँखें किसी भांति तृप्त ही न होती थीं। कुछ देर हाथ में लिये रही, फिर अपनी मेज़ पर फूलदान में रख दिया। कोई काम करती होती, तो बार-बार आकर उस गुलदस्ते को देख जाती। कितनी बार उसे आँखों से लगाया, कितनी बार उसे चूमा। कोई एक लाख रुपये भी देता, तो उसे न देती। उसकी एक-एक पंखुड़ी मेरे लिए एक-एक रत्न थी। जब वह मुरझा गया, तो मैंने उसे उठाकर अपने बक्स में रख दिया था। तब से उन्होंने मुझे हजारों चीजें उपहार में दी हैं- एक-से-एक रत्न-जड़ित आभूषण हैं, एक-से-एक बहुमूल्य वस्त्र हैं और गुलदस्ते तो प्राय: नित्य ही लाते हैं, लेकिन उन चीजों को पाकर वह उल्लास नहीं होता। मैं उन चीजों को पहनकर

आईने में अपना रूप देखती हूँ और गर्व से फूल उठती हूँ। अपनी हमजोलियों को दिखाकर अपना गौरव और उनकी ईर्ष्या बढ़ाती हूँ। बस!

अभी थोड़े ही दिन हुए हैं, उन्होंने मुझे वह चंद्रहार दिया है। । जो इसे देखता है, मोहित हो जाता है। मैं भी उसकी बनावट और सजावट पर मुग्ध हूँ। मैंने अपना संदूक खोला और उस गुलदस्ते को निकाल लायी । आह! उसे हाथ में लेते ही मेरी एक-एक नस में बिजली दौड़ गई । हृदय के सारे तार कम्पित हो गए । वह सूखी पंखड़ियाँ, जो अब पीले रंग की हो गई थी, बोलती हुई मालूम होती थीं, उनके सूखे. मुरझाए हुए मुखों से अस्कुटित कम्पित, अनुराग में डूबे शब्द सायं-सायं करके निकलते हुए आन पड़ते थे; किंतु वह रत्नजटित, कांति से दमकता हुआ हार- स्वर्ण पत्थरों का एक समूह था, जिसमें प्राण न थे, संज्ञा न थी, मर्म न था । मैंने फिर गुलदस्ते को चूमा, कंठ से लगाया, आर्द्र नेत्रों से सींचा और फिर संदूक में रख आयी । आभूषणों से भरा हुआ संदूक उस एक स्मृति-चिह्न के सामने तुच्छ था । यह क्या रहस्य था?

फिर मुझे उनके एक पुराने पत्र की याद आ गई । उन्होंने कॉलेज से मेरे पास भेजा था । उसे पढ़कर मेरे हृदय में जो आनंद हुआ था, जो तूफान उठा था; आंखों से जो नदी बही थी, क्या उसे कभी भूल सकती हूँ! उस पत्र को मैंने अपनी सोहाग की पिटारी में रख दिया था । इस समय उस पत्र को पढ़ने की प्रबल इच्छा हुई । मैंने पिटारी से यह पत्र निकाला । उसे स्पर्श करते ही मेरे हाथ काँपने लगे, हृदय में धड़कन होने लगी । मैं कितनी देर उसे हाथ में लिये यही रही, कह नहीं सकती । मुझे ऐसा मालूम हुआ कि मैं फिर वही हो गई हूँ, जो पत्र पाते समय थी । उस पत्र में क्या प्रेम के कवित्वमय उद्‌गार थे? क्या प्रेम की साहित्यिक विवेचना थी? क्या वियोग-व्यथा का करुण क्रंदन था? उसमें तो प्रेम का एक शब्द भी न था । लिया था- 'कामिनी तुमने आठ दिन से कोई पत्र नहीं लिखा । क्यों नहीं लिखा? अगर तुम मुझे पत्र न लिखोगी, तो मैं होली की छुट्टी में घर न आऊंगा, इतना समझ लो । आखिर तुम सारे दिन क्या किया करती हो? मेरे उपन्यासों की अलमारी खोल ली है क्या? अपने मेरी आलमारी क्यों खोली? समझती होगी, मैं पत्र न लिखूँगी, तो बच्चा खूब रोएँगे और हैरान होंगे । यहाँ इसकी परवाह नहीं । नौ बजे रात को सोता हूँ? तो आठ बजे उठता हूँ । कोई चिंता है, तो यही कि फेल न हो जाऊँ । अगर फेल हुआ, तो तुम जानोगी ।

कितना सरल, भोले-भाले हृदय से निकला हुआ, निष्कपट, मानपूर्ण आग्रह और आतंक से भरा हुआ पत्र था, मानो उसका सारा उत्तरदायित्व मेरे ही ऊपर था। ऐसी धमकी क्या अब भी वह मुझे दे सकते हैं? कभी नहीं । ऐसी धमकी क्या अब भी वह मुझे दे सकते हैं? कभी नहीं । ऐसी धमकी वही दे सकता है जो न मिल सकने की व्यथा को जानता हो, उसका अनुभव करता हो । पतिदेव अब जानते हैं, इस धमकी का मुझ पर कोई असर न होगा, मैं हँसूँगी और आराम से सोऊंगी; क्योंकि मैं जानती हूँ, वह अवश्य आएँगे और उनके लिए ठिकाना ही कहीं है । जा ही कहीं सकते हैं? तब से उन्होंने मेरे पास कितने पत्र लिखे लें । दो दिन को भी बाहर जाते हैं, तो जरूर एक पत्र भेजते हैं और जब दस-पाँच दिन जाते हैं.. नित्यप्रति एक पत्र आता है। पत्रों में प्रेम के चुने हुए शब्द, चुने हुए वाक्य, चुने हुए सम्बोधन भरे होते हैं। मैं उन्हें पढ़ती हूँ और ठण्डी

साँस लेकर रख देती दूँ। हाय! यह हृदय कहां गया? प्रेम के इन निर्जीव, भावशून्य, कृत्रिम शब्दों में वह अभिन्नता कहाँ है, वह रस कहां है, वह उन्माद कहाँ है, वह क्रोध कहाँ है? वह झुंझलाहट कहाँ है। उनमें मेरा मन कोई वस्तु खोजता हैं-कोई अज्ञात, अव्यक्त, अलक्षित वस्तु- पर वह नहीं मिलती। उनमें सुगंध भरी होती है, पत्रों के कागज आर्ट-पेपर को मात करते हैं, पर उनका यह सारा बनाव-सवांर किसी गतयौवना नायिका के बनाव-सिंगार सदृश ही लगता है। कभी-कभी तो मैं पत्रों को खोलती भी नहीं। मैं जानती हूं उसमें क्या लिखा होगा।

उन्हीं दिनों की बात है, मैंने तीज का व्रत किया था। मैंने देवी केए सम्मुख सिर झुकाकर वंदना की थी-'देवी, मैं तुमसे केवल एक वरदान माँगती हूँ। हम दोनों प्राणी में कभी विच्छेद न हो, और मुझे कोई अभिलाषा नहीं। मैं संसार की और कोई वस्तु नहीं चाहती।।' तब से चार साल हो गए हैं, और हममें एक दिन के लिए भी विच्छेद नहीं हुआ। मैंने तो केवल एक वरदान माँगा था। देवी ने वरदानों का भण्डार ही मुझे सौंप दिया। पर आज मुझे देवी के दर्शन हों, तो मैं उनसे कहूँ तुम आपने सारे वरदान ले लो, मैं इनमें से एक भी नहीं चाहती। मैं फिर वही दिन देखना चाहती हूँ जब हृदय में प्रेम की अभिलाषा थी। तुमने सबकुछ देकर मुझे उस अतुल सुख से वंचित कर दिया, जो अभिलाषा में था। मैं अब की देवी से वह दिन दिखाने की प्रार्थना करूँ, जब मैं किसी निर्जन जल-तट और सघन वन में आपने प्रियतम को ढूँढ़ती फिरूं। नदी की लहरों से कहूँ मेरे प्रियतम को तुमने देखा है? वृक्षों से पूछूं मेरे प्रियतम कहां गये? क्या वह सुख मुझे कामी प्राप्त न होगा? उसी समय मंदब, शीतल पवन चलने लगी। मैं खिड़की के बाहर सिर निकाले खड़ी थी। पवन के झोंके से मेरे केश की लटें बिखरने लगीं । मुझे ऐसा आभास हुआ मानो मेरे प्रियतम वायु के इन उच्छ्वासों में हैं। फिर मैंने आकाश की ओर देखा। चाँद की किरणें चाँदी के जगमगाते तारों की भांति आँखों से आंख- मिचौनी-सी खेल, रही थी। आँखें बंद करते समय सामने आ जाती, पर आँखें खोलते ही अदृश्य हो जाती थी। मुझे उस समय ऐसा आभास हुआ कि मेरे प्रियतम उन्हीं जगमग तारों पर बैठे आकाश से उतर रहे हैं। उसी समय किसी ने गाया-

अनोखे-से नेही के त्याग,
निराले पीड़ा के संसार।
कहाँ होते हो अंतर्धान,
लुटा करके सोने-सा प्यार।

'लुटा करके सोने-सा प्यार! यह पद मेरे मर्मस्थल को तीर की भांति छेदता हुआ चला गया। मेरे रोए खड़े हो गए। आंखों से आँसू की झड़ी लग गई। ऐसा मालूम हुआ जैसे कोई प्रियतम को मेरे हृदय से निकाले लिये जाता है। मैं जोर से चिल्ला पड़ी। उसी समय पतिदेव की नींद खुल गई। वह मेरे पास आकर बोले- अभी तुम चिल्लायी थी? अरे, तुम तो रो रही हो? क्या बात है? कोई स्वप्न तो नहीं देखा?

मैंने सिसकते हुए कहा- रोऊँ न, तो क्या हंसू?

स्वामी ने मेरा हाथ पकड़कर कहा- क्यों, रोने का कोई कारण है, या यों ही रोना चाहती हो?

क्या मेरे रोने का कारण तुम नहीं जानते?

मैं तुम्हारे दिल की बात कैसे जान सकता हूँ?

तुमने जानने की कभी चेष्टा की?

मुझे इसका मान-गुमान भी न था कि तुम्हारे रोने का कोई कारण हो सकता है।

तुमने तो बहुत कुछ पढ़ा है, क्या तुम भी ऐसी बात कह सकते हो? स्वामी ने विस्मय में पड़कर कहा- तुम तो पहेलियां बुझवाती हो?

क्यों, क्या तुम कभी नहीं रोते?

मैं क्यों रोने लगा?

तुम्हें अब कोई अभिलाषा नहीं है?

मेरी सबसे बड़ी अभिलाषा पूरी हो गई। अब मैं और कुछ नहीं चाहता। यह कहते हुए पतिदेव मुस्कराए और मुझे गले से लिपटा लेने को बढ़े। उनकी यह हृदयहीनता इस समय मुझे बहुत बुरी लगी। मैंने उन्हें हाथों से पीछे हटाकर कहा- मैं इस स्वाँग को प्रेम नहीं समझती। जो कभी रो नहीं सकता, वह प्रेम नहीं कर सकता। रुदन और प्रेम, दोनों एक ही स्रोत से निकलते हैं।

अनोखे-से नेही के त्याग
निराले पीड़ा के संसार।
कहाँ होते हो अंतर्धान?
लुटा करके सोने-सा प्यार!

पतिदेव के मुख की वह मुस्कुराहट लुप्त हो गई। उन्हें एक बार काँपते देखा। ऐसा जान पड़ा, उन्हें रोमांच हो रहा है। सहसा उनका दाहिना हाथ उठकर उनकी छाती तक गया। उन्होंने लंबी साँस ली और उनकी आंखों से आंसू की बूंदें निकलकर गालों पर आ गई। तुरन्त मैंने रोते हुए उनकी छाती पर सिर रख दिया और उस परम सुख का अनुभव किया, जिसके लिए कितने दिनों से मेरा हृदय तड़प रहा था। आज फिर मुझे पतिदेव का हृदय धड़कता हुआ सुनाई दिया, आज उनके स्पर्श में फिर स्फूर्ति का ज्ञान हुआ। अभी तक उस पद के शब्द मेरे हृदय में गूँज रहे थे-

कहाँ होते हो अंतर्धान
लुटा करके सोने-सा प्यार[*]

* महादेवी वर्मा की कविता का एक पद

□□□

खुच्चड़

बाबू कुंदनलाल कचहरी से लौटे, तो देखा कि उनकी पत्नी जी एक कुंजड़िन से कुछ शाक-भाजी ले रही हैं। कुंजड़िन पालक टके सेर कहती है, वह डेढ़ पैसे दे रही हैं। इस पर कई मिनट तक विवाद होता रहा। आखिर कुंजड़िन डेढ़ पैसे पर राजी हो गई। अब तराजू और बाट का प्रश्न छिड़ा। दोनों पल्ले बराबर न थे। एक में पसंगा था। बाट भी पूरे न उतरते थे। पड़ोसियों के घर से सेर आया। साग तुला जाने के बाद अब घाटे का प्रश्न उठा। पत्नी जी और माँगती थीं, कुंजड़िन कहती थी, आज क्या सेर-दो सेर घाटे में ही ले लोगी बहू जी। खैर, आधा घंटे में यह सौदा पूरा हुआ और कुँजड़िन फिर कभी न आने की धमकी देकर विदा हुई। कुंदनलाल खड़े-खड़े यह तमाशा देखते रहे। कुंजड़िन के जाने के बाद पत्नी जी लोटे का पानी लायी तो आपने कहा- आज तो तुमने जरा-सा साग लेने में पूरे आध घंटे लगा दिए। इतनी देर में तो हजार-पाँच सौ का सौदा हो जाता। जरा-जरा से साग के लिए इतनी ठांय-ठांय करते तुम्हारा सिर भी नहीं दुखता?

रामेश्वरी ने कुछ लज्जित होकर कहा- पैसे मुफ्त में नहीं आते।

यह ठीक है, लेकिन समय का भी कुछ महत्त्व है। इतनी देर में तुमने बड़ी मुश्किल से एक धेले की बचत की। कुंजड़िन ने भी दिल में कहा होगा, कहीं की गँवारिन है। अब शायद भूलकर भी इधर न आये।

तो फिर मुझसे तो यह नहीं हो सकता कि पैसे की जगह धेले का सौदा लेकर बैठ जाऊँ।

इतनी देर में तो तुमने कम-से-कम 20 पन्ने पढ़े होते। कल महरी से घंटों सिर मारा। परसों दूध वाले के साथ घंटों शास्त्रार्थ किया। जिंदगी क्या इन्हीं बातों में खर्च करने को दी गई है?

कुंदनलाल प्राय: नित्य ही पत्नी को सदुपदेश देते रहते थे। यह उनका दूसरा विवाह था। रामेश्वरी को आये अभी दो-ही-तीन महीने हुए थे। अब तक तो बड़ी ननद जी ऊपर का काम किया करती थीं। रामेश्वरी की उनसे न पटी। उसको मालूम होता था, यह तो मेरा सर्वस्व ही लुटाए देती हैं। आखिर वह चली गई। तब से रामेश्वरी ही घर की स्वामिनी है। वह बहुत चाहती है कि पति को प्रसन्न रखे। उनके इशारों पर चलती है, एक बार जो बात सुन लेती है, गाठ बाँध लेती है। पर रोज ही तो कोई नई बात हो जाती है, और कुंदनलाल को उसे उपदेश देने का अवसर मिल जाता है।

2

एक दिन बिन्नी दूध पी गई। रामेश्वरी दूध गर्म करके लायी और स्वामी के सिरहाने रखकर पान बना रही थी कि बिन्नी ने उस पर अपना ईश्वरदत्त अधिकार सिद्ध कर दिया। रामेश्वरी यह अपहरण स्वीकार न कर सकी। रुल लेकर बिन्नी को इतने जोर से मारा कि वह दो-तीन लुढ़कियाँ खा गई।

कुंदनलाल लेटे-लेटे अखबार पढ़ रहे थे। बोले- और जो मर जाती?

रामेश्वरी ने ढिठाई के साथ कहा- तो मेरा दूध क्यों पी गई?

उसे मारने से दूध मिल तो नहीं गया?

जब कोई नुकसान कर देता है, तो उस पर क्रोध आता ही है।

न आना चाहिए। पशु के साथ आदमी भी क्यों पशु हो जाए? आदमी और पशु में इसके सिवा और क्या अंतर है?

कुंदनलाल कई मिनट तक दया, विवेक और शांति की शिक्षा देते रहे, यहाँ तक कि रामेश्वरी मारे ग्लानि के रो पड़ी।

इसी भांति एक दिन रामेश्वरी ने एक भिक्षुक को दुत्कार दिया.. तो बाबू साहब ने फिर उपदेश देना शुरू किया। बोले- तुमसे न उठा जाता हो तो लाओ, मैं दे आऊँ, गरीब को यों न दुत्कारना चाहिए।

रामेश्वरी ने त्यौरियां चढ़ाते हुए कहा-दिन-भर तो ताँता लगा रहता है। कोई कहीं तक दौड़े। सारा देश भिखमंगों से भर गया है शायद।

कुंदनलाल जे उपेक्षा के भाव से मुस्कुराकर कहा- उस देश में तो तुम भी बसती हो।

इतने भिखगंगे आ कहाँ से जाते हैं? ये सब काम क्यों नहीं करते।

कोई आदमी इतना नीच नहीं होता, जो काम मिलने पर भीख माँगे। हां अपंग हो, तो दूसरी बात है। अपंगों का भीख के सिवा और क्या सहारा हो सकता है।

सरकार इनके लिए अनाथालय क्यों नहीं खुलवाती है?

जब स्वराज्य हो जाएगा, तब शायद खुल जाएँ, अभी तो कोई आशा नहीं है। मगर स्वराज्य भी धर्म ही से आएगा।

लाखों साधु-संन्यासी, पंडे-पुजारी मुफ्त का माल उड़ाते हैं, क्या इतना धर्म काफी नहीं है? अगर इस धर्म से स्वराज्य मिलता, तो, कब का मिल चुका होता।

इसी धर्म का प्रसाद है कि हिंदू-जाति अभी तक जीवित है, नहीं कब की रसातल पहुँच चुकी होती। रोम, खान, ईरान, सीरिया किसी का अब निशान भी नहीं हैं। यह हिंदू-जाति है, जो अभी तक समय के क्रूर आघातों का सामना करती चली आती है।

आप समझते होंगे, हिन्द-जाति जीवित है। मैं तो उसे उसी दिन से मरा हुआ समझती हूँ जि- दिन से वह अधीन हो गई। जीवन स्वाधीनता का नाम है, गुलामी तो मौत है।

कुंदनलाल ने युवती को चकित नेत्रों से देखा, ऐसे विद्रोही विचार उसमें कहां से आ गए? देखने में तो वह भोली थी। समझे, कहीं सुन-सुना लिया होगा। कठोर होकर बोले- क्या व्यर्थ का विवाद करती हो। लजाती तो हो नहीं, ऊपर से और बक-बक करती हो।

रामेश्वरी यह फटकार पाकर चुप हो गई। एक क्षण वहाँ खड़ी रही, फिर धीरे-धीरे कमरे से चली गई।

3

एक दिन कुंदनलाल ने कई मित्रों की दावत की! रामेश्वरी सवेरे से रसोई में घुसी, तो शाम तक सिर न उठा सकी। उसे यह बेगार बुरी मालूम हो रही थी।? अगर दोस्तों की दावत करनी, तो खाना बनवाने का कोई प्रबंध क्यों नहीं किया! सारा बोझ उसी के सिर क्यों डाल दिया? उससे एक बार पूछ तो लिया होता कि दावत करूँ, या न करूँ। होता तब भी यही, जो अब हो रहा था। यह दावत के प्रस्ताव का बड़ी खुशी से अनुमोदन करती। तब वह समझती, दावत मैं कर रही हूँ। अब वह समझ रही थी मुझसे बेगार ली जा रही है। खैर, भोजन तैयार हुआ, लोगों ने भोजन किया और चले गये, मगर मुंशीजी मुँह फुलाए बैठे हुए थे। रामेश्वरी ने कहा- तुम क्यों नहीं खा लेते, या अभी सवेरा है?

बाबू साहब ने आये फाड़कर कहा- क्या खा लूँ यह खाना है या बैलों की सानी।

रामेश्वरी के सिर से पाँव तक आग लग गई। सारा दिन चूल्हे के सामने जली, उसका यह पुरस्कार। बोली- मुझसे जैसा हो सका, बनाया। जो बात अपने बस की नहीं है, उसके लिए क्या करती?

पूरियां सब सेवड़ी हैं।

होंगी।

कचौड़ी में इतना नमक था कि किसी ने छुआ तक नहीं।

होगा।

हलुआ अच्छी तरह भुना नहीं- कचाइँध आ रही थी।

आती होगी।

शोरबा इतना पतला था, जैसे चाय।

होगा।

स्त्री का पहला धर्म यह है कि वह रसोई के काम में चतुर हो।

फिर उपदेशों का तार बँधा, यहाँ तक कि रामेश्वरी ऊब कर चली गई।

4

पाँच-छह महीने गुजर गए। एक दिन कुंदनलाल के एक दूर के संबंधी उनसे मिलने आये। रामेश्वरी को ज्यों ही उनकी खबर मिली, जल-पान के लिए मिठाई भेजी और महरी से कहला भेजा- आज यहीं भोजन कीजिएगा। वह महाशय फूले न समाए। बोरिया-बँधना लेकर पहुंच गए और डेरा डाल दिया। एक हफ़्ता गुजर गया, मगर आप टलने का नाम भी नहीं लेते। आव-भगत में कोई कमी होती, तो शायद उन्हें कुछ चिन्ता होती, पर रामेश्वरी उनके सेवा-सत्कार में जी-जान से लगी हुई थी। फिर वह काहे को हटने लगे?

एक दिन कुंदनलाल ने कहा- तुमने यह बुरा रोग पाला।

रामेश्वरी ने चौंक कर पूछा- कैसा रोग।

इन्हें टहला क्यों नहीं देतीं?

मेरा क्या बिगाड़ रहे हैं?

कम-से-कम एक रुपये की रोज चपत दे रहे हैं। और अगर यही खातिरदारी रही, तो शायद जीते-जी टलेंगे भी नहीं।

मुझसे तो यह नहीं हो सकता कि कोई दो-चार दिन के लिए आ जाए तो उसके सिर हो जाऊं। जब तक उनकी इच्छा हो रहें।

ऐसे मुफ्तखोरों का सत्कार करना पाप है। अगर तुमने इसे इतना सिर न चढ़ाया होता, तो अब तक लम्बा हुआ होता। जब दिन में तीन बार भोजन और पचासों बार पान मिलता है, तो उसे कुत्ते ने काटा है, जो अपने घर जाए।

रोटी का चोर बनना तो अच्छा नहीं?

कुपात्र और सुपात्र का विचार तो कर लेना चाहिए। ऐसे आलसियों को खिलाना-पिलाना वास्तव में उन्हें जहर देना है। जहर से तो केवल प्राण निकल जाते हैं, यह खातिरदारी तो आत्मा का सर्वनाश कर देती है। अगर यह हजरत महीने भर भी यहाँ रह गए, तो फिर जिन्दगी भर के लिए बेकार हो जाएँगे।

तर्क का ताँता बँध गया। प्रमाणों की झड़ी लग गई। रामेश्वरी खिसिया कर चली गयी। कुंदनलाल उससे कभी संतुष्ट भी हो सकते हैं, उनके उपदेशों की वर्षा कभी बंद भी हो सकती है, यह प्रश्न उसके मन में बार-बार उठने लगा।

5

एक दिल देहात से भैंस का ताजा घी आया। इधर महीनों से बाजार का घी खाते- खाते नाक में दम हो रहा था। रामेश्वरी ने उसे खौलाया, उसमें लौंग डाली और कड़ाह से निकालकर एक मटकी में रख दिया। उसकी सोंधी-सोंधी सुगंध से सारा घर महक रहा था। महरी चौका-बरतन

करने आयी, तो उसने चाहा कि मटकी चौके से उठाकर छीके या आले पर रख दे। पर संयोग की बात, उसने मटकी उठायी तो वह उसके हाथ से छूटकर गिर पड़ी। सारा घी बह गया। धमाका सुनकर रामेश्वरी दौड़ी, तो महरी रो रही थी, और मटकी चूर-चूर हो गई थी। तड़प कर बोली- मटकी कैसे टूट गई? मैं तेरी तलब से काट लूँगी। राम-राम, सारा घी मिट्टी में मिला दिया। तेरी आँखें फूट गई थीं क्या या हाथों में दम नहीं था? इतनी दूर से मँगाया, इतनी मेहनत से गर्म किया, मगर एक बूंद भी गले के नीचे न गया। अब खड़ी बिसूर क्या रही है, जा अपना काम कर ।

महरी ने आँसू पोंछकर कहा- बहू जी, अब तो चूक हो गई। चाहे तलब काटी, चाहे जान मारो। मैंने तो सोचा, उठाकर आले पर रख दूँ तो चौका लगाऊँ। क्या जानती थी कि भाग्य में यह लिखा है। न जाने किस अभागे का मुँह देखकर उठी थी।

रामेश्वरी- मैं कुछ नहीं जानती, सब रुपये तेरी तलब से वसूल कर लूँगी। एक रुपया जुर्माना न किया तो कहना।

महरी- मर जाऊंगी सरकार, कहीं एक पैसे का ठिकाना नहीं है।

रामेश्वरी- मर जा या जी जा, मैं कुछ नहीं जानती।

महरी ने एक मिनट तक कुछ सोचा और बोली- अच्छा, काट लीजिएगा सरकार। आपसे सब्र नहीं होता, मैं सब्र कर लूँगी। यही न होगा, भूखों मर जाऊंगी। जीकर ही कौन-सा सुख भोग रही हूँ कि मरने को डरें, समझ लूंगी, एक महीना कोई काम नहीं किया। आदमी से बड़ा-बड़ा नुकसान हो जाता है, यह तो घी ही था।

रामेश्वरी को एक ही क्षण में महरी पर दया आ गई। बोली- तू भूखों मर जाएगी, तो मेरा काम कौन करेगा?

महरी- काम कराना होगा, खिलायेगा, न काम कराना होगा, भूखों मारिएगा। आज से आप ही के द्वार पर सोया करूंगी।

रामेश्वरी- सच कहती हूँ आज तूने बड़ा नुकसान कर डाला।

महरी- मैं तो आप ही पछता रही हूँ सरकार।

रामेश्वरी- जा, गोबर से चौका लीप दे, मटकी के टुकड़े दूर फेंक दे और बाजार से घी लेती आ।

महरी ने खुश होकर चौका गोबर से लीपा, और मटकी के टुकड़े बटोर रही थी कि कुंदनलाल आ गए- और हाँडी टूटी देखकर बोले- यह हाँडी कैसे टूट गयी?

रामेश्वरी ने कहा- महरी उठाकर ऊपर रख रही थी, उसके हाथ से छूट पड़ी।

कुंदनलाल ने चिल्लाकर कहा- तो सब घी बह गया।

और क्या कुछ बच भी रहा?

तुमने महरी से कुछ कहा नहीं।

क्या कहती। उसने जान-बूझकर तो गिरा नहीं दिया।

यह नुकसान कौन उठाएगा?

हम उठाएँगे, और कौन उठाएगा। अगर मेरे ही हाथ से छूट पड़ती, तो क्या हाथ काट लेती।

कुंदनलाल ने ओठ चबाकर कहा- तुम्हारी कोई बात समझ में नहीं आती। जिसने नुकसान किया है, उससे वसूल होना चाहिए। यही ईश्वरीय नियम है। आँख की जगह आंख, प्राण के बदले प्राण-ईसामसीह जैसे दयालु पुरुष का कथन है। अगर दंड का विधान संसार से उठ जाए, तो यहाँ रहे कौन? सारी पृथ्वी रक्त से लाल हो जाए, हत्यारे दिनदहाड़े लोगों का गला काटने लगें। दंड ही से समाज की मर्यादा कायम है। जिस दिन दंड न रहेगा, संसार न रहेगा। मनु आदि स्मृतिकार बेवकूफ नहीं थे कि दंड-न्याय को इतना महत्त्व दे गए। और किसी विचार से नहीं, तो मर्यादा की रक्षा के लिए दंड अवश्य देना चाहिए। ये रुपये महरी को देने पड़ेंगे। उसकी मजदूरी काटनी पड़ेगी। नहीं, आज तो उसने घी का घड़ा लुढ़का दिया है, कल कोई और नुकसान कर देगी।

रामेश्वरी ने डरते-डरते कहा- मैंने तो क्षमा कर दिया है।

कुंदनलाल ने आंखें निकालकर कहा- लेकिन मैं नहीं क्षमा कर सकता। महरी द्वार पर खड़ी यह विवाद सुन रही थी। जब उसने देखा कि कुंदनलाल का क्रोध बढ़ता जाता है और मेरे कारण रामेश्वरी को घुड़कियां सुननी पड़ रही हैं, तो यह सामने जाकर बोली- बाबूजी, अब तो कसूर हो गया। आप सब रुपये मेरी तलब से काट लीजिए। रुपये हैं नहीं, अभी लाकर आपके हाथ पर रख देती।

रामेश्वरी ने मुड़कर कहा- जा, भाग यहाँ से, तू क्या करने आयी? बड़ी रुपये वाली बनती है।

कुंदनलाल ने पत्नी की ओर कठोर नेत्रों से देखा कहा- तुम क्यों उसकी वकालत कर रही हो? यह मोटी-सी बात है, और इसे एक बच्चा भी समझता है कि जो नुकसान करता है, उसे उसका दण्ड भोगना पड़ता है। मैं क्यों पाँच रुपये का नुकसान उठाऊं? कोई वजह? क्यों नहीं इसने मटके को संभालकर पकड़ा, क्यों इतनी जल्दबाजी की, क्यों आकर मदद नहीं ली? यह साफ इसकी लापरवाही है।

यह कहते हुए कुंदनलाल बाहर चले गए।

रामेश्वरी इस अपमान से आहत हो उठी। डांटना ही था, तो कमरे में बुलाकर एकांत में डांटते। महरी के सामने उसे रूई की तरह धुन डाला। उसकी समझ ही में न आता था, यह किस स्वभाव के आदमी हैं। आज एक बात कहते हैं, कल उसी को काटते हैं, जैसे कोई झक्की आदमी हो। कहां तो दया और उदारता के अवतार बनते थे, कहाँ आज पाँच रुपये के लिए प्राण देने लगे। बड़ा मजा जा जाय, जो कल महरी बैठ रहे। कभी तो इनके मुख से प्रसन्नता का एक शब्द निकला होता। अब मुझे भी अपना स्वभाव बदलना पड़ेगा। यह सब मेरे सीधे होने का फल है।

ज्यों-ज्यों मैं तरजीह देती हूँ आप जामे से बाहर होते हैं। इनका इलाज यही है कि एक कहें, तो दो सुनाऊं। आखिर कब तक और कहाँ तक सहे? कोई हद भी है। जब देखो, डाँट रहे हैं। जिसके मिजाज़ का कुछ पता ही न हो, उसे कौन खुश रख सकता है? उस दिन जरा-सा बिन्नी को मार दिया, तो आप दया का उपदेश करने लगे। आज यह दया कहां गई? इनको ठीक करने का उपाय यही है कि समझ लूँ कोई कुत्ता भौंक रहा है। नहीं, ऐसा क्यों करूँ? अपने मन के कोई काम ही न करूँ, जो यह कहें, वही करूं, जौ-भर कम, न जौ भर ज्यादा। जब इन्हें मेरा कोई काम पसंद ही नहीं आता, मुझे क्या कुत्ते ने काटा है, जो बरबस अपनी टाँग अड़ाऊं बस यही ठीक है।

वह रात भर इसी उधेड़-बुन में पड़ी रही। सवेरे कुंदनलाल नदी-स्नान करने गये। लौटे, तो नौ बज गए थे। घर में जाकर देखा, तो चौका-बरतन न हुआ था। प्राण सूख गए। पूछा-क्या महरी नहीं आयी?

रामेश्वरी- नहीं।

कुंदनलाल- तो फिर?

रामेश्वरी- जो आपकी आज्ञा।

कुंदनलाल- यह तो बड़ी मुश्किल है।

रामेश्वरी- हां, है तो।

कुंदनलाल- पड़ोस की महरी को क्यों न बुला लिया?

रामेश्वरी- किसके हुक्म से बुलाती? अब हुक्म हुआ है, बुलाए लेती हूँ।

कुंदनलाल- अब बुलाऊंगी, तो खाना कब बनेगा? नौ बज गए हैं। इतना तो तुम्हें अपनी अक्ल से काम लेना चाहिए था कि महरी नहीं आयी तो पड़ोस वाली को बुला लें।

रामेश्वरी- अगर उस वक्त सरकार पूछते, क्यों दूसरी महरी क्यों बुलाई, तो क्या जवाब देती? अपनी अक्ल से काम लेना छोड़ दिया। अब तुम्हारी अक्ल से काम लूंगी। मैं यह नहीं चाहती कि कोई मुझे आँखें दिखाए।

कुंदनलाल- अच्छा तो इस वक्त क्या होना है?

रामेश्वरी-जो हुजूर का हुक्म हो।

कुंदनलाल-तुम मुझे बनाती हो?

रामेश्वरी- मेरी इतनी मजाल कि आपको बनाऊं मैं तो हुजूर की लौंडी हूँ। जो कहिए वह करूँ।

कुंदनलाल- मैं तो जाता हूँ तुम्हारा जो जी चाहे करो।

रामेश्वरी- जाइए, मेरा जी कुछ न चाहेगा और न कुछ करूंगी।

कुंदनलाल- आखिर तुम क्या खाओगी?

रामेश्वरी- जो आप दे देंगे, वही खा लूंगी।

कुंदनलाल- लाओ, बाजार से पूरियां ला दूँ।

रामेश्वरी- रुपया निकाल लाई। कुंदनलाल पूरियां लाये। इस वक्त का काम चला। दफ्तर गये। लौटे, तो देर हो गई थी। आते-ही-आते पूछा-महरी आयी।

रामेश्वरी- नहीं।

कुंदनलाल- मैंने तो कहा था, पड़ोस वाली को बुला लेना।

रामेश्वरी- बुलाया था। वह पाँच रुपये माँगती थी।

कुंदनलाल- तो एक ही रुपये का तो फर्क था, क्यों नहीं रख लिया?

रामेश्वरी- मुझे यह हुक्म न मिला था। मुझसे जवाब-तलब होता कि एक रुपया ज्यादा क्यों दे दिया। खर्च की किफायत पर उपदेश दिया जाने लगता, तो क्या करती?

कुंदनलाल- तुम बिलकुल मूर्ख हो।

रामेश्वरी- बिलकुल।

कुंदनलाल- तो इस वक्त भोजन न बनेगा?

रामेश्वरी- मजबूरी है।

कुंदनलाल सिर थाम कर चारपाई पर बैठ गए। यह तो नई विपत्ति गले पड़ी। पूरियां उन्हें जंचती न थीं। जी में बहुत झुंझलाए। रामेश्वरी को दो-चार उलटी-सीधी सुनायी, लेकिन उसने मानो सुना ही नहीं। कुछ बस न चला, तो महरी की तलाश में निकले। जिसके यहाँ गये, मालूम हुआ, महरी काम करके चली गई। आखिर एक कहार मिला। उसे बुला लाए। कहार ने दो आने लिये और बरतन धोकर चलता बना।

रामेश्वरी ने कहा- भोजन क्या बनेगा?

कुंदनलाल- रोटी-तरकारी बना लो, या इसमें भी कुछ आपत्ति है?

रामेश्वरी- तरकारी घर में नहीं हे ।

कुंदनलाल-दिन भर बैठी रही, तरकारी भी न लेते बनी? अब इतनी रात तरकारी कहीं मिलेगी?

रामेश्वरी- मुझे तरकारी ले रखने का हुक्म न मिला था। मैं पैसा-धेला ज्यादा दे देती तो?

कुंदनलाल ने विवशता से दाँत पीसकर कहा- आखिर तुम क्या चाहती हो?

रामेश्वरी ने शांत भाव से जवाब दिया- कुछ नहीं, केवल अपमान नहीं चाहती।

कुंदनलाल- तुम्हारा अपमान कौन करता है?

रामेश्वरी- आप करते हैं।

कुंदनलाल- तो मैं घर के मामले में कुछ न बोलूं ?

रामेश्वरी- आप न बोलेंगे, तो कौन बोलेगा? मैं तो केवल हुक्म की ताबेदार हूं।

रात रोटी-दाल पर कटी। दोनों आदमी लेटे। रामेश्वरी को तो तुरन्त नींद आ गई। कुंदनलाल बड़ी देर तक करवटें बदलते रहे। अगर रामेश्वरी इस तरह असहयोग करेगी, तो एक दिन भी काम न चलेगा। आज ही बड़ी मुश्किल से भोजन मिला। इसकी समझ ही उलटी है। मैं तो समझाता हूँ यह समझती है, डाँट रहा हूँ। मुझसे बिना बोले रहा भी तो नहीं जाता। लेकिन अगर बोलने का यह नतीजा है, तो बोलना फिजूल है। नुकसान होगा, बला से। यह तो न होगा कि दफ्तर से आकर बाजार भागूँ। महरी से रुपये वसूल करने की बात इसे बुरी लगी, और थी भी बेजा। रुपये तो न मिले, उलटे महरी ने काम छोड़ दिया। रामेश्वरी को जगाकर बोले- कितना सोती हो तुम?

रामेश्वरी- मजूरों को अच्छी नींद आती है।

कुंदनलाल- चिढ़ाओ मत, महरी से रुपये न वसूल करना।

रामेश्वरी- वह तो लिये खड़ी है शायद।

कुंदनलाल- उसे मालूम हो जाएगा, तो काम करने आएगी।

रामेश्वरी- अच्छी बात है, कहला भेजूंगी।

कुंदनलाल- आज से मैं कान पकड़ता हूँ तुम्हारे बीच में न बोलूँगा।

रामेश्वरी- और जो मैं घर लुटा दूं तो?

कुंदनलाल- लुटा दो, चाहे मिटा दो, मगर रूठो मत। अगर तुम किसी बात में मेरी सलाह पूछोगी, तो दे दूँगा। वरना मुंह न खोलूंगा।

रामेश्वरी- मैं अपमान नहीं सह सकती।

कुंदनलाल- इस भूल को क्षमा करो।

रामेश्वरी-सच्चे दिल से कहते हो न?

कुंदनलाल- सच्चे दिल से।

□□□

आगा-पीछा

रूप और यौवन के चंचल विलास के बाद कोकिला अब उस कलुषित जीवन के चिह्न को आँसुओं से धो रही थी। विगत जीवन की याद आते ही उसका दिल बेचैन हो जाता, और वह विषाद और निराशा से विकल होकर पुकार उठती- हाय, मैंने संसार में जन्म ही क्यों लिया? उसने दान और व्रत से उन कालिमाओं को धोने का प्रयत्न किया और जीवन के बसंत की सारी विभूति इस निष्फल प्रयास में लुटा दी, पर वह जागृति क्या किसी महात्मा का वरदान या किसी अनुष्ठान का फल था? नहीं, यह उस नवजात शिशु के प्रथम दर्शन का प्रसाद था, जिसके जन्म ने आज उसकी पन्द्रह साल से सूनी गोद को प्रदीप्त कर दिया था। शिशु का मुख देखते ही उसके नीले होंठों पर एक क्षीण, करुण, उदास मुस्कुराहट झलक गई- पर केवल एक क्षण के लिए। एक ही क्षण के बाद वह मुस्कुराहट एक लम्बी साँस में विलीन हो गई। उस अशक्त, क्षीण, कोमल रुदन ने कोकिला के जीवन का रुख फेर दिया। वात्सल्य की वह ज्योति उसके लिए जीवन-संदेश और मूक उपदेश थी। कोकिला ने उस नवजात बालिका का नाम रखा- श्रद्धा। उसी के जन्म ने तो उसमें श्रद्धा उत्पन्न की थी। यह श्रद्धा को अपनी लड़की नहीं, किसी देवी का अवतार समझती थी। उसकी सहेलियाँ उसे बधाई देने आतीं, पर कोकिला बालिका को उनकी नजरों से छिपाती। उसे यह भी मंजूर न था कि उनकी पापमयी दृष्टि भी उस पर पड़े। श्रद्धा ही अब उसकी विकृति, उसकी आत्मा, उसका जीवन- दीपक थी। वह कभी-कभी उसे गोद में लेकर साध से छलकती हुई आंखों से देखती और सोचती, क्या यह पावन ज्योति भी वासना के प्रचण्ड आघातों का शिकार होगी? मेरे प्रयत्न क्या निष्फल हो जाएँगे? ओह! क्या कोई ऐसी औषधि नहीं है, जो जन्म के संस्कारों को मिटा दे? भगवान् से वह सदैव प्रार्थना करती कि मेरी श्रद्धा किसी काँटों में न उलझे। वह वचन और कर्म से, विचार और व्यवहार से उसके सम्मुख नारी-जीवन का ऊँचा आदर्श रखेगी। श्रद्धा इतनी सरल, इतनी प्रगल्भ, इतनी चतुर थी कि कभी-कभी कोकिला वात्सल्य से गदगद हो उसके तलवों को अपने मस्तक से रगड़ती तथा पश्चाताप तथा हर्ष के आँसू बहाती।

2

सोलह वर्ष बीत गए। पहले की भोली-भाली श्रद्धा अब एक सगर्व, शांत, लज्जाशील नवयौवना थी, जिसे देखकर आँखें तृप्त हो जाती थी। विद्या की उपासक थी, पर संसार से विमुख। जिनके साथ वह पढ़ती थी, वे उससे बात भी न करना चाहती थी। मातृ-स्नेह के वायु-मंडल, सखी-सहेलियों के परित्याग, रात-दिन की घोर पढ़ाई और पुस्तकों के एकांत-वास से अगर श्रद्धा को अहं-भाव हो आया, तो आश्चर्य की कौन-सी बात है? उसे किसी से भी बोलने का अधिकार न

था। विद्यालय में भले घर की लड़कियाँ उसके सहवास में अपना अपमान समझती थीं। रास्ते लोग उँगली उठाकर कहते- कोकिला रंडी की लड़की है। उसका सिर झुक जाता, कपोल क्षण-भर के लिए लाल होकर दूसरे ही क्षण फिर चूने की तरह सफेद हो जाते।

श्रद्धा को एकांत से प्रेम था। विवाह को ईश्वरीय कोप समझती थी। यदि कोकिला ने कभी उसकी बात चला दी, तो उसके माथे पर बल पड़ जाते, चमकते हुए लाल चेहरे पर कालिमा छा जाती। आंखों से झर-झर आँसू बहने लगते, कोकिला चुप हो जाती। दोनों के जीवन-आदर्शों में विरोध था। कोकिला समाज के देवता की पुजारिन, श्रद्धा को समाज से, ईश्वर से और मनुष्य से घृणा। यदि संसार में उसे कोई वस्तु प्यारी थी, तो वह थीं उसकी पुस्तकें। श्रद्धा उन्हीं विद्वानों के संसर्ग में अपना जीवन व्यतीत करती, जहाँ ऊँच-नीच का भेद नहीं, जाति-पांति का स्थान नहीं- सबके अधिकार समान हैं। श्रद्धा की पूर्ण प्रकृति का परिचय महाकवि रहीम के एक दोहे के पद से मिल जाता है-

'प्रेम सहित मरिबों भलो, जो विष देय बुलाय।'

अगर कोई सप्रेम बुलाकर उसे विष दे देता, तो वह नतजानु हो अपने मस्तक से लगा लेती, किन्तु अनादर से दिये हुए अमृत की भी उसकी नजरों में कोई अहमियत न थी।

एक दिन कोकिला ने आँखों में आंसू भरकर श्रद्धा से कहा- क्यों मुन्नी बताना, तुझे यह लज्जा तो लगती ही होगी कि मैं क्यों इसकी बेटी हुई यदि तू किसी ऊँचे कुल में पैदा हुई होती, तो क्या तब भी तेरे दिल में ऐसे विचार आते? तू मन ही-मन मुझे जरूर कोसती होगी।

श्रद्धा माँ का मुँह देखने लगी। माता से इतनी श्रद्धा कभी उसके दिल में पैदा नहीं हुई थी। काँपते हुए स्वर में बोली- अम्मा जी आप मुझसे ऐसा प्रश्न क्यों करती हैं? क्या मैंने कभी आपका अपमान किया है?

कोकिला ने गदगद होकर कहा- नहीं बेटी, उस परम दयालु भगवान से यही प्रार्थना है कि तुम्हारी जैसी सुशील लड़की सबको दे। पर कभी-कभी यह विचार आता है कि तू अवश्य ही मेरी बेटी होकर पछताती होगी।

श्रद्धा ने धीरे कंठ से कहा- अम्मा, आपकी यह भावना निर्मूल है। मैं आपसे सच कहती हूँ मुझे जितनी श्रद्धा और भक्ति आप के प्रति है, उतनी किसी के प्रति नहीं। आपकी बेटी कहलाना मेरे लिए लज्जा की बात नहीं, गौरव की बात है। मनुष्य परिस्थितियों का दास होता है। आप जिस वायु-मंडल में पली, उसका असर तो पड़ना ही था, किन्तु पाप के दलदल में फंसकर फिर निकल आना अवश्य गौरव की बात है। बहाव की ओर नाव खे के ले जाना तो बहुत सरल है, किन्तु जो नाविक बहाव के प्रतिकूल खे के ले जाता है, वही सच्चा नाविक है।

कोकिला ने मुस्कुराते हुए कहा- तो फिर विवाह के नाम से क्यों चिढ़ती है? श्रद्धा ने आंखें नीची करके उत्तर दिया-बिना विवाह के क्या जीवन व्यतीत नहीं हो सकता? मैं कुमारी ही रहकर जीवन बिताना चाहती हूँ। विद्यालय से निकलकर कॉलेज में प्रवेश करूंगी, और दो-तीन

वर्ष बाद हम दोनों स्वतंत्र रूप से रह सकती हैं। डॉक्टर बन सकती हूँ, वकालत कर सकती हूं। औरतों के लिए अब सब मार्ग खुल गए हैं।

कोकिला ने डरते-डरते पूछा- क्यों, क्या तुम्हारे मन में कोई दूसरी इच्छा नहीं होती? किसी से प्रेम करने की अभिलाषा तेरे मन में नहीं पैदा होती? श्रद्धा ने एक लंबी साँस लेकर कहा-अम्मा जी! प्रेम-विहीन संसार में कौन है। प्रेम मानव-जीवन का श्रेष्ठ अंग है। यदि ईश्वर की ईश्वरता कहीं देखने में आती है, तो वह केवल प्रेम में। जब कोई ऐसा व्यक्ति मिलेगा- जो मुझे वरने में अपनी मान-हानि न समझेगा, तो मैं तन-मन-धन से उसकी पूजा करूंगी, पर किसके सामने हाथ पसारकर प्रेम की भिक्षा मांगूं? यदि किसी ने सुधार के क्षणिक आवेश में विवाह कर भी लिया, तो मैं प्रसन्न न हो सकूंगी। इससे तो कहीं अच्छा है कि मैं विवाह का विचार ही छोड़ दूँ।

3

इन्हीं दिनों महिला-मंडल का एक उत्सव हुआ। कॉलेज के रसिक विद्यार्थी काफी संख्या में सम्मिलित हुए। हाल में तिल भर भी जगह खाली न थी। श्रद्धा भी आकर स्त्रियों की सबसे अंत की पंक्ति में खड़ी हो गई। उसे यह सब स्वाँग मालूम होता था। आज प्रथम बार ही वह ऐसी सभा में सम्मिलित हुई थी।

सभा की कार्रवाई शुरू हुई। प्रधान महोदय की वक्तृता के पश्चात् प्रस्ताव पेश होने लगे और उनके समर्थन के लिए वक्तृताएँ होने लगीं, किन्तु महिलाएं या तो अपनी वक्तृताएँ भूल गईं या उन पर सभा का रोब ऐसा छा गया कि उनकी वक्तृता-शक्ति लोप हो गई। वे कुछ छूटे-फूटे जुमले बोलकर बैठने लगी। सभा का रंग बिगड़ने लगा। कई लेडियाँ बड़ी शान से प्लेटफार्म पर आयीं, किंतु दो-तीन शब्दों से अधिक न बोल सकीं।

नवयुवकों को मजाक उड़ाने का अवसर मिला। कहकहे पड़ने लगे, तालियाँ बजने लगी। श्रद्धा उनकी यह दुर्जनता देखकर तिलमिला उठी। उसका अंग-प्रत्यंग फड़कने लगा। प्लेटफार्म पर जाकर वह कुछ इस शान से बोली कि सभा पर आतंक छा गया। कोलाहल शांत हो गया। लोग टकटकी बाँधकर उसे देखने लगे। श्रद्धा स्वर्गीय बाला की भांति धारावाहिक रूप में बोल रही थी। उसके प्रत्येक शब्द से नवीनता, सजीवता, और दृढ़ता प्रतीत होती थी। उसके नवयौवन की सुरभि भी चारों ओर फैलकर सभा-मंडल को अवाक् कर रही थी।

सभा समाप्त हुई। लोग टीका-टिप्पणी करने लगे।

एक ने पूछा- यह स्त्री कौन थी भाई?

दूसरे ने उत्तर दिया- उसी कोकिला रंडी की लड़की।

तीसरे व्यक्ति ने कहा- तभी यह आवाज और सफाई है। तभी तो जादू है। जादू है जनाब जादू। क्यों न हो, माँ भी तो सितम ढाती थी। जब से उसने अपना पेशा छोड़ा, शहर बे-जान हो गया। अब मालूम होता है कि यह अपनी माँ की जगह लेगी।

इस पर एक खद्दरधारी काला नवयुवक बोला- क्या खूब कदरदानी फरमायी है जनाब ने, वाह।

उसी व्यक्ति ने उत्तर दिया- आपको बुरा क्यों लगा? क्या कुछ सांठ-गांठ तो नहीं है?

काले नवयुवक ने कुछ तेज होकर कहा- आपको ऐसी बातें मुँह से निकालते लज्जा भी नहीं आती।

दूसरे व्यक्ति ने कहा- लज्जा की कौन-सी बात है? जनाब, वेश्या की लड़की अगर वेश्या हो तो आश्चर्य की क्या बात है?

नवयुवक ने घृणा-पूर्ण स्वर में कहा- ठीक होगा, आप जैसे बुद्धिमान व्यक्तियों की समझ में! जिस रमणी के मुख से ऐसे विचार निकल सकते हैं, वह देवी है, रूप को बेचने वाली नहीं।

श्रद्धा उसी समय सभा से जा रही थी। यह अंतिम शब्द उसके कानों में पड़ गए, वह विस्मित और पुलकित होकर वहीं ठिठक गई। काले नवयुवक की ओर कृतज्ञता-पूर्ण दृष्टि से देखा और फिर बड़ी तेजी से आगे बढ़ गयी, लेकिन रास्ते भर उसके कानों में उन्हीं शब्दों की प्रतिध्वनि गूँजती रही।

अब तक श्रद्धा की प्रशंसा करने वाली, उसे उत्साहित करने वाली केवल उसकी माँ कोकिला थी, और चारों ओर वही उपेक्षा थी, वही तिरस्कार। आज से एक अपरिचित, काले किन्तु गोरे हृदय वाले खद्दरधारी नवयुवक व्यक्ति के मुख का चित्र बराबर उसकी आँखों के सामने नाचा करता। मन में प्रश्न उठता- वह कौन है? क्या करता है? क्या फिर कभी उसके दर्शन होंगे?

कॉलेज जाते समय श्रद्धा उस नवयुवक को खोई हुई आँखों से खोजती। घर पर रोज चिक की आड़ से, रास्ते के आते-जाते लोगों को देखती, लेकिन वह नवयुवक नजर न आता।

कुछ दिन बाद महिला-मंडल की दूसरी सभा का विज्ञापन निकला। अभी सभा होने को चार दिन बाकी थे। यह चारों दिन श्रद्धा ने अपना भाषण तैयार करने में बिताए। एक-एक शब्द की खोज में घंटों सिर मारती। एक-एक वाक्य को बार-बार पढ़ती। बड़े-बड़े नेताओं की स्पीचें पढ़ती और उसी तरह लिखने की कोशिश करती। जब सारी स्पीच पूरी हो गई, तो श्रद्धा अपने कमरे में जाकर कुर्सियों और मेजों को सम्बोधित करके जोर-जोर से पढ़ने लगी। भाषण-कला के सभी लक्षण जमा हो गए थे। उपसंहार तो इतना सुंदर था कि उसे अपने ही मुख से सुनकर वह मुग्ध हो गई। इसमें कितना संगीत था, कितना आकर्षण, कितनी क्रांति! सभा का दिन आ पहुँचा। श्रद्धा मन-ही-मन भयभीत होती हुई सभा-मंडप में घुसी। हाल भरा हुआ था और पहले दिन से भी अधिक भीड़ थी। श्रद्धा को देखते ही जनता ने तालियाँ पीटकर उसका स्वागत किया। कोलाहल होने लगा और सभी एक स्वर से चिल्ला उठे- आप अपनी वक्तृता शुरू करें।

श्रद्धा ने मंच पर आकर एक उड़ती हुई निगाह से जनता की ओर देखा। वह काला नवयुवक जगह न मिलने के कारण अंतिम पंक्ति में खड़ा हुआ था। श्रद्धा के दिल में गुदगुदी-सी होने लगी। उसने काँपते हुए स्वर में अपनी वक्ता शुरू की। उसकी नजरों में सारा हाल पुतलियों से भरा

हुआ था, अगर कोई जीवित मनुष्य था, तो वही सबसे पीछे खड़ा काला नवयुवक। उसका मुख उसी की ओर था। यह उसी से अपने भाषण की दाद माँग रही थी। हीरे परखने की आशा जौहरी से ही की जाती है।

आधे घंटे तक श्रद्धा के मुख से फूलों की वर्षा होती रही। लोगों को बहुत कम ऐसी वक्तृता सुनने को मिली।

4

श्रद्धा जब सभा समाप्त होने पर घर चली तो देखा, वही काला नवयुवक उसके पीछे-पीछे तेजी से चला आ रहा है। श्रद्धा को यह मालूम था कि लोगों ने उसका भाषण बहुत पसंद किया है। लेकिन उस युवक की राय सुनने का अवसर उसे नहीं मिला था। उसने अपनी चाल धीमी कर दी। दूसरे ही क्षण वह नवयुवक उसके पास पहुँच गया। दोनों कई कदम चुपचाप चलते रहे।

अंत में नवयुवक ने झिझकते हुए कहा- आज तो आपने कमाल कर दिया। श्रद्धा ने प्रफुल्लता के स्रोत को दबाते हुए कहा- धन्यवाद! यह आपकी कृपा है।

नवयुवक ने कहा- मैं किस लायक हूँ। मैं ही नहीं, सारी सभा सिर धुन रही थी।

श्रद्धा- क्या आपका शुभ स्थान यही है?

नवयुवक- जी हाँ, यहाँ मैं एम. ए. में पढ़ रहा हूँ। यह ऊंच-नीच का भूत न जाने कब तक हमारे सिर पर सवार रहेगा। अभाग्य से मैं भी उन लोगों में हूँ जिन्हें संसार नीच समझता है। मैं जाति का चमार हूँ। मेरे पिता स्कूलों के इंस्पेक्टर के यहाँ अर्दली थे। अच्छी सिफारिश से स्कूल में भर्ती हो गया। तब से भाग्य से लड़ता-भिड़ता चला आ रहा हूं। पहले तो स्कूल के मास्टर मुझे छूते ही न थे। वह हालत तो अब नहीं रही। किंतु लड़के अब भी मुझसे खिंचे रहते हैं।

श्रद्धा गैं तो कुलीनता को जन्म से नहीं, धर्म से मानती हूँ।

नवयुवक- यह तो आपकी वक्तृता ही से सिद्ध हो गया है और इसी से आपसे बातें करने का साहस भी हुआ, नहीं तो कहां आप, और कहां मैं - श्रद्धा ने अपनी आँखें नीची करके कहा- शायद आपको मेरा हाल मालूम नहीं।

नवयुवक- बहुत अच्छी तरह मालूम है। यदि आप अपनी माताश्री के दर्शन करवा सकें, तो आपका बहुत आभारी होऊंगा।

वह आपसे मिलकर बड़ी प्रसन्न होंगी! शुभ-नाम?

मुझे भगतराम कहते हैं।

यह परिचय धीरे-धीरे स्थिर और दृढ़ होता गया, मैत्री प्रगाढ़ होती गई। श्रद्धा की नजरों में भगतराम एक देवता थे, और भगतराम के समक्ष श्रद्धा मानवी रूप में देवी थी।

5

एक साल बीत गया। भगतराम रोज देवी के दर्शनों को जाता। दोनों घंटों बैठे बातें किया करते श्रद्धा कुछ भाषण करती, तो भगतराम सब काम छोड़कर सुनने जाता। उनके मनसूबे एक थे जीवन के आदर्श एक, रुचि एक, विचार एक। भगतराम अब प्रेम और उसके रहस्यों की मार्मिक विवेचना करता। उनकी बातों में 'रस' और 'अलंकार' का कभी इतना संयोग न हुआ था। भावों को इंगित करने में उसे कमाल हो गया था। लेकिन ठीक उन अवसरों पर, जब श्रद्धा के हृदय में गुदगुदी होने लगती, उसके कपोल उल्लास से रंजित हो जाते, भगतराम विषय पलट देता और जल्दी ही कोई बहाना बनाकर वहाँ से खिसक जाता। उसके चले जाने पर श्रद्धा हसरत के आंसू बहाती और सोचती-क्या इन्हें दिल से मुझसे प्रेम नहीं?

एक दिन कोकिला ने भगतराम को एकांत में बुलाकर कहा- बेटा अब तो मुन्नी से तुम्हारा विवाह हो जाना चाहिए, तो अच्छा। जीवन का क्या भरोसा? कहीं मर जाऊँ, तो यह साध मन ही में रह जाए।

भगतराम ने सिर हिलाकर कहा- अम्मा जरा इस परीक्षा में पास हो जाने दो। जीविका का प्रश्न हल हो जाने के बाद ही विवाह शोभा देता है।

यह सब तुम्हारा ही तो है। क्या मैं साथ बाँध ले जाऊंगी?

यह आपकी कृपा है, अम्मा जी। पर इतना निर्लज्ज न बनाइए। मैं तो आपका हो चुका, अब तो आप दुत्कारें भी तो इस द्वार से नहीं टल सकता। मुझ जैसा भाग्यवान संसार में और कौन है। लेकिन देवी के मंदिर में, जाने से पहले कुछ पान-फूल तो पास होना ही चाहिए।

साल भर और गुजर गया। भगतराम ने एम. ए. की उपाधि ली और अपने ही विद्यालय में अर्थशास्त्र का अध्यापक हो गया। उस दिन कोकिला ने खूब दान- पुण्य किया। अब भगतराम ले आकर उसके पैरों पर सिर झुकाया, तो उसने उसे छाती से लगा लिया। उसे विश्वास था कि आज भगतराम विवाह के प्रश्न को जरूर छेड़ेगा। श्रद्धा प्रतीक्षा की मूर्ति बनी हुई थी। उसका एक-एक अंग मानो सौ-सौ तार होकर प्रतिध्वनित हो रहा था। दिल पर एक नशा छाया हुआ था, पाँव जमीन पर न पड़ते थे। भगतराम को देखते ही माँ से बोली- अम्मा अब हमको एक हलका-सा मोटर ले दीजिएगा।

कोकिला ने कहा-हलका-सा क्यों! भारी-सा लेना। पहले कोई अच्छा-सा मकान तो ठीक कर लो।

श्रद्धा भगतराम को अपने कमरे में बुला ले गयी। दोनों बैठकर नए मकान की सजावट के मनसूबे बाँधने लगे। परदे, फर्श, तस्वीरें, सबकी व्यवस्था की गयी। श्रद्धा ने कहा रुपये भी अम्मा जी से ले लेंगे।

भगतराम बोला-उनसे रुपये लेते शर्म आएगी।

श्रद्धा ने मुस्कराकर कहा- आखिर दहेज के रुपये तो देंगी।

दोनों घंटे भर बातें करते रहे। मगर वह मार्मिक शब्द, जिसे सुनने के लिए श्रद्धा का मन आतुर हो रहा था, आज भी भगतराम के मुख से न निकला और वह विदा हो गया।

उसके चले जाने पर कोकिला ने डरते-डरते पूछा- आज क्या बात हुई? श्रद्धा ने उसका आशय समझकर कहा- अगर मैं ऐसी भारी हो रही हूँ तो कुएँ में क्यों नहीं डाल देतीं।

यह कहते-कहते उसके धैर्य की दीवार ढह गयी। वह आवेश और वह वेदना, जो भीतर-ही-भीतर अब तक टीस रही थी, निकल पड़ी। वह फूट-फूट कर रोने लगी।

कोकिला ने झुंझलाकर कहा- जब कुछ बातचीत ही नहीं करना है, तो रोज आते ही क्यों हैं? ऐसा बड़ा घराना भी तो नहीं है, और न ऐसे धन्नारोठ ही हैं।

श्रद्धा ने आँख पोंछकर कहा- अम्मा जी, मेरे सामने उन्हें कुछ न कहिए। उनके दिल में जो कुछ है, वह मैं जानती हूँ। वह मुँह से बहुत कुछ न कहें, मगर दिल से कह चुके हैं और मैं चाहे कानों से कुछ न सुनूं पर दिल से सब कुछ सुन चुकी। कोकिला ने श्रद्धा से कुछ भी न कहा, लेकिन दूसरे दिन भगतराम से बोली- अब किस सोच-विचार में हो, बेटा?

भगतराम ने सिर खुजलाते हुए कहा- अम्मा जी, मैं तो हाजिर हूं लेकिन घरवाले किसी तरह राजी नहीं होते। जरा फुरसत मिले, तो घर जाकर उन्हें राजी कर लूँ। माँ-बाप को नाराज करना भी तो अच्छा नहीं।

कोकिला कुछ जवाब न दे सकी।

6

भगतराम के माँ-बाप शहर से दूर रहते थे। उनका यही एक लड़का था। उनकी सारी उमंगें उसी के विवाह पर अवलम्बित थी। उन्होंने कई बार उसकी शादी तय की। पर भगतराम बार-बार यही कहकर निकल जाता कि जब तक नौकर न हो जाऊंगा, विवाह न करूंगा। अब वह नौकर हो गया था, इसलिए दोनों माघ के एक ठंडे प्रात:काल में लदे-फदे भगतराम के मकान पर आ पहुंचे। भगतराम ने दौड़कर उनकी पद-धूलि ली और कुशल आदि पूछने के बाद कहा- आप लोगों ने इस जाड़े -पाले में क्यों तकलीफ की? मुझे बुला लिया होता।

चौधरी ने अपनी पत्नी की ओर देखकर कहा-सुनती हो बच्चा की अम्मा जब बुलाते हैं, तो कहते हैं कि इम्तहान हैं, यह है, वह है। जब आ गए, तो कहता है, बुलाया क्यों नहीं? तुम्हारा विवाह ठीक हो गया है। अब एक महीने की छुट्टी लेकर हमारे साथ चलना होगा। इसलिए हम दोनों आये हैं।

चौधराइन- हमने कहा कि बिना गये काम नहीं चलेगा। तो आज ही दरखास्त दे दो। लड़की बड़ी सुन्दर, पढ़ी-लिखी, अच्छे कुल की है।

भगतराम ने लजाते हुए कहा- मेरा विवाह तो यहीं एक जगह लगा हुआ है, अगर आप राजी हों तो कर, लूँ।

चौधरी- इस शहर में हमारी बिरादरी का कौन है, क्यों बच्चा की अम्मा? चौधराइन- यहाँ हमारी बिरादरी का तो कोई नहीं है।

भगतराम- मां बेटी हैं, घर में रुपया भी है। लड़की ऐसी है कि तुम लोग देखकर खुश हो जाओगे। मुफ्त में शादी हो जाएगी।

चौधरी- क्या लड़की का बाप मर गया है? उसका क्या नाम था? कहाँ का रहने वाला है? कुल-मरजाद कैसा है- जब तक सारी बातें मालूम न हो जाएं, तब तक ब्याह कैसे हो सकता है क्यों बच्चा की अम्मा?

चौधराइन- हां, बिना इन बातों का पता लगाए, कैसे हो सकता है।

भगतराम- ने कोई जवाब नहीं दिया।

चौधरी-यहाँ किस मोहल्ले में रहती हैं माँ-बेटी? सारा शहर हमारा छाना पड़ा है। हम यहाँ कोई बीस साल रहे होंगे, क्यों बच्चा की अम्मा?

चौधराइन- बीस साल से ज्यादा ही रहे हैं।

भगतराम- उनका घर नखास पर है।

चौधरी- नखास से किस तरफ?

भगतराम- नखास की सामने वाली गली में पहला मकान उन्हीं का है। सड़क से दिखाई देता है।

चौधरी- पहला मकान तो कोकिला रंडी का है। गुलाबी रंग से पुता है न?

भगतराम ने झेंपते हुए कहा- जी हां, वही मकान है!

चौधरी- तो उसमें कोकिला रंडी नहीं रहती क्या?

भगतराम-रहती क्यों नहीं। माँ-बेटी, दोनों ही रहती हैं।

चौधरी- तो क्या कोकिला रंडी की लड़की से शादी करना चाहते हो? नाक कटवाने पर लगे हो क्या? बिरादरी में तो कोई पानी पियेगा नहीं।

चौधराइन- लूका लगा दूंगी, मुंह में रांड के? रूप-रंग देख के लुभा गए क्या?

भगतराम- मैं तो इसे अपने बड़े भाग्य समझता हूं कि वह अपनी लड़की की शादी मेरे साथ करने को राजी है। अगर वह आज चाहे, तो किसी बड़े- से- बड़े रईस के घर में शादी कर सकती है।

चौधरी- रईस उससे ब्याह न करेगा- रख लेगा! तुम्हें भगवान समाई दे, तो एक नहीं चार रखो। मर्दों के लिए कौन रोक है? लेकिन जो ब्याह के लिए कहो तो ब्याह वही है, जो बिरादरी में हो।

चौधराइन- बहुत पढ़ने से आदमी बौरा जाता है।

चौधरी- हम गँवार आदमी हैं, पर समझ में नहीं आता कि तुम्हारी यह नियत कैसे हुई? रंडी की बेटी चाहे इन्नर की परी हो, तो भी रंडी की बेटी है। हम तुम्हारा विवाह वहाँ न होने देंगे। अगर तुमने विवाह किया, तो हम दोनों तुम्हारे ऊपर जान दे देंगे। इतना अच्छी तरह से समझ लेना-क्यों बच्चा की अम्मी

चौधराइन- ब्याह कर लेंगे, जैसे हँसी-ठट्ठा है। झाड़ू मार के भगा दूंगी राँड को। अपनी बेटी अपने घर में रखे।

भगतराम- अगर आप लोगों की आज्ञा नहीं हैं, तो मैं विवाह नहीं करूंगा, मगर मैं किसी दूसरी औरत से भी विवाह न करूंगा।

चौधराइन- हाँ तुम कुंवारे रहो, यह हमें मंजूर है। पतुरिया के घर में विवाह न करेंगे।

भगतराम ने अबकी झुंझलाकर कहा- आप उसे बार-बार पतुरिया क्यों कहती हैं? किसी जमाने में वह उसका पेशा रहा होगा। आज दिन वह जितने आचार- विचार से रहती है, शायद ही कोई और रहती हो। ऐसा पवित्र आचरण तो मैंने देखा ही नहीं।

भगतराम का सारा यत्न विफल हो गया। चौधराइन ने ऐसी जिद पकड़ी कि जौ भर भी अपनी जगह से न हिली।

रात को जब भगतराम अपने प्रेम-मंदिर में पहुँचा, तो उसका चेहरा उतरा हुआ था। एक-एक अंग से निराशा टपक ही थी। श्रद्धा रास्ता देखती हुई घबरा रही थी कि आज इतनी रात तक आये क्यों नहीं। उन्हें क्या मालूम कि मेरे दिल की क्या हालत हो रही है। यार-दोस्तों से छुट्टी मिलेगी, तो भूलकर इधर भी आ जाएँगे।

कोकिला ने कहा- मैं तो तुझसे कह चुकी कि उनका अब वह मिज़ाज नहीं रहा। फिर भी तो तू नहीं मानती। आखिर इस टालमटोल की कोई हद भी है।

श्रद्धा ने दु:खित होकर कहा- अम्मा, मैं आपसे हजार बार विनय कर चुकी हूँ कि चाहे लौकिक रूप में कुमारी ही क्यों न रहूं लेकिन हृदय से उनकी ब्याहता हो चुकी। अगर ऐसा आदमी विश्वास करने के काबिल नहीं है, तो फिर मैं नहीं जानती कि किस पर विश्वास किया जा सकता है।

इसी समय भगतराम निराशा की मूर्ति बने हुए कमरे के भीतर आये। दोनों स्त्रियों ने उनकी ओर देखा। कोकिला की आंखों में शिकायत थी और श्रद्धा की आँखें कह रही थी, इतनी निर्दयता।

भगतराम ने धीमे, वेदना पूर्ण स्वर में कहा- आप लोगों को आज बहुत देर तक मेरी राह देखनी पड़ी, लेकिन मैं मजबूर था। घर से अब अम्मा और दादा आये हुए हैं, उन्हीं से बातें कर रहा था।

कोकिला बोली- घर पर तो सब कुशल है न?

भगतराम ने सिर झुकाए हुए कहा- जी हाँ सब कुशल है। मेरे विवाह का मसला पेश था। पुराने खयाल के आदमी हैं, किसी तरह भी राजी नहीं होते।

कोकिला का मुख तमतमा उठा। बोली- वो क्यों राजी होंगे? हम लोग उनसे भी नीच हैं न, लेकिन जब तुम उनकी इच्छा के दास थे, तो तुम्हें उनसे पूछकर यहाँ आना-जाना चाहिए था। इस तरह हमारा अपमान करके तुम्हें क्या मिला? यदि मुझे मालूम होता कि तुम अपने माँ-बाप के इतने गुलाम हो, तो यह नौबत ही काहे को आती।

श्रद्धा ने देखा कि भगतराम की आंखों से आंसू गिर रहे हैं।

विनीत भाव से बोली- अम्मा जी, माँ-बाप की मरजी का गुलाम होना कोई पाप नहीं है। अगर मैं आपकी उपेक्षा करूंगी, तो क्या आपको दु:ख न होगा? यही हाल तो उन लोगों का भी होगा।

श्रद्धा यही कहती हुई अपने कमरे की ओर चली और इशारे से भगतराम को भी बुलाया। कमरे में बैठकर दोनों कई मिनट तक पृथ्वी की ओर ताकते रहे। किसी में भी साहस न था कि उस सन्नाटे को तोड़े।

अंत में भगतराम ने पुरुषोचित वीरता से काम लिया और कहा- श्रद्धा, इस समय मेरे हृदय के भीतर तुमुल युद्ध हो रहा है। मैं शब्दों में अपनी दशा बयान नहीं कर सकता। जी चाहता है कि विष खाकर जान दे दूँ। तुमसे अलग रहकर जीवित नहीं रह सकता, केवल तड़प सकता हूँ। मैंने न-जाने उनकी कितनी खुशामद की, कितना रोया, कितना गिड़गिड़ाया, लेकिन दोनों अपनी बातों पर अड़े रहे। बार-बार यही कहते रहे कि अगर यह ब्याह होगा, तो हम दोनों तुम पर अपनी जान दे देंगे। उन्हें मेरी मौत मंजूर है, लेकिन तुम मेरे हृदय की रानी बनो, यह मंजूर नहीं।

श्रद्धा ये सांत्वना देते हुए कहा- प्यारे, मुझसे उनका घृणा करना उचित है। पढ़े-लिखे आदमियों में ही ऐसे कितने निकालेंगे। इसमें उनका कोई दोष नहीं। मैं सवेरे उनके दर्शन करने जाऊंगी, शायद मुझे देखकर, उनका दिल पिघल जाए। मैं हर तरह से उनकी सेवा करूंगी, उनकी धोतियाँ धोऊंगी, उनके पैर दबाया करूंगी। मैं वह सब करूंगी, जो उनकी मनचाही बहू करती। इसमें लज्जा की कौन-सी बात? उनके तलवे सहलाऊंगी, भजन गाकर सुनाऊंगी- मुझे बहुत से देहाती गीत आते हैं। अम्मा जी के सिर के सफेद बाल चुनूंगी। मैं दया नहीं चाहती, मैं तो प्रेम की चैरी हूँ। तुम्हारे लिए मैं सब कुछ करूंगी- सब कुछ।

भगतराम को ऐसा मालूम हुआ, मानो उसकी आँखों की ज्योति बढ़ गयी है, अथवा शरीर में कोई दूसरी ज्योर्तिमय आत्मा आ गई है। उनके हृदय का सारा अनुदान, सारा विश्वास, सारी भक्ति, आँखों से उमड़ कर श्रद्धा के पैरों की ओर जाती हुई मालूम हुई, मानो किसी घर से नन्हें-

नन्हें लाल कपोल वाले, रेशमी कपड़े वाले, घुँघराले बालों वाले बच्चे हँसते हुए निकलकर खेलने जा रहे हैं?

7

चौधरी और चौधराइन को शहर आये हुए दो सप्ताह बीत गए। वे रोज जाने के लिए कमर कसते, लेकिन फिर रह जाते। श्रद्धा उन्हें जाने न देती। सवेरे जब उनकी आंखें खुलती, तो श्रद्धा उनके स्नान के लिए पानी तपाती होती, चौधरी को अपना हुक्का भरा हुआ मिलता। वे लोग ज्यों ही नहाकर उठते श्रद्धा उनकी धोती छाँटने लगती। दोनों उसकी सेवा और अविरल परिश्रम देखकर दंग रह जाते। ऐसी सुंदर, ऐसी मधुरभाषिणी, ऐसी हंसमुख और चतुर रमणी चौधरी ने इंस्पेक्टर साहब के घर में भी नहीं देखी थी। चौधरी के वह देवी मालूम होती और चौधराइन को लक्ष्मी। दोनों श्रद्धा की सेवा और अटल-प्रेम पर आश्चर्य करते थे, किन्तु फिर भी कलंक और बिरादरी का प्रश्न उनके मुँह पर मुहर लगाए हुए था। पन्द्रहवें दिन जब श्रद्धा दस बजे रात को अपने घर चली गई तो चौधरी ने चौधराइन से कहा- लड़की तो साक्षात लक्ष्मी है।

चौधरानी- जब मेरी धोती छाँटने लगती है, तो मैं मारे लाज के कट जाती हूँ। हमारी तरह तो इसकी लौंडी होगी।

चौधरी- फिर क्या सलाह देती हो-अपनी बिरादरी में तो ऐसी मधुर लड़की मिलने की नहीं।

चौधराइन- राम का नाम लेकर ब्याह करो। बहुत होगा, रोटी पड़ जाएगी। पाँच बीसी में तो रोटी होती है, कौन छप्पन टके लगते हैं। पहले हमें शंका होती थी कि पतुरिया की लड़की न जाने कैसी हो, कैसी न हो! पर अब सारी शंका मिट गई।

चौधरी- जब बातें करती है, तो मालूम होता है, मुँह से फूल झड़ते हैं।

चौधराइन- मैं तो उसकी माँ को बखानती हूं जिसकी कोख में ऐसी लक्ष्मी जन्मी।

चौधरी- कल चलो, कोकिला से मिलकर सब ठीक-ठाक कर आवें।

चौधराइन- मुझे तो उसके घर जाते शरम लगती है। वह रानी बनी बैठी होगी, मैं तो उसकी लौंडी मालूम होऊंगी।

चौधरी- तो फिर पाउडर लगा कर मुँह में पोत लो- गोरी हो जाओगी। इंस्पेक्टर साहब की मेम भी तो रोज पाउडर लगाती थी। रंग तो साँवला था पर जब पाउडर लगा लेती, तो मुँह चमकने लगता था।

चौधराइन- हँसी करोगे तो गाली दूंगी। हां, काली कमली पर कोई रंग चढ़ता है, जो पाउडर चढ़ जाएगा? तुम तो सचमुच उसके चौकीदार से लगोगे।

चौधरी- तो कल मुँह-अंधेरे चल दें। अगर कहीं श्रद्धा आ गई, तो फिर गला न छोडेगी। बच्चा से कह देंगे कि पंडित से सायत-मिती सब ठीक कर लो, फिर हँसकर कहा- उन्हें, तो आप ही जल्दी होगी।

चौधराइन भी पुराने दिन याद करके मुस्कराने लगी।

8

चौधरी और चौधराइन का मत पाकर कोकिला विवाह का आयोजन करने लगी। कपड़े बनवाये जाने लगे। बरतनों की दुकानें छानी जाने लगीं और गहनों के लिए सुनार के पास 'ऑर्डर' जाने लगे। लेकिन न मालूम क्यों, भगत के मुख पर प्रसन्नता का चिह्न तक न था। श्रद्धा के यहां नित्य की भांति जाता किन्तु उदास, कुछ भूला हुआ-सा बैठा रहता। घंटों आत्म-विस्मृति की अवस्था में, शून्य-दृष्टि से अथवा पृथ्वी की अरि देखा करता। श्रद्धा उसे अपने कीमती कपड़े और जड़ाऊ गहने दिखलाती। उसके अंग-प्रत्यंग से आशाओं की स्फूर्ति छलकी पड़ती थी। इस नशे में वह भगतराम की आँखों में भरे हुए आंसुओं को न देख पाती थी।

इधर चौधरी भी तैयारियां रहे थे। बार-बार शहर आते और विवाह का सामान मोल ले जाते। भगतराम के स्वतंत्र विचार वाले मित्र उसके भाग्य पर ईर्ष्या करते थे। अप्सरा-जैसी सुन्दर स्त्री, कारूँ के खजाने-जैसी दौलत, दोनों साथ ही कहीं मयस्सर होते हैं? किन्तु वह, जो मित्रों की ईर्ष्या, कोकिला की प्रसन्नता, श्रद्धा की मनोकामना और चौधरी और चौधराइन के आनन्द का कारण था, छिप-छिपाकर रोता था, अपने जीवन से दु:खी था। चिराग-तले अँधेरा छाया हुआ था। इस छिपे तूफान की किसी को भी खबर न थी, जो उसके हृदय में हाहाकार मचा रहा था।

ज्यों-ज्यों विवाह का दिन समीप आता था, भगतराम की बनावटी उमंग भी ठंडी पड़ती जाती थी। जब चार दिन रह गए तो उसे हलका-सा ज्वर आ गया। वह श्रद्धा के घर भी न जा सका। चौधरी और चौधराइन तथा अन्य बिरादरी के लोग भी आ पहुंचे थे, किन्तु सब-के-सब विवाह की धुन में इतने मस्त थे कि किसी का भी ध्यान उसकी ओर न गया।

दूसरे दिन भी वह घर से न निकल सका। श्रद्धा ने समझा कि विवाह की रीतियों से छुट्टी न मिली होगी। तीसरे दिन चौधराइन भगतराम को बुलाने गयी, तो देखा कि वह सहमी हुई विस्फारित आँखों से कमरे के एक कोने की ओर देखता हुआ दोनों हाथ सामने किए पीछे हट रहा है, मानो अपने को किसी के वार से बचा रहा हो। चौधराइन ने घबराकर पूछा- बच्चा, कैसा जी है? पीछे इस तरह क्यों चले जा रहे हो? यहाँ तो कोई नहीं है।

भगतराम के मुख पर पागलों जैसी अचेतना थी। आंखों में भय छाया हुआ था। भीत स्वर में बोला- नहीं अम्मा जी, देखो वह श्रद्धा चली आ रही है। देखो, उसके दोनों हाथों में दो काली नागिनें हैं। वह मुझे उन नागिनों से डसवाना चाहती है। अरे अम्मा देखो, वह नजदीक आ गई। श्रद्धा! श्रद्धा! तुम मेरी जान की क्यों बैरिन हो गई हो? क्या मेरे असीम प्रेम का यही परिणाम है? मैं तो तुम्हारे चरणों पर बलि होने के लिए सदैव तत्पर था। इस जीवन का मूल्य ही क्या है! तुम इन नागिनों को दूर फेंक दो। मैं यहीं तुम्हारे चरणों पर लेटकर यह जान तुम पर न्यौछावर कर दूँगा। हें, हें, तुम न मानोगी?

यह कहकर वह चित्त गिर पड़ा। चौधराइन ने लपक कर चौधरी को बुलाया। दोनों ने भगतराम को उठाकर चारपाई पर लिटा दिया। चौधरी का ध्यान किसी आसेब की ओर गया। वह तुरन्त ही लौंग और राख लेकर आसेब उतारने का आयोजन करने लगे। स्वयं तंत्र-मंत्र में निपुण थे। भगतराम का सारा शरीर ठंडा था, किन्तु सिर तवे की तरह तप रहा था।

रात को भगतराम कई बार चौंक कर उठा। चौधरी ने हर बार मंत्र फूंक कर अपने खयाल से आसेब को भगाया।

चौधराइन ने कहा- कोई डॉक्टर क्यों नहीं बुलाते? शायद दवा से कुछ फायदा हो। कल ब्याह और आज यह हाल।

चौधरी ने नि:शंक भाव से कहा- डॉक्टर आकर क्या करेगा, वही पीपल वाले बाबा तो हैं। दवा-दाऊ करना उनसे और रार बढ़ाना है। रात जाने दो। सवेरा होते ही एक बकरा और एक बोतल दाऊ उनकी भेंट होगी। बस, और कुछ करने की जरूरत नहीं है। डॉक्टर बीमारी की दवा करता है कि हवा-ब्यार की? बीमारी उन्हें कोई नहीं है, कुल के बाहर ब्याह करने ही से देवता लोग रूठ गये हैं।

सवेरे चौधरी ने एक बकरा मंगवाया। स्त्रियों गाती-बजाती देवी के चौतरे की ओर चलीं। जब लौटकर आये, तो देखा कि भगतराम की हालत खराब है। उसकी नाड़ी धीरे-धीरे बंद हो रही थी। मुख पर गृत्यु-विभीषिका की छाप थी। उसके दोनों नेत्रों से आंसू ढुलक कर गालों पर गिर रहे थे, मानो अपूर्ण इच्छा का अंतिम संदेश निर्दयी संसार को सुना रहे हों। जीवन का कितना वेदना-पूर्ण दृश्य था- आंसू की दो बूंदें।

अब चौधरी घबराए। तुरंत ही कोकिला को खबर दी। एक आदमी डॉक्टर के पास भेजा। डॉक्टर के आने में देर था। वह भगतराम के मित्रों में से थे, किन्तु कोकिला और श्रद्धा आदमी के साथ आ पहुंची। श्रद्धा भगतराम के सामने आकर खड़ी हो गयी। उसकी आंखों से आँसू बहने लगे।

थोड़ी देर में भगतराम ने आंखें खोलीं और श्रद्धा की ओर देखकर बोले- तुम आ गयी श्रद्धा, मैं तुम्हारी ही राह देख रहा था। यह अन्तिम प्यार लो। आज ही सब आगा-पीछा का अंत हो जाएगा, जो आज से तीन वर्ष पहले आरम्भ हुआ था। इन तीन वर्षों में मुझे जो आत्मिक-यंत्रणा मिली है, हृदय ही जानता है। तुम वफा की देवी हो, लेकिन मुझे रह-रहकर यह भ्रम होता था, क्या तुम खून के असर का नाश कर सकती हो? क्या तुम एक ही बार अपनी परम्परा की रीति छोड़ सकोगी? क्या तुम जन्म के प्राकृतिक नियमों को तोड़ सकोगी? इन भ्रमपूर्ण विचारों के लिए शोक न करना। मैं तुम्हारे योग्य न था। किसी प्रकार भी और - कभी भी तुम्हारे-जैसा महान् हृदय न बन सका। हां, इस भ्रम के वश में पढ़कर संसार से मैं अपनी इच्छाएँ बिना पूर्ण किए ही जा रहा हूँ। तुम्हारे अगाध, निष्कपट, निर्मल प्रेम की स्मृति सदैव ही मेरे साथ रहेगी। किन्तु हाय अफसोस... कहते- कहते भगतराम की आँखें फिर बंद हो गयीं। श्रद्धा के मुख पर गाढ़ी लालिमा दौड़ गयी। उसके आँसू सूख गए। आँखों में आत्म-अभिमान की झलक आ गयी।

वह क्षण-भर वहाँ खड़ी-रही और दूसरे ही क्षण नीचे आकर अपनी गाड़ी में बैठ गई। कोकिला उसके पीछे-पीछे दौड़ी हुई आयी और बोली- बेटी, यह क्रोध करने का अवसर नहीं है। लोग अपने दिल में क्या कहेंगे। उसकी दशा बराबर बिगड़ती ही जाती है। तुम्हारे रहने से बुड्ढों को ढाढस बँधा रहेगा।

श्रद्धा ने कुछ उत्तर न दिया। कोचवान से कहा- घर चलो। हारकर कोकिला भी गाड़ी में बैठ गई।

असह्य शीत पड़ रहा था। आकाश में काले बादल छाए हुए थे। शीतल वायु चल रही थी। माघ के अन्तिम दिवस थे। वृक्ष, पेड़-पौधे भी शीत से अकड़े हुए थे।

दिन के आठ बज गए थे, अभी तक लोग रजाई के भीतर मुंह लपेटे हुए लेटे थे। लेकिन श्रद्धा का शरीर पसीने से भीगा हुआ था। ऐसा मालूम होता था कि सूर्य की सारी उष्णता उसके शरीर की रगों में घुस गयी है। उसके होंठ सूख गए थे, प्यास से नहीं, आंतरिक धधकती हुई अग्नि की लपटों से। उसका एक-एक अंग उस अग्नि की भीषण आंच जला जा रहा था। उसके मुख से बार-बार जलती हुई गर्म साँस निकल रही थी, मानो किसी चूल्हे की लपट हो। घर पहुँचते-पहुँचते उसका फूल-सा मुख मलिन हो गया, होंठ पीले पड़ गए, जैसे किसी काले नाग ने डस लिया हो। कोकिला बार-बार अश्रुपूर्ण नेत्रों से उसी की ओर ताकती थी, पर क्या कहे और क्या कहकर समझाए।

घर पहुँच कर श्रद्धा अपने ऊपर के कमरे की ओर चली, किन्तु उसमें इतनी शक्ति न थी कि सीढ़ियाँ चढ़ सके। रस्सी को मजबूती से पकड़ती हुई किसी तरह अपने कमरे में पहुंची। हाय, आधा घंटे पहले यहाँ की एक-एक वस्तु पर प्रसन्नता, आह्लाद, आशाओं की छाप लगी हुई थी, पर अब सब-की-सब सिर धुनती हुई मालूम होती थीं। बड़े-बड़े संदूक में जोड़े सजाए हुए रखे थे, उन्हें देखकर श्रद्धा के हृदय में हूक सी उठी और वह गिर पड़ी, जैसे विहार करता हुआ और लाचें भरता हुआ हिरन तीर लग जाने से गिर पड़ता है।

अचानक उसकी दृष्टि उस चित्र पर जा पड़ी, जो आज तीन वर्ष से उसके जीवन का आधार हो रहा था। उस चित्र को उसने कितनी बार चूमा था, कितनी बार गले लगाया था, कितनी बार हृदय से चिपका लिया था। ये सारी बातें एक- एक करके याद आ रही थीं, लेकिन उन्हें याद करने का भी अधिकार उसे न था।

हृदय के भीतर एक दर्द उठा, जो पहले से कहीं अधिक प्राणांतकारी था- जो पहले से भी अधिक तूफान के समान भयंकर था। हाय! उस मरने वाले के दिल को उसने कितनी यंत्रणा पहुंचायी। भगतराम के अविश्वास का यह जवाब, यह प्रत्युत्तर कितना रोमांचकारी हृदय-विदारक था। हाय! वह कैसे ऐसी निष्ठुर हो गई! उसका प्यारा उसकी नजरों के सामने दम तोड़ रहा था। उसके लिए- उसकी सांत्वना के लिए एक शब्द भी मुँह से न निकला। यही तो खून का असर है-इसके अतिरिक्त और हो ही क्या सकता था। आज पहली बार श्रद्धा को कोकिला की बेटी होने का पछतावा हुआ, यह इतनी स्वार्थरत, इतनी हृदयहीन है- आज ही उसे मालूम हुआ।

वह त्याग, यह सेवा, यह उच्चादर्श, जिस पर उसे घमंड था, ढह कर, श्रद्धा के सामने गिर पड़ा। वह अपनी ही दृष्टि में अपने को हेय समझने लगी। उस स्वर्गीय प्रेम का ऐसा नैराश्य उत्तर वेश्या की पुत्री के अतिरिक्त और कौन दे सकता है।

श्रद्धा उसी समय कमरे से बाहर निकलकर, वायु-वेग से सीढ़ियां उतरती हुई नीचे पहुँची, और भगतराम के मकान की ओर दौड़ी। वह आखिरी बार उससे गले मिलना चाहती थी। अंतिम बार उसके दर्शन करना चाहती थी। वह अनंत प्रेम के कठिन बंधनों को निभाएगी, और अंतिम श्वास तक उसी की होकर रहेगी।

रास्ते में कोई सवारी न मिली। श्रद्धा थकी जा रही थी। सिर से पाँव तक पसीने से नहाई हुई थी। न मालूम कितनी बार वह ढोकर खाकर गिरी और फिर उठकर दौड़ने लगी। उसके घुटने से रक्त निकल रहा था, साड़ी कई जगह से फट गई थी, मगर उसे उस समय अपने तन-बदन की सुध तक न थी। उसका एक-एक रोया सहस्र कंठ हो-होकर ईश्वर से प्रार्थना कर रहा था कि उस प्रात:काल के दीपक की लौ थोड़ी देर और बची रहे। उनके मुँह से एक बार 'श्रद्धा' का नाम सुनने के लिए उसकी अन्तरात्मा कितनी व्याकुल हो रही थी। केवल यही एक शब्द सुन फिर उसकी कोई भी इच्छा अपूर्ण न रह जाएगी, उसकी सारी आशाएँ सफल हो जाएँगी, सारी साध पूर्ण हो जाएगी।

श्रद्धा को देखते ही चौधराइन ने दौड़कर उसका हाथ पकड़ लिया और रोती हुई बोली- बेटी, तुम कहां चली गई थी? दो बार तुम्हारा नाम लेकर पुकार चुके हैं।

श्रद्धा को ऐसा मालूम हुआ, मानो उसका कलेजा फटा जा रहा है। उसकी आंखें पथरा गयी हैं। उसे ऐसा मालूम होने लगा कि यह अगाध, अथाह समुद्र की भँवर में पड़ गई है। उसने कमरे में जाते ही भगतराम के ठंडे पैरों पर सिर रख दिया और उसे आंखों के गरम पानी से धोकर गरम करने का उपाय करने लगी। यही उसकी सारी आशाओं और कुछ अरमानों की समाधि थी।

भगतराम ने आंखें खोलकर कहा- क्या तुम हो श्रद्धा! मैं जानता था कि तुम आओगी, इसीलिए अभी तक प्राण अवशेष थे। जरा मेरे हृदय पर अपना सिर रख दो। हाँ, मुझे अब विश्वास हो गया कि तुमने मुझे क्षमा कर दिया। जी डूब रहा है। तुमसे कुछ माँगना चाहता हूं पर किस मुँह से मांगू जब जीते जी न माँग सका, तो अब क्या- है?

हमारी अंतिम घड़ियां किसी अपूर्ण साध को अपने हिय के भीतर छिपाए होती हैं। मृत्यु पहले हमारी सारी ईर्ष्या, सारा भेद-भाव, सारा द्वेष नष्ट करती है। जिनकी सूरत से हमें घृणा होती है, उनसे फिर वही पुराना सौहार्द्र, पुरानी मैत्री करने के लिए, उनको गले लगाने के लिए हम उत्सुक हो जाते हैं। जो कुछ कर सकते थे और न कर सके- उसी की एक साध रह जाती है। भगतराम ने उखड़े हुए विषादपूर्ण स्वर में अपने प्रेम की पुनरावृत्ति श्रद्धा के सामने की। उस स्वर्गीय निधि को पाकर वह प्रसन्न हो सकता था, उसका उपयोग कर सकता था, किन्तु हाय, आज वह जा रहा है। अपूर्ण साधों की स्मृति लिए हुए! हाय रे, अभागिन साध।

श्रद्धा भगतराम के वक्षस्थल पर झुकी हुई रो रही थी। भगतराम ने सिर उठाकर उसके मुरझाए हुए, आंसुओं से धोए हुए स्वच्छ कपोलों को चूम लिया। मरती हुई साध की वह अंतिम हँसी थी।

भगतराम ने अवरुद्ध कंठ से कहा- यह हमारा और तुम्हारा विवाह है, श्रद्धा। यह मेरी अंतिम भेंट है, यह कहते हुए उसकी आँखें हमेशा के लिए' बंद हो गईं। साध भी मरकर गिर पड़ी।

श्रद्धा की आंखें रोते-रोते लाल हो रही थीं। उसे ऐसा मालूम हुआ, मानो भगतराम उसके सामने प्रेमालिंगन का संकेत करते हुए मुस्करा रहे हैं। वह अपनी दशा.. काल, स्थान सब भूल गई। जख्मी सिपाही अपनी जीत का समाचार पाकर अपना दर्द, अपनी पीड़ा भूल जाता है। क्षण भर के लिए मौत भी हेय हो जाती है। श्रद्धा का भी यही हाल हुआ। वह भी अपना जीवन प्रेम की निष्ठुर वेदी पर उत्सर्ग करने के लिए तैयार हो गई, जिस पर लैला और मजनू, शीरी और फरहाद- एक नहीं, हजारों ने अपनी बलि चढ़ा दी।

उसने चुम्बन का उत्तर देते हुए कहा- प्यारे, मैं तुम्हारी हूं और सदा तुम्हारी ही रहूंगी।

□□□

प्रेम का उदय

भोंदू पसीने में तर, लकड़ी का एक गट्ठा सिर पर लिये आया और उसे जमीन पर पटककर बंटी के सामने खड़ा हो गया, मानो पूछ रहा हो- क्या अभी तेरा मिज़ाज ठीक नहीं हुआ?

संध्या हो थी, फिर भी लू चलती थी और आकाश पर गर्द छायी हुई थी। प्रकृति रक्त-शून्य देह की भांति शिथिल हो रही थी।

भोंदू प्रात:काल घर से निकला था। दोपहर उसने एक पेड़ छांह में काटी थी। समझा था, इस तपस्या से देवीजी का मुँह सीधा हो जाएगा, लेकिन आकर देखा, तो वह अब भी कोप-भवन में थीं।

भोंदू ने बातचीत छेड़ने के इरादे से कहा- ला, एक लोटा पानी दे दे, बड़ी प्यास लगी है। मर गया सारे दिन। बाजार में जाऊंगा, तो तीन आने से बेसी न मिलेंगे। दो-चार सांडे मिल जाते, तो मेहनत सुफल हो जाती।

बंटी ने सिरकी के अंदर बैठे-बैठे कहा- धरम भी लूटोगे और पैसे भी। मुँह धो रखो।

भोंदू, ने भवें सिकोड़ कर कहा- क्या धरम-करम बकती है! धरम-करम करना हँसी-खेल नहीं है। धर्म वह करता है, जिसे भगवान ने माना हो। हम क्या खाकर धरम करेंगे? भर पेट चबेना तो मिलता नहीं, धरम करेंगे।

बंटी ने अपना वार ओछा पड़ते देखकर चोट-पर-चोट की-संसार में कुछ ऐसे भी महात्मा हैं, जो अपना पेट चाहे न भर सकें, पर पडोसियों को न्यौता देते फिरते हैं, नहीं तो सारे दिन बन-बन लकड़ी न तोड़ते फिरते। ऐसे धर्मात्मा लोगों तो मेहरिया रखने की क्यों सूझती है, यह मेरी समझ में नहीं आता। धरम की गाड़ी क्या अकेले नहीं खींचते बनती?

भोंदू इस चोट से तिलमिला गया। उसकी जिरहदार नसें तन गई, माथे पर बल पड़ गये। इस अबला का मुँह वह एक डपट में बंद कर सकता था, पर डाँट- डपट उसने न सीखी थी। जिसके पराक्रम की सारे कंजडों में धूम थी, जो अकेला सौ-पचास जवानों का नशा उतार सकता था, वह इस अबला के सामने चूं तक न कर सका। दबी जबान से बोला-मेहरिया धरम बेचने के लिए नहीं लायी जाती, धरम पालने के लिए लायी जाती है।

यह कंजड़-दंपत्ति आज तीन दिन से और कई कंजड़-परिवारों के साथ इस बाग में ठहरा हुआ था। सारे बाग में सिरकियाँ-ही-सिरकियां दिखाई देती थी। उसी तीन हाथ चौड़ी और चार हाथ लंबी सिरकी के अंदर एक-एक पूरा परिवार जीवन के समस्त व्यापारों के साथ कल्पवास-सा कर रहा था। एक किनारे चक्की थी, एक किनारे रसोई का स्थान, एक किनारे दो-एक अनाज

के मटके। द्वार पर एक छोटी-सी खटोली बालकों के लिए पड़ी थी। हरेक परिवार के साथ दो-द भैंसे या गधे थे। जब डेरा कूच होता था, तो सारी गृहस्थी इन जानवरों पर लाद दी जाती थी। यहं इन कंजड़ों का जीवन था। सारी बस्ती एक साथ चलती थी। आपस ही में शादी-ब्याह, लेन-देन, झगड़े-टंटे होते रहते थे। इस दुनिया के बाहर वाला अखिल संसार उनके लिए केवल शिकार का मैदान था। उनके किसी इलाके में पहुँचते ही वहाँ की पुलिस तुरंत आकर उन्हें अपनी निगरानी में ले लेती थी। पड़ाव के चारों तरफ पुलिस का पहरा हो जाता था। स्त्री या पुरुष किसी गाँव में जाते तो दो-चार चौकीदार उसके साथ हो लेते थे। रात को भी उनकी हाजिरी ली जाती थी। फिर भी आस-पास के गाँवों में आतंक छाया हुआ था, क्योंकि कंजड़ लोग बहुधा घरों में घुसकर जो चीज चाहते, उठा लेते और उनके हाथ में जाकर कोई चीज लौट न सकती थी। रात में ये लोग अक्सर चोरी करने निकल जाते थे। चौकीदारों को उनसे मिले रहने में ही अपनी कुशल दीखती थी। कुछ हाथ भी लगता था और जान भी बची रहती थी। सख्ती करने में प्राणों का भय था, कुछ मिलने का तो जिक्र ही क्या, क्योंकि कंजड़ लोग एक सीमा के बाहर किसी का दबाव नहीं मानते थे। बस्ती में अकेला भोंदू अपनी मेहनत की कमाई खाता था, मगर इसलिए नहीं कि यह पुलिस वालों की खुशामद न कर सकता था। उसकी स्वतंत्र आत्मा अपने बाहुबल से प्राप्त किसी वस्तु में हिस्सा देना स्वीकार न करती थी, इसलिए वह यह नौबत आने ही न देता था।

बंटी को पति की यह आचार-निष्ठा एक आंख न भाती थी। उसकी और बहनें नई-नई साड़ियां और नए-नए आभूषण पहनती, तो बंटी उन्हें देख-देखकर पति की अकर्मण्यता पर कुढ़ती थी। इस विषय पर दोनों में कितने ही संग्राम हो चुके थे, लेकिन भोंदू अपना परलोक बिगाड़ने पर राजी न होता था। आज भी प्रात:काल यही समस्या आ खड़ी हुई थी और भोंदू लकड़ी काटने जंगलों में निकल गया था। सांडे मिल जाते तो आंसू पोंछते, पर आज सांडे भी न मिले।

बंटी ने कहा- जिससे कुछ नहीं हो सकता, वही धर्मात्मा बन जाते हैं। राँड अपने माँड़ में ही खुश है।

भोंदू ने कहा- तो मैं निखट्टू हूँ?

बंटी ने इस प्रश्न का सीधा-साधा उत्तर न देकर कहा- मैं क्या जानूं तुम क्या हो। मैं तो यही जानती हूं कि यहां धेले-धेले कि चीज के लिए तरसना पड़ता है। यहीं सबको पहने-ओढ़े, हंसते-खेलते देखती हूँ। क्या पहनने-ओढ़ने, हँसने- खेलने की साध नहीं है? तुम्हारे पल्ले पड़कर जिंदगी नष्ट हो गई।

भोंदू ने एक क्षण विचार-मग्न रहकर कहा- जानती है, पकड़ा जाऊंगा तो तीन साल से कम की सजा न होगी।

बंटी विचलित न हुई। बोली- जब और लोग नहीं पकड़े जाते, तो तुम्हीं क्यों पकड़े जाओगे?

और लोग पुलिस को मिला लेते हैं, थानेदार के पाँव सहलाते हैं, चौकीदार की खुशामद करते हैं। तू चाहती है, मैं भी औरों की तरह सबकी चिरौरी करता फिरूं।

बंटी ने अपना हठ न छोड़ा- मैं तुम्हारे साथ सती होने नहीं आयी। तुम्हारे छुरी गंडासा को कोई कहाँ तक डरे? जानवर को भी जब घास-भूसा नहीं मिलता, तो पगहा तुड़ाकर किसी के खेत में पैठ जाता है। मैं तो आदमी हूँ।

भोंदू ने इसका कुछ जवाब न दिया। उसकी स्त्री कोई दूसरा घर कर ले, यह कल्पना उसके लिए अपमान से भरी थी। आज बंटी ने पहली बार यह धमकी दी। अब तक इस तरफ से निश्चित था। अब यह नई सम्भावना उसके सम्मुख उपस्थित हुई। उस दुर्दिन को वह अपना काबू चलते, अपने पास न आने देगा।

आज भोंदू की दृष्टि में वह इज्जत नहीं रही, वह भरोसा नहीं रहा। मजबूत दीवार को टिकाने की जरूरत नहीं। जब दीवार हिलने लगती है, तब हमें उसे संभालने की चिंता होती है। आज भोंदू को अपनी दीवार हिलती हुई मालूम होती थी।

आज तक बंटी अपनी थी। वह जितना अपनी ओर से निश्चिंत था.. उतना ही उसकी ओर से था। वह जिस तरह खुद रहता था, उसी तरह उसको भी रखता था। जो खुद खाता था, वही उसको खिलाता था। उसके लिए विशेष फिक्र न थी, पर आज उसे मालूम हुआ कि वह अपनी नहीं है, अब उसका विशेष रूप से सत्कार करना होगा, विशेष रूप से दिलजोई करनी होगी।

सूर्यास्त हो रहा था। उसने देखा, उसका गधा चर कर चुपचाप सिर झुकाए चला आ रहा है। भोंदू ने कभी उसके खाने-पीने की चिंता न की, क्योंकि गधा कभी किसी और को अपना स्वामी बनाने की धमकी न दे सकता था। भोंदू ने बाहर आकर आज गधे को पुचकारा, उसकी पीठ सहलायी और तुरंत उसे पानी पिलाने के लिए डोल और रस्सी लेकर चल दिया।

2

इसके दूसरे ही दिन कस्बे में एक धनी ठाकुर के घर चोरी हो गई। उस रात भोंदू अपने डेरे पर न था। बंटी ने चौकीदार से कहा- वह जंगल से नहीं लौटा। प्रातःकाल भोंदू आ पहुँचा। उसकी कमर में रुपयों की एक थैली थी। कुछ सोने के गहने भी थे। बंटी ने तुरत गहनों को ले जाकर एक वृक्ष की आड़ में गाड़ दिया। रुपयों की क्या पहचान हो सकती थी।

भोंदू ने पूछा- अगर कोई पूछे, इतने सारे रुपये कहाँ मिले, तो क्या कहोगी? बंटी ने आँखें नचा कर कहा- कह दूंगी, क्या बताऊँ? दुनिया कमाती है, तो किसी को हिसाब देने जाती है? हमीं क्यों अपना हिसाब दें?

भोंदू ने संदिग्ध भाव से गर्दन हिलाकर कहा- यह कहने से गला न छूटेगा, बंटी! तू कह देना, मैं तीन-चार मास से दो-दो-चार रुपये महीना जमा करती आयी हूँ। हमारा खर्च ही कौन लम्बा है।

दोनों ने मिल बैठकर बहुत से जवाब सोच निकाले-जड़ी-बूटियाँ बेचते हैं। एक- एक जड़ी के लिए मुट्ठी भर रुपये मिल जाते हैं। खस, सांडे, जानवरों की खालें, नख और चर्बी सभी बेचते हैं।

इस ओर से निश्चिंत होकर दोनों बाजार चले। बंटी ने अपने लिए तरह- तरह के कपड़े, चूड़ियां, टिकुलियाँ, बुंदे, सेंदुर, पान-तंबाकू, तेल और मिठाई ली। फिर दोनों जने शराब की दुकान पर गये। खूब शराब पी। फिर दो बोतल शराब रात के लिए लेकर दोनों घूमते-घामते, गाते-बजाते बड़ी रात गए, डेरे पर लौटे। बंटी के पाँव आज जमीन पर न पड़ते थे। आते ही बन-ठन कर पड़ोसियों को अपनी छवि दिखाने लगी।

जब वह लौटकर अपने घर आयी और भोजन पकाने लगी, तब पड़ोसियों ने टिप्पणियाँ शुरू कीं-

'कहीं गहरा हाथ मारा है'।

'बड़ा धर्मात्मा बना फिरता था।'

'बगला-भगत है।'

'बंटी तो आज जैसे हवा में उड़ रही है।'

'आज भोंदूआ की कितनी खातिर हो रही है, नहीं तो कभी एक लुटिया पानी देने भी न उठती थी।

रात को भोंदू को देवी की याद आयी। आज तक कभी उसने देवी की वेदी पर बकरे का बलिदान न किया था। पुलिस को मिलाने में ज्यादा खर्च था। कुछ आत्म-सम्मान भी खोना पड़ता। देवी जी केवल एक बकरे में राजी हो जाती हैं। हाँ उससे एक गलती जरूर हुई थी। उसकी बिरादरी के और लोग साधारणतया कार्यसिद्धि के पहले ही बलिदान किया करते थे। भोंदू ने यह खतरा न लिया। जब तक माल हाथ न आ जाय, उसके भरोसे पर देवी-देवताओं को खिलाना उसकी व्यावसायिक बुद्धि को न जंचा। औरों से अपने कृत्य को गुप्त रखना भी चाहता था, इसलिए किसी को सूचना भी न दी, यहाँ तक कि बंटी से भी न कहा- बंटी तो भोजन बना रही थी, वह बकरे की तलाश में घर से निकल पड़ा।

बंटी ने पूछा- अब भोजन करने के जून कहाँ चले?

'अभी आता हूँ।'

'मत जाओ, डर लगता है।'

भोंदू स्नेह के नवीन प्रकाश से खिलकर बोला- मुझे देर न लगेगी! तू यह गंडासा अपने पास रख ले।

उसने गंडासा निकालकर बंटी के पास रख दिया और निकला। बकरे की समस्या बेढब थी। रात को बकरा कहाँ से लाता। इस समस्या को भी उसने एक नये ढंग से हल किया। पास की बस्ती में गड़रिए के पास कई बकरे पले थे। उसने सोचा, वहीं से एक बकरा उठा लाऊँ। देवीजी को अपने बलिदान से मतलब है, या इससे कि बकरा कैसे आया और कहां से आया।

मगर बस्ती के समीप पहुँचा था कि पुलिस के चार चौकीदारों ने उसे गिरफ्तार कर लिया और मुश्कें बाँधकर थाने ले चले।

2

बंटी भोजन पकाकर अपना बनाव-सिंगार करने लगी। आज उसे अपना जीवन सफल जान पढ़ता था। आनंद से खिली जाती थी। आज जीवन में पहली बार उसके सिर में सुगंधित तेल पड़ा। आइना उसके पास एक पुराना अंधा-सा पड़ा हुआ था। आज यह नया आइना लायी थी। उसके सामने बैठकर उसने अपने केश सँवारे। मुंह पर उबटन मला। साबुन लाना भूल गई थी। साहब लोग साबुन लगाने से तो इतने गोरे हो जाते। साबुन होता, तो उसका रंग कुछ तो निखर जाता। कल वह अवश्य साबुन की कई बट्टियां लाएगी और रोज लगाएगी। केश गूंथकर उसने माथे पर अलसी का लुआब लगाया, जिससे बाल न बिखरने पाएँ। फिर पान लगाए, चूना ज्यादा हो गया था। गालों में छाले पड़ गए लेकिन उसने समझा, शायद पान खाने का यही मजा है। आखिर कड़वी मिर्च भी तो लोग मजे से जाते हैं। गुलाबी साड़ी पहन और फूलों का गजरा गले में डालकर उसने आईने में अपनी सूरत देखी, तो उसके आबनूसी रंग पर लाली दौड़ गई। आप ही आप लज्जा से उसकी आंखें झुक गईं। दरिद्रता की आग से नारीत्व भी भस्म हो जाता है, नारीत्व की लज्जा का क्या जिक्र। मैले-कुचैले कपड़े पहनकर लजाना ऐसा ही है, जैसे कोई चबैने में सुगंध लगाकर खाए।

इस तरह सज कर बंटी भोंदू की राह देखने लगी। जब अब भी वह न आया, तो उसका जी झुँझलाने लगा। रोज तो साँझ ही द्वार पर पड़े रहते थे, आज न जाने कहां जाकर बैठ रहे। शिकारी अपनी बंदूक भर लेने के बाद इसके सिवा और क्या चाहता है कि शिकार सामने आये। बंटी के सूखे हृदय में आज पानी पड़ते ही उसका नारीत्व अंकुरित हो गया। झुँझलाहट के साथ चिंता भी होने लगी। उसने बाहर निकलकर कई बार पुकारा। उसके कंठस्वर में इतना अनुराग कभी न था। उसे कई बार भान हुआ कि भोंदू आ रहा है, वह हर बार सिरकी के अंदर दौड़ आती और आइने में सूरत देखती की कुछ बिगड़ न गया हो। ऐसी धड़कन, ऐसी उलझन उसकी अनुभूति से बाहर थी।

बंटी सारी रात भोंदू के इंतजार में उद्विग्न रही। ज्यों-ज्यों रात बीतती थी, उसकी शंका तीव्र होती जाती थी। आज ही उसके वास्तविक जीवन का आरम्भ हुआ था और आज ही यह हाल।

प्रात:काल वह उठी, तो अभी कुछ अँधेरा ही थी। इस रतजगे से उसका चित्त खिन्न और सारी देह अलसायी हुई थी। रह-रहकर भीतर से एक लहर-सी उठती थी, आंखें भर-भर आती थीं।

सहसा किसी ने कहो- अरे बंटी, भोंदू रात पकड़ा गया।

3

बंटी थाने पहुंची तो पसीने में तर थी और दम फूल रहा था। उसे भोंदू पर दया न थी, क्रोध आ रहा था। सारा जमाना यही काम करता है और चैन की बंसी बजाता है। इन्होंने कहते-कहते हाथ भी लगाया, तो चूक गए। नहीं सहूर था, तो साफ कह देते, मुझसे यह काम न होगा। मैं यह थोड़े ही कहती थी कि आग में कूद पड़ो।

उसे देखते ही थानेदार ने धौंस जमायी- यही तो है भोंदुआ की औरत, इसे भी पकड़ लो।

बंटी ने हेकड़ी जतायी- हाँ-हाँ पकड़ लो। यहाँ किसी से नहीं डरते।

जब कोई काम ही नहीं करते, तो डरे क्यों?

अफसर और मातहत सभी की अनुरक्त आँखें बंटी की ओर उठने लगीं। भोंदू की तरफ से लोगों के दिल कुछ नर्म हो गए। उसे धूप से छाँह में बैठा दिया गया। उसके दोनों हाथ पीछे बंधे हुए थे और धूल-धूसरित काली देह पर भी जूतों और कोड़ों की रक्तमय मार साफ नजर आ रही थी। उसने एक बार बंटी की ओर देखा, मानो कह रहा था-कही इन लोगों के धोखे में मत आ जाना। थानेदार ने डांट बतायी- जरा इसकी दीदा-दिलेरी देखो, जैसे देवी ही तो है, मगर इसके फेर में मत रहना। यहाँ तुम लोगों की नस-नस पहचानता हूँ। इतने कोड़े लगाऊंगा कि चमड़ी उड़ जाएगी, नहीं तो सीधे से कबूल दो। सारा माल लौटा दो। इसी में खैरियत है।

भोंदू ने बैठे-बैठे कहा- क्या कबूल दें। जो देश को लूटते हैं, उनसे तो कोई नहीं बोलता। जो बेचारे अपनी गाढ़ी कमाई की रोटी खाते हैं, उनका गला काटने को पुलिस भी तैयार रहती है। हमारे पास किसी की नजर-भेंट देने के लिए पैसे नहीं है।

थानेदार ने कठोर स्वर से कहा-हाँ-हां जो कुछ कोर-कसर रह गई हो, वह पूरी कर दे। किरकिरी न होने पाए। मगर इन बैठक-बाजियों से बच नहीं सकते। अगर इकबाल न किया, तो तीन साल को जाओगे। मेरा क्या बिगड़ता है? अरे छोटे सिंह, जरा लाल मिर्च की धूनी तो दो इसे। कोठरी बंद करके पसेरी भर मिर्चें सुलगा दो। अभी माल बरामद हुआ जाता है।

भोंदू ने ढिठाई से कहा- दारोगाजी, बोटी-बोटी काट डालो,लेकिन कुछ हाथ न लगेगा। तुमने मुझे रात भर पिटवाया है, मेरी एक-एक हड्डी चूर-चूर हो गई है। कोई दूसरा होता तो अब तक सिधार गया होता। क्या तुम समझते हो, आदमी को रुपये पैसे जान से भी प्यारे होते हैं? जान ही के लिए तो आदमी सब तरह के कुकर्म करता है। धुनी लगाकर भी देख लो।

दारोगाजी को अब विश्वास आया कि इस फौलाद को झुकाना मुश्किल है। भोंदू की मुखाकृति से शहीदों का-सा आत्म-समर्पण झलक रहा था। यद्यपि उनके हुक्म की तामील होने लगी, दो कांस्टेबल ने भोंदू को एक कोठरी में बंद कर दिया। दो आदमी मिर्चें लाने दौड़े, लेकिन दरोगा की युद्धनीति बदल गई थी। बंटी का हृदय क्षोभ से जाता था। वह जानती थी, चोरी करके इकबाल कर लेगा कंजड़ जाति की नीति में महान् लज्जा की बात है, लेकिन क्या वह सचमुच मिर्च की धूनी सुलगा देंगे? इतना कठोर है इनका हृदय? सालन बघारने में कभी मिर्च जल जाती है, तो छींक और खांसी के मारे दम निकलने लगता है। जब नाक के पास धूनी सुलगायी जाएगी, तब तो प्राण ही निकल जाएँगे। उसने जान पर खेलकर कहा-दारोगाजी, तुम समझते होगे कि इन गरीबों की पीठ पर कोई नहीं है, लेकिन मैं कहे देती हूँ हाकिम से रत्ती-रत्ती हाल कह दूँगी। भला चाहते हो तो उसे छोड़ दो, नहीं तो इसका फल बुरा होगा।

थानेदार ने मुस्कराकर कहा- तुझे क्या, वह मर जाएगा, किसी और के नीचे बैठ जाना। जो कुछ जमा-जथा लाया होगा, वह तो तेरे ही हाथ में होगा। क्यों नहीं इकबाल करके उसे छुड़ा लेती? मैं वादा करता हूँ मुकदमा न चलाऊंगा। सब माल लौटा दे। तूने ही उसे मंत्र दिया होगा।

गुलाबी साड़ी और पान और खुशबूदार- तेल के लिए तू ही ललचा रही होगी। उसकी इतनी साँसत हो रही है और तू खड़ी देख रही है।

शायद बंटी की अंतरात्मा को यह विश्वास न था कि ये लोग कितने अमानवीय अत्याचार कर सकते हैं, लेकिन जब सचमुच धूनी सुलगा दी गई, मिर्च की तीखी जहरीली झार फैली और भोंदू के खाँसने की आवाजें कानों में आयीं, तो उसकी आत्मा कातर हो उठी। उसका यह दुस्साहस झूठे रंग की भांति उड़ गया। उसने दारोगाजी के पाँव पकड़ लिए और दीन भाव से बोली- मालिक, मुझ पर दया करो। मैं सब कुछ दे दूंगी।

4

भोंदू ने सशंक होकर कहा- धूनी क्यों हटाते हो?

एक चौकीदार ने कहा-तेरी औरत ने इकबाल कर लिया।

भोंदू की नाक, आंख, मुंह से पानी जारी था। सिर चक्कर खा रहा था। गले की आवाज बंद-सी हो थी, पर वह वाक्य सुनते ही यह सचेत हो गया। उसकी दोनों मुट्ठियाँ बँध आई। बोला-क्या कहा?

'कहा क्या, चोरी खुल गई। दारोगाजी माल बरामद करने गए हुए हैं। पहले ही इकबाल कर लिया होता तो क्यों इतनी सांसत होती।'

भोंदू ने गरज कर कहा- वह झूठ बोलती है।

'वहाँ माल बरामद हो गया, तुम अपनी ही गा रहे हो।'

परंपरा की मर्यादा अपने हाथों से भंग होने की लज्जा से भोंदू का मस्तक झुक गया। इस घोर अपमान के बाद अब उसे अपना जीवन दया, घृणा और तिरस्कार इन सभी दशाओं से निषिद्ध जान पड़ता था। वह अपने समाज में पतित हो गया था।

सहसा बंटी आकर खड़ी हो गयी और कुछ कहना चाहती थी कि भोंदू की रौद्र मुद्रा देखकर उसकी जबान बंद हो आई। उसे देखते ही भोंदू की आहत मर्यादा किसी आहत सर्प की भांति तड़प उठी। उसने बंटी को अंगारों से तपती हुई लाल आँखों से देखा। उन आँखों में हिंसा की आग जल रही थी। बंटी सिर से पाँव तक कांप उठी। वह उलटे पाँव वहां से भागी। किसी देवता के अग्निबाण के समान थे दो अँगारे-सी आंखें उसके हृदय में चुभने लगीं।

थाने से निकलकर बंटी ने सोचा, अब कहाँ जाऊं? भोंदू उसके साथ होता तो वह पड़ोसियों के तिरस्कार को सह लेती। इ दशा में उसके लिए अपने घर जाना असम्भव था। वे दोनों अंगारे-सी आंखें उसके हृदय में चुभी जाती थीं, लेकिन कल की सौभाग्य-विभूतियों का मोह उसे डेरे की ओर खींचने लगा। शराब की बोतल अब भी भरी पड़ी थी। फुलौडियां छीके पर हाँडी में धरी थी। यह तीव्र लालसा, जो मृत्यु को सम्मुख देखकर भी संसार के भोग्य पदार्थों की ओर उनको चलायमान कर देती है, उसे खींचकर डेरे की ओर ले चली।

दोपहर हो आया था। यह पड़ाव पर पहुंची, तो सन्नाटा छाया हुआ था। अभी कुछ देर पहले ज स्थान जीवन-क्रीड़ा क्षेत्र बना हुआ था, बिलकुल निर्जन हो गया था। बिरादरी-वालों के तिरस्का का यह सबसे भयंकर रूप था। सभी ने उसे त्याज्य समझ लिया। केवल उसकी सिरकी र निर्जनता में रोती हुई थी। बंटी ने उसके अंदर पाँव रखे, तो उसके मन की वही दशा हुई, जो अकेला घर देखकर किसी चोर की होती है। कौन-कौन सी चीजें समेटे, उस कुटी में उसने रो-रोकर पाँच वर्ष काटे थे, पर आज उसे उससे यही ममता हो रही थी, जो किसी माता को अपने दुर्गुणी पुत्र को देखकर होती है, जो बरसों के बाद परदेश से लौटा हो। वहाँ से कुछ चीजें इधर की उधर हो गई थी। उसने तुरंत उन्हें संभालकर रखा। फुलौड़ियां की हाँडी छीके पर कुछ ठंडी हो गई थी। शायद उस पर बिन्नी झपटी थी। उसने जल्दी से हाँडी उतारकर देखी। फुलौड़ियां अछूती थीं। पानी पर जो गीला कपड़ा लपेटा था, वह सूख गया था। उसने तुरत कपड़ा तर कर दिया।

किसी के पाँव की आहट पाकर उसका कलेजा धक से हो गया। भोंदू आ रहा है। उसकी वह दोनों अंगारे-सी आँखें! उसके रोएं खड़े हो गए। भोंदू के क्रोध का उसको दो-एक बार अनुभव हो चुका था, लेकिन उसने दिल को मजबूत किया। क्यों मारेगा? कुछ कहेगा, कुछ पूछेगा, सवाल-जवाब करेगा कि यों ही गँडासा चला देगा? उसने उसके साथ कोई बुराई नहीं की। आफत से उसकी जाल बचायी। मरजाद जान से प्यारी नहीं होती। भोंदू को होगी, उसे नहीं है। क्या इतनी-सी बात के लिए वह उसकी जान ले लेगा?

उसने सिरकी के द्वार से झाँका। वह न था, केवल उसका गधा चला आ रहा था ।

बंटी आज उस अभागे-से गधे को देख ऐसी प्रसन्न हुई, मानो अपना नैहर से बताशों की पोटली लिये थका-मांदा चला आ रहा हो। उसने जाकर उसकी गर्दन सहलायी और उसके थूथन को अपने मुँह से लगा लिया। वह उसे फूटी आंखों से न भाता था, पर आज उससे उससे कितनी आत्मीयता हो गई थी। वह दोनों अंगारे-सी आँखें उसे घूर रही थी। वह सिहर उठी।

उसने फिर सोचा-क्या किसी तरह न छोड़ेगा? वह रोती हुई उसके पैरों पर गिर पड़ेगी। क्या तब भी न छोड़ेगा? इन आंखों की कितनी सराहना किया करता था। उनमें आंसू देखकर भी उसे क्या दया न आएगी।

बंटी ने शराब उड़ेलकर पी ली ओर छीके से फुलौड़ियां उतार कर खायीं। जब उसे मरना ही है, तो साध क्यों रह जाए? यह दोनों अंगारे-सी आँखें उसके सामने चमक रही थीं। उसने दूसरा दूसरा चुक्कड़ भरा और पी गयी। जहरीला ठर्रा, जिसे दोपहर की गर्मी ने और भी घातक बना दिया, देखते-देखते उसके मस्तिष्क को खौलाने लगा। बोतल आधी हो गयी थी।

उसने सोचा- भोंदू कहेगा, तू इतनी दारू क्यों पी, तो वह क्या कहेगी? कह देगी-हाँ पी, इसी के लिए तो यह सब-कुछ हुआ। वह एक घूंट भी न छोड़ेगी। जो होना हो। भोंदू उसे मार नहीं सकता। इतना निर्दयी नहीं है, इतना कायर नहीं है। उसने फिर चुक्कड़ भरा और पी गयी। पांच वर्ष के वैवाहिक जीवन की अतीत स्मृतियां उसकी आंखों के सामने खिंच गईं। सैकड़ों ही बार दोनों में गृह- युद्ध हुए थे। आज बंटी को हर बार अपनी ही ज्यादती मालूम हो रही थी। बेचारा जो

कुछ भी कमाता है उसी के हाथ पर रख देता है। अपने लिए कभी एक पैसे की तम्बाकू भी लेता है तो पैसा उसी से माँगता है। भोर से साँझ तक वन-वन फिरा ही तो करता है। जो काम उससे नहीं होता, वह कैसे करे?

यकायक एक कांस्टेबल ने आकर कहा- अरी बंटी कहीं है? चल देख, भोंदुआ का हाल-बेहाल हो रहा है। अभी तक तो चुपचाप बैठा था। फिर न जाने क्या जी में आया कि एक पत्थर पर अपना सिर पटक दिया। खून बह रहा है। हम लोग दौड़कर पकड़ व लेते, तो जान ही दे दी थी।

5

एक महीना बीत गया था। संध्या का समय था। काली-काली घटाएँ छायी और मूसलाधार वर्षा हो रही थी! भोंदू, की सिरकी अब भी उस निर्जन स्थान पर खड़ी थी। भोंदू खटोली पर पड़ा था। उसका चेहरा पीला पड़ गया था और देह जैसे सूख गई थी। यह संशक आंखों से वर्षा की ओर देखता है, चाहता है उठकर बाहर देखे। पर उठा नहीं जाता।

बंटी सिर पर घास का एक बोझ लिये पानी में लथपथ आती दिखाई दी। वही गुलाबी साड़ी है, पर तार-तार फिर भी उसका चेहरा प्रसन्न है। विवाद और ग्लानि के बदले अस्त्रों से अनुराग टपक रहा है। गति में वह चपलता, अंगों में वह सजीवता है, जो चित्त की शांति का चिह्न हैं। भोंदू, ने एक क्षीण स्वर में कहा-तू इतना भीग रही है, कहीं बीमार पड़ गई, तो कोई एक घूंट पानी देने वाला भी न रहेगा। मैं कहता हूँ तू क्यों इतना मरती है। दो गट्ठे तो बेच चुकी थी। तीसरा गट्ठा लाने का काम क्या था? यह हांडी में क्या लायी है?

बंटी ने हांडी को छिपाते हुए कहा- कुछ तो नहीं है, कैसी हाँडी?

भोंदू जोर लगाकर खटोली से उठा, आंचल के नीचे छिपी हुई हांडी दी और उसके भीतर नजर डालकर बोला-अभी लाओ, नहीं तो मैं हांडी फोड़ दूंगा। बंटी ने धोती से पानी निचोड़ते हुए कहा-जरा आईने में सूरत देखो। घी दूध कुछ न मिलेगा, तो कैसे उठोगे?-कि सदा खाट सेने का ही विचार है। भोंदू, ने खटोली पर लेटते हुए कहा-अपने लिए तो एक साड़ी नहीं लायी, कितना कह के हार गया। मेरे लिए घी और दूध सब चाहिए! मैं घी न खाऊंगा। बंटी ने कहा, इसीलिए तो घी खिलाती हूँ कि तुम जल्दी से काम- धंधा करने लग जाओ और मेरे लिए साड़ी लाओ।

भोंदू ने मुस्कराकर कहा- तो आज जाकर कहीं सेंध मारूं?

बंटी ने उसके गाल पर एक ठोकर देकर कहा- पहले मेरा गला काट देना, तब जाना।

सती

मुलिया को देखते हुए उसका पति कल्लू कुछ भी नहीं है। फिर क्या कारण है मुलिया संतुष्ट और प्रसन्न है, और कल्लू सशंकित और चिंतित।

मुलिया को, कौड़ी मिली है, उसे दूसरा कौन पूछेगा? कल्लू, को रत्न मिला है, उसके सैकड़ों ग्राहक हो सकते हैं। खासकर उसे अपने चचेरे भाई राजा से बहुत खटका रहता है। राजा रूपवान है, रसिक है, बातचीत में कुशल है, स्त्रियों को रिझाना जानता है। इससे कल्लू मुलिया को बाहर बहीं निकलने देता। उस पर किसी किसी की निगाह भी पड़ जाये, उसे यह असह्य है। वह अब रात-दिल मेहनत करता है, जिससे मुलिया को किसी बात का कष्ट न हो। उसे न जाने किस पूर्व जन्म के संस्कार से ऐसी स्त्री मिल गयी है। उस पर प्राणों को न्यौछावर कर देना चाहता है। मुलिया का कभी सिर भी दुखता है तो उसकी जान निकल जाती है। मुलिया का भी यह हाल है कि जब तक यह घर नहीं आता, मछली की भांति तड़पती रहती है। गाँव में कितने ही युवक हैं, जो मुलिया से छेड़छाड़ करते रहते हैं, पर उस युवती की दृष्टि में कुरूप कलुआ संसार भर के आदमियों से अच्छा है।

एक दिल राजा ने कहा- भाभी, भैया तुम्हारे जोग न थे।

मुलिया बोली- भाग में तो वह लिखे थे, तुम कैसे मिलते?

राजा ने मन में समझा, बस अब मार लिया है। बोला-विधि ने यही तो भूल की।

मुलिया मुस्कराकर बोली- अपनी भूल तो वही सुधारेगा।

राजा निहाल हो गया।

2

तीज के दिन कल्लू मुलिया के लिए लट्ठे की साड़ी लाया। चाहता तो था कोई अच्छी साड़ी ले, पर रुपये न थे और बजाज ने उधार न माना।

राजा भी उसी दिन अपने भाग्य की परीक्षा करना चाहता था। एक सुंदर चुनरी लाकर मुलिया को भेंट की।

मुलिया ने कहा- मेरे लिए साड़ी आ गई है।

राजा बोला- मैंने देखी है। तभी मैं इसे लाया। तुम्हारे लायक नहीं है। भैया को किफायत भी सूझती है, तो ऐसी बातों में।

मुलिया कटाक्ष करके बोली- तुम समझा क्यों नहीं देते?

राजा पर एक कुल्हड़ का नशा चढ़ गया। बोला- बूढ़ा तोता कहीं पढ़ता है?

मुलिया- मुझे तो लट्ठे की साड़ी पसंद है।

राजा- जरा यह चुनरी पहनकर देखो, कैसी खिलती है।

मुलिया- जो लट्ठा पहनाकर खुश होता है, वह चुनरी पहन लेने से खुश न होगा। उसे चुनरी पसंद होती, तो वह चुनरी लाता।

राजा- उन्हें दिखाने का काम नहीं है।

मुलिया विस्मय से बोली- मैं क्या उनसे बिना पूछे ले लूंगी?

राजा- इसमें पूछने की कौन-सी बात है। जब वह काम पर चला जाये, पहन लेना। मैं भी देख लूंगा।

मुलिया ठट्ठा मारकर हँसती हुई बोली- यह न होगा, देवरजी। कहीं देख लें तो मेरी सामत ही आ चाय। इसे तुम लिये जाओ।

राजा ने आग्रह करके कहा- उसे न लोगी भाभी, तो मैं जहर खा के सो रहूंगा।

मुलिया ने साड़ी उठाकर आले पर रख दी और बोली- अच्छा लो, अब तो खुश हुए।

राजा ने उंगली पकड़ी- अभी तो भैया नहीं हैं, जरा पहन लो।

मुलिया ने अंदर जाकर चुनरी पहन ली और फूल की तरह चमकती-दमकती बाहर आयी।

राजा ने पहुँचा पकड़ने को हाथ फैलाया। बोला-ऐसा जी चाहता है कि तुम्हें लेकर भाग जाऊँ।

मुलिया उसी विनोद-भाव से बोली- जानते हो, तुम्हारे भैया का क्या हाल होगा?

यह कहते हुए उसने किवाड़ बंद कर लिया। राजा को ऐसा मालूम हुआ कि थाली परोसकर सामने से उठा ली गई।

3

मुलिया का मन बार-बार करता था कि चुनरी कल्लू को दिखा दे पर नतीजा सोचकर रह जाती थी। उसने चुनरी रख क्यों ली? उसे अपने ऊपर क्रोध आ रहा था। लेकिन राजा को कितना दु:ख होता। क्या हुआ उसकी चुनरी छन भर पहन लेने से, उसका मन तो रह गया।

लेकिन उसके प्रशांत मानस-सागर में यह एक कीट आकर उसे मथ रहा था। उसने क्यों रख ली? क्या वह कल्लू के साथ विश्वासघात नहीं है? उसका चित्त उस से विकल हो गया। उसने मन को समझाया, विश्वासघात क्यों हुआ? इसमें विश्वासघात की क्या बात है? कौन वह राजा से कुछ बोली? जरा-सा हँस लेने से अगर किसी का दिल खुश हो जाता है, तो इसमें क्या बुराई है।।

कल्लू ने पूछा- आज रज्जू क्या करने आया था।

मुलिया की देह थर-थर काँपने लगी। बहाना कर गई- बोली तमाकू मांगने आये थे।

कल्लू ने भवें सिकोड़ कर कहा- उसे अंदर मत आने दिया करो। अच्छा आदमी नहीं है।

मुलिया- मैंने कह दिया, तमाकू नहीं है, तो चले गए।

कल्लू ने अबकी तेजस्विता के साथ कहा- क्यों झूठ बोलती है? वह तमाकू माँगने नहीं आया था।

मुलिया- तो और यहाँ क्या करने आते?

कल्लू- चाहे जिस काम से आया हो, तमाकू मांगने नहीं आया। वह जानता था, मेरे घर तमाकू नहीं है। मैं तमाकू के लिए उसके घर गया था।

मुलिया की देह में काटो तो खून नहीं। चेहरे का रंग उड़ गया।

फिर बोली- मैं किसी के मन का हाल क्या जानूं?

आज तीज का रतजगा था। मुलिया पूजा का समाज रख रही थी, पर इस तरह जैसे मन में जरा भी उत्साह, जरा भी श्रद्धा नहीं है।

उसे मालूम हो रहा है उसके मुख में कलिका पुत गई है और अब वह कल्लू की आंखों से गिर गई है। उसे अपना जीवन निराधार-सा जान पड़ता था। सोचने लगी--भगवान ने मुझे यह रूप क्यों दिया। यह रूप न होता तो राजा क्यों मेरे पीछे पड़ता और क्यों आज मेरी यह गत होती? मैं काली- कुरूप रहकर इससे कहीं सुखी रहती। तब तो मन इतना चंचल न होता। जिन्हें रूप की कमाई आनी हो, वह रूप पर फूले यहाँ तो इसने मटियामेट कर दिया।

न-जाने कब उसे झपकी आ गई, तो देखती है, कल्लू मर गया है और राजा घर में घुसकर उसे पकड़ना चाहता है । उसी दम एक वृद्धा स्त्री न-जाने किधर से आकर उसे अपनी गोद में ले लेती है और कहती है तूने कल्लू को क्यों मार डाला? मुलिया रोकर कहती हैं- माता, मैंने उन्हें नहीं मारा। वृद्धा कहती है-हां तूने छुरी-कटार से नहीं मारा, उस दिन तेरा तप छीन हो गया और इसी से यह मर गया।

मुलिया ने चौकन्नी हो आंखें खोली थी। सामने आंगन में कल्लू सोया हुआ था। यह दौड़ी हुई उसके पास गयी और उसकी छाती पर सिर रखकर जोर-जोर से रोने लगी।

कल्लू ने घबराकर पूछा- कौन है मुलिया? क्यों रोती है? क्या डर लग रहा हे? मैं तो जाग ही रहा हूँ।

मुलिया ने सिसकते हुए कहा- मुझसे आज एक अपराध हुआ है। उसे क्षमा कर दो।

कल्लू उठ बैठा- क्या बात है! कहो तो, रोती क्यों हो?

मुलिया- राजा तमाकू माँगने नहीं आया था। मैंने तुमसे झूठ कहा था।

कल्लू हंसकर बोला- यह तो पहले ही समझ गया था।

मुलिया- वह मेरे लिए एक चुनरी लाया था।

'तुमने लौटा दी।'

मुलिया काँपती बोली- मैंने ले ली। कहते थे, मैं जहर-माहुर खा लूँगा। कल्लू निर्जीव की भांति खाट पर गिर पड़ा और बोला-तो रूप मेरे बस का नहीं है। दैव ने कुरूप बना दिया, तो सुन्दर कैसे बन जाऊँ?

कल्लू ने अगर मुलिया की-खौलते हुए तेल में डाल दिया होता, तो भी उसे इतनी पीड़ा न होती।

4

कल्लू उस दिन से कुछ खोया-खोया-सा रहने लगा। जीवन में न वह उत्साह रहा, न वह आनन्द। हँसना-बोलना भूल-सा गया। मुलिया ने उसके साथ जितना विश्वासघात किया था, उससे कहीं ज्यादा उसने समझ लिया। और यह भ्रम उसके हृदय में केकड़ा के समान चिपट गया। वह घर अब उसके लिए एक लेटने-बैठने का स्थान था और मुलिया उसे भोजन बना देने वाली मशीन। आनंद के लिए यह कभी-कभी ताड़ी खाने चला जाता था या चरस के दम लगाता।

मुलिया उसकी दशा देख-देख अंदर ही कुढ़ती थी। वह उस बात को उसके दिल से निकाल देना चाहती थी, इसलिए सेवा और मन लगाकर करती। उसे प्रसन्न करने के लिए बार-बार प्रयत्न करती, पर वह जितना ही उसको खींचने की चेष्टा करती थी, उतना ही वह उससे विचलता था, जैसे कोई - कटिया में फंसी हुई मछली हो। कुशल यह था कि राजा जिस अंग्रेज के यहाँ खानसामा था, उसका तबादला हो गया और राजा उसके साथ चला गया था, नहीं तो दोनों भाइयों में से किसी-न-किसी का जरूर हो जाता। इस तरह साल-भर बीत गया। एक दिन कल्लू रात को घर लौटा तो उसे ज्वर था। दूसरे दिन उसकी देह में दाने निकल आये। मुलिया ने समझा, माता है। मान-मनौती करने लगी, मगर चार-पाँच दिन में ही दाने बढ़कर आवले पड़ गए और मालूम हुआ कि यह माता नहीं हैं, उपदंश है। कल्लू के कलुषित भोग-विलास का यह फल था।

रोग इतनी भयंकरता से बढ़ने लगा कि आवलों में मवाद पड़ गया और उनमें से ऐसी दुर्गंध आने लगी कि पास बैठने से नाक फटने लगी थी। देहात में जिस प्रकार का उपचार हो सकता था, वह मुलिया करती थी, पर कोई लाभ न होता था और काल की दशा दिन-ब-दिन बिगड़ती जाती थी। उपचार की कसर वह अबला अपनी स्नेहमयी सेवा से ही करती थी। उस पर गृहस्थी चलाने के लिए अब मेहनत-मजदूरी भी करनी पड़ती थी। कल्लू तो अपने किए का फल भोग रहा था। मुलिया अपने कर्तव्य का पालन करने में मरी जा रही थी। अगर कुछ संतोष था तो यह कि कल्लू का भ्रम उसकी इस तपस्या से भंग होता जाता था। उसे अब विश्वास होने लगा था कि मुलिया अब भी उसी की है। वह अगर किसी तरह अच्छा हो जाता तो उसे दिल में छिपाकर

रखता और उसकी पूजा करता। प्रात:काल था। मुलिया ने कल्लू का मुंह-हाथ धोकर दव पिलायी और खड़ी पंखा डुला रही थी कल्लू ने भरी आंखों से मुलिया मैंने उस जन्म में कोइ भारी तप किया था कि तू मुझे मिल गयी। तेरी जगह अगर मुझे दुनिया का राज जिले, तो भी मैं न लूँ।

मुलिया ने दोनों हाथों से उसका मुँह बंद कर दिया और बोली- इस तरह की बातें करोगे, तो मैं रोने लगूंगी। मेरे धन्य भाग कि तुम-जैसा स्वामी मिला। यह कहते हुए उसने दोनों हाथ पति के गले में डाल दिये और लिपट गई। फिर बोली भगवान ने मुझे मेरे पापों का दंड दिया है ।

कल्लू ने उत्सुकता से पूछा - सच कह दो मूला, राजा और तुममें क्या मामला था।

मुलिया ने विस्मित होकर कहा--मेरे और उसके बीच कोई मामला हुआ हो, तो भगवान मेरी दुर्गति करे। उसने चुनरी दी थी। वह मैंने ले ली थी। फिर मैंने उसे आग में जला दिया था। तब मैं उससे नहीं बोली।

कल्लू ने ठंड़ी आह भरकर कहा- मैंने कुछ और ही समझ लिया था। न जाने मेरी मति कहाँ हर गयी थी।तुम्हें पाप लगाकर मैं पाप में फंस गया और उसका फल भोग रहा हूँ।

उसने रो-रोकर अपने दुष्कर्मों का परदा खोलना शुरू किया और मुलिया आंसू बहाकर सुनने लगी। अगर पति की चिंता न होती, तो उसने विष खा लिया होता।

5

कई महीने के बाद राजा छुट्टी लेकर घर आया और कल्लू की घातक बीमारी का हाल सुना, तो दिल में खुश हुआ; तीमारदारी के बहाने से के घर आने- आने लगा। कल्लू उसे देखकर मुँह फेर लेता। लेकिन वह दो-तीन बार पहुंच ही जाता।

एक दिल मुलिया खाना पका रही थी कि राजा ने रसोई के द्वार पर आकर कहा- भाभी, क्या अब भी मुझ पर दया न करोगी? कितनी बेरहम हो तुम! कई दिन से तुम्हें खोज रहा पर तुम मुझसे भागती हो। भैया अब अच्छे न होंगे। इन्हें गर्मी हो है। इनके साथ क्यों अपनी जिंदगी खराब कर रही हो? तुम्हारी फूल-सी देह सूख गई है। मेरे साथ चलो, कुछ जिंदगी की बहार उड़ाएं। यह जवानी बहुत दिन न रहेगी। यह देखो, 'तुम्हारे लिए एक कर्णफूल लाया हूँ जरा पहनकर मुझे दिखा दो।

उसने कर्णफूल मुलिया की ओर बढ़ा दिया। मुलिया ने उसकी ओर देखा भी नहीं। चूल्हे की ओर ताकती हुई बोली-लाला, पैरों पड़ती हूँ मुझे मत छेड़ो। यह सारी विपत्ति तुम्हारी लायी है। तुम्हीं मेरे शत्रु हो। फिर भी तुम्हें लाज नहीं आती। कहते हो, भैया अब किस काम के हैं। मुझे तो अब वह पहले से कहीं ज्यादा अच्छे लगते हैं। जब मैं न होती, तो यह दूसरी सगाई कर लाते, अपने हाथों ठोंक खाते। आज मैं ही उनका आधार हूँ। यह मेरे सहारे जीते हैं। अगर मैं इस संकट में उनके साथ दगा करूं तो मुझसे बढ़कर अधम कौन होगा? जब मैं जानती हूं कि इस संकट का कारण भी मैं ही हूँ।

राजा ने हंसकर कहा- यह तो वही हुआ, जैसे किसी की दाल गिर गई तो उसने कहा, मुझे तो सूखी ही अच्छी लगती है।

मुलिया ने सिर- उठाकर उसकी ओर सजोत नेत्रों से ताकते हुए कहा- तुम उनके पैरों की धूल के बराबर नहीं हो लाला, क्या कहते हो, उजले कपड़े और चिकने मुखड़े से कोई आदमी सुंदर नहीं होता। मेरी आंखों में तो उनके बराबर कोई दिखायी नहीं देता।

कल्लू ने पुकारा- मूला, थोड़ा पानी दे।

मुलिया पानी लेकर दौड़ी। चलते-चलते कर्णफूल को ऐसा ठुकराया कि आंगन में जा गिरा। राजा ने जल्दी से कर्णफूल उठा लिया और क्रोध से भरा हुआ चल दिया।

6

रोग दिन-पर-दिन बढ़ता गया। ठिकाने से दवा-दाऊ होती, तो शायद अच्छा हो जाता, मगर अकेली मुलिया क्या-क्या करती? दरिद्रता में बीमारी कोढ़ का खाज है। आखिर एक दिन परवाना आ पहुँचा। मुलिया घर का काम-धंधा करके आयी, तो देखा कल्लू की साँस चल रही है। घबराकर बोली- कैसा जी है तुम्हारा? कल्लू ने सजल और दीनता-भरी आँखों से देखा और हाथ जोड़कर सिर नीचा कर लिया। यही अंतिम विदाई थी।

मुलिया उसके सीने पर सिर रखकर रोने लगी और उन्माद की दशा में उसके आहत हृदय से रक्त की बूंदों के समान शब्द निकलने लगे - तुमसे इतना भी न देखा गया, भगवान! उस पर न्यायी और दयालु कहलाते हो। इसलिए तुमने जन्म दिया? यही खेल खेलने के लिए! हाय नाथ! तुम तो इतने निष्ठुर न थे! मुझे अकेली छोड़कर चले जा रहे हो। हाय! अब कौन मूला कहकर पुकारेगा, अब किसके लिए कुएँ से पानी लाऊंगी। किसे बैठकर खाना खिलाऊंगी। पंखा डुलाऊंगी। सब सुख हर लिया, तो मुझे भी क्यों नहीं उठा लेते।

सारा गांव जमा हो गया। सभी समझा रहे थे, मुलिया को धैर्य न होता था। वह सब मेरे कारण हुआ, यह बात उसे नहीं भूलती। हाय! उसे भगवान ने सामर्थ्य दिया होता, तो आज उसका सिरताज यों क्यों जाता?

शव की दाह-क्रिया की तैयारियाँ होने लगी।

7

कल्लू को मरे छह महीने हो गए। मुलिया अपना कमाती है, खाती और अपने घर में पड़ी रहती है। दिन भर काम-धंधे से छुट्टी वहीं मिलती। हां, रात को एकांत में ही रो लिया करती है।

इधर राजा की स्त्री मर गई, मगर दो-चार दिन के बाद वह फिर छैला बना घूमने लगा। और भी छूटा सांड़ हो गया। पहले स्त्री से झगड़ा हो जाने का कुछ डर था। अब यह भी न रहा। अब की नौकरी पर से लौटा, तो सीधा मुलिया के घर पहुँचा। और इधर-उधर की बातें करने के बाद बोला-भाभी, अब तो मेरी अभिलाषा पूरी करोगी या अभी और कुछ बाकी है? अब तो भैया भी

नहीं रहे, इधर मेरी घरवाली भी सिधारी! मैंने उसका गम भुला दिया। तुम कब तक भैया के नाम को रोती रहोगी?

मुलिया ने घृणा से उसकी ओर देखकर कहा- भैया नहीं रहे, तो क्या हुआ। भैया की याद तो है, उनका प्रेम तो है, उनकी सूरत तो दिल में है, उनकी बातें तो कानों में हैं । तुम्हारे लिए और दुनिया के लिए यह-नहीं हैं, मेरे लिए वह अब भी वैसे ही जीते-जागते हैं। मैं अब भी उन्हें वैसे ही बैठे देखती हूँ। पहले तो देह का अंतर था। अब तो वह मुझसे और नगीच हो गए हैं। और ज्यों-ज्यों दिन बीतेंगे और भी नगीच होते जाएंगे। भरे-पूरे घर में दाने की कौन कदर करता है? जब घर खाली हो जाता है, तब मालूम होता है कि दाना क्या है! पैसे वाले पैसे की कदर क्या जानें? पैसे की कदर तब होती है, जब हाथ खाली हो जाता है। तब आदमी एक-एक कौड़ी दाँत से पकड़ता है। तुम्हें भगवान् ने दिल ही नहीं दिया, तुम क्या जानो, सोहबत क्या है? घरवाली को मरे अभी छह महीने भी नहीं हुए और तुम साँड़ बन बैठे। तुम मर गए होते, तो इसी तरह वह भी अब तक किसी के पास चली गयी होती? मैं जानती हूं कि मैं मर जाती, तो मेरा सिरताज जन्म' भर मेरे नाम को रोया करता। ऐसे ही पुरुषों की स्त्रियां उन पर प्राण देती हैं। तुम-जैसे सोहदों के भाग में बांटना लिखा है, चाटो, मगर खबरदार, आज से मेरे घर पाँव न रखना, नहीं तो जान से हाथ धोओगे। बस, निकल जाओ।

उसके सुख पर ऐसा तेज, स्वर में इतनी कटुता थी कि राजा को जवान खोलने का भी साहस न हुआ। चुपके से निकल भागा।

□□□

मृतक-भोज

सेठ रामनाथ ने रोग शय्या पर पड़े-पड़े निराशा-पूर्ण दृष्टि से अपनी स्त्री सुशीला की ओर देखकर कहा- मैं बड़ा अभागा हूं शीला। मेरे साथ तुम्हें सदैव ही दु:ख भोगना पड़ा। जब घर में कुछ न था, तो दिन-रात गृहस्थी के धंधों और बच्चों के लिए मरती रहती थी। जब जरा कुछ सँभला और तुम्हारे आराम करने के दिन आये, तो यों छोड़े चला जा रहा हूँ। आज तक मुझे आशा थी, पर आज वह आशा टूट गयी। देखो शीला, रोओ मत। संसार में सभी मरते हैं, कोई दो साल आगे, कोई दो साल पीछे। अब गृहस्थी का भार तुम्हारे ऊपर है। मैंने रुपये नहीं छोड़े, लेकिन जो कुछ है, उससे तुम्हारा जीवन किसी तरह कट जाएगा... यह राजा क्यों रो रहा है?

सुशीला ने आंसू पोंछकर कहा-जिद्दी हो गया है, और क्या। आज सबेरे से रट लगाए हुए हैं कि मैं मोटर -लूंगा। 5 रुपये से कम में न आएगी मोटर? सेठजी को इधर कुछ दिनों से दोनों बालकों पर बहुत स्नेह हो गया था। बोले- तो मंगा दो न एक। बेचारा कब से रो रहा है। क्या-क्या अरमान दिल में थे। सब धूल में मिल गए। रानी के लिए विलायती गुड़िया भी मँगा दो। दूसरों के खिलौने देख तरसती रहती है। जिस धन को प्राणों से भी प्रिय समझा, वह अंत में डाक्टरों के काम आया। बच्चे मुझे क्या याद करेंगे कि बाप था। अभागे बाप ने तो धन को लड़के-लड़की से प्रिय समझा। कभी पैसे की चीज भी लाकर नहीं दी।

अंतिम समय अब संसार की असारता कठोर सत्य बनकर आँखों के सामने खड़ी हो जाती है तो जो कुछ न किया, उसका खेद और जो कुछ किया, उस पर पश्चाताप, मन को उदार और निष्कपट बना देता है।

सुशीला ने राजा को बुलाया और उसे छाती से लगाकर रोने लगी। वह मातृ- स्त्रोत, पति की कृपणता से भीतर-ही-भीतर तड़प कर रह जाता था, इस समय जैसे खोल उठा। लेकिन मोटर के लिए रुपये कहाँ थे?

सेठजी ने पूछा- मोटर लोगे बेटा, अपनी अम्मा से रुपये लेकर भैया के साथ चले जाओ। खूब अच्छी मोटर लाना।

राजा ने माता के आंसू और पिता का यह स्नेह देखा, तो उसका बाल- हठ जैसे पिघल गया। बोला- अभी नहीं लूंगा।

सेठ जी ने पूछा- क्यों?

'जब आप अच्छे हो जाएँगे तब लूंगा।'

सेठजी फूट-फूटकर रोने लगे।

2

तीसरे दिन सेठ रामनाथ का देहांत हो गया।

धनी के जीने से दु:ख बहुतों को होता है, सुख थोड़ों को। उनके मरने से दु:ख थोड़ों को है, सुख बहुतों को। महा ब्राह्मणों की मंडली अलग सुखी है, पंडितजा अलग खुश हैं, और शायद बिरादरी के लोग भी प्रसन्न हैं, इसलिए कि एक बराबर का आदमी कम हुआ। दिल से एक काँटा दूर हुआ। और पट्टीदारों का तो पूछना ही क्या? अब वह पुरानी कसर निकालेंगे। हृदय को शीतल करने का ऐसा अवसर बहुत दिनों के बाद मिला है।

आज पाँचवाँ दिन है। यह विशाल भवन सूना पड़ा है। लड़के न रोते हैं, न हँसते हैं। मन मारे माँ के पास बैठे हैं और विधवा भविष्य की अपार चिंताओं के भार से दबी हुई निर्जीव-सी पड़ी है। घर में जो रुपये बच रहे थे, वे दाह-क्रिया की भेंट हो गए और अभी सारे संस्कार बाकी पड़े हैं। भगवान, कैसे बेड़ा पार लगेगा।

किसी ने द्वार पर आवाज दी। महरी ने आकर सेठ धनीराम के आने की सूचना दी। दोनों बालक बाहर दौड़े। सुशीला का मन भी एक क्षण के लिए हरा हो गया। सेठ धनीराम बिरादरी के सरपंच थे। अबला का क्षुब्ध हृदय सेठजी की इस कृपा से पुलकित हो उठा। आखिर बिरादरी के मुखिया हैं। ये लोग अनाथों की खोज-खबर न लें, तो कौन ले। धन्य हैं ये पुण्यात्मा लोग, जो मुसीबत में दीनों की रक्षा करते हैं।

यह सोचती हुई सुशीला घूंघट निकाले बरोठे में आ खड़ी हो गई। देखा तो धनीरामजी के अतिरिक्त और भी सज्जन खड़े हैं।

धनीराम बोले- बहू जी, भाई रामनाथ की अकाल-मृत्यु से हम लोगों को जो दु:ख हुआ है, वह हमारा दिल ही जानता है। अभी उनकी उम्र ही क्या थी, लेकिन भगवान की इच्छा। अब तो हमारा यही धर्म है कि ईश्वर पर भरोसा रखें और आगे के लिए कोई राह निकालें। काम ऐसा करना चाहिए कि घर की आबरू भी बची रहे और भाईजी की आत्मा संतुष्ट भी हो।

कुबेरदास ने सुशीला को कनखियों से देखते हुए कहा- मर्यादा बड़ी चीज है। उसकी रक्षा करना हमारा धर्म है। लेकिन कमली के बाहर पाँव निकालना भी तो उचित नहीं। कितने रुपये हैं तेरे पास, बहू? क्या कहा, कुछ नहीं?

सुशीला-घर में रुपये कहाँ हैं, सेठजी! जो थोड़े-बहुत थे, वह बीमारी में उठ गये।

धनीराम- तो यह नयी समस्या खड़ी हो गयी। ऐसी दशा में हमें क्या करना चाहिए, कुबेरदास जी?

कुबेरदास- जैसे भी हो, भोज तो करना ही पड़ेगा। हां, अपनी सामर्थ्य देखकर काम करना चाहिए। मैं कर्जा लेने को न कहूंगा।हां घर में जितने रुपयों का प्रबंध हो सके उसमें कोई कसर नहीं छोड़नी चाहिए। मृत जीव के साथ भी तो हमारा कुछ कर्त्तव्य है। अब तो वह फिर कभी न

आएगा, उससे सदैव के लिए नाता टूट रहा है। इसलिए सब-कुछ हैसियत के हिसाब से होना चाहिए। ब्राह्मणों को तो देना ही पड़ेगा कि जिससे मर्यादा का निर्वाह हो।

धनीराम- तो क्या तुम्हारे पास कुछ भी नहीं है, बहू जी दो-चार हजार भी नहीं।

सुशीला- मैं आपसे सत्य कहती हूं, मेरे पास कुछ नहीं है। ऐसे समय में झूठ न बोलूंगी ?

धनीराम ने कुबेरदास की ओर अर्ध-विश्वास से देखकर कहा - तब तो यह मकान बेचना पड़ेगा।

कुबेरदास - इसके सिवा और क्या हो सकता है। नाक कटाना तो अच्छा नहीं। रामनाथ का कितना नाम था, बिरादरी के स्तंभ थे। यही इस समय एक उपाय है। 20 हजार मेरे आते हैं। सूद-बट्टा लगाकर एक प्रकार से कोई 25 हजार हो जाएंगे। बाकी भोज में खर्च हो जाएंगे। अगर कुछ बच रहा तो बाल-बच्चों के काम आएगा।

धनीराम- आपके यहाँ कितने पर बंधक रखा था?

कुबेर- 20 हजार पर। रुपये सैकड़े सूद।

धनीराम मैंने तो कम सुना है।

कुबेर- उसका तो रेहननामा रखा है। जबानी बात-चीत थोड़े ही है। मैं दो-चार हजार के लिए झूठ थोड़े ही बोलूंगा।

धनीराम- नहीं-नहीं, यह मैं कब कहता हूँ। तो तूने सुन लिया, बाई! पंचों की सलाह है कि मकान बेच दिया जाए।

सुशीला का छोटा भाई संतलाल भी इसी समय आ पहुँचा। यह अंतिम वाक्य उसके कान में पड़ गया। बोल उठा-किस लिए मकान बेच दिया जाए? बिरादरी के भोज के लिए? बिरादरी तो खा-पीकर राह लेगी, इन अनाथों की देखभाल कैसे होगी? इनके भविष्य के लिए भी कुछ सोचना चाहिए।

धनीराम ने क्रोध-भरी आंखों से देखकर कहा- आपको इस मामलों में टाँग अड़ाने कोई अधिकार नहीं। केवल भविष्य की चिंता करने से काम नहीं चलता। मृतक का पीछा भी किसी तरह सुधारना ही पड़ता है। आपका क्या बिरादरी में हँसी तो हमारी होगी। संसार में मर्यादा से प्रिय कोई वस्तु नहीं। मर्यादा के लिए प्राण तक दे देते हैं। जब मर्यादा ही नहीं रही, तो क्या रहा? अगर हमारी सलाह पूछोगे, तो हम यही कहेंगे। आगे बाई का अख्तियार है, जैसा चाहे करे। पर हमसे कोई सरोकार न रहेगा। चलिए कुबेरदास जी, चलें।

सुशीला ने भयभीत होकर कहा- भैया की बातों का विचार न कीजिए, इनकी तो यह आदत है। मैंने तो आपकी बात नहीं टाली, आप मेरे बड़े हैं। घर का हाल आपको मालूम है। मैं अपने स्वामी की आत्मा को दुखी करना नहीं चाहती, लेकिन जब उनके बच्चे ठोकरें खाएँगे तो क्या उनकी आत्मा दु:खी न होगी? बेटी का ब्याह करना ही है। लड़के को पढ़ाना-लिखाना है ही। ब्राह्मणों को खिला दीजिए, लेकिन बिरादरी करने की मुझमें सामर्थ्य नहीं है।

दोनों महानुभावों को जैसे थप्पड़ लगा- इतना बड़ा अधर्म! भला, ऐसी बात भी जबान से निकाली जाती है। पंच लोग अपने मुँह कालिख न लगने देंगे। दुनिया विधवा को न हँसेगा, हंसी होगी पंचों की। यह जग हंसाई वे कैसे सह सकते हैं। ऐसे घर के द्वार पर झाँकना भी पाप है।

सुशीला रोकर बोली- मैं अनाथ हूँ, नादान हूँ मुझ पर क्रोध न कीजिए। आप लोग ही छोड़ देंगे, तो मेरा कैसे निर्वाह होगा?

इतने में महाशय दो और महाशय आ विराजे। एक बहुत मोटे और दूसरे बहुत दुबले। नाम भी गुणों के अनुसार ही- भीमचंद और दुर्बलदास। धनीराम ने संक्षेप यह परिस्थिति उन्हें समझा दी। दुर्बलदास ने सरलता से कहा- तो ऐसा क्यों नहीं करते कि हम लोग मिलकर कुछ रुपये दे दें। जब इसका लड़का सयाना हो जाएगा, तो रुपये मिल जाएंगे। अगर न भी मिलें, तो एक मित्र के लिए कुछ बल खा जाना कोई बड़ी बात नहीं।

संतलाल ने प्रसन्न होकर कहा- इतनी दया आप करेंगे, तो क्या पूछना। कुबेरदास त्यौरी चढ़ाकर बोले- तुम तो बेसिर-पैर की बातें करने लगे।

दुर्बलदास जी! इस बखत के बाजार में किसके पास फालतू रुपये रखे हुए हैं? भीमचंद- सो तो ठीक है, बाजार की ऐसी मंदी तो कभी देखी नहीं, पर निर्वाह तो करना चाहिए।

कुबेरदास अकड़ गए। वह सुशीला के मकान पर दांत लगाए हुए थे। ऐसी बातों से उनके स्वार्थ में बाधा पड़ती थी। वह अपने रुपये अब वसूल करके छोड़ेंगे। औरतों के झमेले में नहीं पड़ेंगे।

भीमचंद ने उन्हें किसी तरह सचेत किया, लेकिन भोज तो देना ही पड़ेगा। उस कर्तव्य का पालन न करना समाज की नाक काटना है।

सुशीला ने दुर्बलदास में सहायता का आभास देखा। उनकी ओर दीन नेत्रों से देखकर बोली आप लोगों से बाहर थोड़े ही हूँ। आप लोग मालिक हैं, जैसा उचित समझें, वैसा करें।

दुर्बलदास- तेरे पास थोड़े-बहुत गहने तो होंगे, बाई?

हां, गहने हैं। आधे तो बीमारी में बिक गए, आधे पड़े हैं। सुशीला ने सारे गहने लाकर पंचों के सामने रख दिए, पर यह तो मुश्किल से तीन हजार में उठेंगे। दुर्बलदास ने पोटली को हाथ में तौलकर कहा- तीन हजार को कैसे जाएँगे। मैं साढ़े तीन हजार दिला दूंगा।

भीमचंद ने फिर पोटली को तौलकर कहा- मेरी बोली चार हजार की है। कुबेरदास को मकान की बिक्री का प्रश्न छेड़ने का अवसर फिर मिला- चार हजार ही में क्या हुआ जाता है। बिरादरी का भोज है या दोष मिटाना है। बिरादरी में कम-से-कम दस हजार का खरचा है। मकान तो निकालना ही पड़ेगा। संतलाल ने होंठ चबाकर कहा- मैं कहता हूं आप लोग क्या इतने निर्दयी हैं! आप लोगों को अनाथ बालकों पर भी दया नहीं आती? क्या उन्हें रास्ते का भिखारी बनाकर छोड़ेंगे?

लेकिन संतलाल की फरियाद पर किसी ने ख्याल न दिया। मकान की बातचीत अब नहीं टाली जा सकती थी। बाजार मंदा है। 30 हजार से वेशी नहीं मिल सकते, 25 हजार तो कुबेरदास के हैं। पाँव हजार बचेंगे। चार हजार गहनों से आ जाएँगे। इस तरह 7 हजार में बड़ी किफायत से ब्रह्म-भोज और बिरादरी-भोज दोनों निबटा दिए जाएँगे।

सुशीला ने दोनों बालकों को सामने करके करबद्ध होकर कहा- पंचों, मेरे बच्चों का मुँह देखिए। मेरे घर में जो कुछ है, वह आप सब ले लीजिए, लेकिन मकान छोड़ दीजिए, मुझे कहीं ठिकाना न मिलेगा। मैं आपके पैरों पड़ती हूं, मकान इस समय न बेचे।

इस मूर्खता का क्या जवाब दिया जाए। पंच लोग तो खुद चाहते थे कि मकान न बेचना पड़े। उन्हें अनाथों से कोई दुश्मनी नहीं थी, किन्तु बिरादरी का भोज और किस तरह किया जाए? अगर कम-से-कम पाँच हजार का जुगाड़ और कर दे, तो मकान बच सकता है, पर जब वह ऐसा नहीं करती, तो मकान बेचने के सिवा और तो कोई उपाय नहीं।

कुबेरदास ने अंत में कहा- देखो बाई, बाजार की दशा इस समय खराब है। किसी से उधार नहीं मिल सकते। बाल-बच्चों के नसीब में लिखा होगा, तो भगवान और किसी हीले से देगा। हीले रोजी, बहाने मौत। बाल-बच्चों की चिंता मत कर। भगवान जिसको जिला देते हैं, उसकी जीविका की जुगत पहले ही से कर देते हैं। हम तुझे समझा कर हार गए। अगर तू अब भी अपना हठ न छोड़ेगी तो हम बात भी न पूछेंगे। यहाँ तेरा रहना मुश्किल हो जाएगा। शहर वाले तेरे पीछे पड़ जाएँगे।

विधवा सुशीला अब और क्या करती? पंचों से लड़कर वह कैसे रह सकती थी? पानी में रहकर मगर से कौन बैर कर सकता है? घर में जाने के लिए उठी, पर वहीं मूर्च्छित होकर गिर पड़ी। अभी तक आशा सँभाले हुए थी। बच्चों के पालन- पोषण में वह अपना वैधव्य भूल सकती थी, पर अब तो अंधकार था, चारों ओर।

3

सेठ रामनाथ के मित्रों का उनके घर पर पूरा अधिकार था। मित्रों का अधिकार न हो तो किसका हो? स्त्री कौन होती है? जब वह इतनी मोटी-सी बात नहीं समझती कि बिरादरी करना और धूम-धाम से दिल खोल कर करना लाजिमी बात है, तो उससे और कुछ कहना व्यर्थ है। गहने कौन खरीदे? भीमचंद चार हजार दाम लगा चुके थे, लेकिन अब उन्हें मालूम हुआ कि उनसे भूल हुई थी। दुर्बलदास ने तीज हजार लगाए थे। इसलिए सौदा उन्हीं के हाथ हुआ। इस बात दुर्बलदास और भीमचंद में तकरार भी हो गई, लेकिन भीमचंद को मुँह की खानी पड़ी। न्याय दुर्बल के पक्ष में था।

धनीराम ने कटाक्ष किया- देखो दुर्बलदास, माल तो ले जाते हो, पर तीन हजार से बेसी का है। मैं नीति की हत्या नहीं होने दूंगा।

कुबेरदास बोले- अजी, तो घर में ही तो है, कहीं बाहर तो नहीं गया। एक दिन मित्रों की दावत हो जाएगी।

इस पर चारों महानुभाव हँसे। इस काम से फुरसत पाकर अब मकान का प्रश्न उठा। कुबेरदास 30 हजार देने पर तैयार थे, पर कानूनी कार्रवाई किए बिना सन्देह की गुंजाइश थी। यह गुंजाइश क्यों कर रखी जाए। एक दलाल बुलाया गया। नाटा-सा आदमी था, पोपला मुँह, कोई 70 की अवस्था। नाम था चोखेलाल। कुबेरदास ने कहा- चोखेलाल जी से हमारी तीन साल की दोस्ती है। आदमी क्या रत्न हैं।

भीमचंद- देखो चोखेलाल, हमें यह मकान बेचना है। इसके लिए कोई अच्छा ग्राहक लाओ। तुम्हारी दलाली पक्की।

कुबेरदास- बाजार का हाल अच्छा नहीं है, लेकिन फिर भी हमें यह तो देखना पड़ेगा कि रामनाथ के बाल-बच्चों को टोटा न हो। (चोखेलाल के कान में) तीस से आगे न जाना।

भीमचंद- देखिए कुबेरदास, यह अच्छी बात नहीं है।

कुबेरदास- तो मैं क्या कर रहा हूं। मैं तो यही कह रहा था कि अच्छा दाम लगवाना।

चोखेलाल- आप लोगों को यह कहने की जरूरत नहीं। मैं अपना धर्म समझता हूँ। रामनाथजी मेरे भी थे। मुझे यह भी मालूम है कि इस मकान के बनवाने में एक लाख से कम एक पाई भी नहीं लगी, लेकिन बाजार का हाल क्या आप लोगों में छिपा है? इस समय इसके 25 हजार से बेसी नहीं मिल सकते। सुभीते से कोई ग्राहक मिल जाये, तो दस-पाँच हजार और मिल जाएँगे, लेकिन इस समय तो 25 हजार भी मुश्किल से मिलेंगे। लो दही और लाव दही की बात है।
घासीराम-25 हजार तो बहुत कम हैं भाई, और न सही 30 हजार तो करा दो।

चोखेलाल- 30 क्या मैं 40 करा दूं, पर कोई ग्राहक तो मिले। आप लोग कहते हैं, लो मैं 30 हजार की बातचीत करूंगा।

धनीराम- जब तीस हजार में ही देना है तो कुबेरदास जी ही क्यों न ले लें।इतना सस्ता माल दूसरों को दिया जाएं?

कुबेरदास- आप सब लोगों की राय हो तो ऐसा ही कर लिया जाए।

धनीराम ने हां, हां कहकर हामी भरी। भीमचंद मन में ऐंठ कर रह गए। यह सौदा भी पक्का हो गया। आज ही वकील ने बैनामा लिखा। तुरन्त रजिस्ट्री भी हो गई। सुशीला के सामने बैनामा लाया गया, तो उसने एक लंबी साँस ली और सजल नेत्रों से उस पर हस्ताक्षर कर दिए। अब उसे उसके सिवा और कहीं शरण नहीं है। बेवफा मित्र की भांति यह घर भी सुख के दिनों में साथ देकर दु:ख के दिनों में उसका साथ छोड़ रहा है।

पंच लोग सुशीला के आंगन में बैठ, बिरादरी के रुक्के लिख रहे हैं और अनाथ विधवा ऊपर झरोखे पर बैठी भाग्य को रो रही है। इधर रुक्का तैयार हुआ, उधर विधवा की आंखों से आँसू की बूंदें निकल कर रुक्के पर गिर पड़ी।

धनीराम ने ऊपर देखकर कहा- पानी का छींटा कहां से आया?

संतलाल- बाई बैठी रो रही है। उसने रुक्के पर अपने रक्त के आँसुओं की मुहर लगा दी है।

धनीराम- (ऊंचे स्वर में) अरे, तो तू रो क्यों रही है, बाई? यह रोने का समय नहीं है। तुझे तो प्रसन्न होना चाहिए कि पंच लोग तेरे घर में आज यह शुभ-कार्य करने लिए जमा हैं। जिस पति के साथ तूने इतने दिनों भोग-विलास किया, उसी का पीछा सुधारने में तू दु:ख मानती है।

बिरादरी में रुक्का फिरा। इधर तीन-चार दिन पंचों ने भोज की तैयारियों में बिताए। घी धनीराम की आढ़त से आया। मैदा-चीनी की आढ़त भी उन्हीं की थी। पाँचवें दिन प्रात:काल ब्रह्म-भोज हुआ। संध्या-समय बिरादरी का ज्योनार। सुशीला के द्वार पर बग्घियों और मोटरों की कतारें खड़ी थी। भीतर मेहमानों की पंगत, थीं। आँगन, बैठक, दालान, बरोठा, ऊपर की छत, नीचे-ऊपर मेहमानों से भरा हुआ था। लोग भोजन करते थे और पंचों को सराहते थे।

'खर्च तो सभी करते हैं, पर इंतजाम का सलीका चाहिए। ऐसे स्वादिष्ट पदार्थ बहुत कम खाने में आते हैं।'

'सेठ चम्पाराम के भोज के बाद ऐसा भोज रामनाथ जी का ही हुआ है।

'अमृतियाँ कैसी कुरकुरी हैं।'

'रसगुल्ले मेवों से भरे हैं।'

'सारा श्रेय पंचों को है।'

धनीराम ने नम्रता से कहा- आप भाइयों की दया है जो ऐसा कहते हो। रामनाथ से भाईचारे का व्यवहार था। नहीं करते तो कौन करता। चार दिन से सोना नसीब नहीं हुआ।

'आप धन्य हैं, मित्र हों तो ऐसे हों।'

'क्या बात है। आपने रामनाथजी का नाम रख लिया। बिरादरी यही खाना- खिलाना देखती है। रोकड़ देखने नहीं आती।'

'मेहमान लोग बखान-बखान कर तर माल जड़ा रहे थे और उधर कोठी में बैठी हुई सुशीला सोच रही थी संसार में ऐसे स्वार्थी लोग भी हैं। सारा संसार स्वार्थमय हो गया? सब पेटों पर हाथ फेर-फेरकर भोजन कर रहे हैं। कोई इतना भी नहीं पूछता कि अनाथों के लिए भी कुछ बचा या नहीं।

4

एक महीना गुजर गया। सुशीला को एक-एक पैसे की तंगी हो रही थी। नकद था ही नहीं, गहने निकल गए थे। अब थोड़े से बरतन बच रहे थे। उधर छोटे- छोटे बहुत से बिल चुकाने थे। कुछ रुपये डॉक्टर के, कुछ दरजी के, कुछ बनियों के। सुशीला को यह रकम घर का बचा-खुचा सामान बेचकर चुकानी पड़ी। और महीना पूरा होते-होते उसके पास कुछ न बचा। बेचारा

संतलाल एक दुकान पर मुनीम था। कभी-कभी वह आकर एकाध रुपया दे देता। इधर खर्च का हाथ फैला हुआ था। लड़के अवस्था को समझते थे। माँ को छेड़ते न थे, पर मकान के सामने से कोई खोंमचे वाला निकल जाता और वे दूसरे लड़कों को फल या मिठाइयाँ खाते देखते, तो उनके मुंह में चाहे पानी न आए, आँखों में अवश्य भर जाता था। ऐसी ललचायी आँखों से ताकते थे कि दया आती थी। वह बच्चे, जो थोड़े दिन पहले मेवे-मिठाई की ओर ताकते न थे, अब एक-एक पैसे की चीज को तरसते थे। वही सज्जन, जिन्होंने बिरादरी को भोजन करवाया था, अब घर के सामने से निकल जाते, पर कोई झाँकता न था।

शाम हो गई थी। सुशीला चूल्हा जलाए रोटियाँ सेंक रही थी और दोनों बालक चूल्हे के पास रोटियों को क्षुधित नेत्रों से देख रहे थे। चूल्हे के दूसरे ऐले पर दाल थी। दाल के पकने का इंतजार था। लड़की ग्यारह साल की थी, लड़का आठ साल का।

मोहन अधीर होकर बोला, अम्मा, मुझे सूखी रोटियाँ ही दे दो। बड़ी भूख लगी है।

सुशीला- अभी दाल कच्ची है भैया।

रेवती- मेरे पास एक पैसा है। मैं उसका दही लिये आती हूँ।

सुशीला- तूने पैसा कहीं पाया?

रेवती- मुझे कल अपनी गुड़ियों की पिटारी में मिल गया था।

सुशीला- लेकिन जल्द आइयो।

रेवती दौड़कर बाहर गयी और थोड़ी देर में एक पत्ते पर जरा-सा दही ले आयी। माँ ने रोटी सेंक कर दे दी। मोहन दही से खाने लगा। आम लड़कों की भांति वह स्वार्थी था। बहन से पूछा भी नहीं ।

सुशीला ने कड़ी आँखों से देखकर कहा- बहन को भी दे दे। अकेला ही खा जाएगा।

मोहन लज्जित हो गया। उसकी आँखें डबडबा आयीं।

रेवती बोली- नहीं अम्मा, मिला ही कितना है। तुम खाओ मोहन, तुम्हें जल्दी ही नींद आती है। मैं तो दाल पक जाएगी, तो खाऊंगी।

उसी वक्त दो आदमियों ने आवाज दी। रेवती ने बाहर आकर देखा। वह सेठ कुबेरदास के आदमी थे। मकान खाली कराने आये थे। क्रोध से सुशीला की आंखें लाल हो गई। बरोठे में आकर कहा- अभी मेरे पति को पीछे हुए एक महीना भी नहीं हुआ, मकान खाली कराने की धुन सवार हो गई। मेरा 50 हजार का घर 30 हजार में ले लिया, पाँच हजार सूद के उड़ाए, फिर भी तस्कीन नहीं होती। कह दो, मैं अभी खाली नहीं करूंगी।

मुनीम ने नम्रता से कहा- बाईजी, मेरा क्या अख्येतार है। मैं तो केवल संदेशिया हूँ। जब चीज दूसरे की हो गई, तो आपको छोड़नी ही पड़ेगी। झंझट करने से क्या मतलब।

सुशीला भी समझ गई, ठीक ही कहता है। गाय हत्या के बल कै दिन खेत चरेगी। नर्म होकर बोली- सेठजी से कहो, मुझे दस-पांच दिन की मोहलत दें। लेकिन नहीं, कुछ मत कहो। क्यों दस-पाँव दिन के लिए किसी का एहसान लूँ? मेरे भाग्य में इस घर में रहना लिखा होता, तो निकलता ही क्यों?

मुनीम ने पूछा- तो कल सवेरे तक खाली हो लाएगा?

सुशीला- हाँ, हां कहती तो हूँ। लेकिन सबेरे तक क्यों, में अभी खाली किए देती हूँ। मेरे पास कौन-सा बड़ा सामान है। तुम्हारे सेठजी का रात भर का किराया मारा जाएगा। जाकर तांगा-वाला लाओ या लाये हो??

मुनीम -ऐसी क्या जल्दी है, बाई! कल सावधानी से खाली कर दीजिएगा।

सुशीला - कल का झगड़ा क्यों रखूँ। मुनीम जी, आप जाइए, ताला लाकर डाल दीजिए। यह कहती हुई सुशीला अंदर गयी, बच्चों को भोजन कराया, एक रोटी आप किसी तरह निगली, बरतन धोए, फिर एक एक्का मँगवाया उस पर अपना मुक्तसर सामान लादा और भारी मन से उस घर से हमेशा के लिए बिदा हो गई।

जिस वक्त वह घर बनवाया था, मन में कितनी उमंगें थी। इसके प्रवेश में कई हजार ब्राह्मणों का भोज था। सुशीला को इतनी दौड़-धूम करनी पड़ी थी कि वह महीने भर बीमार रही। इसी घर में उनके दो लड़के मरे थे। वहीं उसका पति मरा था। मरने वालों की स्मृतियों ने उसकी एक-एक ईंट को पवित्र कर दिया था। एक-एक पत्थर मानो उसके हर्ष से सुखी और उसके शोक से दु:खी होता था। यह घर आज उससे छूटा जा रहा है।

उसने रात एक पड़ोसी के घर में काटी और दूसरे दिल 10 रुपये महीना पर एक गली में दूसरा मकान ले लिया।

5

इस नए कमरे में इन अनाथों वे तीन महीने जिस कष्ट से काटे, यह समझने वाले ही समझ सकते हैं। भला हो बेचारे संतलाल का। वह दस-पाँच रुपये से मदद कर दिया करता था। अगर सुशीला दरिद्र घर की होती, तो पिसाई करती, कपड़े सिलती, किसी के घर में टहल करती, पर जिन कामों बिरादरी नीचा समझती है उसका सहारा कैसे लेती? नहीं तो लोग कहते, यह सेठ रामनाथ की स्त्री है! उस नाम की भी तो लाज रखनी थी। समाज के चक्रव्यूह से किसी तरह भी तो छुटकारा नहीं होता। लड़की के दो-एक गहने बचे रहे थे। वह भी बिक गए। जब रोटियों के ही लाले थे, तो घर का किराया कहाँ से आता? तीन महीने बाद घर का मालिक, जो उसी बिरादरी का एक प्रतिष्ठित व्यक्ति था और जिसने मृतक भोज में खूब बढ बढ़कर हाथ मारे थे, अधीर हो उठा। बेचारा कितना धैर्य रखता। 30 रुपये का मामला है, रुपये आठ आने की बात नहीं है। इतनी बड़ी रकम कहीं छोड़ी जाती। आखिर एक दिन सेठजी ने आकर लाल-लाल

आँखें करके कहा- अगर तू किराया नहीं दे सकती, तो घर खाली कर दे। मैंने बिरादरी के नाते इतनी मुरव्वत की। अब किसी तरह काम नहीं चल सकता।

सुशीला बोली- सेठजी, मेरे पास रुपये होते, तो पहले आपका किराया देकर तब पानी पीती। आपने इतनी मुरव्वत की, इसके .लिए मेरा सिर आपके चरणों पर है, लेकिन अभी मैं बिलकुल खाली हाथ हूं। यह समझ लीजिए कि एक भाई के बाल-बच्चों की परवरिश कर रहे हैं। और क्या कहूँ।

सेठ- चल-चल, इस तरह की बातें बहुत सुन चुका। बिरादरी का आदमी है, तो उसे चूस लो। कोई मुसलमान होता, तो चुपके से महीने-महीने दे देती, नहीं तो उसने निकाल बाहर किया होता। मैं बिरादरी का हूँ इसलिए किराया देने की दरकार नहीं। मुझे माँगना ही नहीं चाहिए। यही तो बिरादरी के साथ करना चाहिए।

इसी समय रेवती भी आकर खड़ी हो गई। सेठजी ने उसे सिर से पाँव तक देखा और तब किसी कारण से बोले- अच्छा, यह लड़की तो सयानी हो गई। कहीं इसकी सगाई की बातचीत नहीं की?

रेवती तुरंत भाग गई। सुशीला ने इन शब्दों में आत्मीयता की झलक पाकर पुलकित भाव से कहा- अभी तो कहीं बातचीत नहीं सेठजी। घर का किराया तक तो अदा नहीं कर सकती, सगाई क्या करूंगी। अभी छोटी भी तो है। सेठजी ने तुरंत शास्त्रों का आधार दिया। कन्याओं के विवाह की यही अवस्था है। धर्म को कभी नहीं छोड़ना चाहिए। किराये की कोई बात नहीं है। हमें क्या मालूम था कि सेठ रामनाथ के परिवार की यह दशा है।

सुशीला- तो आपकी निगाह में कोई अच्छा वर है! यह तो आप जानते ही हैं, मेरे पास लेने-देने को कुछ नहीं है?

झाबरमल- (इन सेठजी का यही नाम था)-लेने-देने का कोई झगड़ा नहीं होगा, बाईजी। ऐसा घर है कि लड़की आजीवन सुखी रहेगी। लड़का भी उसके साथ रह सकता है। कुल का सच्चा, हर तरह से संपन्न परिवार है। हां, वर दोहाजू (दुजबर) है।

सुशीला- उम्र अच्छी होनी चाहिए, दोहाजू होने से क्या होता है।

झाबरमल- उम्र कुछ ज्यादा नहीं, अभी चालीसवाँ ही साल है उसका, पर देखने में अच्छा हृष्ट-पुष्ट है। मर्द की उम्र उसका भोजन है। बस यह समझ लो कि परिवार का उद्धार हो जाएगा।

सुशीला ने अनिच्छा के भाव से कहा- अच्छा, मैं सोचकर जवाब दूँगी। एक बार मुझे दिखा देना।

झाबरमल- दिखाने को कहीं नहीं जाना है, बाई। वह तेरे सामने ही खड़ा है।

सुशीला ने घृणा पूर्ण नेत्रों से उसकी ओर देखा। इस पचास साल के बुड्ढे की यह हवस। छाती का मांस लट कर जमीन तक आ पहुँचा है, फिर भी विवाह की धुन सवार है। यह दुष्ट समझता है कि प्रलोभन में पड़कर मैं अपनी लड़की उसके गले बांध दूंगी। बेटी को आजीवन कुंवारी

रखूंगी पर ऐसे मृतक से विवाह करके उसका जीवन नष्ट न करूंगी, पर उसने अपने क्रोध को शांत किया। समय का फेर है, नहीं तो ऐसों को उससे ऐसा प्रस्ताव करने का साहस ही क्यों होता। बोली- आपकी इस कृपा के लिए आपको धन्यवाद देती हूँ सेठजी, पर मैं कन्या का विवाह आपसे नहीं कर सकती।

झाबरमल- तो, तू समझती है कि तेरी कन्या के लिए बिरादरी में कोई कुमार मिल जायगा?

सुशीला-मेरी लड़की कुंवारी रहेगी।

झाबरमल- और रामनाथजी के नाम को कलंकित करेगी?

सुशीला- तुम्हें मुझसे ऐसी बात करते लाज नहीं आती? नाम के लिए घर या, संपत्ति खोयी; पर कन्या को कुएँ में नहीं डुबा सकती।

झाबरमल- तो मेरा किराया दे दे।

सुशीला- अभी मेरे पास रुपये नहीं हैं।

झाबरमल ने भीतर घुसकर गृहस्थी की एक-एक वस्तु निकालकर गली में फेंक दी। घड़ा टूट गया, मटके टूट गए। संदूक के कपड़े बिखर गए। सुशीला तटस्थ खड़ी आपने अदिन की यह क्रूर क्रीड़ा देखती रही।

घर को यों विध्वंस करके झाबरमल ने घर में ताला डाल दिया और अदालत से रुपये वसूल करने की धमकी देकर चले गए।

6

बड़ों के पास धन होता है, छोटों के पास हृदय होता है। धन से बड़े-बड़े व्यापार होते है, बड़े-बड़े महल बनते हैं, नौकर-चाकर होते हैं, सवारी-शिकारी होती है। हृदय से समवेदना होती है, आँसू निकलते हैं।

उसी मकान से मिली हुई एक साग-भाजी बेचने वाली खटकिन की दुकान थी। वृद्धा, विधवा, निपूती स्त्री थी, बाहर से आग, भीतर से पानी। झाबरमल को सैकड़ों सुनायी और सुशीला की एक-एक चीज उठाकर अपने घर में ले गयी। मेरे घर में रहो बहू। मुरव्वत में आ गई, नहीं तो उसकी मूछें उखाड़ लेती। मौत सिर पर नाच रही है, आगे नाथ, न पीछे पगहा! और धन के पीछे मरा जाता है। जाने छाती पर लादकर ले जाएगा। तुम चलो, मेरे घर में रहो। मेरे यहाँ किसी बात का खटका नहीं। बस, मैं अकेली हूँ। एक टुकड़ा मुझे भी दे देना।

शीला ने डरते-डरते कहा- माता, मेरे पास सेर-भर आटे के सिवा और कुछ है। मैं तुम्हें किराया कहाँ से दूंगी?

बुढ़िया ने कहा- मैं झाबरमल नहीं हूँ बहू, न कुबेरदास हूँ? मैं तो समझती हूँ जिंदगी में सुख भी है, दु:ख भी है। सुख में इतरा मत, दु:ख में घबराओ मत। तुम्हीं से चार पैसे कमाकर अपना पेट पालती हूँ। तुम्हें उस दिन भी देखा था.. जब तुम महल में रहती थीं, और आज भी देख रही

हूँ जब तुम अनाथ हो। जो मिज़ाज तब था, यही अब है। मेरे धन्य भाग कि तुम मेरे घर मे आओ। मेरी आँखें फूटी हैं, जो तुमसे किराया माँगने जाऊंगी?

इस सांत्वना से भरे हुए सरल शब्दों ने सुशीला के हृदय का बोझ हलका कर दिया। उसने देखा सच्ची सज्जनता भी दरिद्रों और नीचों ही के पास रहती है। बड़ों की दया भी होती है, अहंकार का दूसरा रूप।

इस खटकिन के साथ रहते हुए सुशीला को छह महीने हो गए थे। सुशीला का उससे दिन-दिन स्नेह बढ़ता जाता था। यह जो कुछ पाती, लाकर सुशीला के हाथ में रख देती। दोनों बालक उसकी दो आंखें थीं। मजाल न थी कि पड़ोस का कोई आदमी उन्हें कड़ी आंखों से देख ले। बुढ़िया दुनिया सिर पर उठा लेती। संतलाल हर महीने कुछ न कुछ दे दिया करता था। इससे रोटी-दाल चल जाती थी।

कार्तिक का महीना था, ज्वर का प्रकोप हो रहा था। मोहन एक दिन खेलता- कूदता बीमार पड़ गया और तीन दिन तक अचेत पड़ा रहा। ज्वर इतने जोर का था कि पास खड़े रहने से लपट-सी निकलती थी। बुढ़िया ओझे-सयानों के पास दौड़ती फिरती थी, पर ज्वर उतरने का नाम न लेता था। सुशीला को भय हो रहा था, यह टाइफ़ाइड है। इससे उसके प्राण सूख रहे थे।

चौथे दिल उसने रेवती से कहा- बेटी, तूने बड़े पंचजी का घर तो देखा है। जाकर उनसे कहो- भैया बीमार हैं, कोई डॉक्टर को भेज दे।

रेवती को कहने भर की देर थी। दौड़ती हुई सेठ कुबेरदास के पास गयी।

कुबेरदास- बोले-डॉक्टर की पीस 16 रु. है। तेरी माँ दे देगी?

रेवती ने निराश होकर कहा- अम्मा के पास रुपये नहीं हैं?

कुबेर फिर किस मुँह से मेरे डॉक्टर को बुलाती है। तेरा मामा कहां है? उनसे जाकर कह, सेवा समिति से कोई डॉक्टर बुला ले जाये, नहीं तो खैराती अस्पताल में क्यों नहीं लड़के को ले जाती? या अभी वही पुरानी बू समायी हुई है। कैसी मूर्ख स्त्री है, घर में टका नहीं है और डॉक्टर का हुकुम लगा दिया। समझती होगी, फीस पंच जी दे देंगे। पंच जी क्यों फीस दें? बिरादरी का धन धर्म- कार्य के लिए है, यों उड़ाने के लिए नहीं है।

रेवती माँ के पास लौटी, पर जो कुछ सुना था, यह उससे न कह सकी। घाव पर नमक क्यों छिड़के, बहाना कर दिया। बड़े पंचजी कहीं गये हैं।

सुशीला-तो मुनीम से क्यों नहीं कहा? यहाँ कोई मिठाई खाए जाता था, जो दौड़ी चली आयी?

इसी वक्त संतलाल एक वैद्य जी को लेकर आ पहुँचा।

7

वैद्य जी भी एक दिन आकर दूसरे दिन न लौटे। सेवा-समिति के डॉक्टर भी दो दिन बड़ी मिन्नतें से आये। फिर उन्हें भी अवकाश न रहा और मोहन की दशा दिनोंदिन बिगड़ती जाती थी। महीना

बीत गया, पर ज्वर ऐसा चढ़ा कि एक क्षण के लिए भी ने उतरा। उसका चेहरा इतना सूख गया था कि देखकर दया आती थी। न कुछ बोलता, न कहता, यहाँ तक कि करवट भी न बदल सकता था। पड़े-पड़े देह की खाल फट गई, सिर के बाल गिर गए। हाथ-पाँव लकड़ी हो गए। संतलाल काम से छुट्टी पाता, तो आ जाता, पर इससे क्या होता, तीमारदारी दवा तो नहीं है।

एक दिन संध्या समय उसके हाथ ठंडे हो गए। माता के प्राण पहले ही से सूख गए थे। यह हाल देखकर रोने-पीटने लगी। मिन्नतें तो बहुतेरी हो चुकी थी, रोती हुई मोहन की खाट के सात फेरे लेकर हाथ बाँधकर बोली-भगवन्! यही मेरे जन्म की कमाई है। अपना सर्वस्व खोकर भी मैं बालक को छाती से लगाए हुए संतुष्ट थी, लेकिन यह चोट न सही जाएगी। तुम इसे अच्छा कर दो। इसके बदले मुझे उठा लो। बस, मैं यही दया चाहती हूँ दयामय! संसार के रहस्य को कौन समझ सकता है? क्या हममें से बहुतों का यह अनुभव नहीं कि जिस दिन हमने बेईमानी करके कुछ रकम उड़ाई, उसी दिन उस रकम का दुगुना नुकसान हो गया। सुशीला को उसी दिन रात को ज्वर आ गया था और मोहन का ज्वर उतर गया। बच्चे की सेवा-सुश्रूषा में आधी तो यों ही रह गई थी, इस बीमारी ने ऐसा पकड़ा कि फिर न छोड़ा। मालूम नहीं, देवता बैठे सुन रहे थे या क्या, उसकी याचना अक्षरश: पूरी हुई। पंद्रहवें दिन मोहन चारपाई से उठकर माँ के पास आया और उसकी छाती पर सिर रख रोने लगा। माता ने उसके गले में बांहें डालकर उसे छाती से लगा लिया और बोली- क्यों रोते हो बेटा! मैं अच्छी हो जाऊंगी। अब मुझे क्या चिंता। भगवान पालने वाले हैं। वही तुम्हारे रक्षक हैं। वह तुम्हारे पिता हैं। अब मैं सब तरफ से निश्चित हूँ। जल्द अच्छी हो जाऊंगी।

मोहन बोला-जिया तो कहती है, अम्मा अब न अच्छी होगी।

सुशीला ने बालक का चुंबन लेकर कहा- जिया पगली है, उसे कहने दो। मैं छोड़कर कहीं न जाऊंगी, सदा तुम्हारे साथ रहूँगी। हां, जिस दिन तुम अपराध करोगे, किसी की कोई चीज उठा लोगे, उसी दिन मैं मर जाऊंगी! मोहन ने प्रसन्न होकर कहा- तो तुम मेरे पास से कभी नहीं जाओगी माँ? सुशीला ने कहा-कभी नहीं बेटा, कभी नहीं।

उसी रात को दुख और विपत्ति की मारी हुई यह अनाथ विधवा दोनों अनाथ बालकों को भगवान पर छोड़कर परलोक सिधार गई।

8

इस घटना को तीन साल हो गए हैं। मोहन और रेवती दोनों उसी वृद्धा के पास रहते हैं। बुढ़िया माँ तो नहीं है, लेकिन माँ से बढ़कर है। रोज मोहन को रात की रखी रोटियाँ खिलाकर गुरुजी की पाठशाला में पहुंचा आती है। छुट्टी के समय जाकर लिवा आती है। रेवती का अब चौदहवां साल है। वह घर का सारा काम- पीसना-कूटना, चौका-बरतन, झाड़ू-बुहार करती है। बुढ़िया सौदा बेचने चली जाती है तो वह दुकान पर आ बैठती।

एक दिन बड़े पंच सेठ कुबेरदास ने उसे बुला भेजा और बोले- तुझे दुकान पर बैठते शर्म नहीं आती, सारी बिरादरी की नाक कटा रही है? खबरदार, जो कल से दुकान पर बैठी। मैंने तेरे पाणिग्रहण के लिए झाबरमलजी को पक्का कर लिया है।

सेठानी ने समर्थन किया-तू अब सयानी हुई बेटी, अब तेरा इस तरह दुकान पर बैठना अच्छा नहीं। लोग तरह-तरह की बातें करने लगते हैं। सेठ झाबरमल तो राजी ही न होते थे, हमने बहुत कह-सुनकर राजी किया है। बस, समझ ले कि रानी हो जाएगी। लाखों की सम्पत्ति है, लाखों की। तेरे धन्य भाग्य कि ऐसा वर जिला। तेरा छोटा भाई है। उसको भी कोई दुकान करा दी जाएगी।

सेठ-बिरादरी की कितनी बदनामी है!

सेठानी- है ही।

रेवती ने लज्जित होकर कहा- मैं क्या जानूं? आप मामा से कहें?

सेठ (बिगड़ कर)- वह कौन होता है। टके पर मुनीमी करता है। उससे मैं क्या पूछूं? मैं बिरादरी का पंच हूँ। मुझे अधिकार है, जिस काम से बिरादरी का कल्याण देखूँ वह करूँ। मैंने और पंचों से राय ले ली है। सब मुझसे सहमत हैं। अगर तू यों नहीं मानेगी, तो हम अदालती कार्रवाई करेंगे। तुझे खरच-बरच का काम होगा, यह लेती जा।

यह कहते हुए उन्होंने 20 रु. के नोट रेवती की तरफ फेंक दिए।

रेवती ने नोट उछालकर वहीं पुरजे - पुरजे कर डाले और तमतमाए मुख से बोली - बिरादरी ने तब हम लोगों की बात न पूछी, जब हम रोटियों को मोहताज थे। मेरी माता मर गयी, कोई झांकने तक न गया। मेरा भाई बीमार हुआ, किसी वे खबर तक न ली। ऐसी बिरादरी की मुझे परवाह नहीं है।

रेवती चली गई, तो झाबरमल कोठरी से निकल आए। चेहरा उदास था। सेठानी ने कहा- लड़की बड़ी घमंडिन है। आँख का पानी मर गया है।

झाबरमल-बीस रुपये खराब हो गए। ऐसा फाड़ा है कि जुड़ भी नहीं सकता।

कुबेरदास- तुम घबराओ नहीं, मैं इसे अदालत से ठीक करूंगा। जाती कहां है।

झाबरमल- अब तो आपका ही भरोसा है।

बिरादरी के बड़े पंच की बात कहीं मिथ्या हो सकती है? रेवती नाबालिग थी। माता-पिता नहीं थे। ऐसी दशा में पंचों का उस पर पूरा अधिकार था। वह बिरादरी के दबाव में नहीं रहना चाहती है, न चाहे। कानून बिरादरी के अधिकार की उपेक्षा नहीं कर सकता।

संतलाल ने यह माजरा सुना, तो दाँत पीसकर बोले- न जाने इस बिरादरी का भगवान् कब अंत करेंगे।

रेवती- क्या बिरादरी मुझे जबरदस्ती अपने अधिकार में ले सकती है?

संतलाल- हाँ बेटी, धनिकों के हाथ में तो कानून भी है।

रेवती- मैं कह दूँगी कि मैं उसके पास नहीं रहना चाहती।

संतलाल- तेरे कहने से क्या होगा! तेरे भाग्य में यही लिखा था, तो किसका बस है? मैं जाता हूँ बड़े पंच के पास।

रेवती- नहीं मामाजी, तुम कहीं न जाओ। जब भाग्य ही का भरोसा है, तब जो कुछ भाग्य में लिखा होगा, वह होगा।

रात तो रेवती ने घर में काटी। बार-बार निद्रा-मग्न भाई को गले लगाती। यह अनाथ अकेला कैसे रहेगा, यह सोचकर उसका मन कायर हो जाता, पर झाबरमल की सूरत याद करके उसका संकल्प दृढ़ हो जाता।

प्रात:काल रेवती गंगा-स्नान करने गयी। यह इधर कई महीनों से उसका नित्य का नियम था। आज जरा अँधेरा था; पर यह कोई संदेह की बात न थी। संदेह तब हुआ, जब आठ बज गए और वह लौटकर न आयी। तीसरे पहर सारी बिरादरी में खबर फैल गई-सेठ रामनाथ की कन्या गंगा में डूब गई। उसकी लाश पायी गई।

कुबेरदास ने कहा- चलो, अच्छा हुआ, बिरादरी की बदनामी तो न होगी। झाबरमल ने दु:खी मन से कहा- मेरे लिए अब कोई उपाय कीजिए।

उधर मोहन सिर पीट-पीटकर रो रहा था और बुढ़िया उसे गोद में लिये रो रही थी- बेटा, उस देवी के लिए, क्यों रोते हो। जिंदगी में उसके दु:ख- ही-दु:ख था। अब वह अपनी माँ की गोद में आराम कर रही है।

□□□

भूत

मुरादाबाद के पंडित सीताराम चौबे गत 30 वर्षों से वहाँ के वकीलों के नेता हैं। उनके पिता उन्हें बाल्यावस्था में ही छोड़कर परलोक सिधारे थे। घर में कोई संपत्ति न थी। माता ने बड़े-बड़े कष्ट झेलकर उन्हें पाला और पढ़ाया। सबसे पहले यह कचहरी में 15 रु. मासिक पर नौकर हुए। फिर वकालत की परीक्षा दी। पास हो गये। प्रतिभा थी, दो-ही-चार वर्षों में वकालत चमक उठी। जब माता का स्वर्गवास हुआ, तब पुत्र का शुमार जिले के गणमान्य व्यक्तियों में हो गया था। उनकी आमदनी एक हजार रुपये महीने से कम न थी। एक विशाल भवन बनवा लिया था, कुछ जमींदारी ले ली थी, कुछ रुपये बैंक में रख दिये और कुछ लेन-देन में लगा दिए थे। इस समृद्धि पर चार पुत्रों का होना उनके भाग्य को आदर्श बनाए हुए था। चारों लड़के भिन्न-भिन्न दरजों में पढ़ते थे। मगर यह कहना कि सारी विभूति चौबे जी के अनवरत परिश्रम का फल थी, उनकी पत्नी मंगला देवी के साथ अन्याय करना

मंगला बड़ी सरल, ग्रह-कार्य में कुशल और पैसे का काम धेले में चलाने वाली स्त्री थी। जब तक अपना घर न बना, उसने 3 रु. महीने से अधिक का मकान किराए पर नहीं लिया, और रसोई के लिए मिसराइन तो उसने अब तक न रखी थी। उसे अगर कोई व्यसन था, तो गहनों का, और चौबे जी को भी अगर कोई व्यसन था, तो स्त्री को गहने पहनाने का। यह सच्चे पत्नी-परायण मनुष्य थे। साधारणत: महफ़िल में वेश्याओं से हंसी-मजाक कर लेना उतना बुरा नहीं समझा जाता, पर पंडितजी अपने जीवन में कभी नाच-गाने की महफिल में गये ही नहीं। पाँच बजे तड़के से लेकर बारह बजे रात तक उनका व्यसन, मनोरंजन, पढ़ना-लिखना, अनुशीलन, जो कुछ था, कानून था। न उन्हें राजनीति से प्रेम था, न जाति-सेवा से। ये सभी काम उन्हें व्यर्थ-से जान पड़ते थे। उनके के विचार में अगर काम करने लायक था, तो बस, कचहरी जाना, बहस करना, रुपए जमा करना और भोजन करके सोये रहना। जैसे वेदान्ती को ब्रह्म के अतिरिक्त जगत् मिथ्या जान पड़ता है, वैसे ही चौबे जी को कानून के सिवा सारा संसार मिथ्या प्रतीत होता था। सब माया थी, एक कानून ही सत्य था।

2

चौबे जी के मुख-चंद्र में केवल एक कला की कमी थी। उनके कोई कन्या न थी। पहलौठी कन्या के बाद कन्या हुई ही नहीं, और न अब होने की आशा ही थी। स्त्री-पुरुष, दोनों उस कन्या को याद करके रोया करते थे। लड़कियों बचपन में लड़कों से ज्यादा चोंचले करती हैं। उन चोंचलों के लिए दोनों प्राणी विकल रहते। माँ सोचती, लड़की होती, तो उसके लिए गहने बनवाती, उसके बाल बनाती। लड़की पैजनियाँ पहले ठुमुक-ठुमुक आंगन में चलती तो कितना आनंद

आता। चौबे जी सोचते, कन्या-दान के बिना मोक्ष कैसे होगा? कन्या-दान महादान है। जिसने यह दान न दिया, उसका जन्म ही वृथा गया।

आख़िर यह लालसा इतनी प्रबल हुई कि मंगला में अपनी छोटी बहन को बुलाकर कन्या की भांति पालने का निश्चय किया। क्योंकि माँ-बाप निर्धन थे। राजी हो गए। यह बालिका मंगला की सौतेली माँ की कन्या थी। बड़ी सुंदर और बड़ी चंचल थी। नाम था बिन्नी। चौबे जी का घर उसके आने से खिल उठा। दो-चार ही दिनों में लड़की अपने माँ-बाप को भूल गई। उसकी उम्र तो केवल चार वर्ष की थी, पर उसे खेलने की अपेक्षा कुछ काम करना अच्छा लगता था। मंगला रसोई बनाने जाती तो बिन्नी भी उसके पीछे-पीछे जाती, उससे आटा गूंथने के लिए झगड़ा करती। तरकारी काटने में उसे बड़ा मजा आता था। जब तक वकील साहब घर पर रहते, तब तक उनके साथ दीवान खाने में बैठी रहती। कभी किताबें उलटती, कभी दावात-कलम से खेलती। चौबे जी मुस्कराकर पूछते- बेटी, मार खाओगी। बिन्नी कहती- तुम मार खाओगे, मैं तुम्हारे कान काट लूंगी, जूजू को बुलाकर पकड़ा दूंगी। इस पर दीवानखाने में खूब कहकहे उठते। वकील साहब कभी इतने बाल्यवत्सल न थे। अब बाहर से आते तो कुछ-न-कुछ सौगात बिन्नी के वास्ते जरूर लाते और घर में कदम रखते ही पुकारते- बिन्नी बेटी, चलो। बिन्नी दौड़ती हुई आकर उनकी गोद में बैठ जाती।

मंगला एक दिन बिन्नी को लिये बैठी थी। इतने में पंडितजी आ गए। बिन्नी दौड़कर उनकी गोद में जा बैठी। पंडितजी ने कहा- तू किसकी बेटी है?

बिन्नी- न बताऊंगी?

मंगला- कह दे बेटा, जीजी की बेटी हूँ।

पंडित- तू मेरी बेटी है बिन्नी कि इनकी?

बिन्नी उठी और फिर चौबे जी की गोद में बैठ गई।

पंडित- अच्छा, हम लोग आँखें बंद किए बैठे हैं, बिन्नी जिसकी बेटी होगी, उसकी गोद में बैठ जाएगी।

बिन्नी उठी और फिर चौबे जी की गोद में बैठ गई।

पंडित- मेरी बेटी है, मेरी बेटी है, (स्त्री से) अब न कहना कि मेरी बेटी है।

मंगला- अच्छा, जाओ बिन्नी, अब तुम्हें मिठाई न दूँगी, गुड़िया भी न मँगा कर दूंगी?

बिन्नी- भैया जी मँगवा देंगे, तुम्हें न दूंगी।

वकील साहब ने हंसकर बिन्नी को छाती से लगा लिया और गोद में लिये हुए बाहर चले गए। वह अपने इष्ट-मित्रों को भी उस बाल-क्रीड़ा का रसास्वादन कराना चाहते थे।

आज से जो कोई बिन्नी से पूछता कि तू किसकी बेटी है, तो बिन्नी चट कह देती- भैया की।

एक बार बिन्नी का बाप आकर उसे अपने साथ ले गया। बिन्नी ने रो- रोकर दुनिया सिर पर उठा ली। इधर चौबे जी को भी दिन काटना मुश्किल हो गया। एक महीना भी न गुजरने पाया था कि वह ससुराल गये और बिन्नी को लिवा लाए। बिन्नी अपनी माता और पिता को भूल गई। वह चौबे जी को अपना बाप और मंगला को अपनी माँ समझने लगी। जिन्होंने उसे जन्म दिया था, वह गैर हो गए।

3

कई साल गुजर गए। वकील साहब के बेटों के विवाह हुए। उनमें से दो अपने बाल-बच्चों को साथ लेकर अन्य जिलों में वकालत करने चले गए, दो कॉलेज में थे। बिन्नी भी कली से फूल हुई। ऐसी रूप गुण-शीलवाली बालिका बिरादरी में और न थी-पढ़ने-लिखने में चतुर, घर के काम-धंधों में कुशल,बूटे-कसीदे और सीने- पिरोने में दक्ष, पाक-कला में त्रिगुण, मधुर-भाषिणी, लज्जाशील, अनुपम रूप की राशि। अँधेरे घर में उसके सौंदर्य की दिव्य ज्योति से उजाला होता था। उषा की लालिमा में, ज्योत्सना की मनोहर छटा में, खिले हुए गुलाब के ऊपर सूर्य की किरणों से चमकते हुए तुषार-बिन्दु में भी वह प्राणप्रद सुषमा और यह शोभा न थी, श्वेत हेममुकुटधारी पर्वत में भी वह शीतलता न थी, जो बिन्नी अर्थात् विंध्येश्वरी के विशाल नेत्रों में थी।

चौबेजी ने बिन्नी के लिए सुयोग्य वर खोजना शुरू किया। लड़कों की शादियों में दिल का अरमान निकाल चुके थे। अब कन्या के विवाह में हौसले पूरे करना चाहते थे। धन लुटाकर कीर्ति पा चुके थे, अब दान-दहेज में नाम कमाने की लालसा थी। बेटे का विवाह करना आसान है, पर कन्या के विवाह में आबरू निबाह ले जाना कठिन है। नौका पर सभी यात्रा करते हैं, जो तैरकर नदी पार करे, वही प्रशंसा का अधिकारी है।

धन की कमी न थी। अच्छा घर और सुयोग्य वर मिल गया। जन्मपत्र मिल गए, बनावत बन गया। फलदान और तिलक की रस्में अदा कर दी गयी। पर हाय रे दुर्दिन, कहां तो विवाह की तैयारी हो रही थी, द्वार पर दरजी, सुनार, हलवाई, सब अपना-अपना काम कर रहे थे, कहां निर्दय विधाता ने और ही लीला रच दी! विवाह के एक सप्ताह पहले मंगला अनायास बीमार पड़ी, तीन ही दिन में अपने अरमान लिये परलोक सिधार गई।

संध्या हो गई थी मंगला, चारपाई पर पड़ी थी। बेटे, बहुएं, पोते, पोतियां सब चारपाई के चारों ओर खड़े थे। बिन्नी पैताने बैठी मंगला के पैर दबा रही थी। मृत्यु के समय की भयंकर निस्तब्धता छायी हुई थी। कोई किसी से न बोलता था, दिल में सब समझ रहे थे, क्या होने वाला है। केवल चौबे जी वहाँ न थे। सहसा मंगला ने इधर-उधर इच्छा-पूर्ण दृष्टि से देखकर कहा- जरा इन्हें बुला दो, कहां हैं?

पंडितजी अपने कमरे में बैठे रो रहे थे। संदेश पाते ही आंसू पोंछते हुए घर में आये और बढ़े धैर्य के साथ मंगला के सामने खड़े हो गए। डर रहे थे कि मेरी आंखों से आंसू की एक बूंद भी निकली, तो घर में हाहाकार मच जाएगा।

मंगला ने कहा- एक बात पूछती हूँ- बुरा न मानना बिन्नी तुम्हारी कौन है।

पंडित- बिन्नी कौन है? मेरी बेटी है, और कौन?

मंगला- हां, मैं तुम्हारे मुंह से यही सुनाया चाहती थी। उसे सदा अपनी बेटी समझते रहना। उसके विवाह लिए मैंने जो-जो तैयारियों की थी, उनमें कुछ काट-छाँट मत करना।

पंडित-उ सकी कुछ चिन्ता न करो। ईश्वर ने चाहा, तो उससे कुछ ज्यादा धूम-धाम के साथ विवाह होगा।

मंगला- उसे हमेशा बुलाते रहना, तीज-त्यौहार में कभी मत भूलना।

पंडित -इन बातों की मुझे याद दिलाने की जरूरत नहीं।

मंगला ने कुछ सोचकर कहा- इसी साल विवाह कर देना।

पंडित- इस साल कैसे होगा?

मंमला- यह फागुन का महीना है। जेठ तक लगन है।

पंडित- हो सकेगा तो इसी साल कर दूंगा।

मंदला- हो सकने की बात नहीं, जरूर कर देना।

पंडित- कर दूंगा।

इसके बाद गोदान की तैयारी होने लगी।

4

बुढ़ापे में पत्नी का मरना, बरसात में घर का गिरना है। फिर उसके बनने की आशा नहीं।

मंगला की मृत्यु से पंडितजी का जीवन अनियमित और विश्रृंखल-सा हो गया। लोगों से मिलना-जुलना छूट गया। कई-कई दिन कचहरी ही न जाते। जाते भी तो बड़े आग्रह से। भोजन से अरुचि हो गयी। विंध्येश्वरी उनकी दशा देख-देखकर दिल में कुढ़ती और यथासाध्य उनका दिल बहलाने की चेष्टा किया करती थी। यह उन्हें पुराणों की कथाएँ पढ़कर सुनाती। उनके लिए तरह-तरह की भोजन-सामग्री पकाती और उन्हें आग्रह-अनुरोध के साथ खिलाती थी। जब तक वह न आ लेते, आप कुछ न खाती थी। गरमी के दिन थे ही, रात को बड़ी देर तक उनके पैताने बैठी पंखा झला करती, और जब तक वह न सो जाते, तब तक आप भी सोने न जाती। वह जरा भी सिर दर्द की शिकायत करते, तो तुरंत उनके सिर में तेल डालती। यहां तक कि रात को जब उन्हें प्यास लगती, तब खुद दौड़कर आती और उन्हें पानी पिलाती। धीरे-धीरे चौबे जी के हृदय में मंगला केवल एक सुख की स्मृति रह गई।

एक दिन चौबे जी ने बिन्नी को मंगला के सब गहने दे दिये। मंगला का यह अंतिम आदेश था। बिन्नी फूली न समायी। उसने एक दिन अच्छा बनाव-सिंगार किया। जब संध्या के समय पंडितजी

कचहरी से आये, तो वह गहनों में लदी हुई उनके सामने कुछ लजाती और मुस्कुराती हुई आकर खड़ी हो गई।

पंडितजी ने सतृष्ण नेत्रों से देखा। विंध्येश्वरी के प्रति अब उनके मन में एक नया भाव अंकुरित हो रहा था। मंगला जब तक जीवित थी, वह उनके पिता-पुत्री के भाव को सजग और पुष्ट करती रहती थी। अब मंगला न थी। अतएव वह भाव दिन व दिन शिथिल होता जाता था। मंगला के सामने बिन्नी एक बालिका थी। मंगला की अनुपस्थिति में वह एक रूपवती युवती थी। लेकिन सरल हृदय बिन्नी को इसकी रत्ती भर भी खबर न थी कि भैया के भावों में क्या परिवर्तन हो रहा है। उसके लिए वह वही पिता के तुल्य भैया थे। यह पुरुष के स्वभाव अनभिज्ञ थी। नारी-चरित्र में अवस्था के साथ मातृत्व का भाव दृढ़ होता जाता है यहाँ तक कि एक समय ऐसा आता है, जब नारी की दृष्टि में युवक मात्र पुत्र-तुल्य हो जाते हैं। उसके मन में विषय-वासना का लेश भी नहीं रह जाता। किंतु पुरुषों में यह अवस्था कभी नहीं आती। उनकी कामेन्द्रियाँ क्रियाहीन भले ही हो जायें, पर विषय-वासना संभवत: और भी बलवती हो जाती है। पुरुष वासनाओं से कभी मुक्त नहीं हो पाता, बल्कि ज्यों-ज्यों अवस्था ढलती है, त्यों-त्यों ग्रीष्म-ऋतु के अंतिम काल की भांति उसकी वासना की गरमी भी प्रचंड होती जाती है। वह तृप्ति के लिए नीच साधनों का सहारा लेने को भी प्रस्तुत हो जाता है। जवानी में मनुष्य इतना नहीं गिरता -उसके चरित्र में गर्व की मात्रा अधिक रहती है, जो नीच साधनों से घृणा करती है। वह किसी के घर में घुसने के लिए जबरदस्ती कर सकता है, किन्तु परनाले के रास्ते नहीं जा सकता।

पंडितजी ने बिन्नी को सतृष्ण नेत्रों से देखा, और फिर अपनी इस उच्छृंखलता पर लज्जित होकर आंखें नीची कर लीं। बिन्नी इसका कुछ मतलब न समझ सकी। पंडितजी बोले- तुम्हें देखकर मुझे मंगला की उस समय की याद आ रही है- जब वह विवाह के समय यहाँ आयी थी। बिलकुल ऐसी ही सूरत थी- यही गोरा रंग, यही प्रसन्न-सुख, यही कोमल गाल, ये लजीली आंखें। वह चित्र अभी तक मेरे हृदय-पट पर खिंचा हुआ है, कभी नहीं मिट सकता। ईश्वर ने तुम्हारे रूप में मेरी मंगला मुझे फिर दे दी।

बिन्नी- आपके लिए क्या जलपान लाऊँ?

पंडित- ले आना, अभी बैठो, मैं दु:खी हूँ। तुमने मेरे शोक को भुला दिया है। वास्तव में तुमने मुझे जिला लिया, नहीं तो मुझे आशा न थी कि मंगला के पीछे मैं जीवित रहूँगा। तुमने मुझे प्राणदान दिया। नहीं जानता, तुम्हारे चले जाने पर मेरी क्या दशा होगी।

बिन्नी- कहां चले जाले के बाद? मैं तो कहीं नहीं जा रही हूँ।

पंडित- क्यों? तुम्हारे विवाह की तिथि आ रही है। चली ही जाओगी।

बिन्नी- (सकुचाती हुई) ऐसी जल्दी क्या है?

पंडित- जल्दी क्यों नहीं है? जमाना हँसेगा।

बिन्नी- हँसने दीजिए। मैं यहीं आपकी सेवा करती रहूँगी।

पंडित- नहीं बिन्नी, मेरे लिए तुम क्यों हलकान होगी। मैं अभागा हूँ। जब तक जिंदगी है, जिऊंगा, चाहे रोकर जिऊँ चाहे हंसकर। हँसी मेरे भाग्य से उठ गई। तुमने इतने दिनों सँभाल लिया, यही क्या कम एहसान किया? मैं यह जानता हूँ कि तुम्हारे जाने के बाद कोई खबर लेने वाला नहीं रहेगा, यह घर तहस-नहस हो जाएगा, और मुझे घर छोड़कर भागना पड़ेगा। पर क्या किया जाए? लाचारी है। तुम्हारे बिना अब मैं क्षण भर भी नहीं रह सकता। मंगला की खाली जगह तो तुमने पूरी की, अब तुम्हारा स्थान कौन पूरा करेगा?

बिन्नी- क्या इस साल रुक नहीं सकता? मैं इस दशा में आपको छोड़कर न जाऊंगी।

पंडित- अपने बस की बात तो नहीं? ये लोग आग्रह करेंगे, तो मजबूर होकर करना ही पड़ेगा।

बिन्नी- बहुत जल्दी मचाए तो आप कह दीजिएगा, अब नहीं करेंगे। उन लोगों के जी में जो आये करें। क्या यहाँ कोई उनका दबैल बैठा हुआ है?

पंडित- वे लोग तो अभी से आग्रह कर रहे हैं।

बिन्नी- आप फटकार क्यों नहीं देते?

पंडित- करना तो है ही, फिर विलम्ब क्यों करें? यह दुःख और वियोग तो एक दिन होना ही है। अपनी विपत्ति का भार तुम्हारे सिर क्यों रखूँ?

बिन्नी -दुःख-सुख में काम न आऊंगी, तो और किस दिन काम आऊंगी?

5

पंडितजी के मन में कई दिनों तक घोर संग्राम होता रहा। वह अब बिन्नी को पिता की दृष्टि से न देख सकते थे। बिन्नी अब मंगला की बहन और उनकी साली थी। जमाना हंसेगा, तो हंसे जिंदगी तो आमद से गुजरेगी। उनकी भावना कभी इतनी उल्लासमयी न थी। उन्हें अपने अंगों में फिर जवानी की स्फूर्ति का अनुभव हो रहा था।

वह सोचते, बिन्नी को मैं अपनी पुत्री समझता था, पर यह मेरी पुत्री है तो नहीं। इस तरह समझने से क्या होता है? कौन जाने, ईश्वर को यही मंजूर हो, नहीं तो बिन्नी यहाँ आती ही क्यों? उसने इसी बहाने से यह संयोग निश्चित कर दिया होगा। उसकी लीला तो अपरम्पार है।

पंडितजी ने वर के पिता को सूचना दे दी, कुछ विशेष कारणों से इस साल विवाह नहीं हो सकता।

विंध्येश्वरी को अभी तक कुछ खबर न थी कि मेरे लिए क्या-क्या षड्यंत्र रचे जा रहे हैं। वह खुश थी कि मैं भैया जी की सेवा कर रही हूं और भैया जी मुझसे प्रसन्न हैं। बहन का उन्हें बड़ा दुःख है। मैं न रहूँगी, तो वह कहीं चले जाएँगे- कौन जाने, साधु-संन्यासी हो जाएँ। घर में कैसे मन लगेगा?

वह पंडित का मन बहलाने का निरंतर प्रयत्न करती रहती थी। उन्हें कभी मन मारे न बैठ देती। पंडितजी का मन अब कचहरी में न लगता था। घंटे-दो घंटे बैठकर चले आते थे। युवकों के प्रेम में विकलता होती है और वृद्धों के प्रेम में श्रद्धा। वे अपने यौवन की कमी को खुशामद से, मीठी बातों से और हाजिरजवाबी से पूर्ण करना चाहते हैं।

मंगला को मरे अभी तीन ही महीने गुजरे थे कि चौबे जी ससुराल पहुँचे। सास ने मुँह-माँगी मुराद पायी। उनके दो पुत्र थे। घर में कुछ पूँजी न थी। उनके पालन और शिक्षा के लिए कोई ठिकाना नजर न आता था। मंगला मर ही चुकी थी। लड़की का ज्यों ही विवाह हो जाएगा, वह अपने घर की हो रहेगी। फिर चौबे जी से नाता ही टूट जाएगा। वह इसी चिंता में पड़ी हुई थी कि चौबे जी पहुँचे, मानो देवता स्वयं वरदान देने आये हों।

जब चौबे जी भोजन करके लेटे, तो सास ने कहा- भैया, अभी कहीं बातचीत हुई कि नहीं?

पंडित- अम्मा, अब मेरे विवाह की बातचीत क्या होगी?

सास- क्यों भैया, अभी तुम्हारी उम्र ही क्या है?

पंडित - करना भी चाहूँ तो बदनामी के डर से नहीं कर सकता। फिर मुझे पूछता ही कौन है?

सास- पूछने को हजारों हैं। दूर क्यों जाओ, अपने घर ही में लड़की बैठी हुई है। सुना है, तुमने मंगला के सब गहने बिन्नी को दे दिये हैं। कहीं और विवाह हुआ तो ये कई हजार की चीजें तुम्हारे हाथों से निकल जाएँगी। तुमसे अच्छा दर मैं कहाँ पाऊंगी? तुम उसे अंगीकार कर लो, तो मैं तर जाऊँ।

अंधा क्या माँगे, दो आंखें। चौबे जी ने मानो विवश होकर सास की प्रार्थना स्वीकार कर ली।

6

बिन्नी अपने गाँव के कच्चे मकान में अपनी माँ के पास बैठी हुई है। अबकी चौबे जी ने उसकी सेवा के लिए एक लौंडी भी साथ कर दी है। विंध्येश्वरी के दोनों छोटे भाई विस्मित हो-होकर उसके आभूषणों को देख रहे हैं। गांव की और कई स्त्रियां उसे देखने आयी हुई हैं और उसके रूप-लावण्य का विकास देखकर चकित हो रही हैं। यह वही बिन्नी है, जो यहाँ मोटी फरिया पहने खेला करती थी। रंग-रूप कैसा निखर आया है! सुख की देह है न।

जब भीड़ कम हुई, एकांत हुआ, तो माता ने पूछा- तेरे भैया जी तो अच्छी तरह हैं न बेटी? यहाँ आये थे, तो दु:खी थे। मंगला का शोक उन्हें खाए जाता है। संसार में ऐसे मर्द भी होते हैं, जो स्त्री के लिए प्राण दे देते हैं। नहीं तो यहाँ स्त्री मरी, और चट दूसरा ब्याह रचाया गया। मानो मनाते हैं कि यह मरे तो नई-नवेली बहू घर लाये।

विंध्ये- उन्हें याद करके रोया करते हैं। चली आयी हूँ न जाने कैसे होंगे।

माता- मुझे तो डर लगता है कि तेरा ब्याह हो जाने पर कहीं घबराकर साधू- फकीर न हो जाएँ।

विंध्ये- मुझे भी तो यही डर लगता है। इसी से तो मैंने कह दिया कि अभी जल्दी क्या है।

माता- जितने ही दिन उनकी सेवा करोगी, उतना ही उनका स्नेह बढ़ेगा, और तुम्हारे जाने से उन्हें उतना ही दु:ख भी अधिक होगा। बेटी, सच तो यह है कि वह तुम्हीं को देखकर जीते हैं। इधर तुम्हारी डोली उठी और उधर उनका घर सत्यानाश हुआ। मैं तुम्हारी जगह होती, तो उन्हीं से ब्याह कर लेती ।

विंध्ये- ए हटो अम्मा, गाली देती हो? उन्होंने मुझे बेटी करके पाला है। मैं भी उन्हें अपना पिता

माता- चुप रह पगली, कहने से क्या होता है।

विंध्ये- अरे, सच तो अम्मा, कितनी बेढंगी बात है।

माता- मुझे तो इसमें कोई बेढ़ंगापन नहीं देख पड़ता।

विंध्ये- क्या कहती हो अम्मा, उनसे मेरा.. मैं तो लाज के मारे मर जाऊँ, उनके सामने ताक न सकूँ। वह भी कभी न मानेंगे। मानने की बात भी हो कोई।

माता- उनका जिम्मा मैं लेती हूँ। मैं उन्हें राजी कर लूंगी। तू राजी हो जा। याद रख, यह कोई हँसी-खुशी का ब्याह नहीं हैं, उनकी प्राण-रक्षा की बात है जिसके सिवा संसार में हमारा और कोई नहीं है। फिर अभी उनकी कुछ ऐसी उम्र भी तो नहीं है। पचास से दो-चार साल ऊपर होंगे। उन्होंने एक ज्योतिषी से पूछा भी था। उसने उनकी कुंडली देख बताया है कि आपकी जिंदगी कम-से- कम 70 वर्ष की है। देखने-सुनने में वह सौ-दो सौ में एक आदमी हैं।

बातचीत में चतुर माता ने ऐसा शब्द-जाल रचा कि सरल बालिका उसमें से निकल न सकी। माता जानती थी कि प्रलोभन का जादू इस पर न चलेगा। धन का, आभूषणों का, कुल-सम्मान का, सुखमय जीवन का उसने जिक्र तक न किया। केवल उसने चौबे जी की दयनीय दशा पर जोर दिया। अंत को विंध्येश्वरी ने कहा- अम्मा, मैं जानती हूँ कि मेरे न रहने से उनको बड़ा दुख होगा, यह भी जानती हूँ कि मेरे जीवन में सुख नहीं लिखा है। अच्छा, उनके हित के लिए मैं अपना जीवन बलिदान कर दूंगी। ईश्वर की यही इच्छा है, तो यही सही।

7

चौबे जी के घर में मंगल-गान हो रहा था। विंध्येश्वरी आज वधू बनकर इस घर में आयी है। कई वर्ष पहले वह चौबे जी की पुत्री बनकर आयी थी। उसने कभी स्वप्न में भी न सोचा था कि मैं एक दिन इस घर की स्वामिनी बनूँगी।

चौबे जी की सज-धज आज देखने लायक है। तनजेब का रंगीन कुरता, कतरी और संवरी हुई मूंछें, खिजाब से चमकते हुए बाल, हँसता हुआ चेहरा, चढ़ी हुई आँखें-यौवन का पूरा स्वाँग था।

रात बीत चुकी थी। विंध्येश्वरी आभूषणों से लदी हुई, भारी जोड़े पहने, फर्श पर सिर झुकाए बैठी थी। उसे कोई उत्कंठा न थी, भय न था, केवल यह संकोच था कि मैं उनके सामने कैसे मुँह खोलूंगी? उनकी गोद में खेली हूँ उनके कंधों पर बैठी हूँ, उनकी पीठ पर सवार हुई हूँ। कैसे

उन्हें मुख दिखाऊंगी, मगर वे पिछली बातें क्यों सोचूं! ईश्वर उन्हें प्रसन्न रखे। जिसके लिए मैंने पुत्री से पत्नी बनना स्वीकार किया, वह पूर्ण हो। उनका जीवन आनंद से व्यतीत हो।

इतने में चौबे जी आये। विंध्येश्वरी उठ खड़ी हुई। उसे इतनी लज्जा आयी कि जी चाहा, कहीं भाग जाए, खिड़की से नीचे कूद पड़े।

चौबे जी ने उसका हाथ पकड़ लिया और बोले-बिन्नी, मुझसे डरती हो? बिन्नी कुछ न बोली। मूर्ति की तरह वहीं खड़ी रही। एक क्षण में चौबे जी ने उसे बिठा दिया, वह बैठ गई। उसका गला भर-भर आता था। भाग्य की यह निर्दय लीला, वह क्रूर क्रीड़ा उसके लिए असह्य हो रही थी।

पंडितजी ने पूछा- बिन्नी, बोलती क्यों नहीं? क्या मुझसे नाराज हो?

विंध्येश्वरी ने अपने कान बन्द कर लिए। यही परिचित आवाज वह कितने दिनों से सुनती चली आती थी। आज यह व्यंग्य से भी तीव्र और उपहास से भी कटु प्रतीत होती थी।

सहसा पंडितजी चौंक पड़े, आँखें फैल गई और दोनों हाथ मेंढक के पैरों की भांति सिकुड़ गए। वह दो कदम पीछे हट गए। खिड़की से मंगला अंदर झाँक रही थी। छाया नहीं, मंगला थी! मंगला थी- सदेह, साकार, सजीव। उसकी आँखों में क्रोध और तिरस्कार भरा हुआ था।

चौबे जी काँपती हुई टूटी-फूटी आवाज में बोले- बिन्नी देखो, यह क्या है? बिन्नी ने घबराकर खिड़की की ओर देखा। कुछ न था। बोली- क्या है? मुझे तो कुछ नहीं दिखाई देता।

चौबेजी- अब गायब हो गई, लेकिन ईश्वर जानता है, मंगला थी।

बिन्नी- बहन?

चौबे जी- हाँ-हां, वही। खिड़की से अंदर झाँक रही थी। मेरे तो रोएँ खड़े हो गए।

विंध्येश्वरी काँपती हुई बोली -मैं यहाँ नहीं रहूँगी।

चौबे- नहीं, नहीं, बिन्नी, कोई डर नहीं है, मुझे धोखा हुआ होगा। बात यह है कि वह इस घर में रहती थी, यहीं सोती थी, इसी से कदाचित् मेरी भावना ने उसकी मूर्ति लाकर खड़ी कर दी। कोई बात नहीं है। आज का दिन कितना मंगलमय है कि मेरी बिन्नी यथार्थ में मेरी हो गई..

यह कहते-कहते चौबे जी फिर चौंके। फिर वही मूर्ति खिड़की से झाँक रही थी। मूर्ति नहीं, सदेह, सजीव, साकार मंगला। अब की उसकी आंखों में क्रोध न था, तिरस्कार न था, उनमें हास्य भरा हुआ था, मानो वह इस दृश्य पर हंस रही है- मानो उसके सामने कोई अभिनय हो रहा है।

चौबे जी ने काँपते हुए कहा- बिन्नी, फिर वही बात हुई! वह देखो, मंगला खड़ी है।

विंध्येश्वरी चीख कर उनके गले से चिपट गई।

चौबे जी ने महावीर जी का नाम जपते हुए कहा- मैं किवाड़ बंद किए देता हूं।

बिन्नी- मैं इस घर में नहीं रहूँगी। रोकर भैया जी तुमने बहन के अंतिम आदेश को नहीं माना, इसी से उनकी आत्मा दु:खी हो रही है। मुझे तो किसी अमंगल की आशंका हो रही है।

चौबे जी ने उठकर खिड़की के द्वार बंद कर दिए और कहा- मैं कल से दुर्गा- पाठ कराऊंगा। आज तक कभी ऐसी शंका न हुई थी। तुमसे क्या कहूं, मालूम होता है... होगा, उस बात को जाने दो। यहाँ बड़ी गरमी पड़ रही है। अभी पानी गिरने को दो महीने से कम नहीं है। हम लोग मंसूरी क्यों न चलें।

विंध्ये- मेरा तो कहीं जाने को जी नहीं चाहता। कल से दुर्गा-पाठ रखूंगा। मुझे अब इस कमरे में नींद न आएगी।

चौबे जी- ग्रंथों में तो यही देखा है कि मरने के बाद केवल सूक्ष्म शरीर रह जाता है। समझ में नहीं आता, यह स्वरूप क्यों कर दिखाई दे रहा है। कुछ नहीं, यह मेरी कल्पना का दोष है। कभी-कभी ऐसे श्रम हो जाते हैं। मैं सच कहता हूं बिन्नी, अगर तुमने मुझ पर यह दया न की होती, तो मैं कहीं का न रहता। शायद इस वक्त मैं बदरीनाथ के पहाड़ों पर सिर टकराता होता या कौन जाने विष खाकर प्राणान्त कर चुका होता।

विंध्ये- मंसूरी में किसी होटल में ठहरना पड़ेगा?

चौबे जी- नहीं, मकान भी मिलते हैं। मैं अपने एक मित्र को लिखे देता हूं, वह कोई मकान ठीक कर रखेंगे। वहां....

बात पूरी भी न होने पाई थी कि न जाने कहाँ से-जैसे आकाशवाणी हो- आवाज आयी-बिन्नी तुम्हारी पुत्री है।

चौबे जी ने दोनों कान बन्द कर लिए। भय से थर-थर काँपते हुए बोले- बिन्नी, यहाँ से चलो। न जाने कहां से आवाजें आ रही हैं।

बिन्नी ने रोकर पूछा- कैसी आवाज थी?

चौबे- क्या बताऊं, कहते लज्जा आती है।

बिन्नी- जरूर बहन जी की आत्मा है। बहन मुझ पर दया करो, मैं सर्वथा निर्दोष हूं।

चौबे जी- फिर वही आवाज आ रही है। हाय ईश्वर! कहां जाऊं? मेरे तो रोम- रोम में ये शब्द गूंज रहे हैं। बिन्नी, मैंने बुरा किया। मंगला सती थी, उसके आदेश की उपेक्षा करके मैंने अपने हक में जहर बोया। कहाँ जाऊं, क्या करूँ?

यह कहकर चौबे जी ने कमरे के किवाड़ खोल दिए और बेतहाशा भागे। अपने मरदाने कमरे में पहुँच कर वह गिर पड़े।मूर्छा आ गई। विंध्येश्वरी भी दौड़ी, पर चौखट से बाहर निकलते ही गिर पड़ी।

□□□

सवा सेर गेहूँ

किसी गाँव में शंकर नाम का एक कुरमी किसान रहता था। सीधा-सादा गरीब आदमी था, अपने काम-से-काम, न किसी के लेने में, न किसी के देने में। छक्का-पंजा न जानता था, छल-प्रपंच की उसे छूत भी न लगी थी, ठगे जाने की चिन्ता न थी, ठगविद्या न जानता था, भोजन मिला, खा लिया, न मिला, चबेने पर काट दी, चबैना भी न मिला, तो पानी पी लिया और राम का नाम लेकर सो रहा। किन्तु जब कोई अतिथि द्वार पर आ जाता था तो उसे इस निवृत्तिमार्ग का त्याग करना पड़ता था। विशेषकर जब साधु-महात्मा पदार्पण करते थे, तो उसे अनिवार्यत: सांसारिकता की शरण लेनी पड़ती थी। खुद भूखा सो सकता था, पर साधु को कैसे भूखा सुलाता, भगवान् के भक्त जो ठहरे !

एक दिन संध्या समय एक महात्मा ने आकर उसके द्वार पर डेरा जमाया। तेजस्वी मूर्ति थी, पीताम्बर गले में, जटा सिर पर, पीतल का कमंडल हाथ में, खड़ाऊँ पैर में, ऐनक आँखों पर, सम्पूर्ण वेष उन महात्माओं का-सा था जो रईसों के प्रासादों में तपस्या, हवागाड़ियों पर देवस्थानों की परिक्रमा और योग-सिध्दि प्राप्त करने के लिए रुचिकर भोजन करते हैं। घर में जौ का आटा था, वह उन्हें कैसे खिलाता। प्राचीनकाल में जौ का चाहे जो कुछ महत्त्व रहा हो, पर वर्तमान युग में जौ का भोजन सिद्ध पुरुषों के लिए दुष्पाच्य होता है। बड़ी चिन्ता हुई, महात्माजी को क्या खिलाऊँ। आखिर निश्चय किया कि कहीं से गेहूँ का आटा उधार लाऊँ, पर गाँव-भर में गेहूँ का आटा न मिला। गाँव में सब मनुष्य-ही-मनुष्य थे, देवता एक भी न था, अतएव देवताओं का खाद्य पदार्थ कैसे मिलता। सौभाग्य से गाँव के विप्र महाराज के यहाँ से थोड़ा-सा मिल गए। उनसे सवा सेर गेहूँ उधार लिया और स्त्री से कहा, कि पीस दे। महात्मा ने भोजन किया, लम्बी तानकर सोये। प्रात:काल आशीर्वाद देकर अपनी राह ली।

विप्र महाराज साल में दो बार खलिहानी लिया करते थे। शंकर ने दिल में कहा,सवा सेर गेहूँ इन्हें क्या लौटाऊँ, पंसेरी बदले कुछ ज्यादा खलिहानी दे दूँगा, यह भी समझ जायँगे, मैं भी समझ जाऊँगा। चैत में जब विप्रजी पहुँचे तो उन्हें डेढ़ पंसेरी के लगभग गेहूँ दे दिया और अपने को उऋण समझकर उसकी कोई चरचा न की। विप्रजी ने फिर कभी न माँगा। सरल शंकर को क्या मालूम था कि यह सवा सेर गेहूँ चुकाने के लिए मुझे दूसरा जन्म लेना पड़ेगा।

2

सात साल गुजर गये। विप्रजी विप्र से महाजन हुए, शंकर किसान से मजूर हो गया। उसका छोटा भाई मंगल उससे अलग हो गया था। एक साथ रहकर दोनों किसान थे, अलग होकर मजूर हो गये थे। शंकर ने चाहा कि द्वेष की आग भड़कने न पाये, किन्तु परिस्थिति ने उसे विवश कर

दिया। जिस दिन अलग-अलग चूल्हे जले, वह फूट-फूटकर रोया। आज से भाई-भाई शत्रु हो जायँगे, एक रोयेगा, दूसरा हँसेगा, एक के घर मातम होगा तो दूसरे के घर गुलगुले पकेंगे, प्रेम का बंधन, खून का बंधन, दूध का बंधन आज टूटा जाता है। उसने भगीरथ परिश्रम से कुल-मर्यादा का वृक्ष लगाया था, उसे अपने रक्त से सींचा था, उसको जड़ से उखड़ता देखकर उसके ह्रदय के टुकड़े हुए जाते थे। सात दिनों तक उसने दाने की सूरत तक न देखी। दिन-भर जेठ की धूप में काम करता और रात को मुँह लपेटकर सो रहता। इस भीषण वेदना और दुस्सह कष्ट ने रक्त को जला दिया, मांस और मज्जा को घुला दिया। बीमार पड़ा तो महीनों खाट से न उठा। अब गुजर-बसर कैसे हो ?

पाँच बीघे के आधे रह गये, एक बैल रह गया, खेती क्या खाक होती ! अन्त को यहाँ तक नौबत पहुँची कि खेती केवल मर्यादा-रक्षा का साधन-मात्र रह गयी, जीविका का भार मजूरी पर आ पड़ा। सात वर्ष बीत गये, एक दिन शंकर मजूरी करके लौटा, तो राह में विप्रजी ने टोककर कहा, 'शंकर, कल आकर के अपने बीज-बेंग का हिसाब कर ले। तेरे यहाँ साढ़े पाँच मन गेहूँ कबके बाकी पड़े हुए हैं और तू देने का नाम नहीं लेता, हजम करने का मन है क्या ?'

शंकर ने चकित होकर कहा, मैंने तुमसे कब गेहूँ लिए थे जो साढ़े पाँच मन हो गये ? तुम भूलते हो, मेरे यहाँ किसी का छटाँक-भर न अनाज है,न एक पैसा उधार।'

विप्र –'इसी नीयत का तो यह फल भोग रहे हो कि खाने को नहीं जुड़ता।'

यह कहकर विप्रजी ने उस सवा सेर गेहूँ का जिक्र किया, जो आज के सात वर्ष पहले शंकर को दिये थे। शंकर सुनकर अवाक् रह गया। ईश्वर मैंने इन्हें कितनी बार खलिहानी दी, इन्होंने मेरा कौन-सा काम किया ? जब पोथी-पत्र देखने, साइत-सगुन विचारने द्वार पर आते थे, कुछ-न-कुछ 'दक्षिणा' ले ही जाते थे। इतना स्वार्थ ! सवा सेर अनाज को अंडे की भाँति सेकर आज यह पिशाच खड़ा कर दिया, जो मुझे निगल जायगा। इतने दिनों में एक बार भी कह देते तो मैं गेहूँ तौलकर दे देता, क्या इसी नीयत से चुप साध बैठे रहे ? बोला, ' महाराज, नाम लेकर तो मैंने उतना अनाज नहीं दिया, पर कई बार खलिहानों में सेर-सेर, दो-दो सेर दिया है। अब आप आज साढ़े पाँच मन माँगते हैं, मैं कहाँ से दूँगा ?'

विप्र –'लेखा जौ-जौ, बखसीस सौ-सौ, तुमने जो कुछ दिया होगा, उसका कोई हिसाब नहीं, चाहे एक की जगह चार पसेरी दे दो। तुम्हारे नाम बही में साढ़े पाँच मन लिखा हुआ है; जिससे चाहे हिसाब लगवा लो। दे दो तो तुम्हारा नाम छेक दूँ, नहीं तो और भी बढ़ता रहेगा।'

शंकर –'पाँडे, क्यों एक गरीब को सताते हो, मेरे खाने का ठिकाना नहीं, इतना गेहूँ किसके घर से लाऊँगा ?'

विप्र –'ज़िसके घर से चाहे लाओ, मैं छटाँक-भर भी न छोड़ूँगा, यहाँ न दोगे, भगवान् के घर तो दोगे।'

शंकर काँप उठा। हम पढ़े-लिखे आदमी होते तो कह देते, 'अच्छी बात है, ईश्वर के घर ह देंगे; वहाँ की तौल यहाँ से कुछ बड़ी तो न होगी। कम-से-कम इसका कोई प्रमाण हमारे पास नहीं, फिर उसकी क्या चिन्ता। किन्तु शंकर इतना तार्किक, इतना व्यवहार-चतुर न था। एक ऋण वह भी ब्राह्मण का बही में नाम रह गया तो सीधे नरक में जाऊँगा, इस खयाल ही से उर रोमांच हो गया। बोला, ' महाराज, तुम्हारा जितना होगा यहीं दूँगा, ईश्वर के यहाँ क्यों दूँ, इस जनम में तो ठोकर खा ही रहा हूँ, उस जनम के लिए क्यों काँटे बोऊँ ? मगर यह कोई नियाव नहीं है। तुमने राई का पर्वत बना दिया, ब्राह्मण हो के तुम्हें ऐसा नहीं करना चाहिए था। उसी घड़ी तगादा करके ले लिया होता, तो आज मेरे सिर पर इतना बड़ा बोझ क्यों पड़ता। मैं तो दे दूँगा, लेकिन तुम्हें भगवान् के यहाँ जवाब देना पड़ेगा।'

विप्र –'वहाँ का डर तुम्हें होगा, मुझे क्यों होने लगा। वहाँ तो सब अपने ही भाई-बन्धु हैं। ऋषि-मुनि, सब तो ब्राह्मण ही हैं; देवता ब्राह्मण हैं, जो कुछ बने-बिगड़ेगी, सँभाल लेंगे। तो कब देते हो ?'

शंकर –'मेरे पास रक्खा तो है नहीं, किसी से माँग-जाँचकर लाऊँगा तभी न दूँगा !'

विप्र –'मैं यह न मानूँगा। सात साल हो गये, अब एक दिन का भी मुलाहिजा न करूँगा। गेहूँ नहीं दे सकते, तो दस्तावेज लिख दो।'

शंकर -- ' मुझे तो देना है, चाहे गेहूँ लो चाहे दस्तावेज लिखाओ; किस हिसाब से दाम रक्खोगे ?'

विप्र –'बाजार-भाव पाँच सेर का है, तुम्हें सवा पाँच सेर का काट दूँगा।'

शंकर—' ज़ब दे ही रहा हूँ तो बाजार-भाव काटूँगा, पाव-भर छुड़ाकर क्यों दोषी बनूँ।'

हिसाब लगाया तो गेहूँ के दाम 60) हुए। 60) का दस्तावेज लिखा गया, 3) सैकड़े सूद। साल-भर में न देने पर सूद की दर ढाई रुपये) सैकड़े। आठ आने) का स्टाम्प, चार आने) दस्तावेज की तहरीर शंकर को ऊपर से देनी पड़ी।

गाँव भर ने विप्रजी की निन्दा की, लेकिन मुँह पर नहीं। महाजन से सभी का काम पड़ता है, उसके मुँह कौन आये। शंकर ने साल भर तक कठिन तपस्या की। मीयाद के पहले रुपये अदा करने का उसने व्रत-सा कर लिया। दोपहर को पहले भी चूल्हा न जलता था, चबैने पर बसर होती थी, अब वह भी बंद हुआ। केवल लड़के के लिए रात को रोटियाँ रख दी जातीं ! पैसे रोज का तंबाकू पी जाता था, यही एक व्यसन था जिसका वह कभी न त्याग कर सका था। अब वह व्यसन भी इस कठिन व्रत की भेंट हो गया। उसने चिलम पटक दी, हुक्का तोड़ दिया और तमाखू की हाँड़ी चूर-चूर कर डाली। कपड़े पहले भी त्याग की चरम सीमा तक पहुँच चुके थे, अब वह प्रकृति की न्यूनतम रेखाओं में आबद्ध हो गये। शिशिर की अस्थिबेधक शीत को उसने आग तापकर काट दिया। इस संकल्प का फल आशा से बढ़कर निकला। साल के अन्त में उसके पास 60) रु. जमा हो गये। उसने समझा पंडितजी को इतने रुपये दे दूँगा और कहूँगा महाराज,

बाकी रुपये भी जल्द ही आपके सामने हाजिर करूँगा। 15) रु. की तो और बात है, क्या पंडितजी इतना भी न मानेंगे ! उसने रुपये लिये और ले जाकर पंडितजी के चरण-कमलों पर अर्पण कर दिये। पंडितजी ने विस्मित होकर पूछा, ' क़िसी से उधार लिये क्या ?'

शंकर –'नहीं महाराज, ' आपके असीस से अबकी मजूरी अच्छी मिली।'

विप्र –'लेकिन यह तो 60) रु. ही हैं !'

शंकर -- ' हाँ महाराज, इतने अभी ले लीजिए, बाकी मैं दो-तीन महीने में दे दूँगा, मुझे उरिन कर दीजिए।'

विप्र –'उरिन तो जभी होगे जबकि मेरी कौड़ी-कौड़ी चुका दोगे। जाकर मेरे 15) रु. और लाओ।'

शंकर –'महाराज, इतनी दया करो; अब साँझ की रोटियों का भी ठिकाना नहीं है, गाँव में हूँ तो कभी-न-कभी दे ही दूँगा।'

विप्र –'मैं यह रोग नहीं पालता, न बहुत बातें करना जानता हूँ। अगर मेरे पूरे रुपये न मिलेंगे तो आज से 3) रु. सैकड़े का ब्याज लगेगा। अपने रुपये चाहे अपने घर में रक्खो, चाहे मेरे यहाँ छोड़ जाओ।

शंकर –'अच्छा जितना लाया हूँ उतना रख लीजिए। मैं जाता हूँ, कहीं से 15) रु. और लाने की फिक्र करता हूँ।

शंकर ने सारा गाँव छान मारा, मगर किसी ने रुपये न दिये, इसलिए नहीं कि उसका विश्वास न था, या किसी के पास रुपये न थे, बल्कि इसलिए कि पंडितजी के शिकार को छेड़ने की किसी की हिम्मत न थी।

4

क्रिया के पश्चात् प्रतिक्रिया नैसर्गिक नियम है। शंकर साल-भर तक तपस्या करने पर भी जब ऋण से मुक्त होने में सफल न हो सका तो उसका संयम निराशा के रूप में परिणत हो गया। उसने समझ लिया कि जब इतना कष्ट सहने पर भी साल-भर में 60) रु. से अधिक न जमा कर सका, तो अब और कौन सा उपाय है जिसके द्वारा इसके दूने रुपये जमा हों। जब सिर पर ऋण का बोझ ही लादना है तो क्या मन-भर का और क्या सवा मन का। उसका उत्साह क्षीण हो गया, मिहनत से घृणा हो गयी। आशा उत्साह की जननी है, आशा में तेज है, बल है, जीवन है। आशा ही संसार की संचालक शक्ति है। शंकर आशाहीन होकर उदासीन हो गया। वह जरूरतें जिनको उसने साल-भर तक टाल रखा था, अब द्वार पर खड़ी होनेवाली भिखारिणी न थीं, बल्कि छाती पर सवार होनेवाली पिशाचनियाँ थीं, जो अपनी भेंट लिये बिना जान नहीं छोड़तीं। कपड़ों में चकत्तियों के लगने की भी एक सीमा होती है। अब शंकर को चिट्ठा मिलता तो वह रुपये जमा न करता, कभी कपड़े लाता, कभी खाने की कोई वस्तु। जहाँ पहले तमाखू ही पिया करता था, वहाँ

अब गाँजे और चरस का चस्का भी लगा। उसे अब रुपये अदा करने की कोई चिन्ता न थी मानो उसके ऊपर किसी का एक पैसा भी नहीं आता। पहले जूड़ी चढ़ी होती थी, पर वह काम करने अवश्य जाता था, अब काम पर न जाने के लिए बहाना खोजा करता।

इस भाँति तीन वर्ष निकल गये। विप्रजी महाराज ने एक बार भी तकाजा न किया। वह चतुर शिकारी की भाँति अचूक निशाना लगाना चाहते थे। पहले से शिकार को चौंकाना उनकी नीति के विरुद्ध था। एक दिन पंडितजी ने शंकर को बुलाकर हिसाब दिखाया। 60 रु. जो जमा थे वह मिनहा करने पर अब भी शंकर के जिम्मे 120 रु. निकले। शंकर –'इतने रुपये तो उसी जन्म में दूँगा, इस जन्म में नहीं हो सकते।'

विप्र –'मैं इसी जन्म में लूँगा। मूल न सही, सूद तो देना ही पड़ेगा।'

शंकर -- ' एक बैल है, वह ले लीजिए और मेरे पास रक्खा क्या है।'

विप्र –'मुझे बैल-बधिया लेकर क्या करना है। मुझे देने को तुम्हारे पास बहुत कुछ है।'

शंकर –'और क्या है महाराज ?'

विप्र –'कुछ है, तुम तो हो। आखिर तुम भी कहीं मजूरी करने जाते ही हो, मुझे भी खेती के लिए मजूर रखना ही पड़ता है। सूद में तुम हमारे यहाँ काम किया करो, जब सुभीता हो मूल को दे देना। सच तो यों है कि अब तुम किसी दूसरी जगह काम करने नहीं जा सकते जब तक मेरे रुपये नहीं चुका दो। तुम्हारे पास कोई जायदाद नहीं है, इतनी बड़ी गठरी मैं किस एतबार पर छोड़ दूँ। कौन इसका जिम्मा लेगा कि तुम मुझे महीने-महीने सूद देते जाओगे। और कहीं कमाकर जब तुम मुझे सूद भी नहीं दे सकते, तो मूल की कौन कहे ?'

शंकर –'महाराज, सूद में तो काम करूँगा और खाऊँगा क्या ?'

विप्र –'तुम्हारी घरवाली है, लड़के हैं, क्या वे हाथ-पाँव कटाके बैठेंगे। रहा मैं, तुम्हें आधा सेर जौ रोज कलेवा के लिए दे दिया करूँगा। ओढ़ने को साल में एक कम्बल पा जाओगे, एक मिरजई भी बनवा दिया करूँगा, और क्या चाहिए। यह सच है कि और लोग तुम्हें छः आने देते हैं लेकिन मुझे ऐसी गरज नहीं है, मैं तो तुम्हें रुपये भरने के लिए रखता हूँ।'

शंकर ने कुछ देर तक गहरी चिन्ता में पड़े रहने के बाद कहा, ' महाराज यह तो जन्म-भर की गुलामी हुई।'

विप्र –'गुलामी समझो, चाहे मजूरी समझो। मैं अपने रुपये भराये बिना तुमको कभी न छोड़ूँगा। तुम भागोगे तो तुम्हारा लड़का भरेगा। हाँ, जब कोई न रहेगा तब की बात दूसरी है।'

इस निर्णय की कहीं अपील न थी। मजूर की जमानत कौन करता, कहीं शरण न थी, भागकर कहाँ जाता, दूसरे दिन से उसने विप्रजी के यहाँ काम करना शुरू कर दिया। सवा सेर गेहूँ की बदौलत उम्र-भर के लिए गुलामी की बेड़ी पैरों में डालनी पड़ी। उस अभागे को अब अगर किसी विचार से संतोष होता था तो यह था कि वह मेरे पूर्व-जन्म का संस्कार है। स्त्री को वे काम करने

पड़ते थे, जो उसने कभी न किये थे, बच्चे दानों को तरसते थे, लेकिन शंकर चुपचाप देखने के सिवा और कुछ न कर सकता था। वह गेहूँ के दाने किसी देवता के शाप की भाँति यावज्जीवन उसके सिर से न उतरे।

5

शंकर ने विप्रजी के यहाँ 20 वर्ष तक गुलामी करने के बाद इस दुस्सार संसार से प्रस्थान किया। 120 रु. अभी तक उसके सिर पर सवार थे। पंडितजी ने उस गरीब को ईश्वर के दरबार में कष्ट देना उचित न समझा, इतने अन्यायी, इतने निर्दयी न थे। उसके जवान बेटे की गरदन पकड़ी। आज तक वह विप्रजी के यहाँ काम करता है। उसका उद्धार कब होगा; होगा भी या नहीं, ईश्वर ही जाने।

***

सभ्यता का रहस्य

यों तो मेरी समझ में दुनिया की एक हजार एक बातें नहीं आतीं- जैसे लोग प्रात:काल उठते ही बालों पर छुरा क्यों चलाते हैं? क्या अब पुरुषों में भी इतनी नजाकत आ गई है कि बालों का बोझ उनसे नहीं संभलता? एक साथ ही सभी पढ़े-लिखे आदमियों की आंखें क्यों इतनी कमजोर हो गयी हैं? दिमाग की कमजोरी ही इसका कारण है या और कुछ? लोग किताबों के पीछे क्यों इतने हैरान होते हैं? इत्यादि... लेकिन इस समय मुझे इन बातों से मतलब नहीं। मेरे मन में एक नया प्रश्न उठ रहा है और उसका जवाब मुझे कोई नहीं देता। प्रश्न यह है कि सभ्य कौन है, और असभ्य कौन? सभ्यता के लक्षण क्या हैं? सरसरी नजर से देखिए, तो इससे ज्यादा आसान और कोई सवाल ही न होगा। बच्चा-बच्चा भी इसका समाधान कर सकता है। लेकिन जरा गौर से देखिए, तो प्रश्न इतना आसान नहीं जान पड़ता।

अगर कोट-पतलून पहनना, टाई-हैट-कॉलर लगाना, मेज़ पर बैठकर खाना खाना, दिन में तेरह बार कोको या चाय पीना और सिगार पीते हुए चलना सभ्यता है, तो क्या गोरों को भी सभ्य कहना पड़ेगा, वो सड़क पर शाम को कभी-कभी टहलते नजर आते हैं, शराब के नशे से आंखें सुर्ख, पैर लड़खड़ाते हुए, रास्ता चलने वालों को अनायास छेड़ने की धुन! क्या उन गोरी को सभ्य कहा जा सकता है? कभी नहीं, तो यह सिद्ध हुआ सभ्यता कोई और ही चीज है, उसका देह से इतना सम्बन्ध नहीं है, जितना मन से।

2

मेरे इने-गिने के मित्रों में एक राय रतन किशोर भी हैं। आप बहुत ही सहृदय, बहुत ही उदार, अधिक शिक्षित और एक बड़े ओहदे-दार हैं। बहुत अच्छा वेतन पाने पर भी उनकी आमदनी खर्च के लिए काफी नहीं होती। एक चौथाई वेतन तो बंगले ही की भेंट हो जाता है। इसलिए आप बहुधा चिंतित रहते हैं। रिश्वत तो नहीं लेते- कम-से-कम मैं नहीं जानता, हालांकि कहने वाले कहते हैं- लेकिन इतना जानता हूँ कि वह भत्ता बढ़ाने के लिए दौरे पर बहुत रहते हैं, यहाँ तक कि इसके लिए हर साल बजट की किसी दूसरी मद से रुपये निकालने पड़ते हैं। उनके अफसर कहते हैं, इतने दौरे क्यों करते हो, तो जवाब देते हैं, इस जिले का काम ही ऐसा है कि जब तक खूब दौरे न किए जाए, रियाया शांत नहीं रह सकती। लेकिन मजा तो यह है कि रायसाहब उतने दौरे वास्तव में नहीं करते, जितने कि अपने रोज़नामचे में लिखते हैं। उनके पड़ाव शहर से 50, मील पर होते हैं। खेमे वहाँ गड़े रहते हैं, और रायसाहब घर पर मित्रों के साथ गपशप करते रहते हैं, पर किसी की मजाल है कि रायसाहब की नेकनीयत पर संदेह कर सके। उनके सभ्य पुरुष होने में किसी को शंका नहीं हो सकती।

एक दिन मैं उनसे मिलने गया। उस समय वह अपने घसियारे दमड़ी को डांट रहे थे। दमड़ी रात-दिन का नौकर था, लेकिन घर रोटी खाने जाया करता था। उसका घर थोड़ी ही दूरी पर एक गाँव में था। कल रात को किसी कारण से यहाँ न आ सका था। इसलिए डांट पड़ रही थी।

रायसाहब- जब हम तुम्हें रात-दिन के लिए रखे हुए हैं, तो तुम घर पर क्यों रहे? कल के पैसे कट जाएंगे।

दमड़ी- हुजूर, एक मेहमान आ गए थे, इसी से न आ सका।

रायसाहब- तो कल के पैसे उसी मेहमान से लो।

दमड़ी- सरकार, अब कभी ऐसी खता न होगी।

रायसाहब- बक-बक मत करो।

दमड़ी- हुजूर

रायसाहब- दो रुपये जुरमाना।

दमड़ी रोता हुआ चला गया। रोज़ा बख्शाने आया था, नमाज गले पड़ गयी। दो रुपये जुरमाना ठुक गया। खता यही थी कि बेचारा कसूर माफ कराना चाहता था।

यह एक रात गैरहाजिर होने की सजा थी! बेचारा दिन भर का काम कर चुका था, रात को यहाँ सोया न था, उसका दंड। और घर बैठे भत्ते उड़ाने वालों को कोई नहीं पूछता। कोई दंड नहीं देता। दंड तो मिले, और ऐसा मिले कि जिंदगी .. भर याद रहे, पर पकड़ना तो मुश्किल है। दमड़ी भी अगर होशियार होता, तो जरा रात रहे आकर कोठी में सो जाता। फिर किसे खबर होती कि वह रात को कहाँ था? पर गरीब इतना चंट न था।

3

दमड़ी के पास कुल छह बिस्वे जमीन थी। पर इतने ही प्राणियों का खर्च भी था। उसके दो लड़के, दो लड़कियाँ और स्त्री, सब खेतों में लगे रहते थे फिर भी पेट को रोटियाँ नहीं मयस्सर होती थी। इतनी जमीन क्या सोना उगल देती! अगर सब-के-सब घर से निकलकर मजदूरी करने लगते, तो आराम से रह सकते थे, लेकिन मौरूसी किसान मजूर कहलाने का अपमान न सह सकता था। इस बदनामी से बचने के लिए दो बैल बाँध रखे थे।। उसके वेतन का बड़ा भाग बैलों के दाना- चारे ही में उड़ जाता था। थे सारी तकलीफें मंजूर थीं, पर खेती छोड़कर मजदूर बन जाना मंजूर न था। किसान की जो प्रतिष्ठा है, वह कहीं मजदूर की हो सकती है, चाहे वह रुपया रोज ही क्यों न कमाए? किसानी के साथ मजदूरी करना इतने अपमान की बात नहीं, द्वार पर बँधे हुए बैल उसकी मान-रक्षा किया करते हैं, पर बैलों को बेचकर फिर कहाँ मुँह दिखलाने की जगह रह सकती है?

एक दिन रायसाहब उसे सरदी से कांपते देखकर बोले- कपड़े क्यों नहीं बनवाता ? कांप क्यों रहा है?

दमड़ी- सरकार, पेट को रोटी तो पूरी ही नहीं पड़ती, कपड़े कहां से बनवाऊं? रायसाहब बैलों को बेच क्यों नहीं डालता? सैकड़ों बार समझा चुका, लेकिन न जाने क्यों इतनी मोटी-बात तेरी समझ में नहीं आती।

दमड़ी- सरकार, बिरादरी में कहीं मुँह दिखाने लायक न रहूंगा। लड़की की सगाई न हो पाएगी, टाट बाहर कर दिया जाऊंगा।

रायसाहब- इन्हीं हिमाक़तों से तुम लोगों की यह दुर्गति हो रही है। ऐसे आदमियों पर दया करना भी पाप है। (मेरी तरफ फिरकर) क्यों मुंशीजी, इस पागलपन का भी कोई इलाज है? जाड़ों में मर रहे हैं, पर दरवाजे पर बैल जरूर बांधेंगे।

मैंने कहा- जनाब, यह तो अपनी-अपनी समझ है।

रायसाहब- ऐसी समझ को दूर से सलाम कीजिए। मेरे यहाँ कई पुश्तों से जन्माष्टमी का उत्सव मनाया जाता था। कई हजार रुपयों पर पानी फिर जाता था। गाना होता था, दावतें होती थीं, रिश्तेदारों को न्यौते दिए जाते थे, गरीबों को कपड़े बांटे जाते थे। वालिद साहब के बाद पहले ही साल मैंने उत्सव बंद करा दिया। फायदा क्या? मुफ्त में चार-पाँच हजार की चपत पड़ती थी। सारे कस्बे में बवाल मचा, आवाजें कसी, किसी ने नास्तिक कहा, किसी ने ईसाई बनाया, लेकिन यहाँ इन बातों की क्या परवाह! आखिर थोड़े ही दिनों में सारा कोलाहल शांत हो गया। अजी, बड़ी दिल्लगी थी। कस्बे में किसी के यहाँ शादी हो, लकड़ी मुझसे ले! पुश्तों से यह रस्म चली आती थी। वालिद तो दूसरों से दरख्त मोल लेकर इस रस्म को निभाते थे। थी हिमाक़त या नहीं? मैंने फौरन लकड़ी देना बंद कर दिया। इस पर भी लोग रोए-धोए, लेकिन दूसरों का रोना-धोना सुनू या अपना फायदा देखूँ। लकड़ी से ही कम-से-कम 500 रुपये सालाना की बचत हो गई। अब कोई भूलकर भी इन चीजों के लिए मुझे दिक करने नहीं आता।

मेरे दिल में फिर सवाल पैदा हुआ, दोनों में कौन सभ्य है, कुल-प्रतिष्ठा पर प्राण देने वाला मूर्ख दमड़ी, या धन पर कुल-मर्यादा की बलि देने वाले राय रतन किशोर?

4

रायसाहब के इजलास में एक बड़े मार्के का मुकदमा पेश था। शहर का एक रईस खून के मामले में फंस गया था। उसकी जमानत लेने के लिए रायसाहब की खुशामदें होने लगी। इज्जत की बात थी। रईस साहब का हुक्म था कि चाहे रियासत बिक जाए, पर इस मुकदमें से बेदाग निकल जाऊँ। डालियाँ लगायी गई, सिफारिशें पहुँचाई गई, पर रायसाहब पर कोई असर न हुआ। रईस के आदमियों की प्रत्यक्ष रूप से रिश्वत की चर्चा करने की हिम्मत न पड़ती थी। आखिर जब कोई बस न चला, तो रईस की स्त्री ने रायसाहब की स्त्री से मिलकर सौदा पटाने की ठानी। रात के 10 बजे थे। दोनों महिलाओं में बातें होने लगी। 20 हजार की बातचीत थी। रायसाहब की पत्नी तो इतनी खुश हुई कि उसी वक्त रायसाहब के पास दौड़ी हुई आयीं और कहने लगीं- ले लो! तुम न लोगे, तो मैं ले लूंगी।

रायसाहब ने कहा- इतनी बेसब्र न हो। वह तुम्हें अपने दिल में क्या समझेंगी? अपनी इज्जत का भी खयाल है या नहीं? माना कि रकम बड़ी है और इससे मैं एकबारगी तुम्हारी आये दिन की फरमाइशों से मुक्त हो जाऊंगा, लेकिन एक सिविलियन की इज्जत भी तो कोई मामूली चीज नहीं है। तुम्हें पहले बिगड़ कर कहना चाहिए था कि मुझसे ऐसी बेहूदा बातचीत करनी हो, तो यहाँ से चली जाओ। मैं अपने कानों से नहीं सुनना चाहती।

स्त्री- यह तो मैंने पहले ही किया, बिगड़ कर खूब खरी- खोटी सुनाई। क्या इतना भी नहीं जानती! बेचारी मेरे पैरों पर सर रखकर रोने लगी।

रायसाहब- क्या कहा था कि रायसाहब से कहूंगी, तो मुझे कच्चा ही चबा जाएंगे?

यह कहते हुए रायसाहब ने गदगद होकर पत्नी को गले लगा लिया।

स्त्री- अजी, मैं न जाने ऐसी कितनी बातें कह चुकी, लेकिन किसी तरह टाले न टलती। रो-रोकर जान दे रही है।

रायसाहब - वादा तो नहीं कर दिया।

स्त्री - वादा, मैं तो रुपये लेकर संदूक में रख आयी। नोट थे।

रायसाहब कितनी जबरदस्त अहमक हो। न मालूम ईश्वर तुम्हें कभी समझ भी देगा या नहीं।

स्त्री- अब क्या देगा? देना होता, तो दे न दी होती?

राय साहब—हाँ मालूम तो ऐसा ही होता है। मुझसे कहा तक नहीं और रुपये लेकर सन्दूक में दाखिल कर लिए ! अगर किसी तरह बात खुल जाय, तो कहीं का न रहूँ।

स्त्री—तो भाई, सोच लो। अगर कुछ गड़बड़ हो, तो मैं जाकर रुपये लौटा दूँ।

रायसाहब-फिर वही हिमाकत? अरे, अब तो जो कुछ होना था, हो चुका। ईश्वर पर भरोसा करके जमानत लेनी पड़ेगी।लेकिन तुम्हारी हिमाक़त में शक नहीं। जानती हो, यह सांप के मुंह में उंगली डालना है। यह भी जानती हो कि मुझे ऐसी बातों से कितनी नफरत है, फिर भी बेसब्र हो जाती हो। अब की बार तुम्हारी हिमाक़त से मेरा व्रत टूट रहा है। मैंने दिल में ठान लिया था कि अब इस मामले में हाथ न डालूंगा, लेकिन तुम्हारी हिमाक़त के मारे जब मेरी कुछ चलने भी पाए।

स्त्री- मैं जाकर लौटाएं देती हूँ।

रायसाहब- और मैं जाकर जहर खा लेता हूँ।

इधर तो स्त्री-पुरूष में यह अभिनय हो रहा था, उधर दमड़ी उसी वक्त अपने गांव के मुखिया के खेत में ज्वार काट रहा था। आज वह रात भर की छुट्टी लेकर घर गया था। बैलों के लिए चारे का एक तिनका भी नहीं है। अभी वेतन मिलने में कई दिन की देर थी, मोल ले न सकता था। घरवालों ने दिन को कुछ घास छीलकर खिलायी तो थी, लेकिन वह ऊंट के मुंह में जीरा। इतनी घास से क्या हो सकता था। दोनों बैल भूखे खड़े थे। दमड़ी को देखते ही दोनों पूंछ खड़ी

करके पुकारने लगे। जब वह पास गया, तो दोनों उसकी हथेलियां चाटने लगे। बेचारा दमड़ी मन मसोस कर रह गया। सोचा, इस काल सो कुछ हो नहीं सकता, सवेरे किसी से कुछ उधार लेकर चारा लाऊंगा।

लेकिन जब 11 बजे रात उसकी आंखें खुली, तो देखा कि दोनों बैल अभी तक नांद पर खड़े हैं। चाँदनी रात थी, दमड़ी को लगा कि दोनों उसकी ओर अपेक्षा और आशा की दृष्टि से देख रहे हैं। उनकी सुधा-वेदना देखकर उसकी आंखें सजल हो गयी। किसान को अपने बैल अपने लड़कों की तरह प्यारे होते हैं। वह वह उन्हें अपना मित्र और सहायक समझता है। बैलों को भूखे खड़े नींद भाग गई। कुछ सोचता हुआ हंसिया निकाली और चारे की फिक्र में चला।

गाँव के बाहर बाजरे और जुआर के खेत खड़े थे। दमड़ी के हाथ कांपने लगे। लेकिन बैलों की याद में उसे उत्तेजित कर दिया। चाहता तो कई बोझ काट सकता था, लेकिन वह चोरी करते हुए भी चोर न था। उसने केवल इतना ही चारा काटा, जितना बैलों को रात भर के लिए काफी होता अगर किसी ने देख भी लिया तो उससे कह दूंगा, बैल भूखे थे, इसलिए काट लिया। उसे विश्वास था कि इतने-से चारे के लिए कोई मुझे पकड़ नहीं सकता। मैं कुछ बेचने के लिए तो काट नहीं रहा फिर इतना निर्दयी कौन है, जो मुझे पकड़ ले! बहुत करेगा, अपने दाम ले लेगा। उसने बहुत सोचा। चोरी का थोड़ा हिस्सा ही उसे चोरी के अपराध से बचाने को काफी था। चोर उतना काटता, जितना उससे उठ सकता। उसे किसी के फायदे और नुकसान से क्या मतलब! गाँव के लोग दमड़ी को चारा लिये जाते देखकर बिगड़ते जरुर, पर कोई चोरी के इल्जाम में न फँसाता, लेकिन संयोग से हलके के थाने का सिपाही उधर जा निकला। वह पड़ोस में एक बनिए के यहां जुआ होने की खबर पाकर कुछ ऐंठने की टोह में आया था। दमड़ी को चारा सिर पर उठाते देखा, तो संदेह हुआ। इतनी रात गए कौन चारा काट रहा है? कोई चोरी से काट रहा है। डांटकर बोला-कौन चारा लिये जाता है? खड़ा रह! दमड़ी ने चौंक कर पीछे देखा, तो पुलिस का सिपाही! हाथ-पांव फूल गए, काँपते हुए बोला- हुजूर, थोड़ा ही-सा काटा है, देख लीजिए।

सिपाही- थोड़ा काटा हो या बहुत, है तो चोरी। खेत किसका है?

दमड़ी -बलदेव महतो का!

सिपाही ने समझा था, शिकार फंसा, इससे कुछ ऐठूंगा, लेकिन वहां क्या रखा था। पकड़कर गांव में लाया, और जब यहाँ भी कुछ हत्थे चढ़ता न दिखाई दिया तो थाने ले गया। थानेदार ने चालान कर दिया। मुकदमा रायसाहब ही के इजलास में पेश किया।

रायसाहब ने दमड़ी को फंसे हुए देखा, तो हमदर्दी के बदले कठोरता से काम लिया। बोले-यह मेरी बदनामी की बात है। तेरा क्या बिगड़ा, साल-छह महीने की सजा हो जाएगी, शर्मिंदा तो मुझे होना पड़ रहा है। लोग यही तो कहते होंगे कि रायसाहब के आदमी ऐसे बदमाश और चोर हैं। तू मेरा नौकर न होता, तो मैं हलकी सजा देता, लेकिन तू मेरा नौकर है, इसलिए कड़ी-से-कड़ी सजा दूंगा। मैं यह कहीं सुन सकता कि रायसाहब ने अपने नौकर के साथ रियायत की। यह कहकर रायसाहब ने दमड़ी को छह महीने की सख्त कैद का हुक्म सुना दिया।

उसी दिन उन्होंने खून के मुकदमें में जमानत ले ली।

मैंने दोनों वृत्तांत सुने, और दिल में यह ख्याल और भी पक्का हो गया कि सभ्यता केवल हुनर के साथ ऐब करने का नाम है। आप बुरे से बुरा करें, लेकिन अगर आप उस पर परदा डाल सकते हैं, तो आप सभ्य हैं, जेण्टिलमैन हैं। अगर आप में यह सिफत नहीं, तो आप असभ्य हैं, गँवार हैं, बदमाश हैं। यही सभ्यता का रहस्य है।

□□□

समस्या

मेरे दफ्तर में चार चपरासी हैं। उनमें एक का नाम गरीब है। वह बहुत ही सीधा, बड़ा आज्ञाकारी, अपने काम में चौकस रहने वाला, धुड़कियां खाकर भी चुप रह जानेवाला, यथा नाम तथा गुण वाला मनुष्य है। मुझे इस दफ्तर में साल भर होते हैं, मगर मैंने उसे एक दिन के लिए भी गैर हाजिर नहीं पाया। मैं उसे नौ बजे दफ्तर में अपनी फटी दरी पर बैठे हुए देखने का ऐसा आदी हो गया हूँ कि मानो वह भी उसी इमारत का कोई अंग है। इतना सरल है कि किसी की बात टालना नहीं जानता। एक मुसलमान है। उससे सारा दफ्तर डरता है, मालूम नहीं क्यों? मुझे तो इसका कारण सिवाय उसकी बड़ी-बड़ी बातों के और कुछ वहीं मालूम होता। उसके कथनानुसार उसके चचेरे भाई रामपुर रियासत में काजी हैं, फूफा टोंक की रियासत में कोतवाल हैं। उसे सर्वसम्मति ने 'काजी साहेब' की उपाधि दे रखी है। शेष दो महाशय जाति के ब्राह्मण हैं। उनके आशीर्वादों का मूल्य उनके काम से कहीं अधिक है। वे दोनों कामचोर, गुस्ताख़ और आलसी हैं। कोई छोटा- सा काम करने को भी कहिए, तो बिना नाक-भौं सिकोड़े नहीं करते। क्लर्कों को तो कुछ समझते ही नहीं। केवल बड़े बाबू से कुछ दबते हैं, यद्यपि कभी-कभी उससे भी झगड़ बैठते हैं।

मगर इन सब दुर्गुणों के होते हुए भी दफ्तर में किसी की मिट्टी इतनी खराब नहीं है, जितनी बेचारे गरीब की। तरक्की का अवसर आता है तो ये तीनों मार ले जाते हैं, गरीब को कोई पूछता भी नहीं। और सब दस-दस पाते हैं, यह अभी छह ही में पड़ा हुआ है। सुबह से शाम तक उसके पैर एक क्षण के लिए भी नहीं टिकते यहां तक कि तीनों चपरासी भी उस पर हुकूमत जताते हैं और ऊपर की आमदनी में तो उस बेचारे का कोई भाग ही नहीं। तिस पर भी दफ्तरी से लेकर बड़े बाबू तक सब-उससे चिढ़ते हैं। उसकी कितनी ही बार शिकायतें हो चुकी हैं, कितनी ही बार जुर्माना हो चुका है और डाँट-डपट तो नित्य ही हुआ करती है। इसका रहस्य कुछ मेरी समझ में नहीं आता था। उस पर दया अवश्य आती थी, और अपने व्यवहार में यह दिखाना चाहता था मेरी दृष्टि में उसका आदर अन्य चपरासियों से कम नहीं। यहाँ तक कई बार मैं उसके पीछे अन्य कर्मचारियों से लड़ भी चुका हूँ।

2

एक दिल बड़े बाबू ने गरीब से अपनी मेज़ साफ करने को कहा। वह तुरंत मेज़ साफ करने लगा। दैवयोग से झाड़न का धक्का लगा, तो दवात उलट -गई और रोशनाई मेज़ पर फैल गई। बड़े बाबू यह देखते ही जामे से बाहर हो गए। उसके दोनों कान पकड़कर खूब ऐंठे और भारतवर्ष की सभी प्रचलित भाषाओं से दुर्वचन चुन-चुनकर उसे सुनाने लगे।

बेचारा गरीब आँखों में आंसू भरे चुपचाप मूर्तिवत खड़ा सुनता रहा, मानो उसने कोई हत्या कर डाली हो। मुझे बड़े बाबू का जरा-सी बात पर इतना भयंकर रौद्र रूप धारण करना बुरा मालूम हुआ। यदि किसी दूसरे चपरासी ने इससे भी बड़ा कोई अपराध किया होता, तो भी उस पर इतना वज्र प्रहार न किया होता। मैंने अंग्रेजी में कहा- बाबू साहब, आप यह अन्याय कर रहे हैं। उसने जान-बूझकर तो रोशनाई गिराई नहीं। इसका इतना बड़ा दंड अनौचित्य की पराकाष्ठा है। बाबूजी ने नम्रता से कहा- आप इसे जानते नहीं, बड़ा दुष्ट है।

'मैं तो दुष्टता नहीं देखता।'

'आप अभी उसे जानते नहीं, एक ही पाजी है। इसके घर दो हल की खेती होती है, हजारों का लेन-देन करता है, कई भैंस लगती है। इन्हीं बातों का इसे घमंड है।'

'घर की ऐसी दशा होती, तो आपके यहाँ चपरासी गिरी क्यों करता?'

'विश्वास मानिए, बड़ा टेढ़ा आदमी है और बला का मक्खीचूस।'

'यदि ऐसा ही हो, तो भी कोई अपराध नहीं है।'

'अजी, अभी आप इन बातों को नहीं जानते। कुछ दिन और रहिए तो आपको स्वयं मालूम हो जाएगा कि यह कितना कमीना आदमी है।'

एक दूसरे महाशय बोल उठे -साहब, इसके घर मनों दूध-दही होता है, मनों मटर, ज्वार, चने होते हैं, लेकिन इसकी कभी इतनी हिम्मत न हुई कि कभी थोड़ा-सा दफ्तर वालों को भी दे दे। यहाँ इन चीजों को तरस कर रह जाते हैं। तो फिर क्यों न जी जले? और यह सब कुछ इसी नौकरी की बदौलत हुआ है, नहीं तो पहले इसके घर में भूनी भांग भी न थी।

बड़े बाबू कुछ सकुचा कर बोले- यह कोई बात नहीं। उसकी चीज है, किसी को दे या न दे, लेकिन यह बिलकुल पशु है।

मैं कुछ-कुछ मर्म समझ गया। बोला-यदि ऐसे तुच्छ हृदय का आदमी है तो वास्तव में पशु ही है। मैं यह न जानता था।

अब बड़े बाबू भी खुले। संकोच दूर हुआ। बोले- क्या सौगातों से किसी का उबार तो होता नहीं, केवल देने वाले की सहृदयता प्रकट होती है। और आशा भी उसी से की जाती है, जो इस योग्य होता है। जिसमें सामर्थ्य ही नहीं, उससे कोई आशा नहीं करता। नंगे से कोई क्या लेगा?

रहस्य खुल गया। बड़े बाबू ने सरल भाव से सारी अवस्था दर्शा दी थी। समृद्धि के शत्रु सब होते हैं, छोटे ही नहीं, बड़े भी। हमारी ससुराल या ननिहाल दरिद्र हो, तो हम उससे आशा नहीं रखते। कदाचित वह हमें विस्मृत हो जाती है। किंतु वे सामर्थ्यवान होकर हमें न पूछें, हमारे यहाँ तीज और त्यौहार न भेजें, तो हमारे कलेजे पर साँप लोटने लगता है। हम अपने निर्धन मित्र के पास जाए, तो उसके एक बीड़ा पान से ही सन्तुष्ट हो जाते हैं, पर ऐसा कौन मनुष्य है, जो अपने किसी धनी मित्र से बिना जलपान के लौटकर उसे मन में कोसने न लगे और सदा के लिए

उसका तिरस्कार न करने लगे। सुदामा कृष्ण के घर से यदि निराश लौटते, तो कदाचित व उनके शिशुपाल और जरासंध से भी बड़े शत्रु होते। यह मानव-स्वभाव है।

2

कई दिन पीछे मैंने गरीब से पूछा- क्यों जी, तुम्हारे घर पर कुछ खेती-बारी होती है।

गरीब ने दीन-भाव से कहा- हाँ सरकार, होती है। आपके दो गुलाम हैं, वही करते हैं।

गायें-भैंसे भी लगती हैं।

जी हुजूर, दो भैंसें लगती हैं, मुदा गायें अभी गाभिन नहीं हैं। हुजूर लोगों के ही दया-धरम से पेट की रोटियों चल जाती हैं।'

'दफ्तर के बाबू लोगों की भी कभी कुछ खातिर करते हो?.

गरीब ने अत्यंत दीनता से कहा- हुजूर, मैं सरकार लोगों की क्या खातिर कर सकता हूँ। खेतों में जौ, चना, मक्का, जुवार के सिवाय और क्या होता है। आप लोग राजा हैं, यह मोटी मोटी चीजें किस मुंह से आपकी भेंट करूं? जी डरता है, कहीं कोई डाँट न बैठे कि इस टके के आदमी की इतनी मजाल। इसी के मारे बाबूजी, हिम्मत नहीं पड़ता, नहीं तो दूध-दही की क्या बिसात थी। मुँह लायक बीड़ा तो होना चाहिए।

'भला, एक दिल कुछ लाकर दो तो, देखो, लोग क्या कहते हैं। शहर में यह चीजें कहाँ मयस्सर होती हैं? इन लोगों का जी कभी-कभी मोटी-खोटी चीजों पर चला करता है।'

'जो सरकार, कोई कुछ कहे तो? कहीं कोई साहब से शिकायत कर दे तो मैं कहीं का न रहूँ।'

'इसका मेरा जिम्मा है, तुम्हें कोई कुछ न कहेगा। कोई कुछ कहेगा तो मैं समझा दूंगा।'

'तो हुजूर, आज-कल तो मटर की फसल है। चने के साग भी हो गए हैं, और कोल्हू भी खड़ा हो गया है। इसके सिवाय तो और कुछ नहीं है।'

'बस, तो यही चीजें लाओ।'

'कुछ उलटी-सीधी पड़े, तो हुजूर ही सँभालेंगे।'

'हाँ जी, कह तो दिया कि मैं देख लूंगा।'

दूसरे दिल गरीब आया तो उसके साथ तीन हृष्ट-पुष्ट युवक भी थे। दो के सिरों पर दो टोकरियाँ थीं, उनमें मटर की फलियां भरी हुई थीं। एक के सिर पर मटका था, उसमें ऊख का रस था। तीनों ऊख का एक-एक बंडल कांख में दबाए हुए थे। गरीब आकर चुपके से बरामदे के सामने पेड़ के नीचे खड़ा हो गया। दफ्तर में आने का उसे साहस नहीं होता था, मानो कोई अपराधी है। वृक्ष के नीचे खड़ा था कि इतने में दफ्तर के चपरासियों और अन्य कर्मचारियों ने उसे घेर लिया। कोई ऊख लेकर चूसने लगा, कई आदमी टोकरों पर टूट पड़े। लूट मच गयी।

उतने में बड़े बाबू भी दफ्तर में आ पहुँचे। यह कौतुक देखा तो उग्र-स्वर में बोले-यह क्या भीड़ लगा रखी है, अपना-अपना काम देखो।

मैंने जाकर उनके कान में कहा- गरीब अपने घर से यह सौगात लाया है। कुछ आप ले लीजिए, कुछ अन्य लोगों को बाँट दीजिए।

बड़े बाद ने कृत्रिम क्रोध धारण करके कहा- क्यों गरीब, तुम ये चीजें यहाँ क्यों लाये? अभी लौटा ले जाओ, नहीं तो मैं साहब से रपट कर दूंगा। कोई हम लोगों को मलूका समझ लिया है। गरीब का रंग उड़ गया। थर-थर काँपने लगा। मुँह से एक शब्द भी न निकला। मेरी ओर अपराधी नेत्रों से ताकने लगा।

मैंने उसकी ओर से क्षमा-प्रार्थना की। बहुत कहने-सुनने पर बाबू साहब राजी हुए। सब चीजों में से आधी-आधी अपने घर भिजवाया। आधी में अन्य लोगों के हिस्से लगाए गए। इस प्रकार यह अभिनय समाप्त हुआ।

4

अब दफ्तर में गरीब का नाम होने लगा। उसे नित्य घुड़कियां न मिलतीं, दिन भर दौड़ना न पड़ता, कर्मचारियों के व्यंग और अपने सहकर्मियों के कटु वाक्य न सुनने पड़ते। चपरासी लोग स्वयं उसका काम कर देते। उसके नाम में भी कुछ तब्दीली पैदा हुई। दीनता की जगह आत्मगौरव का उद्भव हुआ। तत्परता की जगह आलस्य ने ली। वह अब कभी देर करके दफ्तर आता, कभी-कभी बीमारी का बहाना करके घर बैठा रहता। उसके सभी अपराध अब क्षम्य थे। उसे अपनी प्रतिष्ठा का गुर हाथ लग गया था। वह अब दसवें-पाँचवें दिन दूध, दही आदि लाकर बड़े बाबू को भेंट किया करता। देवता को संतुष्ट करना सीख गया। सरलता के बदले अब उसमें काइयांपन आ गया।

एक रोज बडे बाबू ने उसे सरकारी फार्मों का पार्सल छुड़ाने के लिए स्टेशन भेजा। कई बड़े-बड़े पुलिंदे थे। ठेले पर आये। गरीब ने ठेले वालों से बारह आने पर मजदूरी तय कराई थी। जब कागज दफ्तर में गए तो उसने बड़े बाबू से बारह आने ठेले वालों को देने के लिए वसूल किए। लेकिन दफ्तर से कुछ दूर जाकर उसकी नीयत बदली। अपनी दस्तूरी माँगने लगा। ठेले वाले राजी न हुए। इस पर गरीब ने बिगड़ कर सब पैसे जेब में रख लिए और धमकाकर बोला- अब एक भी कौड़ी भी न दूंगा। जाओ, जहाँ चाहे फरियाद करो। देखें, क्या बना लेते हो। ठेले वालों ने जब देखा कि भेंट न देने से जमा ही गायब हुई जाती है, तो रो-धोकर चार आने देने पर राजी हुए। गरीब जे अठन्नी उनके हवाले की, बारह आने की रसीद लिखवा कर उनके अँगूठे के निशान लगवाए और रसीद दफ्तर में दाखिल हो गई।

यह कौतूहल देखकर मैं दंग रह गया। यह वही गरीब है, जो कई महीने पहले सरलता और दीनता की मूर्ति था, जिसे कभी चपरासियों से भी अपने हिस्से की रकम माँगने का साहस न होता था, जो दूसरों को खिलाना भी न जानता था, खाने का तो जिक्र ही क्या।

यह स्वाभावातंर देखकर अत्यंत खेद हुआ। इसका उत्तरदायित्व किसके सिर था? मेरे सिर, जिसे उसने चग्घड़पन और धूर्तता का पहला पाठ पढ़ाया था। मेरे चित्त में प्रश्न उठा- इस काइयांपन से, जो दूसरों का गला दबाता है, वह भोलापन क्या बुरा था, जो दूसरों का अन्याय सह लेता था? वह अशुभ मुहूर्त था, जब मैंने उसे प्रतिष्ठा-प्राप्ति का मार्ग दिखाया, क्योंकि वास्तव में वह उसके पतन का भयंकर मार्ग था। मैंने बाह्य प्रतिष्ठा पर उसकी आत्म-प्रतिष्ठा का बलिदान कर दिया।

□□□

दो सखियाँ

लखनऊ
1-7-25

प्यारी बहन,

जब से यहाँ आयी हूँ, तुम्हारी याद सताती रहती है। काश, तुम कुछ दिनों के लिए यहाँ चली आतीं, तो कितनी बहार रहती। मैं तुम्हें अपने विनोद से मिलाती। क्या यह सम्भव नहीं है? तुम्हारे माता-पिता क्या तुम्हें इतनी भी आजादी न देंगे? मुझे तो आश्चर्य यही है कि बेड़ियाँ पहनकर तुम कैसे रह सकती हो! मैं तो इस तरह घंटे भर भी न रह सकती। ईश्वर को धन्यवाद देती हूँ कि मेरे पिताजी पुरानी लकीर पीटने वालों में नहीं। वह उन नवीन आदर्शों के भक्त हैं, जिन्होंने नारी-जीवन को स्वर्ग बना दिया है, नहीं तो मैं कहीं की न रहती।

विनोद हाल ही में इंग्लैंड से डी.फिल. होकर लौटे हैं और जीवन-यात्रा आरंभ करने के पहले एक बार संसार-यात्रा करना चाहते हैं। योरोप का अधिकांश भाग तो वह देख चुके हैं, पर अमेरिका, आस्ट्रेलिया और एशिया की सैर किए बिना उन्हें चैन नहीं। मध्य एशिया और चीन का तो यह विशेष रूप से अध्ययन करना चाहते हैं। योरोपियन यात्री जिन बातों की मीमांसा न कर सके, उन्हीं पर प्रकाश डालना उनका ध्येय है। सच कहती हूँ चंदा, ऐसा साहसी, ऐसा निर्भीक, ऐसा आदर्शवादी पुरुष मैंने कभी नहीं देखा था। मैं तो उनकी बातें सुनकर चकित हो जाती हूँ। ऐसा कोई विषय नहीं है, जिसका उन्हें पूरा ज्ञान नहीं हो, जिसकी वह आलोचना न कर सकते हों; और यह केवल किताबी आलोचना नहीं होती, उसमें मौलिकता और नवीनता होती है। स्वतंत्रता के तो वह अनन्य उपासक हैं। ऐसे पुरुष की पत्नी बनकर ऐसी कौन-सी स्त्री है, जो अपने सौभाग्य पर गर्व न करे? बहन, तुमसे क्या कहूं कि प्रात:काल उन्हें अपने बँगले की ओर आते देखकर मेरे चित्त की क्या दशा हो जाती है। वह उन पर न्यौछावर होने के लिए विकल हो जाता है। वह मेरी आत्मा में बस गए हैं। अपने पुरुष की मैंने मन में जो जा की थी, उसमें और इनमें बाल बराबर भी अंतर नहीं। मुझे रात-दिन यही भय लगा रहता है कि कहीं मुझमें उन्हें कोई त्रुटि न मिल जाए। जिन विषयों में उन्हें रुचि है, उनका अध्ययन आधी रात तक किया करती हूँ। ऐसा परिश्रम मैंने कभी न किया था। आईने-कंघी से मुझे कभी इतना प्रेम न था, सुभाषितों को मैंने कभी इतने चाव से कंठ न किया था। अगर इतना सब कुछ करने पर भी मैं उनका हृदय न पा सकी, तो बहन, मेरा जीवन नष्ट हो जाएगा, मेरा हृदय फट जाएगा और संसार मेरे लिए सूना हो जाएगा।

कदाचित् प्रेम के साथ ही मन में ईर्ष्या का भाव भी उदय हो जाता है। उन्हें मेरे बँगले की ओर आते हुए देख, जब मेरी पड़ोसिन कुसुम अपने बरामदे में आकर खड़ी हो जाती हैं, तो मेरा ऐसा जी चाहता है कि उसकी आँखें ज्योति-हीन हो जाएँ। कल तो अनर्थ ही हो गया। विनोद ने उसे देखते ही हैट उतार ली और मुस्कराए। यह कुलटा भी खींसें निकालने लगी। ईश्वर सारी विपत्तियों दे, पर मिथ्याभिमान न दे। चुड़ैलों कीं-सी तो आपकी सूरत है, पर अपने को अप्सरा समझती हैं। आप कविता करती हैं और कई पत्रिकाओं में उनकी कविताएँ छप भी गयी हैं। बस, आप जमीन पर पाँव नहीं रखतीं। सच कहती हूं थोड़ी देर के लिए विनोद पर से मेरी श्रद्धा उठ गई। ऐसा आवेश होता था कि चलकर कुसुम का मुंह नोंच लूं। खैरियत हुई कि दोनों में बातचीत न हुई, पर विनोद आकर बैठे, तो आधा घंटे तक मैं उनसे बोल न सकी, जैसे उनके शब्दों में वह जादू ही न था, वाणी में वह रस ही न था। तब से अब तक मेरे चित्त की व्यग्रता शांत न हुई। रात भर मुझे नींद नहीं आयी, यह दृश्य आंखों के सामने बार-बार आता था। कुसुम को लज्जित करने के लिए कितने मनसूबे बाँध चुकी हूँ।

चंदा, प्यारी बहन, एक सप्ताह के लिए आ जा। तुमसे मिलने के लिए मन अधीर हो रहा है। मुझे इस समय तेरी सलाह और सहानुभूति की बड़ी जरूरत है। यह मेरे जीवन का सबसे नाजुक समय है। इन्हीं दस-पांच दिनों में या तो पारस हो जाऊंगी या मिट्टी। लो, सात बज गए और अभी बाल तक नहीं बनाए। विनोद के आने का समय है। अब विदा होती हूँ। कहीं आज फिर अभागिनी कुसुम अपने बरामदे में न आ खड़ी हो। अभी से दिल काँप रहा है। कल तो यह सोचकर मन को समझाया था कि यों ही सहज भाव से वह हँस पढ़ी होगी। आज भी अगर वही दृश्य सामने आया, तो उतनी आसानी से मन को न समझा सकूंगी।

तुम्हारी,
पद्मा

2

गोरखपुर
5-7-25

प्रिया पद्मा,

भला, एक युग के बाद तुम्हें मेरी सुधि आयी। मैंने तो समझा था, शायद तुमने परलोक-यात्रा कर ली। यह उस का ही दंड है, जो कुसुम तुम्हें दे रही है।15 अप्रैल को कॉलेज बंद हुआ एक जुलाई को आप खत लिखती हैं- पूरे ढाई महीने बाद, वह भी कुसुम की कृपा से। जिस कुसुम को तुम कोस रही हो, उसे मैं आशीर्वाद दे रही हूँ। वह दारुण दु:ख की भांति तुम्हारे रास्ते में न आ खड़ी होती, तो तुम्हें क्यों मेरी याद आती? खैर, विनोद की तुमने जो तस्वीर खींची, वह बहुत ही आकर्षक है, और मैं ईश्वर से मना रही हूं वह दिन जल्दी आये कि बहनोई के नाते मिल सकूँ। मगर देखना, कहीं सिविल मैरिज न कर बैठना। विवाह हिंदू- पद्धति के अनुसार ही

हो। हां तुम्हें अख्तियार है, जो सैकड़े बेहूदा और व्यर्थ के पचड़े हैं, उन्हें निकाल डालो। हो सके, विद्वान् पंडित को अवश्य बुलाना, इसलिए नहीं कि वह तुमसे बात-बात पर टके निकलवाए, बल्कि इसलिए कि वह देखता रहे कि सब कुछ शास्त्र-विधि से हो रहा है या नहीं। अच्छा, अब मुझसे पूछो कि इतने दिनों क्यों चुप्पी साधे बैठी रही। मेरे ही खानदान में इन ढाई महीनों में पांच शादियाँ हुईं। बारात का ताँता लगा रहा। ऐसा शायद ही कोई दिन गया हो कि 100 मेहमानों से कम रहे हों और जब बारात आ जाती थी, तब तो उनकी संख्या पाँच-पाँच सौ तक पहुंच जाती थी। ये पांचों लड़कियां मुझसे छोटी हैं, और मेरा बस चलता तो अभी तीन-चार साल तक न बोलती, लेकिन मेरी सुनता कौन है? और विचार करने पर मुझे भी ऐसा मालूम होता है कि माता-पिता को लड़कियों के विवाह के लिए जल्दी करना अनुचित नहीं है। जिंदगी का कोई ठिकाना नहीं। अगर माता-पिता अकाल ही मर जाएं, तो लड़की का विवाह कौन करे? भाइयों का क्या भरोसा? अगर पिता ने काफी दौलत छोड़ी है, तब तो कोई बात नहीं लेकिन जैसा साधारणत: होता है, पिता ऋण का भार छोड़ गए, तो बहन भाइयों पर भारी हो जाती है। यह भी अन्य कितने ही हिंदू रस्मों की भांति आर्थिक समस्या है, और जब तक हमारी आर्थिक दशा न सुधरेगी, यह रस्म भी न मिटेगी।

अब मेरे बलिदान की बारी है। आज से पंद्रहवें दिन यह घर मेरे लिए विदेश हो जाएगा। दो-चार महीने के लिए आऊंगी मेहमान की तरह। मेरे विनोद बनारसी हैं, अभी कानून पढ़ रहे हैं। उनके पिता नामी वकील हैं। सुनती हूं गाँव में कई मकान हैं, अच्छी मर्यादा है। मैंने अभी तक वर को देखा नहीं। पिताजी ने मुझसे पूछवाया था कि इच्छा हो, तो वर को बुला दूँ। पर मैंने मना कर दिया, कोई जरूरत नहीं है। कौन घर में बहू बने, तकदीर का सौदा है। न पिताजी ही किसी के मन में बैठ सकते हैं, और न मैं ही। अगर दो-एक बार देख ही लेती, नहीं मुलाकात ही कर लेती, तो क्या हम! दोनों एक-दूसरे को परख लेते? यह किसी तरह संभव नहीं। ज्यादा से ज्यादा हम, एक दूसरे का रंग-रूप देख सकते हैं। इस विषय में मुझे विश्वास है कि पिताजी मुझसे कम संयत नहीं हैं। मेरे दोनों बड़े बहनोई सौंदर्य के पुतले न हों, पर कोई रमणी उनसे घृणा नहीं कर सकती। मेरी बहनें उनके साथ आनन्द से जीवन बिता रही हैं। फिर पिताजी मेरे ही साथ क्यों अन्याय करेंगे। यह मैं जानती हूँ कि हमारे समाज में कुछ लोगों का वैवाहिक जीवन सुखकर नहीं है, लेकिन इस संसार में ऐसा कौन समाज है, जिसमें दु:खी परिवार न हो? और फिर हमेशा पुरुषों ही का दोष तो नहीं होता, बहुधा स्त्रियाँ ही विष की गांठें होती हैं।

मैं तो विवाह को सेवा और त्याग का व्रत समझती हूँ और इसी भाव से उसका अभिवादन करती हूँ। हां, मैं तुम्हें विनोद से छीनना तो नहीं चाहती, लेकिन अगर 20 जुलाई तक तुम दो दिन के लिए आ सको, तो मुझे जिला लो। ज्यों- ज्यों इस व्रत का दिन निकट आ रहा है, मुझे एक अज्ञात शंका हो रही है, मगर खुद बीमार हो, मेरी दवा क्या करोगी-जरूर आना, बहन।

तुम्हारी,
चंदा

5-8-25

प्यारी चंदा,

सैकड़ों बातें लिखनी हैं, किस क्रम से शुरू करूं, समझ में नहीं आता। सबसे पहले तुम्हारे विवाह के शुभ अवसर पर न पहुँच सकने के लिए क्षमा चाहती हूँ। मैं आने का निश्चय कर चुकी थी- मैं, और प्यारी चंदा के स्वयंवर में न जाऊँ।

मगर उसके ठीक तीन दिन पहले विनोद ने अपना आत्म-समर्पण करके मुझे ऐसा मुग्ध कर दिया कि फिर मुझे किसी बात की सुधि न रही। आह! वे प्रेम के अंतस्तल से निकले हुए उष्ण, आवेशमय ओर कंपित शब्द अभी तक कानों में गूंज रहे हैं। मैं खड़ी थी और विनोद मेरे सामने घुटने टेके हुए प्रेरणा, विजय और आग्रह के पुतले बने बैठे थे। ऐसा अवसर जीवन में एक बार आता है, केवल एक बार, मगर उसकी मधुर स्मृति किसी स्वर्ग-संगीत की भांति जीवन के तार-तार में व्याप्त रहती है। तुम उस आनंद का अनुभव न कर सकोगी- मैं रोने लगी, कह नहीं सकती, मन में क्या-क्या भाव आये, पर मेरी आँखों से आंसुओं की धारा बहने लगी। कदाचित यही आनंद की चरम सीमा है। मैं कुछ-कुछ निराश हो चली थी। तीन-चार दिन से विनोद को आते-जाते कुसुम से बातें करते देखती थी। कुसुम नित नए आभूषणों से सजी रहती थी। और क्या कहूं एक दिन विनोद ने कुसुम की एक कविता मुझे सुनायी और एक-एक शब्द पर सिर धुनते रहे। मैं मानिनी तो हूँ ही, सोचो, जब यह उस चुड़ैल पर लट्टू हो रहे हैं, तो मुझे क्या गरज पड़ी है कि इनके लिए अपना सिर खपाऊँ। दूसरे दिन वह सवेरे आये, तो मैंने कहला दिया, तबीयत अच्छी नहीं है। जब उन्होंने मुझसे मिलने के लिए आग्रह किया, तब विवश होकर मुझे कमरे में आना पड़ा। मन में निश्चय करके आयी थी-साफ - साफ कह दूँगी, अब आप न आया कीजिए। मैं आपके योग्य नहीं हूं मैं कवि नहीं, विदुषी नहीं, सुभाषिणी नहीं ... एक पूरी स्पीच मन में उमड़ रही थी, पर कमरे में आयी और विनोद के सतृष्ण नेत्र देखे, प्रबल उत्कंठा से काँपते हुए ओठ-बहन, उस आवेश का चित्रण नहीं कर सकती। विनोद ने मुझे बैठने भी न दिया। मेरे सामने घुटनों के बल फर्श पर बैठ गए और उनके आतुर उन्मत्त शब्द मेरे हृदय को तरंगित करने लगे।

एक सप्ताह तैयारियों में कट गया। पापा और मामा फूले न समाते थे। और सबसे प्रसन्न थी कुसुम! वही कुसुम, जिसकी सूरत से मुझे घृणा थी। अब मुझे ज्ञात हुआ कि मैंने उस पर संदेह करके उसके साथ घोर अन्याय किया। उसका हृदय निष्कपट है। उसमें न ईर्ष्या है, न तृष्णा। सेवा ही उसके जीवन का मूल तत्त्व है। में नहीं समझती कि उसके बिना ये सात दिन कैसे कटते। मैं कुछ खोयी-खोयी- सी जान पड़ती थी। कुसुम पर मैंने अपना सारा भार छोड़ दिया था। आभूषणों के चुनाव और सजाव, वस्त्रों के रंग और काट-छाँट के विषय में उसकी सुरुचि विलक्षण है। आठवें दिन जब उसने मुझे दुल्हन बनाया, तो मैं अपना रूप देखकर चकित हो गई। मैंने अपने को कभी ऐसी सुन्दरी न समझा था। गर्व से मेरी आंखों में नशा-सा छा गया।

उसी दिन संध्या-समय विनोद और मैं दो भिन्न-भिन्न जल-धाराओं की भांति संगम पर मिलकर अभिन्न हो गए। विहार-यात्रा की तैयारी पहले ही से हो चुकी थी, प्रात:काल हम मंसूरी के लिए रवाना हो गए। कुसुम हमें पहुंचाने के लिए स्टेशन तक आयी और विदा होते समय बहुत रोयी। मैं उसे साथ ले चलना चाहती थी, पर न जाने क्यों वह राजी न हुई।

मंसूरी रमणीक है, इसमें कुछ संदेह नहीं। श्याम-वर्ण मेघ-मालाएँ पहाड़ियों पर विश्राम कर रही हैं, शीतल पवन आशा-तरंगों की भांति चित्त का रंजन कर रहा है, पर मुझे ऐसा विश्वास है कि विनोद के साथ मैं किसी निर्जन वन में भी इतने ही सुख से रहती। उन्हें पाकर अब मुझे किसी वस्तु की लालसा नहीं। बहन, तुम इस आनंदमय जीवन की शायद कल्पना भी न कर सकोगी। सुबह हुई, नाश्ता आया हम दोनों ने नाश्ता किया। डांडी तैयार है, नौ बजते-बजते सैर करने निकल गए। किसी जल प्रपात के किनारे जा बैठे। वहाँ जल-प्रवाह का मधुर संगीत सुन रहें हैं, या किसी शिला-खंड पर बैठे। वहाँ मेघों की व्योम-क्रीड़ा देख रहे हैं। 11 बजते-बजते लौटे। भोजन तैयार है। भोजन किया। मैं प्यानो पर जा बैठी। विनोद को संगीत से प्रेम है। खुद बहुत अच्छा गाते हैं, और मैं गाने लगती हूं, तब तो वह झूमने लगते हैं। तीसरे पहर हम विश्राम करके खेलने या कोई खेल देखने चले जाते हैं। रात को भोजन करने के बाद थियेटर देखते हैं और वहाँ से लौटकर शयन करते हैं। न सास की घुड़कियाँ हैं, न ननदों की कानाफूसी, न जेठानियों के ताने। पर इस सुख में भी कभी-कभी मुझे एक शंका-सी होती हैं-फूल में कोई काँटा तो नहीं छिपा हुआ है, प्रकाश के पीछे कहीं अंधकार तो नहीं है! मेरी समझ में नहीं आता, ऐसी शंका क्यों होती है? अरे, यह लो, पाँच बज गए। विनोद तैयार है। आज टेनिस का मैच देखने जाना है। मैं भी जल्दी से तैयार हो जाऊं। बाकी बातें फिर लिखूंगी।

हाँ एक बात तो भूली ही जा रही थी। अपने विवाह का समाचार लिखना। पतिदेव कैसे हैं, रंग-रूप क्या है? ससुराल गयी या अभी मैके ही में हो? ससुराल गयी तो वहाँ के अनुभव अवश्य लिखना। तुम्हारी खूब नुमाइश हुई होगी। घर, और मुहल्ले की महिलाओं ने घूंघट उठाकर कर मुँह देखा होगा, खूब परीक्षा हुई होगी। ये सभी बातें विस्तार से लिखना। देखें, कब मुलाकात होती है।

तुम्हारी,
पद्मा

4

गोरखपुर 1-9-25

प्यारी पद्मा,

तुम्हारा पत्र पढ़कर चित्त को बड़ी शांति मिली। तुम्हारे न आने से ही मैं समझ गई थी कि विनोद बाबू तुम्हें हर ले गए, मगर यह न समझी थी कि तुम मंसूरी पहुंच गयीं। अब उस आमोद-प्रमोद में भला, गरीब चंदा तुम्हें क्यों याद आने लगी अब मेरी समझ में आ रहा है कि विवाह के

नए और पुराने आदर्श में क्या अंतर है। तुमने अपनी पसंद से काम लिया, सुखी हो। मैं लोक-लाज की दासी बनी रही, नसीब को रो रही हूँ।

अच्छा, अब मेरी बीती सुनो । दान-दहेज के टंटे से तो कुछ मतलब नहीं। पिताजी जे बड़ा ही उदार-हृदय पाया है। खूब दिल खोलकर दिया होगा। मगर द्वार पर बारात आते ही मेरी अग्नि-परीक्षा शुरू हो गई? कितनी उत्कंठा थी वर- दर्शन की, पर देखूँ कैसे! कुल की नाक न कट जाएगी। द्वार पर बारात आई। सारा जमाना वर को घेरे हुए था। मैंने सोचा, छत पर से देखूँ। छत पर गई, पर वहाँ से भी कुछ न दिखाई दिया। हां, इस अपराध के लिए अम्मा जी की घुड़कियां सुननी पड़ी। मेरी जो बात इन लोगों को अच्छी नहीं लगती, उसका दोष शिक्षा के माथे मढ़ा जाता है। पिताजी बेचारे मेरे साथ बड़ी सहानुभूति रखते हैं। मगर किस-किस का मुँह पकड़े। द्वार-चार तो यों गुजरा और भांवरों की तैयारियाँ होने लगीं। जनवासे से गहनों और कपड़ों का थाल आया। बहन, सारा घर-स्त्री-पुरुष- सब उस पर कुछ इस तरह टूट पड़े, मानो उन लोगों ने कभी कुछ ऐसा देखा नहीं। कोई कहता है, कंठा तो लाये ही नहीं, मानो मैं डुबा दी गई। वर-पक्ष वालों की दिल खोलकर निंदा होने लगी। मगर मैंने गहनों, कपड़ों की तरफ आंख उठाकर भी नहीं देखा। हां, जब वर के विषय में कोई बात करता था, तो तन्मय होकर सुनने लगती थी। मालूम हुआ, दुबले-पतले आदमी हैं। रंग साँवला है, आँखें बड़ी-बड़ी हैं, हँसमुख हैं। इन सूचना से दर्शनोत्कंठा और भी प्रबल होती थी। भाँवरों का मुहूर्त ज्यों- ज्यों समीप आता था, मेरा चित्त व्यग्र होता जाता था। अब तक यद्यपि मैंने उनकी झलक भी न देखी थी, पर मुझे उनके प्रति एक अभूतपूर्व प्रेम का अनुभव हो रहा था। इस वक्त यदि मुझे मालूम हो जाता कि उनके दुश्मनों को कुछ हो गया है तो मैं बावली हो जाती। अभी तक मेरा उनसे साक्षात नहीं हुआ है, मैंने उनकी बोली तक नहीं सुनी है, लेकिन संसार का सबसे रूपवान पुरुष भी, मेरे चित्त को आकर्षित नहीं कर सकता। अब यही मेरे सर्वस्व हैं।

आधी रात के बाद भांवरें हुई। सामने हवन-कुंड था, दोनों ओर विप्रगण बैठे हुए थे, दीपक जल रहा था। कुल-देवता की मूर्ति रखी हुई थी। वेद- मंत्र का पाठ हो रहा था। उस समय मुझे ऐसा मालूम हुआ कि सचमुच देवता विराजमान हैं। अग्नि, वायु, दीपक, नक्षत्र-सभी मुझे उस समय देवत्व की ज्योति से प्रदीप्त जान पड़ते थे। मुझे पहली बार आध्यात्मिक विकास का परिचय मिला। मैंने जब-अग्नि के सामने मस्तक झुकाया, तो यह कोई रस्म की पाबंदी न थी, मैं अग्निदेव को अपने सम्मुख मूर्तिमान, स्वर्गीय आभा से तेजोमय देख रही थी। आखिर भाँवरें भी समाप्त हो गई, पर पतिदेव के दर्शन न हुए।

अब अंतिम आशा यह थी कि प्रातःकाल जब पतिदेव कलेवा के लिए बुलाए जाएँगे, उस समय देखूँगी। तब उनके सिर पर मौर न होगा, सखियों के साथ मैं भी जा बैठूंगी और खूब जी भरकर देखूंगी। पर क्या मालूम था कि विधि कुछ और ही कुचक्र रच रही है। प्रातःकाल देखती हूँ तो जनवासे के खेमे उखड़ रहे हैं। बात कुछ न थी। बारातियों के नाश्ते के लिए जो सामान भेजा गया था, वह काफी न था। शायद घी भी खराब था। मेरे पिताजी को तुम जानती ही हो। कभी किसी से दबे नहीं, जहाँ रहे शेर बनकर रहे। बोले- जाते हैं, तो जाने दो, मनाने की कोई

जरूरत नहीं। कन्या-पक्ष का धर्म है बारातियों का सत्कार करना, लेकिन सत्कार का यह अर्थ नहीं कि धमकी और रोब से काम लिया जाय, मानो किसी अफसर का पड़ाव हो। अगर वह अपने लड़के की शादी कर सकते हैं, तो मैं भी अपनी लड़की की शादी कर सकता हूँ।

बरात चली गई और मैं पति के दर्शन न कर सकी। सारे शहर में हलचल मच गई। विरोधियों को हँसने का अवसर मिला। पिताजी ने बहुत सामान जमा किया था। वह सब खराब हो गया, घर में जिसे देखिए, मेरी ससुराल की निंदा कर रहा हैं- उजड्ड हैं, लोभी हैं। मुझे जरा भी बुरा नहीं लगता। लेकिन पति के विरुद्ध मैं एक शब्द भी नहीं सुनना चाहती। एक दिन अम्मा जी बोलीं- लड़का भी बेसमझ है। दूध-पीता बच्चा नहीं, कानून पढ़ता है, मूंछ-दाढ़ी जम गई है। उसे अपने बाप को समझाना चाहिए था कि आप लोग क्या कर रहे हैं। मगर वह भी भीगी बिल्ली बना रहा। मैं सुनकर तिलमिला उठी। कुछ बोली तो नहीं.. पर अम्मा जी को मालूम जरूर हो गया कि इस विषय में मैं उनसे सहमत नहीं। मैं तुम्हीं से पूछती हूँ बहन, जैसी समस्या उठ यही हुई थी, उसमें उनका क्या धर्म था? अगर वह अपने पिता और अन्य सम्बन्धियों का कहना न मानते, तो उनका अपमान न होता? उस वक्त उन्होंने वही किया, जो उचित था। मगर मुझे विश्वास है कि जरा मामला ठंडा होने पर वह आएँगे। मैं अभी से उनकी राह देखले लगी हूँ। डाकिया चिट्ठियां लाता है, तो दिल में धड़कन होने लगती है-शायद उनका पत्र भी हो। जी में बार-बार आता है, क्यों न मैं ही एक खत लिखूँ मगर संकोच में पड़ कर रह जाती हूँ। शायद मैं कभी न लिख सकूंगी। मान नहीं है, केवल संकोच है। पर हां, अगर दस-पाँच दिन और उनका पत्र न आया, या वह खुद न आये, तो संकोच मान का रूप धारण कर लेगा।

क्या तुम उन्हें एक चिट्ठी नहीं लिख सकतीं? सब खेल बन जाए। क्या मेरी खातिर इतना भी न करोगी? मगर ईश्वर के लिए उस खत में कहीं यह न लिखना कि चंदा ने प्रेरणा की है। क्षमा करना, ऐसी भद्दी गलती की, तुम्हारी ओर से शंका करके मैं तुम्हारे साथ अन्याय कर रही हूँ, मगर मैं समझदार थी ही कब?

तुम्हारी,
चंदा

5

मंसूरी
20-9-25

प्यारी चंदा,

मैंने तुम्हारा खत पाने के दूसरे ही दिन काशी खत लिख दिया था। उसका जवाब भी मिल गया। शायद बाबूजी ने तुम्हें खत लिखा हो। कुछ पुराने खयाल के आदमी हैं। मेरी तो उनसे एक दिन भी न निभती। हां, तुमसे निभ जाएगी। यदि मेरे पति ने मेरे साथ यह बर्ताव किया होता- अकारण मुझसे रूठे होते-मैं जिंदगी भर उनकी सूरत न देखती। अगर कभी आते भी तो कुत्तों

की तरह दुत्कार देती। पुरुष पर सबसे बड़ा अधिकार उसकी स्त्री का है। माता-पिता को खुश रखने के लिए वह स्त्री का तिरस्कार नहीं कर सकता। तुम्हारे ससुराल वालों ने बड़ा घृणित व्यवहार किया। पुराने खयाल वालों का गजब का कलेजा है, जो ऐसी बातें सहते हैं। देखो न, उस प्रथा का फल, जिसकी तारीफ करते तुम्हारी जबान नहीं थकती। वह दीवार सड़ गई है। टीपटाप करने से काम न चलेगा। उसी जगह नए सिरे से दीवार बनाने की जरूरत है।

अच्छा, अब कुछ मेरी भी कथा सुन लो। मुझे ऐसा संदेह हो रहा है कि विनोद ने मेरे साथ दगा की है। इनकी आर्थिक दशा वैसी नहीं, जैसी मैंने समझी थी। केवल मुझे ठगने के लिए इन्होंने सारा स्वाँग भरा था। मोटर माँगे की थी, बँगले का किराया अभी तक नहीं दिया गया, फर्नीचर किराए के थे। यह सच हे कि उन्होंने प्रत्यक्ष रूप से मुझे धोखा नहीं दिया। कभी अपनी दौलत की डींग नहीं हांकी, लेकिन ऐसा रहन-सहन बना लेना, जिससे दूसरों को अनुमान हो कि वह कोई बड़े धनी आदमी हैं, एक प्रकार का धोखा ही है। यह स्वाँग इसलिए भरा गया था कि कोई शिकार फंस जाए।

अब देखती हूँ कि विनोद मुझसे अपनी असली हालत को छिपाने का कितना प्रयत्न किया करते हैं। अपने खत मुझे नहीं देखने देते। कोई मिलने आता हैं, तो वह चौंक पड़ते हैं और घबराई हुई आवाज में बैरा से पूछते हैं, कौन हैं? तुम जानती हो, मैं धन की लौंडी नहीं। मैं केवल विशुद्ध हृदय चाहती हूँ। जिसमें पुरुषार्थ है, प्रतिभा है, वह आज नहीं तो कल अवश्य ही धनवान होकर रहेगा। मैं इस कपट-लीला से जलती हूँ। अगर विनोद अपनी कठिनाइयां कह दें, तो मैं उनके साथ सहानुभूति करूंगी, उन कठिनाइयों को दूर करने में उनकी मदद करूंगी। यों मुझसे परदा करके वह मेरी सहानुभूति और सहयोग ही से हाथ नहीं धोते, मेरे मन में अविश्वास, द्वेष और क्षोभ का बीज बोते हैं। यह चिंता मुझे मारे डालती है। अगर इन्होंने अपनी दशा साफ-साफ बता दी होती, तो मैं यहाँ मंसूरी आती ही क्यों? लखनऊ में ऐसी गरमी नहीं पड़ती कि आदमी पागल हो जाए। यह हजारों रुपये पर क्यों पानी पड़ता? सबसे कठिन समस्या जीविका की है। कई विद्यालयों में आवेदन-पत्र भेज रखे हैं। जवाब का इंतजार कर रहे हैं। शायद इस महीने के अंत तक कहीं जगह मिल जाए। पहले तीन-चार सौ मिलेंगे। समझ में कहीं आता, कैसे काम चलेगा। 150 रुपये तो पापा मेरे कॉलेज का खर्च देते थे। अगर दस- पाँच महीने जगह न मिली तो क्या करेंगे, यह फिक्र और भी खाए डालती है। मुश्किल यही है कि विनोद मुझसे परदा रखते हैं। अगर हम दोनों बैठकर परामर्श कर लेते, तो सारी गुत्थियाँ सुलझ जातीं। मगर शायद यह मुझे इस योग्य नहीं समझते। शायद, इनका खयाल है कि मैं केवल रेशमी गुड़िया हूं। जिसे भांति- भांति के आभूषणों, सुगंध, और रेशमी वस्त्रों से सजाना ही काफी है। थियेटर में कोई नया तमाशा है, तो दौड़े हुए आकर मुझे खबर देते हैं। कहीं कोई जलसा हो, कोई खेल हो, कहीं सैर करना हो, उसकी शुभ सूचना मुझे अविलम्ब दी जाती है, और बड़ी प्रसन्नता के साथ, मानो मेरे हृदय में गंभीर अंश है ही नहीं। यह मेरा अपमान है, घोर अपमान, जिसे मैं अब नहीं सह सकती। मैं अपने संपूर्ण अधिकार लेकर ही संतुष्ट हो सकती हूँ। बस, इस वक्त इतना ही। बाकी फिर। अपने यहाँ का हाल-चाल विस्तार से लिखना। मुझे अपने लिए जितनी चिंता है, उससे कम तुम्हारे लिए नहीं है। देखो, हम दोनों के डोंगे कहां लगते हैं। तुम

अपनी स्वदेशी, पाँच हजार वर्षों की पुरानी जर्जर नौका पर बैठी हो, मैं नए द्रुतगामी मोटर-वोट पर। अवसर, विज्ञान और उद्योग मेरे साथ हैं। लेकिन कोई दैवीय विपत्ति आ जाए, तब भी इसी मोटर-बोट पर डूबूं। साल में लाखों आदमी रेल की टक्करों से मर जाते हैं, पर कोई बैलगाड़ी पर यात्रा नहीं करता। रेलों का विस्तार बढ़ता ही जाता है। बस।

तुम्हारी,
पद्मा

6

गोरखपुर
25-9-25

प्यारी पद्मा,

तुम्हारा खत मिला, आज जवाब लिख रही हूँ। एक तुम हो कि महीनों रटाती हो। इस विषय में तुम्हें मुझसे उपदेश लेना चाहिए। विनोद बाबू पर तुम व्यर्थ ही आरोप लगा रही हो। तुमने क्यों पहले ही उनकी आर्थिक दशा की जांच-पड़ताल नहीं की? बस, एक सुंदर, रसिक, वाणी-मधुर युवक को देखकर फूल उठी। अब भी तुम्हारा ही दोष है। तुम अपने व्यवहार से, रहन-सहज से सिद्ध कर दो कि तुममें गंभीर अंश भी हैं, फिर देखूँ कि विनोद बाबू कैसे तुमसे परदा रखते हैं। और वहम, वह तो मानवीय स्वभाव है। सभी चाहते हैं कि लोग हमें संपन्न समझें। इस स्वांग को अंत तक निभाने की चेष्टा की जाती है और जो इस काम में सफल हो जाता है, उसी का जीवन सफल समझा जाता है। जिस युग में धन ही सर्वप्रधान हो, मर्यादा, कीर्ति, यश-यहाँ तक कि विद्या भी धन से खरीदी जा सके, उस युग में स्वाँग भरना एक लाजिमी बात हो जाती है। अधिकार योग्यता का मुँह ताकते हैं। यही समझ लो कि इन दोनों में फल और फूल का सम्बन्ध है। योग्यता का फूल लगा, और अधिकार का फल आया।

इस ज्ञानोपदेश के बाद अब तुम्हें हार्दिक धन्यवाद देती हूँ। तुमने पतिदेव के नाम जो पत्र लिखा था, उसका बहुत अच्छा असर हुआ। उसके पाँचवें ही दिन स्वामी का कृपा-पत्र मुझे मिला। बहन, वह खत पाकर मुझे कितनी खुशी हुई, इसका तुम अनुमान कर सकती हो। मालूम होता था, अंधे को आँखें मिल गई हैं। कभी कोठे पर जाती थी, कभी नीचे आती थी। सारे घर में खलबली मच गई। तुम्हें वह पत्र अत्यन्त निराशाजनक जान पड़ता, मेरे लिए वह संजीवनी-मंत्र था, आशा-दीपक था। प्राणेश ने बारातियों की उद्दण्डता पर खेद प्रकट किया था, पर बड़ों के सामने वह जबान कैसे खोल सकते थे। फिर जनातियों ने भी, बारातियों का जैसा आदर-सत्कार करना चाहिए था, वैसा नहीं किया। अंत में लिखा था- ' प्रिय, तुम्हारे दर्शनों की कितनी उत्कंठा है, मैं लिख नहीं सकता। तुम्हारी कल्पित मूर्ति नित आँखों के सामने रहती है। पर कुल-मर्यादा का पालन करना मेरा कर्तव्य है। जब तक माता-पिता का रुख न पाऊं, आ नहीं सकता। तुम्हारे वियोग में चाहे प्राण ही निकल जाएं, पर पिता की इच्छा की उपेक्षा नहीं कर सकता। हां, एक

बात का दृढ़ निश्चय कर चुका हैं- चाहे इधर की दुनिया उधर हो जाए, कपूत कहलाऊं, पिता के कोप का भागी बनूं, घर छोड़ना पड़े, पर अपनी दूसरी शादी न करूंगा। मगर जहाँ तक समझता हूं मामला इतना न खींचेगा। ये लोग थोड़े दिनों में नर्म पड़ जाएँगे और तब मैं आऊंगा और अपनी हृदयेश्वरी को आँखों पर बिठाकर लाऊंगा।'

बस, अब मैं संतुष्ट हूँ बहन। मुझे और कुछ न चाहिए। स्वामी मुझ पर इतनी कृपा रखते है, इससे अधिक और वह क्या कर सकते हैं। प्रियतम, तुम्हारी चंदा सदा तुम्हारी रहेगी, तुम्हारी-इच्छा ही उसका कर्तव्य है। वह जब तक जिएगी, तुम्हारे पवित्र चरणों से लगी रहेगी। उसे विसारना मत।

बहन, आंखों में आँसू भर जाते हैं, अब नहीं लिखा जाता, जवाब जल्दी देना।

तुम्हारी,
चंदा

7

दिल्ली,
15-12-85

प्यारी बहन

तुमसे बार-बार क्षमा माँगती हूँ, पैरों पड़ती हूँ। मेरे पत्र न लिखने का कारण आलस्य न था, सैर-सपाटे की धुन न थी। रोज सोचती थी कि आज लिखूंगी, पर कोई-न-कोई ऐसा काम आ पड़ता था, ऐसी कोई बात हो जाती थी, कोई ऐसी बाधा आ खड़ी होती थी कि चित्त अशांत हो जाता था और मुँह लपेटकर पड़ रहती थी। तुम मुझे अब देखो तो शायद पहचान भी न सको।

मंसूरी से दिल्ली आये एक महीना हो गया। यहाँ विनोद को तीन सौ रुपये की एक जगह मिल गई है। यह सारा महीना बाजार की खाक छानने में कटा। विनोद ने पूरी स्वाधीनता दे रखी है। मैं जो चाहूँ करूँ, उनसे कोई मतलब नहीं। यह मेहमान हैं। गृहस्थी का सारा बोझ मुझ पर डालकर वह निश्चित हो गए हैं।. ऐसा बेफिक्र मैंने आदमी ही नहीं देखा। हाजिरी की परवाह है, न डिनर की, बुलाया तो आ गए, नहीं तो बैठे हैं। नौकरों से कुछ बोलने की तो मानो इन्होंने कसम ही खा ली है। उन्हें डांटू तो मैं, रखूँ तो मैं, निकालू तो मैं, उनसे कोई मतलब नहीं। मैं चाहती हूँ वह मेरे प्रबंध की आलोचना करें, ऐब निकाले। मैं चाहती हूँ जब मैं बाजार से कोई चीज लाऊँ, तो वह बतायें कि मैं लूट गयी या जीत आयी। मैं चाहती हूं महीने के खर्च का बजट बनाते समय मेरे और उनके बीच में अच्छी बहस हो, पर इन अरमानों में से एक भी पूरा नहीं होता। मैं नहीं समझती, इस तरह कोई स्त्री कहाँ तक गृह-प्रबंध में सफल हो सकती है। विनोद के इस सम्पूर्ण आत्मसमर्पण ने मेरी निज की जरूरतों के लिए कोई गुंजाइश ही नहीं रखी । अपने शौक की बीच खुद खरीदकर लाते बुरा मालूम होता है, कम- से-कम मुझसे नहीं हो सकता। मैं जानती हूँ मैं अपने लिए कोई चीज लाई, तो वह नाराज न होंगे। नहीं, मुझे विश्वास है, खुश होंगे, लेकिन

मेरा जी चाहता है, मेरे शौक-सिंगार की चीज वह लाकर दें। उनसे लेने में जो आनन्द है, वह खुद जाकर लाने में नहीं। पिताजी अब भी मुझे 100 रुपये महीना देते हैं और उन रुपयों को मैं अपनी जरूरतों पर खर्च कर सकती हूँ। पर न जाने क्यों, मुझे भय होता है कि कहीं विनोद समझें, में उनके रुपये खर्च किए डालती हूं। जो आदमी किसी बात पर नाराज नहीं हो सकता, वह किसी बात पर खुश भी नहीं हो सकता। मेरी समझ ही में नहीं आता, वह किस बात से खुश और किस बात से नाराज होते हैं। बस, मेरी दशा उस आदमी की-सी है, जो बिना रास्ता जाने इधर-उधर भटकता फिरे। तुम्हें याद होगा, हम दोनों गणित का प्रश्न लगाने के बाद कितनी उत्सुकता से उसका जबाब देखती थी। जब हमारा जवाब किताब से जबाब से मिल जाता था, तो हमें कितना हार्दिक आनन्द मिलता था। मेहनत सफल हुई, इसका विश्वास हो जाता था। जिन गणित की पुस्तकों में प्रश्नों के उत्तर न लिखे होते थे, उनके प्रश्न हल करने की हमारी इच्छा ही न होती थी। सोचते थे, मेहनत अकारथ जाएगी। मैं रोज प्रश्न हल करती हूं पर नहीं जानती कि जवाब ठीक लिखा या गलत। सोचो, मेरे चित की क्या दशा होगी।

एक सप्ताह होता है, लखनऊ की मिस रिंग से भेंट हो गयी। वह लेडी डॉक्टर हैं और मेरे घर बहुत आती-जाती हैं। किसी का सिर भी धमका और मिस रिंग बुलायी हैं। पापा जब मेडीकल कॉलेज में प्रोफेसर थे, तो- उन्होंने इन मिस रिंग को पढ़ाया था। उसका एहसान वह अब तक मानती हैं। यहाँ उन्हें देखकर भोजन का निमंत्रण न देना अशिष्टता की हद होती। मिस रिंग ने मंजूर कर ली। उस दिन मुझे कितनी कठिनाई हुई है, वह बयान नहीं कर सकती। मैंने कभी अंग्रेजों के साथ कभी टेबुल पर नहीं खाया। उनके भोजन के क्या शिष्टाचार हैं, इसका मुझे बिलकुल ज्ञान नहीं। मैंने समझा था, विनोद मुझे सारी बातें बता देंगे। वह बरसों अंग्रेजों के साथ इंग्लैंड रह चुके हैं। मैंने उन्हें मिस रिंग के आने की सूचना भी दे दी, पर उस भले आदमी ने मानो सुना ही नहीं। मैंने भी निश्चय किया, मैं तुमसे कुछ न पूछूंगी, यही न होगा कि मिस रिंग हँसेंगी बला से। अपने ऊपर बार-बार झुंझलाती थी कि कहाँ से जिस रिंग को बुला बैठी। पड़ोस के बँगलों में कई हमीं जैसे परिवार रहते हैं। उनसे सलाह ले सकती थी। पर यही संकोच होता था कि ये लोग मुझे गंवारिन समझेंगे। अपनी इस विवशता पर थोड़ी देर तक आंसू भी बहाती रही। आखिर निराश होकर अपनी बुद्धि से काम लिया। दूसरे दिन मिस रिंग आयी। हम दोनों भी मेज़ पर बैठे। दावत शुरू हुई। मैं देखती थी कि विनोद बार-बार झेंपते थे और मिस रिंग बार-बार नाक सिकोड़ती थी, जिससे प्रकट हो रहा था कि शिष्टाचार की मर्यादा भंग हो रही है। मैं शर्म के मारे मरी जाती थी। खैर, किसी भांति विपत्ति सिर से टली। तब मैंने कान पकड़े कि अब किसी अंग्रेज की दावत न करूंगी। उस दिन से देख रही हूँ विनोद मुझसे कुछ खिंचे हुए हैं। मैं भी नहीं बोल रही हूँ। वह शायद समझते हैं कि मैंने उनकी भद करा दी। मैं समझ रही हूँ कि उन्होंने मुझे लज्जित किया। सच कहती हूँ चंदा, गृहस्थी के इन झंझटों से अब किसी से हँसने-बोलने का अवसर नहीं मिलता। इधर महीनों से कोई पुस्तक नहीं पढ़ सकी। विनोद की विनोद-शीलता भी न जाने कहीं चली गई। अब वह सिनेमा या थियेटर का नाम भी नहीं लेते। हां, मैं चलूँ तो वह तैयार हो जाएंगे। मैं चाहती हूँ प्रस्ताव उनकी ओर से हो, मैं केवल उसका अनुमोदन करूँ। शायद अब यह पहले की आदतें छोड़ रहे हैं। मैं तपस्या का संकल्प उनके मुख पर अंकित पाती

हूँ। जान पड़ता है, अपने में गृह-संचालन की शक्ति न पाकर उन्होंने सारा भार मुझ पर डाल दिया है। मंसूरी में यह घर के संचालक थे। दो-ढाई महीने में 15 सौ खर्च किए। कहां से लाये, यह मैं अब तक नहीं जानती। पास तो शायद ही कुछ रहा हो। संभव है, किसी मित्र से ले लिये हों। 300 रु. महीने की आमदनी में थियेटर और सिनेमा का जिक्र ही क्या। 50 रु. तो मकान ही के निकल जाते हैं। मैं इस जंजाल से तंग आ गई हूँ। जी चाहता है, विनोद से कह दूँ कि मेरे चलाए यह ठेला न चलेगा। आप दो-ढाई घंटा यूनिवर्सिटी में काम करके दिन भर चैन करें, खूब टेनिस खेलें, खूब उपन्यास पढ़ें, खूब सोएँ और मैं सुबह से आधी रात तक घर के झंझटों में मरा करूँ। कई बार छेड़ने का इरादा किया, दिल में ठान कर उनके पास गई भी, लेकिन उनका सामीप्य मेरे सारे संयम, सारी ग्लानि, सारी विरक्ति को हर लेता है। उनका विकसित मुख-मंडल, उनके अनुरक्त नेत्र, उनके कोमल शब्द मुझ पुर मोहिनी मंत्र-सा डाल देते हैं। उनके एक आलिंगन में मेरी सारी वेदना विलीन हो जाती है। बहुत अच्छा होता, अगर वह इतने रूपवान, इतने मधुरभाषी, इतने सौम्य न होते। तब कदाचित मैं उनसे झगड़ बैठती, अपनी कठिनाइयां कह सकती। इस दशा में तो इन्होंने मुझे जैसे भेड़ बना लिया है। मगर इस माया को तोड़ने का मौका तलाश कर रही हूं। एक तरह से मैं अपना आत्मसम्मान खो बैठी हूं। मैं क्यों हर एक बात में किसी की अप्रसन्नता से डरती रहती हूं। मुझमें क्यों नहीं वह भाव आता कि जो कुछ मैं कह रही हूँ वह ठीक है। मैं इतनी मुखापेक्षा क्यों करती हूं? इस मनोवृत्ति पर मुझे विजय पाना है, चाहे जो कुछ हो। अब इस वक्त विदा होती हूँ। अपने यहाँ के समाचार लिखना, जी लगा है।

तुम्हारी,
पद्मा

8

काशी,
25-12-25

प्यारी पद्मा,

तुम्हारा पत्र पढ़कर मुझे कुछ दु:ख हुआ, हँसी आयी, कुछ क्रोध आया। तुम क्या चाहती हो, यह तुम्हें खुद नहीं मालूम। तुमने आदर्श पति पाया है, व्यर्थ की शंकाओं से मन को अशांत न करो। तुम स्वाधीनता चाहती थी, वह तुम्हें मिल गई। दो आदमियों के लिए 300 रु. कम नहीं होते। उस पर अभी तुम्हारे पापा भी 100 रु. दिये जाते हैं। अब और क्या चाहिए? मुझे भय होता है कि तुम्हारा चित्त कुछ अव्यवस्थित हो गया है। मेरे पास तुम्हारे लिए सहानुभूति का एक शब्द भी नहीं।

मैं 15 तारीख को काशी आ गई। स्वामी स्वयं मुझे बिदा कराने गये थे। घर से चलते समय बहुत रोयी। पहले मैं समझती थी कि लड़कियाँ झूठ-मूठ रोया करती हैं। फिर मेरे लिए तो माता-पिता का वियोग कोई नयी बात न थी। गर्मी, दशहरा और बड़े दिन की छुट्टियों के बाद छह साल

से इस वियोग का अनुभव कर रही हूँ। कभी आंखों में आंसू न आते थे। सहेलियों से मिलने की खुशी होती थी। पर अबकी तो ऐसा जान पड़ता था कि कोई हृदय को खींचे लेता है। अम्मा के गले लिपट कर तो मैं इतना रोयी कि मुझे मूर्च्छा आ गई। पिताजी के पैरों पर लेटकर रोने की अभिलाषा मन ही में रह गई। हाय, वह रुदन का आनन्द! उस समय पिता के चरणों पर गिर कर रोने के लिए मैं अपने प्राण भी दे देती। यही रोना आता था कि मैंने उनके लिए कुछ न किया। मेरा पालन-पोषण करने में उन्होंने क्या कुछ कष्ट न उठाया।

मैं जन्म की रोगिणी हूँ। रोज ही बीमार रहती थी। अम्माजी रत-रात भर मुझे गोद में लिये बैठी रह जाती थीं। पिताजी के कंधों पर चढ़कर उचकने की याद अभी तक आती है। उन्होंने कभी मुझे कड़ी निगाह से नहीं देखा। मेरे सिर में दर्द हुआ और उनके हाथों के तोते उड़ जाते थे। 10 वर्ष की उम्र तक तो यों गये। छह साल देहरादून में गुजरे। अब, जब इस योग्य हुई कि उनकी कुछ सेवा करूँ, तो यों पर झाड़ कर अलग हो गई। कुल 8 महीने तक उनके चरणों की सेवा कर सकी और यही 8 महीने मेरे जीवन की निधि हैं। मेरी ईश्वर से यही प्रार्थना है कि मेरा जन्म इसी गोद में हो और फिर इसी अतुल पितृ-स्नेह का आनन्द भोगूं।

संध्या समय गाड़ी स्टेशन से चली। मैं जनाने कमरे में थी और लोग दूसरे कमरे में थे। उस वक्त सहसा मुझे स्वामीजी को देखने की प्रबल इच्छा हुई। सांत्वना, सहानुभूति और आश्रय के लिए हृदय व्याकुल हो रहा था। ऐसा जान पड़ता था जैसे कोई कैदी काले पानी जा रहा हो।

घंटे भर के बाद गाड़ी एक स्टेशन पर रुकी। मैं पीछे की ओर खिड़की से सिर निकालकर देखने लगी। उसी वक्त द्वार खुला और किसी ने कमरे में कदम रखा। उस कमरे में एक भी औरत न थी? चौंक कर पीछे देखा तो एक पुरुष। मैंने तुरंत मुँह छिपा लिया और बोली- आप कौन हैं? यह जनाना कमरा है। मरदाने कमरे में जाइए।

पुरुष ने खड़े-खड़े कहा-मैं तो इसी कमरे में बैठूंगा। मरदाने कमरे में भीड़ बहुत है।

मैंने रोष से कहा- नहीं, आप इसमें नहीं बैठ सकते।

'मैं तो बैठूंगा।'

'आपको निकलना पड़ेगा! आप अभी चले जाइए, नहीं तो मैं अभी जंजीर खींच दूंगी।'

'अरे साहब, मैं भी आदमी हूँ कोई जानवर नहीं हूँ। इतनी जगह पड़ी हुई है। आपका इसमें क्या हर्ज है?'

'गाड़ी ने सीटी दी। मैं और भी घबराकर बोली- आप निकलते हैं या मैं जंजीर खींचूं?'

पुरुष ने मुस्कराकर कहा- आप तो बड़ी गुस्सावर मालूम होती हैं। एक गरीब आदमी पर आपको जरा भी दया नहीं आती?'

गाड़ी चल पड़ी। मारे क्रोध और लज्जा के मुझे पसीना आ गया। मैंने फौरन द्वार खोल दिया और बोली- अच्छी बात है, आप बैठिए, मैं ही जाती हूँ।

बहन, मैं सच कहती हूँ मुझे उस वक्त लेश-मात्र भी भय न था। जानती थी, गिरते ही मर जाऊंगी, पर एक अजनबी के साथ अकेले बैठने से मर जाना अच्छा था। मैंने एक पैर लटकाया ही था कि उस पुरुष ने मेरी बाँह पकड़ ली और अंदर धकेलता हुआ बोला- अब तक तो आपने मुझे काले पानी भेजने का सामान कर दिया था। यहाँ और कोई तो है नहीं, फिर आप इतना क्यों घबराती हैं? बैठिए, जरा हंसिए बोलिए। अगले स्टेशन पर मैं उत्तर जाऊंगा, इतनी देर तक तो कृपा-कटाक्ष से वंचित न कीजिए। आपको देखकर दिल काबू से बाहर हुआ जाता है। क्यों एक गरीब का खून सिर पर लीजिएगा?...

मैंने झटक कर अपना हाथ छुड़ा लिया। सारी देह काँपने लगी। आंखों में आंसू भर आए। उस काल अगर मेरे पास कोई छुरी या कटार होती, तो मैंने जरूर उसे निकाल लिया होता, और मरने-मारने को तैयार हो गई होती। मगर इस दशा में क्रोध से ओठ चबाने के सिवा और क्या करती। आखिर झल्लाना व्यर्थ समझकर मैंने सावधान होने की चेष्टा करके कहा- आप कौन हैं? उसने उसी ढिठाई से कहा- तुम्हारे प्रेम का इच्छुक।

'आप तो मजाक करते हैं। सच बतलाइए।'

'सच बता रहा हूँ। तुम्हारा आशिक हूँ।'

'अगर आप मेरे आशिक हैं, तो कम-से-कम इतनी बात मानिए कि अगले स्टेशन पर उतर जाइए। मुझे बदनाम करके आप कुछ न पाएँगे। मुझ पर इतनी दया कीजिए।' मैंने हाथ जोड़कर यह बात कही। मेरा गला भी भर आया था। उस आदमी ने द्वार की ओर जाकर कहा- अगर आपका यही हुक्म है,' तो लीजिए, जाता हूँ। याद रखिएगा।

उसने द्वार खोल लिया और एक पाँव आगे बढ़ाया। मुझे मालूम हुआ वह नीचे कूदने जा रहा है। बहन, नहीं कह सकती कि उस वक्त मेरे दिल की क्या दशा हुई। मैंने बिजली की तरह लपक कर उसका हाथ पकड़ लिया ओर अच्छी तरफ जोर से खींच लिया।

उसने ग्लानि से भरे स्वर में कहा- क्यों खींच लिया? मैं तो चला जा रहा था।

'अगला स्टेशन आने दीजिए।'

'जब आप भगा रही हैं, तो जितनी जल्दी भाग जाऊँ, उतना ही अच्छा', 'मैं यह कब कहती हूँ कि आप चलती गाड़ी से कूद पड़े।'

'अगर मुझ पर इतनी दया है, तो एक बार जरा दर्शन ही दे दो।'

'अगर आपकी स्त्री से कोई दूसरा पुरुष ऐसी बातें करे, तो आपको कैसा लगती?'

पुरुष ने त्यौरियां चढ़ाकर कहा- मैं उसका खून पी जाता।

मैंने नि:संकोच कहा- 'तो फिर आपके साथ मेरे पति क्या व्यवहार करेंगे, यह भी आप समझते होंगे?'

'तुम अपनी रक्षा आप ही कर सकती हो। प्रिय, तुम्हें पति की मदद की जरूरत ही नहीं। अब आओ, मेरे गले से लग जाओ। मैं ही तुम्हारा भाग्यशाली स्वामी और सेवक हूँ।'

मेरा हृदय उछल पड़ा। एक बार मुँह से निकला- 'अरे! आप!' और मैं पीछे हटकर खड़ी हो गई। एक हाथ लम्बा घूंघट खींच लिया। मुँह से एक शब्द न निकला। स्वामी ने कहा- अब यह शर्म और परदा कैसा?'

'आप बड़े छलिया हैं। इतनी देर तक मुझे रुलाने में क्या मजा आया?' स्वामी-इतनी देर में मैंने तुम्हें जितना पहचान लिया,. उतना घर के अंदर शायद बरसों में भी न पहचान सकता। यह अपराध क्षमा करो। क्या तुम सचमुच गाड़ी से कूद पड़तीं?

'अवश्य! '

'बढ़ी खैरियत हुई, मगर यह दिल्लगी बहुत दिनों तक याद रहेगी?

मेरे स्वामी औसत कद के, साँवले,चेचक रूप, दुबले आदमी हैं। उनसे कहीं रूपवान पुरुष देखे हैं; पर मेरा हृदय कितना उल्लसित हो रहा था! कितनी आनन्दमय संतुष्टि का अनुभव कर रही थी, मैं बयान नहीं सकती।

मैंने पूछा- गाड़ी कब तक पहुँचेगी?

शाम को पहुंच जाएंगे।

मैंने देखा, स्वामी का चेहरा कुछ उदास हो गाया है! वह दस मिनट तक चुपचाप बैठे बाहर की तरफ ताकने लगे। मैंने उन्हें केवल बातों में लगाने के लिए यह अनावश्यक प्रश्न पूछा था। पर अब भी जब वह न बोले , तो मैंने फिर न छेड़ा। पानदान खोलकर पान लगाने लगी। सहसा उन्होंने कहा- चंदा एक बात कहूँ!

मैंने कहा- हाँ-हां शौक से कहिए।

उन्होंने सिर झुकाकर शर्माते हुए कहा- मैं जानता कि तुम इतनी रूपवती हो, तो तुमसे विवाह न करता। अब तुम्हें देखकर मुझे मालूम हो रहा है कि मैंने तुम्हारे साथ अन्याय किया है। मैं किसी तरह तुम्हारे योग्य न था।

मैंने पान का बीड़ा देते हुए कहा- ऐसी बातें न कीजिए। आप जैसे हैं, मेरे सर्वस्व हैं। मैं आपकी दासी बनकर अपने भाग्य को धन्य मानती हूँ।

दूसरा स्टेशन आ गया। गाड़ी रुकी। स्वामी चले गए। जब-जब गाड़ी रुकती थी, वह आकर दो-चार बातें कर जाते थे। शाम को हम लोग बनारस पहुँच गए। मकान एक गली में है और मेरे घर से बहुत छोटा है। इन कई दिनों में यह भी मालूम हो रहा है कि सास जी स्वभाव की रूखी हैं। लेकिन अभी किसी के बारे में कुछ नहीं कह सकती। सम्भव है, मुझे भ्रम हो रहा हो। फिर लिखूंगी।

मुझे इसकी चिंता नहीं कि घर कैसा है, आर्थिक दशा कैसी है, सास-ससुर कैसे हैं? मेरी इच्छा है कि यहाँ सभी मुझसे खुश रहें । पतिदेव को मुझसे प्रेम है, यह मेरे लिए काफी है। मुझे और किसी बात की परवाह नहीं। तुम्हारे बहनोई जी का मेरे पास बार-बार आना सास जी को अच्छा नहीं लगता। वह समझती हैं, कहीं यह सिर न चढ़ जाए। क्यों मुझ पर उनकी यह अकृपा है, कह नहीं सकती, पर इतना जानती हूँ कि वह अगर इस बात से नाराज होती हैं, तो हमारे ही भले के लिए। वह ऐसी कोई बात क्यों करेंगी, जिससे हमारा हित न हो। अपनी संतान का अहित कोई माता नहीं कर सकती। मुझमें ही कोई बुराई उन्हें नजर आयी होगी। दो-चार दिन में आप मालूम हो जाएगा। अपने यहाँ के समाचार लिखना। जवाब की आशा एक महीने से पहले तो है नहीं, तुम्हारी खुशी।

तुम्हारी,
चंदा

9

देहली,
1-2-26

प्यारी बहन,

तुम्हारे प्रथम मिलन की कुतूहलमय कथा पढ़कर चित्त प्रसन्न हो गया। मुझे तुम्हारे ऊपर हसद हो रहा है। मैंने समझा था, तुम्हें मुझ पर हसद होगा, पर क्रिया उलटी हो गई। तुम्हारे चारों ओर हरियाली ही हरियाली नजर आती है, मैं जिधर नजर डालती हूं सूखे रेत और नग्न टीलों के सिवा और कुछ नहीं। खैर, अब कुछ मेरा भी वृत्तांत सुनो-

अब जिगर थाम कर बैठो, मेरी बारी आयी।'

विनोद की अविचलित दार्शनिकता अब असह्य हो गई है। कुछ विचित्र जीव हैं। घर में आग लगे, पत्थर पड़े, इनकी बला से! इन्हें मुझ पर जरा भी दया नहीं आती। मैं सुबह से शाम तक घर के झंझट में कुढ़े करूँ, इन्हें कुछ परवाह नहीं। ऐसा सहानुभूति से खाली आदमी कभी नहीं देखा था। इन्हें तो किसी जंगल में तपस्या करनी चाहिए थी। अभी तो खैर दो ही प्राणी हैं, लेकिन कहीं बाल-बच्चे हो गए तब तो मैं बेमौत मर जाऊंगी। ईश्वर न करे, यह दारुण विपत्ति मेरे सिर पड़े।

चंदा, मुझे अब दिल से लगी हुई है कि किसी भांति इनकी यह समाधि भंग कर दूँ। मगर कोई उपाय सफल नहीं होता, कोई चाल ठीक नहीं पड़ती। एक दिन मैंने उनके कमरे के लैंप का बल्ब तोड़ दिया। कमरा अँधेरा पड़ा रहा। आप सैर करके आये, तो कमरा में अंधेरा देखा। मुझसे पूछा, मैंने कह दिया, बल्ब टूट गया। बस, आपने भोजन किया और मेरे कमरे में आकर लेट गये। पत्रों और उपन्यासों की ओर देखा तक नहीं, न-जाने वह उत्सुकता कहां विलीन हो

गयी। दिन भर गुजर गया, आपको बल्ब लगाने की कोई फिक्र नहीं। आखिर मुझी को बाजार से लाना पड़ा।

एक दिन मैंने झुंझलाकर रसोइये को निकाल दिया। सोचा, जब लाला रात भर भूखे सोएंगे तब आंखें खुलेंगी। मगर इस भले आदमी थे कुछ पूछा तक नहीं। चाय न मिली, कुछ परवाह नहीं। ठीक दस बजे अपने कपड़े पहने, एक बार रसोई की ओर जाकर देखा, सन्नाटा था। बस, कॉलेज चल दिए। एक आदमी पूछता है, महाराज कहां गया, क्यों गया, अब क्या इन्तजाम होगा, कौन खाना पकायेगा? कम-से-कम इतना तो मुझसे कह सकते थे कि तुम अगर नहीं पका सकती, तो बाजार से कुछ खाना मँगवा लो।

जब वह चले गए, तो मुझे बड़ा पश्चात्ताप हुआ। रॉयल होटल से खाना मँगवाया और बैरे के हाथ कॉलेज भेज दिया। पर खुद भूखी ही रही। दिन भर भूख के मारे बुरा हाल था। सिर में दर्द होने लगा। आप कॉलेज से आये और मुझे पड़े देखा तो ऐसा परेशान हुए, मानो मुझे त्रिदोष है। उसी वक्त एक डॉक्टर बुला भेजा। डॉक्टर आये, आंखें देखी, जबान देखी, हरारत देखी, लगाने की दवा अलग दी, पीने की अलग। आदमी दवा लेने गया। लौटा तो 12 रुपये का बिल भी था। मुझे इन सारी बातों पर ऐसा क्रोध आ रहा था कि कहीं भागकर चली जाऊँ। उस पर आप आराम कुर्सी डालकर मेरी चारपाई के पास बैठ गए और एक-एक पल पर पूछने लगे, कैसा जी है। दर्द कुछ कम हुआ? यहाँ मारे भूख के आंतें कुलबुला रही थीं। दवा हाथ से छुई तक नहीं। आखिर झख मारकर मैंने फिर बैरे से खाना मँगवाया। फिर चाल उलटी पड़ी। मैं डरी कि कहीं सबेरे महाशय डॉक्टर को न बुला बैठें, इसलिए सबेरा होते ही हारकर फिर घर के काम-धंधे में लगी। उसी वक्त एक दूसरा महाराज बुलवाया। अपने पुराने महाराज को बेकसूर निकालकर दंड स्वरूप एक काठ के उल्लू को रखना पड़ा, जो मामूली चपातियाँ भी नहीं पका सकता था। उस दिन से एक बला गले पड़ी। दोनों वक्त दो घंटे इस महाराज को सिखाने में लग जाते हैं। इसे अपनी पाक-कला का ऐसा घमंड है कि मैं चाहे जितना बकूं, पर करता अपने मन की है। उस पर बीच बीच में मुस्कराने लगता है, मानो कहता हो कि 'तुम इन बातों को क्या जानो, चुपचाप बैठी देखती जाओ।' जलाने चली थी विनोद को, और खुद जल गई। रुपये खर्च हुए, वह तो हुए ही, एक और जंजाल में फंस गई। मैं खूब जानती हूँ कि विनोद का डॉक्टर को बुलाना या मेरे पास बैठे रहना केवल दिखावा था। उनके चेहरे पर जरा भी घबराहट न थी, चित्त जरा भी अशांत न था।

चंदा, मुझे क्षमा करना। मैं नहीं जानती कि ऐसे पुरुष के पाले पड़कर तुम्हारी क्या दशा होती, पर मेरे लिए इस दशा में रहना असह्य है। मैं आगे जो वृत्तांत कहने वाली हूं उसे सुनकर तुम नाक-भौं सिकोड़ोगी, मुझे कोसोगी, कलंकिनी कहोगी, पर जो चाहे कहो, परवाह नहीं। आज चार दिन होते हैं, मैंने त्रिया-चरित्र का एक नया अभिनय किया। हम दोनों सिनेमा देखने गये थे। वहाँ मेरी बगल में एक बंगाली बाबू बैठे हुए थे। विनोद सिनेमा में इस तरह बैठते हैं, मानो ध्यानावस्था में हों। न बोलना, न चालना। फिल्म इतनी सुंदर थी, एक्टिंग इतनी सजीव कि मेरे मुँह से बार-बार प्रशंसा के शब्द निकल जाते थे, बंगाली बाबू को भी बड़ा आनंद आ रहा था।

हम दोनों उस फिल्म पर आलोचनाएँ करने लगे। वह फिल्म के भावों की इतनी रोचक व्याख्या करता था कि मन मुग्ध हो जाता था। फिल्म से ज्यादा मजा मुझे उसकी बातों में आ रहा था। बहन सच कहती हूँ , शक्ल-सूरत में वह विनोद के तलवों की बराबरी भी नहीं कर सकता, पर केवल विनोद को जलाने के लिए मैं-उससे मुस्करा-मुस्करा कर बातें करने लगी। उसने समझा, कोई शिकार फंस गया। अवकाश के समय वह बाहर जाने लगा, तो मैं भी उठ खड़ी हुई, पर विनोद -अपनी जगह पर ही बैठे रहे।

मैंने कहा-बाहर चलते हो, मेरी तो बैठे-बैठे कमर दुख गई।

विनोद बोले- हाँ-हाँ चलो, इधर-उधर टहल आएँ ।

मैंने लापरवाही से करा- तुम्हारा जी न चाहे तो मत चलो, मैं मजबूर नहीं करती।

विनोद फिर अपनी जगह पर बैठते हुए बोले-अच्छी बात है।

मैं बाहर आयी तो बंगाली बाबू ने पूछा- क्या आप यहीं की रहने वाली हैं? 'मेरे पति यहाँ यूनिवर्सिटी में प्रोफेसर हैं।'

'अच्छा! वह आपके पति थे। अजीब आदमी हैं।'

'आपको तो मैंने शायद यहाँ पहले ही देखा है।'

'हाँ मेरा मकान तो बंगाल में हैं। कंचनपुर के महाराजा साहब का प्राइवेट सेक्रेट्री हूँ। महाराजा साहब वायसराय से मिलने आये हैं।'

तो अभी दो-चार दिन रहिएगा?

'जी हां, आशा करता हूँ। रहूँ तो साल भर रह जाऊँ। जाऊं तो दूसरी गाड़ी से चला जाऊँ। हमारे महाराजा साहब का कुछ ठीक नहीं। यों बड़े सज्जन और मिलनसार हैं। आपसे मिलकर बहुत खुश होंगे।'

यह बातें करते-करते हम रेस्त्रा में पहुँच गए। बाबू ने चाय और टोस्ट लिया। मैंने सिर्फ चाय ली।

'तो इसी वक्त आपका महाराजा साहब से परिचय करा दूँ। आपको आश्चर्य होगा कि मुकुटधारियों में भी इतनी नम्रता और विजय हो सकती है। उनकी बातें सुनकर आप मुग्ध हो जाएँगी।'

मैंने आईने में अपनी सूरत देखकर कहा- जी नहीं, फिर किसी दिन पर रखिए। आपसे तो अकसर मुलाकात होती रहेगी। क्या आपकी स्त्री आपके साथ नहीं आयी?

युवक ने मुस्कुराकर कहा- मैं अभी कुंवारा हूँ और शायद कुंवारा ही रहूँ। मैंने उत्सुक होकर पूछा- अच्छा! तो आप भी स्त्रियों से भागने वाले जीवों में हैं। इतनी, बातें हो गई और आपका नाम तक न पूछा। बाबू ने अपना नाम भुवन मोहन दास गुप्त बताया। मैंने अपना परिचय दिया।

'जी वहीं, मैं उन अभागों में हूँ जो एक बार निराश होकर फिर उसकी परीक्षा नहीं करते। रूप की तो संसार में कमी नहीं, मगर रूप और गुण का मेल बहुत कम देखने में आता है। जिस रमणी से मेरा प्रेम था, वह आज एक बड़े वकील की पत्नी है। मैं गरीब था। इसकी सजा मुझे ऐसी मिली कि जीवन-पर्यंत न भूलेगी। साल भर तक जिसकी उपासना की, जब उसने मुझे धन पर बलिदान कर दिया, तो अब और क्या आशा रखूँ?'

मैंने हँसकर कहा- आपने बहुत जल्दी हिम्मत हार दी!

भुवन ने सामने द्वार की ओर ताकते हुए कहा- मैंने आज तक ऐसा वीर ही नहीं देखा, जो रमणियों से परास्त न हुआ हो। वे हृदय पर चोट करती हैं और हृदय एक ही गहरी चोट सह सकता है। जिस रमणी ने मेरे प्रेम को तुच्छ समझकर पैरों से कुचल दिया, उसको मैं दिखाना चाहता हूँ कि मेरी आंखों में धन कितनी तुच्छ वस्तु है। यही मेरे जीवन का एकमात्र उद्देश्य है। मेरा जीवन उसी दिन सफल होगा, जब विमला के घर के सामने मेरा विशाल भवन होगा और उसका पति मुझसे मिलने में अपना सौभाग्य समझेगा।

मैंने गम्भीरता से कहा- यह तो कोई ऊंचा लक्ष्य नहीं है। आप यह क्यों समझते हैं कि विमला ने केवल धन के लिये आपका परित्याग किया। सम्भव है, इसके और भी कारण हों। माता-पिता ने उसी पर दबाव डाला हो, या अपने ही में उसे कोई ऐसी त्रुटि दिखाई दी हो, जिससे आपका जीवन दुखमय हो जाता। आप यह क्यों समझते हैं कि जिस प्रेम से वंचित होकर आप उतने दु:खी हुए, उसी प्रेम से वंचित होकर वह सुखी हुई होगी। सम्भव था, कोई धनी स्त्री पाकर आप भी पिघल जाते।

भुवन ने जोर देकर कहा- यह असम्भव है, सर्वथा असम्भव है। मैं उसके लिए त्रिलोक का राज्य भी त्याग देता।

मैंने हंसकर कहा- हाँ इस वक्त आप ऐसा कह सकते हैं, मगर ऐसी परीक्षा में पढ़कर आपकी क्या दशा होती, इसे आप निश्चयपूर्वक नहीं बता सकते। सिपाही की बहादुरी का प्रमाण उसकी तलवार है, उसकी जबान नहीं। इसे आप अपना सौभाग्य समझिए कि आपको उस परीक्षा में नहीं पड़ना पड़ा। वह प्रेम-प्रेम नहीं है, जो प्रत्याघात की शरण ले, प्रेम का आदि भी सहृदयता है और अंत भी सहृदयता। सम्भव है, आपको अब भी कोई ऐसी बात मालूम हो जाए, जो विमला की तरफ से आपको नरम कर दे।

भुवन गहरे विचार में डूब गए। एक मिनट के बाद उन्होंने सिर उठाया और बोले- मिसेज विनोद, आपने आज एक ऐसी बात सुझा दी, जो आज तक मेरे ध्यान में आयी ही न थी। यह भाव कभी मेरे मन में उदय ही नहीं हुआ था। मैं इतना अनुदार क्यों हो गया, समझ में नहीं आता। मुझे आज मालूम हुआ कि प्रेम के ऊंचे आदर्श का पालन रमणियां ही कर सकती हैं। पुरुष कभी प्रेम के लिए आत्मसमर्पण नहीं कर सकता- वह प्रेम को स्वार्थ और वासना से पृथक् नहीं कर सकता। अब मेरा जीवन सुखमय हो जाएगा। आपने मुझे आज जो शिक्षा दी है, उसके लिए आपको धन्यवाद देता हूं।

यह कहते-कहते भुवन सहसा चौंक पड़े और बोले- ओह! मैं कितना बड़ा मूर्ख हूं-सारा रहस्य समझ में आ गया, अब कोई बात छिपी नहीं है। ओह, मैंने विमला के साथ घोर अन्याय किया! महान अन्याय। मैं बिलकुल अंधा हो गया था। विमला, मुझे क्षमा करो।

भुवन इसी तरह देर तक विलाप करते रहे। बार-बार धन्यवाद देते थे और अपनी मूर्खता पर पछताते थे। हमें इसकी सुध ही न रही कब घंटी बजी, कब खेल शुरू हुआ। एकाएक विनोद कमरे में आये। मैं चौंक पड़ी। मैंने उनके मुख की ओर देखा, किसी भाव का पता न था। बोले- तुम अभी यहीं हो पद्मा। खेल शुरू हुए तो देर हुई। मैं चारों तरफ खोज रहा था।

मैं हकबकाकर उठ खड़ी हुई और बोली--खेल शुरू हो गया? घंटी की आवाज तो सुनाई ही नहीं दी। भुवन भी उठे। हम फिर आकर तमाशा देखने लगे। विनोद ने मुझे अगर इस वक्त दो-चार लगने वाली बातें कह दी होतीं, उनकी आंखों में क्रोध की झलक दिखाई देती, तो मेरा अशांत हृदय सँभल जाता, मेरे मन को ढाढस होता, पर उनके अविचलित विश्वास ने मुझे और भी अशांत कर दिया। बहन, मैं चाहती हूं वह मुझ पर शासन करें। मैं उनकी कठोरता, उनकी उद्दंडता, उनकी बलिष्ठता का रूप देखना चाहती हूँ। उनके प्रेम, प्रमोद, विश्वास का रूप देख चुकी। इससे मेरी आत्मा को तृप्ति नहीं होती! तुम उस पिता को क्या कहोगी, जो अपने पुत्र को अच्छा खिलाए, अच्छा पहनाएं, पर उनकी शिक्षा-दीक्षा की कुछ भी चिंता न करे, वह जिस राह जाए, उस राह जाने दे, जो कुछ करे, वह करने दे। कभी उसे कड़ी आँख से देखे भी नहीं। ऐसा लड़का अवश्य ही आवारा हो जायेगा। मेरा भी यही हाल हुआ जाता है। यह उदासीनता मेरे लिए असह्य है। उस भले आदमी ने यहाँ तक न पूछा कि भुवन कौन थे। भुवन ने यही तो समझा होगा कि इसका पति इसकी बिलकुल परवाह नहीं करता। विनोद खुद स्वाधीन रहना चाहते हैं, मुझे भी स्वाधीन छोड़ देना चाहते हैं। वह मेरे किसी काम में हस्तक्षेप नहीं करना चाहते । इसी तरह चाहते हैं कि मैं भी उनके किसी काम में हस्तक्षेप न करूँ।

मैं इस स्वाधीनता को दोनों ही के लिए विष-तुल्य समझती हूँ। संसार में स्वाधीनता का चाहे जो भी मूल्य हो, घर में तो पराधीनता ही फूलती-फलती है। मैं जिस तरह अपने एक जेवर को अपना समझती हूँ उसी तरह विनोद को भी अपना समझना चाहती हूँ। अगर मुझसे पूछे बिना विनोद उसे किसी को दे दे, तो मैं लड़ पडूंगी। मैं चाहती हूं उसी तरह उन पर मेरा अधिकार हो। अपने ऊपर भी उनका ऐसा ही अधिकार चाहती हूँ। उन्हें मेरी एक-एक बात पर ध्यान देना चाहिए। मैं किससे मिलती हूँ कहां जाती हूँ किस तरह जीवन व्यतीत करती हूँ इन सारी बातों पर उनकी तीव्र दृष्टि रहनी चाहिए। जब वह मेरी परवाह नहीं करते, तो मैं उनकी परवाह क्यों करूं। इस खींचातानी में हम एक दूसरे से अलग होते चले जा रहे हैं। और क्या कहूं, मुझे कुछ नहीं मालूम कि वह किन मित्रों को रोज पत्र लिखते हैं। उन्होंने भी मुझसे कभी कुछ नहीं कहा। खैर, मैं क्या लिख रही थी, क्या कहने लगी। विनोद ने मुझसे कुछ नहीं पूछा। मैं फिर भुवन से फिल्म के संबंध में बातें करने लगी।

जब खेल खत्म हो गया और हम लोग बाहर आये और ताँगा ठीक करने लगे तो भुवन ने कहा-'मैं अपनी कार में आपको पहुँचा दूँगा।'

हमने कोई आपत्ति नहीं की। हमारे मकान का पता पूछकर भुवन ने कार चला दी। रास्ते में मैंने भुवन से कहा-'कल मेरे यहाँ दोपहर का खाना खाइएगा।' भुवन ने स्वीकार कर लिया।

भुवन तो हमें पहुँचा कर चले गए, पर मेरा मन बड़ी देर तक उन्हीं की तरफ लगा रहा। इन दो-तीन घंटों में भुवन को जितना समझी, उतना विनोद को आज तक नहीं समझी। मैंने भी अपने मन की जितनी बातें उससे कह दीं, उतनी विनोद से आज तक नहीं कहीं। भुवन उन मनुष्यों में है, जो किसी पर-पुरुष को मेरी ओर कुदृष्टि डालते देखकर उसे मार डालेगा। उसी तरह मुझे किसी पुरुष से हँसते देखकर मेरा खून पी लेगा और जरूरत पड़ेगी, तो मेरे लिए आग में कूद भी पड़ेगा। ऐसा ही पुरुष-चरित्र मेरे हृदय पर विजय पा सकता है। मेरे ही हृदय पर नहीं, नारी-जाति (मेरे विचार में) ऐसे ही पुरुष पर जान देती है। वह निर्बल है, इसलिए बलवान् का आश्रय ढूंढ़ती है।

बहन, तुम ऊब गयी होगी, खत बहुत लम्बा हो गया, मगर इस कांड को समाप्त किए बिना नहीं रहा जाता। मैंने सबेरे ही से भुवन की दावत की तैयारी शुरू कर दी। रसोइया काठ का उल्लू है, मैंने सारा काम अपने हाथ से किया। भोजन बनाने में ऐसा आनन्द मुझे कभी न मिला था।

भुवन बाबू की कार ठीक समय पर आ पहुँची। भुवन उतरे और सीधे मेरे कमरे में आये। दो-चार बातें हुईं। डिनर टेबल पर जा बैठे । विनोद भी, भोजन, करने आये। मैंने उन दोनों का परिचय करा दिया। मुझे ऐसा मालूम हुआ कि विनोद ने भुवन की ओर से कुछ उदासीनता दिखायी। इन्हें राजाओं-रईसों से चिढ़ है, साम्यवादी हैं। जब राजाओं से चिढ़ है तो उनके पिट्ठुओं से क्यों न होती? वह समझते हैं, इन रईसों के दरबार में खुशामदी, निकम्मे, सिद्धांतहीन एवं चरित्रहीन लोगों का जमघट रहता है। जिनका इनके सिवाय और काम नहीं कि अपने रईस की हर एक उचित-अनुचित इच्छा पूरी करें और प्रजा का गला काटकर अपना घर भरें! भोजन के समय बातचीत की धारा घूमते-घामते विवाह और प्रेम-जैसे महत्त्व के विषय पर आ पहुंची।

विनोद ने कहा- नहीं, मैं वर्तमान वैवाहिक प्रथा को पसंद नहीं करता। इस प्रथा का आविष्कार उस समय हुआ था, जब मनुष्य सभ्यता की प्रारंभिक दशा में था। तब से दुनिया बहुत आगे बड़ी है! मगर विवाह-प्रथा में जौ-भर भी अन्तर नहीं पड़ा। यह प्रथा वर्तमान काल के लिए उपयोगी नहीं है।

इन्हें राजाओं-रईसों से चिढ़ है, साम्यवादी हैं। जब राजाओं से चिढ़ है तो उनके पिट्ठूओं से क्यों न होती? वह समझते हैं, इन रईसों के दरबार में खुशामदी, निकम्मे, सिद्धांतहीन एवं चरित्रहीन लोगों का जमघट रहता है। जिनका इनके सिवाय और काम नहीं कि अपने रईस की हर एक उचित-अनुचित इच्छा पूरी करें और प्रजा का गला काटकर अपना घर भरें! भोजन के समय बातचीत की धारा घूमते-घामते विवाह और प्रेम-जैसे महत्त्व के विषय पर आ पहुंची।

विनोद ने कहा- नहीं, मैं वर्तमान वैवाहिक प्रथा को पसंद नहीं करता। इस प्रथा का आविष्कार उस समय हुआ था, जब मनुष्य सभ्यता की प्रारंभिक दशा में था। तब से दुनिया बहुत आगे बड़ी है! मगर विवाह-प्रथा में जौ-भर भी अन्तर नहीं पड़ा। यह प्रथा वर्तमान काल के लिए उपयोगी नहीं है।

भुवन ने कहा- आखिर आपको इसमें क्या दोष दिखाई देते हैं?

विनोद ने विचार कर कहा- इसमें सबसे बड़ा ऐब यह है कि यह एक सामाजिक प्रश्न क धार्मिक रूप दे देती है।

'और दूसरा?'

'दूसरा यह कि यह व्यक्तियों की स्वाधीनता में बाधक है। यह स्त्री-व्रत और पतिव्रता का स्वाँग रचकर हमारी आत्मा को संकुचित कर देता है। हमारी बुद्धि के विकास में जितनी रुकावट इस प्रथा ने डाली है, उतनी और किसी भौतिक या दैनिक क्रांति से नहीं हुई है। इसने मिथ्या आदर्शों को हमारे सामने रख दिया और आज तक हम उन्हीं पुरानी, सड़ी हुई, लज्जाजनक, पाशविक लकीरों को पीटते जाते हैं। व्रत केवल एक निरर्थक बंधन का नाम है। इतना महत्त्वपूर्ण नाम देकर हमने उस कैद को धार्मिक रूप दे दिया है। पुरुष क्यों चाहता है कि स्त्री उसको अपना ईश्वर, अपना सर्वस्व समझे? केवल इसलिए कि वह उसका भरण-पोषण करता है? क्या स्त्री का कर्तव्य केवल पुरुष की संपत्ति के लिए वारिस पैदा करना है? उस सम्पत्ति के लिए जिस पर, हिंदू नीतिशास्त्र के अनुसार, पति के देहांत के बाद उसका कोई अधिकार नहीं रहता। समाज की वह सारी व्यवस्था, सारा संगठन सम्पत्ति-रक्षा के आधार पर हुआ है। इसने सम्पत्ति को प्रधान और व्यक्ति को गौण कर दिया है। हमारे ही वीर्य से उत्पन्न-संतान हमारी कमाई हुई जायदाद का भोग करे, इस मनोभाव में कितनी स्वार्थांधता, कितना दासत्व छिपा हुआ है, इसका कोई अनुमान नहीं कर सकता। इस कैद में जकड़ी हुई समाज की संतान यदि आज घर में, देश में, संसार में, अपने क्रूर स्वार्थ के लिए रक्त की नदियाँ बहा रही है तो क्या आश्चर्य। मैं इस वैवाहिक प्रथा को सारी बुराइयों का मूल समझता हूँ।'

भुवन चकित हो गया। मैं खुद चकित हो गई। विनोद ने इस विषय पर मुझसे कभी इतनी स्पष्टता से बातचीत न की थी। मैं यह तो जानती थी, वह साम्यवादी है, दो-एक बार इस विषय पर उनसे बहस भी कर चुकी हूँ पर वैवाहिक प्रथा के ये इतने विरोधी हैं, यह मुझे न मालूम था। भुवन के चेहरे से ऐसा प्रकट होता था कि उन्होंने ऐसे दार्शनिक विचारों की गंध तक नहीं पायी। जरा देर के वाद बोले-प्रोफेसर साहब, आपने तो मुझे एक बड़े चक्कर में डाल दिया। आखिर आप इस प्रथा की जगह कोई और प्रथा रखना चाहते हैं या विवाह की आवश्यकता ही नहीं समझते? जिस तरह पशु-पक्षी आपस में मिलते हैं, वही हमें भी करना चाहिए?

विनोद ने तुरंत उत्तर दिया-बहुत कुछ। पशु-पक्षियों में सभी का मानसिक विकास एक-सा नहीं है। कुछ ऐसे हैं, जो जोड़े के चुनाव में कोई विचार नहीं रखते। कुछ ऐसे हैं, जो एक बार बच्चे पैदा करने के बाद अलग हो जाते हैं, और कुछ ऐसे हैं, जो जीवनपर्यन्त एक साथ रहते हैं। कितनी ही भिन्न-भिन्न श्रेणियाँ हैं। मैं मनुष्य होने के नाते! उसी श्रेणी को श्रेष्ठ समझता हूँ जो जीवन-पर्यन्त एक साथ रहते हैं, मगर स्वेच्छा से। उनके यहाँ कोई कैद नहीं, कोई सजा नहीं। दोनों अपने-अपने चारे-दाने की फिक्र करते हैं। दोनों मिलकर रहने का स्थान बनाते हैं, दोनों साथ बच्चों का पालन करते हैं। उनके बीच में कोई तीसरा नर या मादा आ ही नहीं सकता, यहाँ तक कि उनमें से जब एक मर जाता है, तो दूसरा मरते दम तक फुट्टैल रहता है। यह अंधेर

मनुष्य-जाति ही में है कि स्त्री ने किसी दूसरे पुरुष से हंसकर बात की और उसके पुरुष की छाती पर साँप लोटने लगा, खून- खराबे के मनसूबे सोचे जाने लगे। पुरूष ने किसी स्त्री की ओर रसिक नेत्रों से देखा और अर्धांगिनी ने त्यौरियां बदली, पति के प्राण लेने को तैयार हो गई। यह सब क्या है? ऐसा मनुष्य-समाज सभ्यता का किस मुँह से दावा कर सकता

भुवन ने सिर हिलाते हुए कहा मगर मनुष्यों में भी तो भिन्न-भिन्न श्रेणियाँ हैं। कुछ लोग हर महीने एक नया जोड़ा खोज निकालेंगे।

विनोद ने हँसकर कहा- लेकिन यह इतना आसान काम न होगा। या तो वह ऐसी स्त्री चाहेगा, जो संतान का पालन स्वयं कर सकती हो, या उसे एकमुश्त सारी रकम अदा करनी पड़ेगी।

भुवन भी हँसे- आप अपने को किस श्रेणी में रखेंगे?

विनोद इस प्रश्न के लिए तैयार न थे। था भी बेढंगा-सा सवाल। झेंपते हुए बोले-परिस्थितियाँ जिस श्रेणी में ले जाएँ। मैं स्त्री और पुरुष, दोनों के लिए पूर्ण स्वाधीनता का हामी हूँ। कोई कारण नहीं है कि मेरा मन किसी नवयौवना की ओर आकर्षित हो और वह भी मुझे चाहे, तो भी मैं समाज और नीति के भय से उसकी ओर ताक न सकूँ। मैं इसे पाप नहीं समझता।

भुवन अभी कुछ उत्तर न देने पाए थे कि विनोद उठ खड़े हुए। कॉलेज के लिए देर हो रही थी। तुरंत कपड़े पहने और चल दिए। हम दोनों दीवानखाने में आकर बैठे और बातें करने लगे।

भुवन ने सिगार जलाते हुए कहा- कुछ सुना, कहां जाकर ताज टूटी? मैंने मारे शर्म के सिर झुका लिया। क्या जवाब देती? विनोद की अंतिम बात ने मेरे हृदय पर कठोर आघात किया था। मुझे ऐसा मालूम हो रहा था कि विनोद ने केवल मुझे सुनाने के लिए विवाह का यह नया खंडन तैयार किया है। वह मुझसे पिंड छुड़ा लेना चाहते हैं। वह किसी रमणी की ताक में हैं, मुझसे उनका जी भर गया। यह खयाल करके मुझे बड़ा दुःख हुआ। मेरी आंखों से आंसू बहने लगे। कदाचित् एकांत में मैं न रोती, पर भुवन के सामने मैं संयत न रह सकी। भुवन ने मुझे बहुत सांत्वना दी- आप व्यर्थ इतना शोक करती हैं। मिस्टर विनोद आपका मान न करें, पर संसार में कम- से-कम एक ऐसा व्यक्ति है, जो आपके संकेत पर अपने प्राण तक न्यौछावर कर सकता है। आप-जैसी रमणी रत्न पाकर संसार में ऐसा कौन पुरूष है, जो अपने भाग्य को धन्य न मानेगा? आप इसकी बिलकुल चिंता न करें।

मुझे भुवन की यह बात बुरी मालूम हुई। क्रोध से मेरा मुख लाल हो गया। यह धूर्त मेरी इस दुर्बलता से लाभ उठाकर मेरा सर्वनाश करना चाहता है। अपने दुर्भाग्य पर बराबर रोना आता था। अभी विवाह हुए, साल भी नहीं पूरा हुआ और मेरी यह दशा हो गई कि दूसरों को मुझे बहकाने और मुझ पर अपना जादू चलाने का साहस हो रहा है। जिस वक्त मैंने विनोद को देखा था, मेरा हृदय कितना फूल उठा था। मैंने अपने हृदय को कितनी भक्ति से उनके चरणों पर अर्पण किया था। मगर क्या जानती थी कि इतनी जल्द मैं उनकी आंखों से गिर जाऊंगी, और मुझे परित्यक्ता समझकर शोहदे मुझ पर डोरे डालेंगे।

मैंने आंसू, पोंछते हुए कहा- मैं आपसे क्षमा माँगती हूँ मुझे जरा विश्राम लेने दीजिए।

हाँ-हाँ, आप आराम करें, मैं बैठा देखता रहूँगा।

जी नहीं, अब आप कृपा करके जाइए। यों मुझे आराम न मिलेगा।' अच्छी बात है, आप आराम कीजिए। मैं संध्या-समय आकर देख जाऊंगा।

जी नहीं, आपको कष्ट करने की कोई जरूरत नहीं है।

अच्छा, तो मैं कल आऊंगा। शायद महाराजा साहब भी आएँ।

नहीं, आप लोग मेरे बुलाने का इंतजार कीजिएगा। बिना बुलाए न आइए। यह कहती हुई मैं उठकर अपने सोने के कमरे की ओर चली। भुवन एक क्षण मेरी ओर देखता रहा फिर चुपके से चला गया।

बहन, एक दो दिन हो गए हैं। पर मैं कमरे से बाहर नहीं निकली। भुवन दो-तीन बार आ चुका है, मगर मैंने उससे मिलने से साफ इनकार कर दिया। अब शायद उसे फिर आने का साहस न होगा। ईश्वर ने बड़े नाजुक मौके पर मुझे सुबुद्धि प्रदान की, नहीं तो मैं अब तक अपना सर्वनाश कर चुकी होती। विनोद प्राय: मेरे ही पास बैठे रहते हैं। लेकिन उनसे बोलने को मेरा जी नहीं चाहता। जो पुरुष व्यभिचार का दार्शनिक सिद्धांतों से समर्थन कर सकता है, जिसकी आँखों में विवाह-जैसे पवित्र बंधन का कोई महत्त्व नहीं, जो न मेरा हो सकता है, न मुझे अपना बना सकता है, उसके साथ मुझ-जैसी मानिनी गर्विणी स्त्री का कितने दिन निर्वाह होगा!

बस, अब बिदा होती हूँ। बहन, क्षमा करना। मैंने तुम्हारा बहुत-सा अमूल्य समय ले लिया। मगर इतना समझ लो कि मैं तुम्हारी दया नहीं, बल्कि सहानुभूति चाहती हूँ।

तुम्हारी,
पद्मा

10

काशी
5-2-26

बहन,

तुम्हारा पत्र पढ़कर मुझे ऐसा मालूम हुआ कि कोई उपन्यास पढ़कर उठी हूं। अगर तुम उपन्यास लिखो, तो विश्वास है, उसकी धूम मच जाए। तुम आप उसकी नायिका बन जाना। तुम ऐसी-ऐसी बातें कहां सीख आई, मुझे यही आश्चर्य है। उस बंगाली के साथ तुम अकेली कैसे बैठी बातें करती रहीं, मेरी तो समझ न नहीं आता। मैं तो कभी नहीं कर सकती? तुम विनोद को जलाना चाहती हो, उनके चित्त को अशांत करना चाहती हो! हाय! उस गरीब के साथ तुम कितना भयंकर अन्याय कर रही हो! तुम यह क्यों समझती हो कि विनोद तुम्हारी उपेक्षा कर रहे हैं, अपने विचारों में इतने मग्न हैं कि उन्हें तुम्हारी परवाह ही नहीं। यह क्यों नहीं समझती कि उन्हें कोई मानसिक चिंता सताया करती है, उन्हें कोई ऐसी फिक्र घेरे हुए है कि जीवन के

साधारण व्यापारों में उनकी रुचि ही नहीं रही। संभव है, वह कोई दार्शनिक तत्त्व खोज रहे हों, कोई थीसिस लिख रहे हों, किसी पुस्तक की रचना कर रहे हों। कौन कह सकता है? तुम जैसी रूपवती स्त्री पाकर यदि कोई मनुष्य चिंतित रहे, तो समझ लो कि उसके दिल पर कोई बड़ा बोझ है। उनको तुम्हारी सहानुभूति की जरूरत है, उनका बोझ हलका कर सकती हो। लेकिन तुम उलटे उन्हीं को दोष देती हो। मेरी समझ में यही आता है कि तुम एक दिन क्यों विनोद से दिल खोलकर बातें नहीं कर लेती? संदेह को जितनी जल्द हो सके, निकाल डालना चाहिए। सन्देह वह चोट है, जिसका उपचार जल्द न हो, तो नासूर बन जाता है, और फिर अच्छा नहीं होता। क्यों दो-चार दिनों के लिए यहाँ नहीं चली आतीं! लेकिन मैं स्वतंत्र नहीं हूँ बिना सास-ससुर के कोई काम नहीं कर सकती। तुम्हें तो कोई बंधन नहीं है।

बहन, आजकल मेरा जीवन हर्ष और शोक का विचित्र मिश्रण हो रहा है। अकेली होती हूँ तो रोती हूं, आनन्द आ जाते हैं, तो हँसती हूँ। जी चाहता है, यह हरदम मेरे सामने बैठे रहते। लेकिन रात बारह बजे के पहले उनके दर्शन नहीं होते। एक दिन दोपहर को आ गए, तो सास जी ने ऐसा डाँटा कि कोई बच्चे को क्या डांटे।मुझे ऐसा भय हो रहा है कि सास जी को मुझसे चिढ़ है। बहन, मैं उन्हें भरसक प्रसन्न रखने की चेष्टा करती हूँ। जो काम कभी न किए थे, वह उनके लिए करती हूँ, उनके स्नान के लिए पानी गर्म करती हूं। उनकी पूजा के लिए चौकी बिछाती हूँ। वह स्नान कर लेती हैं तो उनकी धोती छाँटती हूँ, वह लेटतीं हैं, तो उनके पैर दबाती हूँ, जब वह सो जाती हैं तो उन्हें पंखा झलती हूँ। वह मेरी माता हैं। उन्हीं के गर्भ से यह रत्न उत्पन्न हुआ है, जो मेरा प्राणाधार है। मैं उनकी सेवा कर सकूं, इससे बढ़कर मेरे लिए सौभाग्य की और क्या बात होगी? मैं केवल इतना ही चाहती हूँ कि मुझसे हँसकर बोलें, मगर न जाने क्यों वह बात-बात पर मुझे कोसा करती हैं। मैं जानती हूं कि दोष मेरा ही है। हां, मुझे मालूम वहीं, वह क्या है! मगर मेरा यही अपराध है कि मैं अपनी दोनों ननदों से रूपवती क्यों हूं, पढ़ी-लिखी क्यों हूँ, आनन्द क्यों मुझे इतना चाहते हैं, तो बहन, यह मेरे बस की बात नहीं। मेरे प्रति सास जी का यह व्यवहार देखकर ही कदाचित आनन्द माताजी से खिंचे रहते हैं। सास जी को भ्रम होता होगा कि मैं ही आनन्द को भरमा रही हूँ। शायद वह पछताती हैं कि क्यों मुझे बहू बनाया! उन्हें भय होता है कि कहीं मैं उनके बेटे को उनसे छीन न लूँ। दो-एक बार मुझे जादूगरनी कह चुकी हैं। दोनों बहने अकारण ही मुझसे जलती रहती हैं। बड़ी ननद जी तो विधवा हो गई हैं, उनका जलना समझ में आता है। लेकिन छोटी ननद जी तो अभी कलोर हैं, उनका जलना मेरी समझ में नहीं आता। मैं उनकी जगह होती, तो अपनी भावज से कुछ सीखने की, कुछ पढ़ने की कोशिश करती, उनके चरण धो- धोकर पीती। पर इस छोकरी को मेरा अपमान करने ही में आनंद आता है। मैं जानती हूँ थोड़े दिनों में दोनों ननदें लज्जित होंगी ही अभी ये मुझसे हिचकती हैं। मैं अपनी तरफ से तो उन्हें अप्रसन्न होने का अवसर नहीं देती।

मगर रूप को क्या करूँ! क्या जानती थी कि एक दिन इस रूप के कारण मैं अपराधिनी करायी जाऊंगी। मैं सच कहती हूँ बहन, यहाँ मैंने सिंगार करना एक तरह से छोड़ ही दिया है। मैली-कुचैली बनी बैठी रहती हूं। इस भय से कि कोई मेरे पढ़ने-लिखने पर नाक न सिकोड़े, पुस्तकों को हाथ नहीं लगाती। घर से पुस्तकों का एक गट्ठर बाँध लायी थी। उसमें कई पुस्तकें

बड़ी सुन्दर हैं। उन्हें पढ़ने के लिए बार-बार जी चाहता है, मगर डरती हूँ कि कोई ताना न दे बैठे। दोनों ननदें मुझे देखती रहती हैं कि मैं क्या करती हूँ, कैसे बैठती हूँ, कैसे बोलती हूँ मानो दो-दो जासूस मेरे पीछे लगा दिए गए हों? इन दोनों महिलाओं को मेरी बंदगोई में क्यों इतना मजा आता है, नहीं कह सकती। शायद आजकल इसके सिवा दूसरा काम ही नहीं। गुस्सा तो ऐसा आता है कि एक बार झिड़क दूँ लेकिन मन को समझाकर रोक लेती हूँ। यह दशा बहुत दिनों नहीं रहेगी! एक नए आदमी से कुछ हिचक होना स्वाभाविक ही है, विशेषकर जब वह नया आदमी शिक्षा और विचार-व्यवहार में हमसे अलग हो। मुझी को अगर किसी फ्रेंच लेडी के साथ रहना पड़े, तो शायद मैं भी उसकी हर एक बात को आलोचना और कुतूहल की दृष्टि देखने लगूं। यह काशी-वासी लोग पूजा-पाठ बहुत करते है। सासजी तो गंगास्नान करने जाती है। बड़ी ननदजी भी उनके साथ जाती है। मैंने कभी पूजा नहीं की। याद है, हम और तुम पूजा करने वालों को कितना बनाया करती थी। अगर मैं पूजा करने वालों का चरित्र कुछ उन्नत पाती, तो शायद अब तक मैं भी पूजा करती होती। लेकिन मुझे तो कभी ऐसा अनुभव प्राप्त नहीं हुआ। पूजा करने वालियाँ भी उसी तरह दूसरों की निंदा करती हैं, उसी तरह आपस में झगड़ती हैं, जैसे वे कभी पूजा नहीं करतीं। खैर, अब मुझे धीरे-धीरे पूजा से श्रद्धा होती जा रही है। मेरे ददिया ससुर जी ने एक छोटा-सा ठाकुर-द्वारा बनवा दिया था। वह मेरे घर के सामने ही है। मैं अकसर सास जी के साथ वहाँ जाती हूं और अब यह कहने में मुझे कोई संकोच नहीं कि उन विशाल मूर्तियों के दर्शन से अपने अंतस्तल में एक ज्योति का अनुभव होता है। जितनी श्रद्धा से में राम कृष्णा के जीवन- की आलोचना किया करती थी, वह कुछ मिट चुकी है। लेकिन रूपवती होने का दंड यहीं तक बस नहीं है। ननदें अगर मेरे रूप को देखकर जलती हैं, तो वह स्वाभाविक है। लेकिन दुख इस बात का है कि यह दंड मुझे उस तरफ से भी मिल रहा है, जिधर से इसकी कोई सम्भावना न होनी चाहिए, मेरे आनन्द बाबू भी इसका दंड दे रहे हैं। हां, उनकी दंड-नीति एक निराले ही ढंग की है। वह मेरे पास नित्य ही कोई-न-कोई सौगात लाते रहते हैं। वह जितनी देर मेरे पास रहते हैं, उनके मन में वह संदेह होता रहता है कि मुझे उनका रहना अच्छा नहीं लगता! वह समझते हैं कि मैं उनसे जो प्रेम करती हूं, वह केवल दिखावा है, कौशल है। वह मेरे सामने कुछ ऐसे दबे-दबाए, सिमटे-सिमटाए रहते हैं कि मैं मारे लज्जा के मरी जाती हूँ। उन्हें मुझसे कुछ कहते हुए ऐसा संकोच होता है, मानो वह कोई अनाधिकार चेष्टा कर रहे हों। जैसे मैले-कुचैले कपड़े पहने हुए कोई आदमी उज्ज्वल वस्त्र पहनने वालों से दूर ही रहना चाहता है, यही दशा इनकी है। वह शायद समझते हैं कि किसी रूपवती स्त्री को रूपहीन पुरूष से प्रेम हो ही नहीं सकता। शायद वह दिल में पछताते हैं कि क्यों इससे विवाह किया। शायद उन्हें अपने ऊपर ग्लानि होती है। वह मुझे कभी रोते देख लेते हैं, तो समझते हैं, मैं अपने भाग्य को रो रही हूं। कोई पत्र लिखते देखते हैं, तो समझते हैं, मैं इनकी रूप-हीनता ही का रोना रो रही हूं। क्या कहूँ बहन, यह सौंदर्य मेरी जान का गाहक हो गया। आनन्द के मन से इस शंका को निकालने और उन्हें अपनी ओर से आश्वासन देने के लिए मुझे ऐसी-ऐसी बातें करनी पड़ती हैं, ऐसे-ऐसे आचरण करने पड़ते हैं, जिन पर मुझे घृणा होती है। अगर पहले से यह दशा जानती, तो ब्रह्मा से कहती कि मुझे कुरूप ही बनाना। बड़े असमंजस में पड़ी हूँ। अगर सास जी की सेवा नहीं करती,

बड़ी ननद जी का ध्यान नहीं रखती, तो उनकी आँखों से गिरती हूँ। अगर आनन्द बाबू को निराश करती हूँ तो- कदाचित् मुझसे विरक्त ही हो जाएँ। मैं तुमसे अपने मन की बात कहती हूँ। बहन, तुमसे क्या पर्दा रखना है। मुझे आनन्द बाबू से उतना ही प्रेम है, जितना किसी स्त्री को पुरुष से हो सकता है। उनकी जगह अब अगर इंद्र भी सामने आ जाएं, तो मैं उनकी ओर आँख उठाकर न देखूँ। मगर उन्हें कैसे विश्वास दिलाऊँ? मैं देखती हूँ वह किसी-न-किसी बहाने से बार-बार घर में आते हैं और दबी हुई, ललचायी हुई नजरों से मेरे कमरे के द्वार की ओर देखते हैं, तो जी चाहता है, जाकर उनका हाथ पकड़ लूँ और अपने कमरे में खींच ले आऊँ। मगर एक तो डर होता है किसी की नजर पड़ गई, तो छाती पीटने लगेगी, और इससे भी बड़ा डर यह कि कहीं आनन्द इसे भी कौशल ही न समझ बैठें। अभी उनकी आमदनी बहुत कम है, लेकिन दो-चार रुपये सौगातों में रोज उड़ाते हैं। अगर प्रेमी उपहार स्वरूप वह धेले की कोई चीज दें, तो मैं उसे आँखों से लगाऊँ, लेकिन वह कर स्वरूप देते हैं, मानो उन्हें ईश्वर ने यह दंड दिया है। क्या करूँ, अब मुझे भी प्रेम का स्वांग करना पड़ेगा। प्रेम-प्रदर्शन से मुझे चिढ़ है। तुम्हें याद होगा, मैंने एक बार कहा था कि प्रेम या तो भीतर ही रहेगा या बाहर ही रहेगा। समान रूप से वह भीतर और बाहर दोनों जगह नहीं रह सकता। स्वाँग वेश्याओं के लिए हैं, कुलवती तो प्रेम को हृदय ही में संचित रखती है। बहन, पत्र बहुत लंबा हो गया, तुम पढ़ते-पढ़ते ऊब गई होगी। मैं भी लिखते-लिखते थक गई। अब शेष बातें कल लिखूंगी। परसों यह पत्र तुम्हारे पास पहुँचेगा।

बहन, क्षमा करना, कल पत्र लिखने का अवसर नहीं मिला। रात एक ऐसी बात हो गई, जिससे चित्त अशांत हो उठा। बड़ी मुश्किलों से यह थोड़ा-सा समय निकाल सकी हूँ। मैंने अभी तक आनन्द से घर के किसी प्राणी की शिकायत नहीं की थी। अगर सास जी ने कोई बात कह दी या ननद जी ने कोई ताना दे दिया, तो इसे उनके कानों तक क्यों पहुंचाऊं। इसके सिवा कि गृह-कलह उत्पन्न हो, इससे और क्या हाथ आएगा। इन्हीं जरा-जरा-सी बातों को पेट में न डालने से घर बिगड़ते हैं। आपस में वैमनस्य बढ़ता है। मगर-संयोग की बात, कल अनायास ही मेरे मुँह से एक बात निकल गयी, जिसके लिए मैं अब भी अपने को कोस रही हूँ और ईश्वर से मनाती हूँ कि यह आगे न बढ़े। बात यह हुई कि आनन्द बाबू बहुत देर करके मेरे पास आये। मैं इनके इंतजार में बैठी एक पुस्तक पढ़ रही थी। सहसा सास जी ने आकर पूछा- क्या अभी तक बिजली जल रही है? क्या वह रात भर न आएँ तो रात भर बिजली जलाती रहोगी?

मैंने उसी वक्त बत्ती बंद कर दी। आनन्द बाबू थोड़ी देर में आये, तो कमरा अँधेरा पड़ा था, न जाने उस वक्त मेरी मति कितनी मंद हो गयी थी। अगर मैंने उनकी आहट पाते ही बत्ती जला दी होती, तो कुछ न होता। मगर मैं अंधेरे में पड़ी रही। उन्होंने आकर पूछा- क्यों, सो गयी, यह अंधेरा क्यों पड़ा हुआ है?

हाय! इस वक्त भी यदि मैंने कह दिया होता कि मैंने अभी बत्ती गुल कर दी है, तो बात बन जाती। मगर मेरे मुँह से निकला-सास जी का हुक्म हुआ कि बत्ती गुल कर दो, गुल कर दी। तुम रात भर न आओ तो क्या रात भर बत्ती जलती रहे?

तो अब जला दो। मैं रोशनी के सामने से आ रहा हूँ मुझे तो कुछ सूझता ही नहीं।

मैंने अब बटन को हाथ से छूने की कसम खा ली। जब जरूरत पड़ेगी, तो मोम की- बत्ती जला लिया करूंगी। कौन मुफ्त में घुड़कियां सहे।

आनन्द ने बिजली का बटन दबाते हुए कहा- और मैंने कसम खा ली कि रात भर बत्ती जलेगी, चाहे किसी को बुरा लगे या भला। सब कुछ देखता हूँ अंधा नहीं हूँ। दूसरी बहू आकर इतनी सेवा करेगी तो देखूँगा। तुम हो नसीब की खोटी कि ऐसे प्राणियों के पाले पड़ीं। किसी दूसरी सास की तुम इतनी खिदमत करतीं, तो यह तुम्हें पान की तरह फेरती, तुम्हें हाथों पर लिये रहती, मगर यहाँ चाहे कोई प्राण ही दे दे, किसी के मुँह से सीधी बात न निकलेगी।

मुझे अपनी भूल साफ मालूम हो गई। उनका क्रोध शांत करने के इरादे से बोली- गलती तो मेरी ही थी कि व्यर्थ आधी रात तक बत्ती जलाए बैठी रही। अम्माजी ने गुल करने को कहा, तो क्या बुरा कहा। मुझे समझाना, अच्छी सीख देना उनका धर्म है! मेरा भी धर्म यही है कि यथाशक्ति उनकी सेवा करूं और उनकी शिक्षा को गिरह बाँधूं।

आनन्द एक क्षण द्वार की ओर ताकते रहे। फिर बोले-मुझे मालूम हो रहा है कि इस घर में मेरा अब गुजर न होगा! तुम नहीं कहतीं, मगर मैं। सब कुछ सुनता रहा हूँ। सब समझता हूँ। तुम्हें मेरे पापों का प्रायश्चित्त करना पड़ रहा है। मैं खुद अम्माजी से साफ-साफ कह दूंगा-अगर आपका यही व्यवहार है तो आप अपना घर लीजिए, मैं अपने लिए कोई दूसरी राह निकाल लूँगा।

मैंने हाथ जोड़कर गिड़गिड़ाते हुए कहा- नहीं, नहीं। कहीं? ऐसा गजब भी न करना। मेरे मुँह में आग लगे, कहाँ से बत्ती का जिक्र कर बैठी। मैं तुम्हारे दोनों चरण छूकर कहती हूँ मुझे न सास जी से कोई शिकायत है न ननद जी से। दोनों मुझसे बड़ी हैं, मेरी माता के तुल्य हैं। अगर एक बात कड़ी भी कह दें, तो मुझे सब्र करना चाहिए। तुम उनसे कुछ न कहना, नहीं तो मुझे बड़ा दु:ख होगा।

आनन्द ने रुंधे कंठ से कहा- तुम्हारी जैसी बहू पाकर भी अम्माजी का कलेजा नहीं पसीजता, अब क्या कोई-स्वर्ग की देवी घर में आती? तुम डरो मत, मैं खामख्वाह लडूंगा नहीं। मगर हां, इतना अवश्य कह दूंगा कि जरा अपने मिजाज़ को काबू में रखें। आज अगर मैं दो-चार सौ रुपये घर में लाता होता, तो कोई चूं न करता। कुछ कुछ कमाकर नहीं लाता, यही उसका दंड है। सच पूछों तो मुझे विवाह करने का कोई अधिकार नहीं था। मुझ-जैसे मंदबुद्धि को जो कमा नहीं सकता, अपने साथ किसी महिला को डुबाने क्या हक था? बहनजी को न जाने क्या सूझी है कि तुम्हारे पीछे पड़ी रहती हैं; ससुराल का सफाया कर दिया, अब यहाँ भी आग लगाने पर तुली हुयी हैं। बस, पिताजी का लिहाज करता हूँ, नहीं तो इन्हें तो एक दिन में ठीक कर देता।

बहन, उस वक्त तो मैंने किसी तरह उन्हें शांत किया, पर नहीं कह सकती कि कब वह उबल पड़े। मेरे लिए वह सारी दुनिया से लड़ाई मोल ले लेंगे। मैं जिन परिस्थितियों मैं हूं,उनका तुम अनुमान कर सकती हो। मुझ पर कितनी ही मार पड़े, मुझे रोना न चाहिए, जबान तक न हिलाना चाहिए। मैं रोयी और घर तबाह। आनन्द फिर कुछ न सुनेंगे, कुछ न देखेंगे। कदाचित्

इस उपाय से यह वह अपने विचार में मेरे हृदय में अपने प्रेम का अंकुर जमाना चाहते हों। आज मुझे मालूम हुआ कि वह कितने क्रोधी हैं। अगर मैंने जरा-सा पुचारा दे दिया होता, तो रात को यह सास जी की खोपड़ी पर जा पहुँचते। कितनी ही युवतियाँ इसी अधिकार गर्व में अपने को भूल जाती हैं। मैं तो बहन, ईश्वर ने चाहा तो कभी न भूलूंगी। मुझे इस बात का डर नहीं है कि आनन्द अलग घर बना लेंगे, तो गुजर कैसे होगी। मैं उनके साथ सब कुछ झेल सकती हूँ। लेकिन घर तो तबाह हो जाएगा।

बस, प्यारी पद्मा, आज इतना ही। पत्र का जवाब जल्द देना।

तुम्हारी,
चंदा

11

देहली
5-2-26

प्यारी चंदा,

क्या लिखूँ, मुझ पर तो विपत्ति का पहाड़ टूट पड़ा। हाय, यह चले गए! मेरे विनोद का तीन दिन से पता नहीं-निर्मोही चला गया, मुझे छोड़कर बिना कुछ कहे-सुने चला गया-अभी तक रोयी नहीं। जो लोग पूछने आते हैं, उनसे बहाना कर देती हूँ कि दो-चार दिन में आएँगे, एक काम से कहीं गये हैं। मगर जब रोऊंगी, तो यह शरीर उन आँसुओं में डूब जाएगा। प्राण उसी में विसर्जित हो जाएँगे। छलिये ने मुझ से कुछ नहीं कहा, रोज की तरह उठा, भोजन किया, विद्यालय गया, नियत समय पर -रोज की तरह मुस्कुराकर मेरे पास आया। हम दोनों ने जल-पान किया, फिर गृह दैनिक-पत्र पढ़ने लगा, मैं टेनिस- खेलने चली गई। इधर कुछ दिनों से उन्हें टेनिस से कुछ प्रेम न रहा था, मैं अकेली ही जाती थी। लौटी, तो रोज ही की तरह उन्हें बरामदे में टहलते और सिगार पीते देखा। मुझे देखते ही वह रोज की तरह मेरा ओवरकोट लाये और मेरे ऊपर डाल। बरामदे से नीचे खुले मैदान में हम टहलने लगे। मगर यह ज्यादा बोले नहीं, किसी विचार में डूबे रहे। जब ओस अधिक पड़ने लगी, तो हम दोनों फिर अंदर चले आए। उसी वक्त वह बंगाली महिला आ गयी, जिनसे मैंने वीणा सीखना शुरू किया है। विनोद भी मेरे साथ बैठे रहे। संगीत उन्हें कितना प्रिय है, यह तुम्हें लिख चुकी हूँ। कोई नई बात नहीं हुई। महिला के चले जाने के बाद हमने साथ ही साथ भोजन किया, फिर मैं करने कमरे में लेटने आयी। वह रोज की तरह अपने कमरे में लिखने-पढ़ने चले गये। मैं जल्दी ही सो गई, लेकिन जब वह मेरे कमरे में आये तो मेरी आंखें खुल गई। मैं नींद में कितनी ही बेखबर पड़ी रहीं, उनकी आहट पाते ही आप-ही-आप आंखें खुल जाती हैं। मैंने देखा, वह अपना हरा शाल ओढ़े खड़े थे। मैंने उनकी ओर हाथ बढ़ाकर कहा- आओ, खड़े क्यों हो, ओर फिर सो गई।

बस, प्यारी बहन! यही विनोद के अंतिम दर्शन थे। कह नहीं सकती, वह पलंग पर लेटे या नहीं। इन आँखों में जाने कौन-सी महानिद्रा समायी हुई थी। प्रात: उठी, तो विनोद को न पाया। मैं पहले उठती हूँ यह पड़े सोते रहते हैं। पर आज वह पलंग पर न थे। शाल भी न था। मैंने समझा, शायद अपने कमरे में' चले गए हों। स्नानगृह में चली गई। आधा घंटे में बाहर आयी, फिर भी यह न दिखाई दिए। उनके कमरे में गयी, वहाँ भी न थे। आश्चर्य कि इतने सवेरे कहाँ चले गए। सहसा खूंटी पर आँख पड़ी... कपड़े न थे। कहां चले ले गए या स्नान के पहले सैर करने की ठानी? कम-से-कम मुझसे कह तो देते, संशय में तो जी न पड़ता। क्रोध आया-मुझे लौंडी समझते हैं...

हाजिरी का समय आया। बैरा मेज़ पर चाय रख गया। विनोद के इंतजार में चाय ठंडी हो आई। मैं बार-बार झुँझलाती थी, कभी भीतर जाती, कभी बाहर आती। ठान ली थी कि आज ज्यों ही महाशय आएँगे, ऐसा लताड़ूंगी कि वह भी याद करेंगे। कह दूँगी, आप अपना घर लीजिए, आपको अपना घर मुबारक रहे, मैं अपने घर चली जाऊंगी। इस तरह तो रोटियाँ वहाँ भी मिल जाएँगी। जाड़े के नौ बजने में देर ही क्या लगती है। विनोद का अभी पता नहीं। झल्लाई हुई उनके कमरे में गयी कि एक पत्र लिखकर मेज़ पर रख दूं। साफ-साफ लिख दूँ कि अगर इस तरह रहना है, तो आप रहिए, मैं नहीं रह सकती। बहन, उस क्रोध में संतप्त भावों की नदी-सी मन में उमड़ रही थी। अगर लिखने बैठती, तो पन्नों-के-पन्ने लिख डालती। लेकिन आह! मैं तो भाग जाने की धमकी ही दे रही थी.. यह पहले ही भाग चुके थे। ज्यों ही मेज़ पर बैठी, मुझे पैड में उनका एक पत्र मिला। मैंने तुरंत उस पत्र को निकाल लिया और सरसरी निगाह से पढ़ा-मेरे हाथ काँपने लगे, पाँव थरथराने लगे, जान पड़ा, कमरा हिल रहा है। एक ठंडी, लम्बी, हृदय को चीरने वाली सांस खींचकर मैं कोच पर गिर पड़ी। वह पत्र यह था-....

'प्रिय, नौ महीने हुए, जब मुझे पहली बार तुम्हारे दर्शनों का सौभाग्य हुआ था। उसी वक्त मैंने अपने को धन्य माना था। आज तुमसे वियोग का दुर्भाग्य हो रहा है, फिर भी मैं अपने को धन्य मानता हूँ। मुझे जाने का लेशमात्र भी दु:ख नहीं है, क्योंकि मैं जानता हूँ कि तुम खुश होगी। जब तुम मेरे साथ सुखी नहीं रह सकती, तो मैं जबरदस्ती क्यों पड़ा रहूँ? इससे तो यह कहीं अच्छा है कि हम और तुम अलग हो जाएँ। मैं जैसा हूं वैसा ही रहूंगा। तुम भी जैसी हो, वैसी ही रहोगी। फिर सुखी जीवन की सम्भावना कहां? मैं विवाह को आत्मविकास का साधन समझता हूँ। स्त्री-पुरूष के सम्बन्ध का अगर कोई अर्थ है, तो यही है, वरना विवाह की कोई जरूरत नहीं समझता। मानव-संतान बिना विवाह के भी जीवित रहेगी और शायद इससे अच्छे रूप में। वासना भी बिना विवाह के पूरी हो सकती है, घर के प्रबंध के लिए विवाह करने की कोई जरूरत नहीं। जीविका एक बहुत ही गौण प्रश्न है। जिसे ईश्वर ने दो हाथ दिये, वह कभी भूखा नहीं रह सकता। विवाह का उद्देश्य यही और केवल यही है कि स्त्री और पुरुष एक दूसरे की आत्मोन्नति में सहायक हों। जहाँ अनुराग हो, वही विवाह है और अनुराग ही आत्मोन्नति का मुख्य साधन है। जब अनुराग ही न रहा, तो विवाह भी न रहा। अनुराग के बिना विवाह का कोई अर्थ नहीं।'

'जिस वक्त मैंने तुम्हें पहली बार देखा था, तुम मुझे अनुराग की सजीव मूर्ति सी नजर आयी थी। तुममें सौंदर्य था, शिक्षा थी, प्रेम था, स्फूर्ति थी, उमंग थी। मैं मुग्ध हो गया। उस वक्त मेरी अंधी आंखों को यह न सूझा कि जहाँ तुममें इतने गुण थे, वहाँ चंचलता भी थी, जो उन सब गुणों पर परदा डाल देती। तुम चंचल हो, गजब की चंचल, जो उस वक्त मुझे न सूझा था। तुम ठीक वैसी ही हो, जैसी तुम्हारी दूसरी बहनें होती हैं, न कम, न ज्यादा। मैंने तुमको स्वाधीन बनाना चाहा था, क्योंकि मेरी समझ में अपनी पूरी ऊँचाई तक पहुंचने के लिए इसी की सबसे अधिक जरूरत है। संसार भर में पुरुषों के विरुद्ध क्यों इतना शोर मचा हुआ है? इसीलिए कि उन्होंने औरतों की आजादी छीन ली है और उन्हें अपनी इच्छाओं की लौंडी बना रखा है। मैंने तुम्हें स्वाधीन कर दिया। मैं तुम्हारे ऊपर अपना कोई अधिकार नहीं मानता। 'तुम अपनी स्वामिनी हो।' मैं जब तक समझता था, तुम मेरे साथ स्वेच्छा से रहती हो, मुझे कोई चिंता न थी। अब मुझे मालूम हो रहा है, तुम स्वेच्छा से नहीं, संकोच या भय या बंधन के कारण रहती हो। दो-ही-चार दिन पहले मुझ पर यह बात खुली है। इसलिए अब मैं तुम्हारे सुख के मार्ग में बाधा नहीं डालना चाहता। मैं कहीं भागकर नहीं जा रहा हूँ। केवल तुम्हारे रास्ते से दूर हटा जा रहा हूँ और इतनी दूर हटा जा रहा हूँ कि तुम्हें मेरी ओर से पूरी निश्चिंतता हो जाए। अगर मेरे बगैर तुम्हारा जीवन अधिक सुन्दर हो सकता है, तो मैं तुम्हें जबरन नहीं रखना चाहता। अगर मैं समझता कि तुम मेरे सुख के मार्ग में बाधक हो रही हो तो मैंने तुमसे साफ-साफ कह दिया होता। मैं धर्म और नीति का ढोंग यहीं मानता, केवल आत्मा का संतोष चाहता हूँ-अपने लिए भी, तुम्हारे लिए भी। जीवन का तत्त्व यही है, मूल्य यही है। डेस्क में अपने विभाग के अध्यक्ष के नाम एक पत्र लिखकर रख दिया है। वह उनके पास भेज देना। रुपये की कोई चिंता मत करना। मेरे अकाउंट में अभी इतने रुपये हैं, जो तुम्हारे लिए कई महीने को काफी हैं, और उस वक्त तक मिलते रहेंगे, जब तक तुम लेना चाहो। मैं समझता हूँ मैंने अपना भाव स्पष्ट कर दिया है। इससे अधिक स्पष्ट मैं नहीं करना चाहता। जिस वक्त तुम्हारी इच्छा मुझसे मिलने की हो, बैंक से मेरा पता ले लेना। मगर दो-चार दिन के बाद। घबराने की कोई बात नहीं। मैं स्त्री को अबला या अपंग नहीं समझता। वह अपनी रक्षा स्वयं कर सकती है- अगर करना चाहे। अगर अब या अब से 2-4 महीना, 2-4 साल पीछे तुम्हें मेरी याद आए, और तुम समझो कि मेरे साथ सुखी रह सकती हो, मुझे केवल दो शब्द लिखकर डाल देना। मैं तुरंत चला आऊंगा, क्योंकि मुझे तुमसे कोई शिकायत नहीं है। तुम्हारे साथ मेरे जीवन के जितने दिन कटे हैं, वह मेरे लिए स्वर्ण-स्वप्न के दिन हैं। जब तक जिऊंगा, इस जीवन की आनंद-स्मृतियों को हृदय में संचित रखूँगा। आह! इतनी देर तक मन को रोके रहने के बाद आँखों से आंसू गिर ही पड़े। क्षमा करना, मैंने 'चंचल' कहा है। अचंचल कौन हैं? जानता हूँ कि तुमने मुझे अपने हृदय से निकाल कर फेंक दिया है, फिर भी इस एक घंटे में कितनी बार तुमको देख-देखकर लौट आया हूँ। मगर इन बातों को लिखकर मैं तुम्हारी दया को उकसाना नहीं चाहता। तुमने वही किया, जिसका मेरी नीति में तुमको अधिकार था। है, और रहेगा। मैं में आत्मा को सर्वोपरि रखना चाहता हूँ। स्त्री और पुरूष में मैं यही प्रेम चाहता हूँ जो दो स्वाधीन व्यक्तियों में होता है। यह प्रेम नहीं, जिसका आधार पराधीनता है।'

'बस, अब और कुछ न लिखूंगा। तुमको एक चेतावनी देने की इच्छा हो रही है, पर दूँगा नहीं, क्योंकि तुम अपना भला और बुरा खुद समझ सकती हो। तुमने सलाह देने का हल मुझसे छीन लिया है। फिर भी इतना कहे बगैर नहीं रहा जाता कि संसार में प्रेम का स्वाँग भरने वाले शोहदों की कमी नहीं है, उनसे बचकर रहना। ईश्वर से यही प्रार्थना करता हूँ कि तुम जहाँ रहो, आनंद से रहो। अगर कभी तुम्हें मेरी जरूरत पड़े, तो याद करना। तुम्हारी एक तस्वीर का अपहरण किए जाता हूँ। क्षमा करना। क्या मेरा इतना अधिकार भी नहीं? हाय! जी चाहता है, एक बार फिर देख आऊँ, मगर नहीं आऊंगा।'

तुम्हारा ठुकराया हुआ,
विनोद

बहन, यह पत्र पढ़कर मेरे चित्त की जो दशा हुई, उसका तुम अनुमान कर सकती हो। रोयी तो नहीं, पर दिल बैठा जाता था। बार-बार जी चाहता था कि विष खाकर सो रहूँ। 10 बजे में अब थोड़ी ही देर थी। मैं तुरन्त विद्यालय गयी और दर्शन-विभाग के अध्यक्ष को विनोद का पत्र दिया। वह एक मद्रासी सज्जन हैं। मुझे बड़े आदर से बिठाया और पत्र पढ़कर बोले-आपको मालूम है, वह कहाँ गये हैं और कब तक आएँगे? इसमें तो केवल एक मास की छुट्टी माँगी गई है। मैंने बहाना किया--'वह एक आवश्यक कार्य से काशी गये हैं। और निराश होकर लौट आयी। मेरी अन्तरात्मा सहस्रों जिह्वा बनकर मुझे धिक्कार रही थी! कमरे में उनकी तस्वीर के सामने घुटने टेककर मैंने जितने पश्चात्ताप-पूर्ण शब्दों में क्षमा माँगी है, अगर वह किसी तरह उनके कानों तक पहुँच सकती, तो उन्हें मालूम होता कि उन्हें मेरी ओर से कितना भ्रम हुआ! तब से अब तक मैंने कुछ भोजन नहीं किया और न एक मिनट सोयी। विनोद मेरी सुधा और निद्रा भी अपने साथ लेते गये और शायद इसी तरह दस-पाँच दिन उनकी खबर न मिली, तो प्राण भी चले जाएंगे। आज मैं बैंक तक गयी थी, पर यह पूछने की हिम्मत न पड़ी कि विनोद का कोई पत्र आया! वह सब क्या सोचते कि यह उनकी पत्नी होकर हमसे पूछने आयी है।'

बहन, अगर विनोद न आये, तो क्या होगा? मैं समझती थी, वह मेरी तरफ से उदासीन हैं, मेरी परवाह नहीं करते, मुझसे अपने दिल की बातें छिपाते हैं, उन्हें शायद मैं भारी हो गई हूँ। अब मालूम हुआ, मैं कैसे भयंकर भ्रम में पड़ी हुई थी। उनका मन इतना कोमल है, यह मैं जानती, तो उस दिन क्यों भुवन को मुँह लगाती? मैं उस अभागे का मुँह तक न देखती। इसी वक्त जो उसे देख पाऊँ, तो शायद गोली मार दूँ। जरा तुम विनोद के पत्र को फिर पढ़ो। बहन, आप मुझे स्वाधीन बनाने चले थे। अगर स्वाधीन बनाते थे, तो भुवन से जरा देर मेरा बातचीत कर लेना क्यों इतना अखरा? मुझे उनकी अविचलित शांति से चिढ़ होती थी। वास्तव में उनके हृदय में जरा-सी बात ने जितनी अशांति पैदा कर दी, उतनी शायद मुझमें न कर सकी। मैं किसी रमणी में उनकी रुचि देखकर शायद मुंह फुला लेती, ताने देती, खुद रोती, उन्हें रुलाती, पर इतनी जल्द भाग न जाती। मर्दों को घर छोड़कर भागना तो आज तक नहीं सुना, औरतें ही घर छोड़ कर मैके भागती हैं, या कहीं डूबने जाती हैं, या आत्महत्या करती हैं। पुरुष निर्द्वन्द्व बैठे मूंछों पर ताव देते हैं, मगर यहाँ उलटी गंगा बह रही है- पुरूष भाग खड़ा हुआ? इस अशांति की थाह कौन

लगा सकता है? इस प्रेम की गहराई को कौन समझ सकता है? मैं तो अगर इस वक्त विनोद के चरणों पर पड़े-पड़े मर जाऊँ तो समझूं, मुझे स्वर्ग मिल गया। बस, इसके सिवा मुझे अब और कोई इच्छा नहीं है। इस अगाध प्रेम ने मुझे तृप्त कर दिया है। विनोद मुझसे आगे तो, लेकिन भाग न सके। वो मेरे हृदय से, मेरी धारणा से इतने निकट कभी न थे। मैं तो अब भी उन्हें आपने सामने बैठा देख रही हूँ। क्या मेरे सामने फिलॉसफर बनने चले थे? कहां गयी आपकी वह दार्शनिकता, गम्भीरता? क्यों अपने को धोखा देते हो? यों अपनी आत्मा को कुचलते हो? अब की तो तुम भागे, लेकिन फिर भागना तो देखूंगी। न जानती थी कि तुम ऐसे चतुर बहरूपिया हो। अब समझी, और शायद तुम्हारी दार्शनिक गम्भीरता को भी समझ में आया होगा कि प्रेम जितना ही सच्चा, जितना ही हार्दिक होता है, उतना ही कोमल होता है। वह विपत्ति के उन्मत्त सागर में थपेड़े खा सकता है, पर अवहेलना की एक चोट भी नहीं सह सकता। बहन, बात विचित्र है, पर है सच्ची। मैं इस समय अपने अंतस्तल में जितनी उमंग, जितने आनंद का अनुभव कर रही हूं याद नहीं आता कि विनोद के हृदय से लिपटकर भी कभी पाया हो। तब पर्दा बीच में था, अब कोई पर्दा बीच में नहीं रहा। मैं उनको प्रचलित प्रेम-व्यापार की कसौटी पर कसना चाहती थी। यह फैशन हो गया है कि पुरुष घर में आये, तो स्त्री के वास्ते कोई तोहफा लाये, पुरुष रात-दिन स्त्री के लिए गहने बनवाने.. कपड़े सिलवाये, बेल, फीते, लेस, खरीदने में मस्त रहे, फिर स्त्री को उसमें कोई शिकायत नहीं, वह आदर्श पति है, उसके प्रेम में किसे सन्देह हो सकता है? लेकिन उसी प्रेयसी की मृत्यु के तीसरे महीने वह फिर नया विवाह रचता है। स्त्री के साथ अपने प्रेम को चिता में जला आता है। फिर वही स्वाँग इस नयी प्रेयसी से होने लगते हैं, फिर वही लीला शुरू हो जाती है। मैंने वही प्रेम देखा था और इसी कसौटी पर विनोद को कस रही थी। कितनी मंदबुद्धि हूँ! छिछोरापन को प्रेम समझ बैठी थी। कितनी स्त्रियाँ जानती हैं कि अधिकांश ऐसे ही गहने, कपड़े और हँसने-बोलने में मस्त रहने वाले जीव लम्पट होते हैं। अपनी लम्पटता को छिपाने के लिए वे यह स्वांग भरते रहते हैं। कुत्ते को चुप रखने के लिए उसके सामने हड्डी के टुकड़े फेंक देते हैं। बेचारी भोली-भाली स्त्री अपना सर्वस्व देकर खिलौने पाती है और उन्हीं में मस्त रहती है। विनोद को उसी कांटे पर तौल रही थी-हीरे को साग के तराजू पर रख देती थी। मैं जानती हूँ मेरा दृढ़ विश्वास है और अटल है कि विनोद की दृष्टि कभी किसी पर-स्त्री पर नहीं पड़ सकती। उनके लिए मैं हूँ अकेली मैं हूँ, अच्छी हूँ या बुरी हूँ जो कुछ हूँ मैं हूँ। बहन, मेरी तो मारे गर्व और आनंद के छाती फूल उठी है। इतना बड़ा साम्राज्य, इतना अचल, इतना स्वरक्षित किसी हृदयेश्वरी को नसीब हुआ है? मुझे तो संदेह है। और मैं इस पर भी असंतुष्ट थी। यह न जानती थी कि ऊपर बबूले तैरते हैं, मोती समुद्र की तह में ही मिलते हैं। हाय! मेरी इस मूर्खता के कारण, मेरे प्यारे विनोद को कितनी मानसिक वेदना हो रही है। मेरे जीवन-धन, मेरे जीवन-सर्वस्व न जाने कहाँ मारे-मारे फिरते होंगे, न जाने किस दशा में होंगे, न जाने मेरे प्रति उनके मन में कैसी-कैसी शंकाएं उठ रही होंगी-प्यारे! तुमने मेरे साथ कुछ अन्याय नहीं किया। अगर मैंने तुम्हें निष्ठुर समझा तो तुमने मुझे उससे कहीं बदतर समझा। क्या अब भी पेट नहीं भरा? तुमने मुझे गयी-गुजरी समझ लिया कि इस अभागे भुवन में ऐसे-ऐसे एक लाख भुवनों को तुम्हारे चरणों पर भेंट कर सकती हूँ। मुझे तो सँसार में ऐसा कोई प्राणी ही नहीं नजर आता, जिस

पर मेरी निगाह उठ सके। नहीं, तुम मुझे इतनी नीच, इतनी कलंकिनी नहीं समझ सकते- शाय यह नौबत आती, तो तुम और मैं-दो में से एक भी इस संसार में न होता। बहन, मैंने विनोद बुलाने की, खींच लाने की, पकड़ मँगाने की एक तरकीब सोची है। क्या कहूं, पहले ही दिन वह तरकीब क्यों न सूझी। विनोद को दैनिक पत्र पढ़े बिना चैन नहीं आता और यह कौन-सा पत्र पढ़ते हैं, मैं यह भी जानती हूँ। कल के पत्र में यह बात छपेगी- 'पद्मा मर रही है' और परसों विनोद यहाँ होंगे- रुक नहीं सकते। फिर खूब झगड़े होंगे, फिर लड़ाइयां होंगी।

अब कुछ तुम्हारे विषय में। क्या तुम्हारी बुढ़िया सचमुच तुमसे इसलिए जलती है कि तुम सुंदरी हो, शिक्षित हो? खूब! और तुम्हारे आनंद भी विचित्र जीव मालूम होते हैं। मैंने तो सुना है कि पुरुष कितना ही कुरूप हो, पर उसकी निगाह अप्सराओं ही पर जाकर पड़ती है। फिर आनंद बाबू तुमसे क्यों बिदकते हैं? जरा गौर से देखना, कहीं राधा और कृष्ण के बीच में कोई मीरा तो नहीं? अगर सास जी यों ही नाक में दम करती रहें, तो यही सलाह दूंगी कि अपनी झोपड़ी अलग बना लो। मगर जानती हूँ तुम मेरी यह सलाह न मानोगी, किसी तरह न मानोगी। इस सहिष्णुता के लिए मैं तुम्हें बधाई देती हूँ। पत्र जल्द लिखना। मगर शायद तुम्हारा पत्र आने के पहले ही मेरा दूसरा पत्र पहुँचे।

तुम्हारी,
पद्मा

12

काशी,
10-2-26

प्रिय पद्मा,

कई दिन तक तुम्हारे पत्र की प्रतीक्षा करने के बाद आज यह खत लिख रही हूँ। मैं अब भी आशा करती हूँ कि विनोद बाबू घर आ गए होंगे, मगर अभी वह न आये हों और तुम रो-रोकर अपनी आंखें फोड़े डालती हो, तो मुझे जरा भी दुःख न होगा। तुमने उनके साथ जो अन्याय किया है, उसका यही दंड है। मुझे तुमसे जरा भी सहानुभूति नहीं है। गृहिणी होकर वह कुटिल क्रीड़ा करने चली थी, जो प्रेम का सौदा करने वाली को ही शोभा देता है। मैं तो जब खुश होती कि विनोद ने तुम्हारा गला घोंट दिया होता और भुवन के कुसंस्कारों को सदा के लिए शांत कर देते। तुम चाहे मुझसे रूठ ही क्यों न जाओ पर मैं इतना जरूर कहूंगी कि तुम विनोद के योग्य नहीं हो। शायद तुम उस पति से प्रसन्न रहती, जो प्रेम के नए-नए स्वांग भरकर तुम्हें जलाया करता। शायद तुमने अंग्रेजी किताबों में पढ़ा होगा कि स्त्रियां छैले रसिकों पर ही जान देती हैं, और पढ़कर-तुम्हारा सिर फिर गया है। तुम्हें नित्य कोई सनसनी चाहिए, अन्यथा तुम्हारा जीवन शुष्क हो जाएगा। तुम भारत की पति-परायण रमणी नहीं, योरोप की आमोद प्रिय युवती हो। मुझे तुम्हारे ऊपर दया आती है। तुमने अब तक रूप को ही आकर्षण का मूल समझ रखा है। रूप में

आकर्षण है, मानती हूँ। लेकिन उस आकर्षण का नाम मोह है, वह स्थायी नहीं, केवल धोखे की टट्टी है। प्रेम का एक ही मूल मंत्र है, और वह है सेवा। यह मत समझो कि जो पुरुष तुम्हारे ऊपर भंवरे की भांति मंडराया करता है, वह तुमसे प्रेम करता है। उसकी यह रूपासक्ति बहुत दिनों तक नहीं रहेगी। प्रेम का अंकुर रूप में है, पर इसको पल्लवित और पुष्पित करना सेवा ही का काम है। मुझे विश्वास नहीं आता कि विनोद को बाहर से थके- मांदे पसीने से तर आया देखकर तुमने कभी पंखा झला होगा। शायद टेबलफैन लगाने की बात भी तुम्हें न सूझी होगी। सच कहना, मेरा अनुमान ठीक है या नहीं। बताओ, तुमने कभी उनके पैरों में चम्पी की है? कभी उनके सिर में तेल डाला है? तुम कहोगी, यह खिदमतगारों का काम है, लेडियाँ यह मर्ज नहीं पालती। तुमने उस आनंद का अनुभव ही नहीं किया। तुम विनोद को अपने अधिकार में रखना चाहती हो, मगर उसका साधन नहीं करती। विलासिनी मनोरंजन कर सकती है, चिर-संगिनी नहीं बन सकती। पुरुष के गले से लिपटी हुई भी वह उससे कोसों दूर रहती है। मानती हूँ रूप-मोह मनुष्य का स्वभाव है, लेकिन रूप से हृदय की प्यास नहीं बुझती, आत्मा की तृप्ति नहीं होती। सेवा-भाव रखने वाली रूप-विहीन स्त्री का पति किसी स्त्री के रूप-जाल में फंस जाए, तो बहुत जल्द निकल भागता है सेवा का चस्का पाया हुआ मन केवल नखरों और चोंचलों पर लट्टू नहीं होता। मगर मैं तो तुम्हें उपदेश देने बैठ गई, हालांकि तुम मुझसे दो-चार महीने बड़ी होगी। क्षमा करो बहन, यह उपदेश नहीं है। ये बातें हम, तुम, सभी जानते हैं, केवल कभी-कभी भूल जाते हैं। मैंने तुम्हें केवल याद दिला दी है। उपदेश में हृदय नहीं होता, लेकिन मेरा उपदेश मन की वह व्यथा है, जो तुम्हारी इस नई विपत्ति से जागृत हुई है। अच्छा, अब मेरी राम-कहानी सुनो। इस एक महीने में यहाँ बड़ी-बड़ी घटनाएं हो गईं यह तो मैं पहले ही लिख चुकी हूँ कि आनंद बाबू और अम्माजी में कुछ मनमुटाव रहने लगा है। वह आग भीतर-ही-भीतर सुलगती रहती थी। दिन में दो- एक बार माँ-बेटे में चोंचें हो जाती थीं। एक दिन मेरी छोटी ननद जी मेरे कमरे से एक पुस्तक उठा ले गयीं। उन्हें पढ़ने का रोग है। मैंने कमरे में-किताब न देखी, तो उनसे पूछा। इस जरा-सी बात पर यह भलेमानस बिगड़ गई और कहने लगीं, तुम तो चोरी लगाती हो। अम्मा ने उन्हीं का पक्ष लिया और मुझे खूब सुनायी। संयोग की बात, अम्माजी मुझे कोस ही रही थीं कि आनंद बाबू घर में आ गए। अम्माजी उन्हें देखते ही जोर जोर से बकने लगी-बहू की इतनी मजाल! यह तूने सिर चढ़ा रखा है, और कोई बात नहीं। पुस्तक क्या उसके बाप की थी? लड़की लायी, तो उसने कोई गुनाह किया? जरा भी सब्र न हुआ, दौड़ी हुई उसके सिर पर जा पहुँची और उसके हाथों से किताब छीनने लगी।

बहन, मैं यह स्वीकार करती हूँ कि मुझे पुस्तक के लिए इतनी उतावली न करनी चाहिए थी। ननद जी पढ़ चुकने पर आप ही दे जातीं। न भी देती तो उस एक पुस्तक के न पढ़ने से मेरा क्या बिगड़ा जाता था! मगर मेरी शामत कि उनके हाथों से किताब छीनने लगी थी। अगर इस बात पर आनंद बाबू मुझे डाँटते बताते, तो मुझे जरा भी दु:ख न होता। मगर उन्होंने मेरा ही पक्ष लिया और त्यौरियां चढ़ाकर बोले- किसी की चीज कोई बिना पूछे लाए ही क्यों? यह मामूली शिष्टाचार है। इतना सुनना था कि अम्मा के सिर पर भूत-सा सवार हो गया। आनंद बाबू भी बीच-बीच में फुलझड़ियां छोड़ते रहे। और मैं अपने कमरे में बैठी रोती रही कि कहां-से-कहां

मैंने किताब माँगी। न अम्माजी ही ने भोजन किया, न आनंद बाबू ने। और मेरा तो बार-बार यही जी चाहता था कि जहर खा लूँ। रात को जब अम्माजी लेटी, तो मैं अपने नियम के अनुसार उनके पैर दबाने गयी। मुझे देखते ही उन्होंने दुत्कार दिया, लेकिन मैंने उनके पाँव पकड़ लिए। मैं पैताने की ओर तो थी ही। अम्माजी ने जो पैर ढकेला, तो मैं चारपाई के नीचे गिर पड़ी। जमीन पर कई टोकरियाँ पड़ी हुई थीं। मैं उन टोकरियों पर गिरी, तो पीठ और कमर में चोट आयी। मैं चिल्लाना न चाहती थी, मगर न-जाने कैसे मेरे मुंह से चीख निकल गई। आनन्द बाबू अपने कमरे में आ गये थे, मेरी चीख सुनकर दौड़ पड़े और अम्माजी के द्वार पर आकर बोले- क्यों उसे मारे डालती हो, अम्मा? अपराधी तो मैं हूँ उसकी जान क्यों ले रही हो? यह कहते हुए वह कमरे में घुस आये और मेरा हाथ पकड़कर जबरदस्ती खींच ले गए। मैंने बहुत चाहा कि अपना हाथ छुड़ा लूँ पर आनन्द ने न छोड़ा। वास्तव में इस समय उनका हम लोगों के बीच में कूद पड़ना मुझे अच्छा नहीं लगता था। यह न आते, तो मैंने रो- धोकर अम्माजी को मना लिया होता । मेरे गिरने से उनका क्रोध कुछ शांत हो चला था। आनन्द का आ जाना गजब हो गया। अम्माजी कमरे के बाहर निकल आयीं और मुँह चिढ़ा कर बोलीं- हाँ देखो, मरहम-पट्टी कर दो, कहीं कुछ टूट-फूट- न गया हो?

आनन्द ने आंगन में रुककर कहा- क्या तुम चाहती हो कि तुम किसी को मार डालो और मैं न बोलूं?

'हाँ मैं तो डायन हूँ, आदमियों को मार डालना ही तो मेरा काम है। ताज्जुब है कि मैंने तुम्हें क्यों न मार डाला।'

'तो पछतावा क्यों हो रहा है। धेले की संखिया में तो काम चलता है।'

'अगर तुम्हें इस औरत को सिर बढ़ाकर रखना है, तो कहीं और ले जाकर रखो। इस घर में तुम्हारा निर्वाह अब न होगा।'

'मैं खुद ही इसी फिक्र में हूँ तुम्हारे कहने- की जरूरत नहीं।'

'मैं भी समझ लूंगी कि मैंने लड़का ही नहीं जना।'

'मैं भी समझ लूंगा कि मेरी माता मर गयी।'

मैं आनंद का हाथ पकड़कर जोर से खींच रही थी कि उसे वहाँ से हटा ले जाऊँ, मगर वह बार-बार मेरा हाथ झटक देते थे। आखिर जब अम्माजी अपने कमरे में चली गयीं, तो वह अपने कमरे में आये, और सिर थाम कर बैठ गए।

मैंने कहा- यह तुम्हें क्या सूझी?

आनंद ने भूमि की ओर ताकते हुए कहा- अम्मा ने आज नोटिस दे दिया। 'तुम खुद ही उलझ पड़े, यह बेचारी तो कुछ बोलीं ही नहीं।'

'मैं ही उलझ पड़ा! '

'और क्या! मैंने तुमसे फरियाद न की थी।'

'पकड़ न लाता, तो अम्मा ने तुम्हें अधमरा कर दिया होता। तुम उनका क्रोध नहीं जानतीं।'

यह तुम्हारा भ्रम है। उन्होंने मुझे मारा नहीं, वह अपना पैर छुड़ा रही थीं। मैं ही पट्टी पर बैठी थी जरा-सा धक्का खाकर गिर पढ़ी। अम्माजी मुझे उठाने ही जा रही थी कि तुम पहुंच गए।'

नानी के आगे ननिहाल का बचाव न करो, मैं अम्मा को खूब जानता हूँ। मैं कल ही दूसरा घर ले लूंगा, यह मेरा निश्चय है। कहीं-न-कहीं नौकरी मिल ही जाएगी। ये लोग समझते हैं कि मैं उनकी रोटियों पर पड़ा हुआ हूं। इसी से यह मिजाज़ है!'

मैं जितना ही उनको समझाती थी, उतना ही वह और बिफरते थे। आखिर मैंने झुंझलाकर कहा-तो तुम अकेले जाकर दूसरे घर में रहो। मैं न जाऊंगी। मुझे यहीं पड़ी रहने दो।

आनंद ने मेरी ओर कठोर नेत्रों से देखकर कहा- यहीं लात खाना अच्छा लगता है?

'हां, मुझे यही अच्छा लगता है।'

'तो तुम खाओ, मैं नहीं खाना चाहता। यही फायदा क्या थोड़ा है कि तुम्हारी दुर्दशा आंखों से न देखूँगा, न पीड़ा होगी।'

'अलग रहने लगोगे, तो दुनिया क्या कहेगी।'

'इसकी परवाह नहीं। दुनिया अंधी है।'

'लोग यही कहेंगे कि स्त्री ने यह माया फैलायी है।'

इसकी भी परवाह नहीं, इस भय से अपना जीवन संकट में नहीं डालना चाहता।'

मैंने रोकर कहा- तुम मुझे छोड़ दोगे, तुम्हें मेरी जरा भी मुहब्बत नहीं है? बहन, और किसी समय इस प्रेम-आग्रह से भरे हुए शब्द ने जाने क्या कर दिया होता। ऐसे ही आग्रहों पर रियासतें मिटती हैं, नाते टूटते हैं, रमणी के पास इससे बढ़कर दूसरा अस्त्र नहीं। मैंने आनंद के गले में बांहें डाल दी थीं और उनके कंधे पर सिर रखकर रो रही थी। मगर इस समय आनंद बाबू इतने कठोर हो गए थे कि यह आग्रह भी उन पर कुछ असर न कर सका। जिस माता ने जन्म दिया, उसके प्रति इतना रोष! हम अपनी ही माता की एक कही बात नहीं सह सकते, इस आत्माभिमान का कोई ठिकाना नहीं है! यही वे आशाएँ हैं, जिन पर माता ने अपने जीवन के सारे सुख-विलास अर्पण कर दिए थे, दिन का चैन और रात की नींद अपने ऊपर हराम कर ली थी। पुत्र पर माता का इतना भी अधिकार नहीं।

आनंद ने उसी अविचलित कठोरता से कहा- अगर सोहबत का यही अर्थ है कि मैं इस घर में तुम्हारी दुर्गति कराऊँ तो मुझे वह मुहब्बत स्वीकार नहीं है। प्रात:काल वह उठकर बाहर जाते हुए मुझे बोले- मैं जाकर घर ठीक किए आता हूँ। ताँगा भी लेता आऊंगा, तैयार रहना।

मैंने दरवाजा रोककर कहा- क्या अभी तक क्रोध शांत नहीं हुआ?

'क्रोध की बात नहीं, केवल दूसरों के सिर से अपना बोझ हटा लेने की बात है।'

‘यह अच्छा काम नहीं कर रहे हो। सोचो, माताजी को कितना दु:ख होगा। ससुर जी से भी तुमने कुछ पूछा?

‘उनसे पूछने की कोई जरूरत नहीं। कर्ता-धर्ता जो कुछ हैं, यह अम्मा हैं। दादाजी मिट्टी के लौंदे है। घर के स्वामी तो हैं?

‘ तुम्हें चलना है या नहीं, साफ कहो।’

‘तो अभी न जाऊंगी।’

‘अच्छी बात है, लात खाओ।’

मैं कुछ नहीं बोली। आनंद ने एक क्षण के बाद फिर कहा- तुम्हारे पास कुछ रुपये हो, तो मुझे दो।

मेरे पास रुपये थे, मगर मैंने इंकार कर दिया। मेले समझा, साबद असमंजस में पढ़कर वह? जाएँ । मगर उन्होंने बात मज में ष्न ली थी। खिल होक्क बोले-अच्छी बात है, तुम्हारे रुपयों के बगैर भी मेरा काम चल जाएगा । वह विशाल भवन, यह बुद्ध-भोग, ये नौकर-चास्थ्य, थे खट-बाट मुबारक हों । साथ क्यों भूखों मचेगी! यहाँ यह सुख कहीं! म्मै प्रेम का न्स्प ही क्या?

यह कहते हुए वह चले गए। बहन, क्या कहूं, उस समय अपनी बेबसी पर कितना दु:ख हो रहा था। बस, यही जी में आता था कि यमराज आकर मुझे ले जाएँ। मुझ कलंकिनी के कारण माता और पुत्र में वह वैमनस्य हो रहा था। जाकर अम्माजी के पैरों पर गिर पड़ी और रो-रोकर आनंद बाबू के चले जाने का समाचार कहा। मगर माताजी का रूप जरा भी न पसीजा। मुझे आज मालूम हुआ कि माता भी इतनी वज्र-हृदय हो सकती है। फिर आनंद बाबू का हृदय क्यों न कठोर हो। अपनी माता ही के पुत्र तो हैं।

माताजी ने निर्दयता से कहा- तुम उसके साथ क्यों न चली गई? जब वह कहता था, तब चले जाना चाहिए था। कौन जाने, यहाँ मैं किसी दिन तुम्हें विष दे दूँ।

मैंने गिड़गिड़ाकर कहा- अम्माजी, उन्हें बुला भेजिए, आपके पैरों पड़ती हूँ, नहीं तो कहीं चले जाएंगे।

अम्मा उसी निर्दयता से बोलीं- जाए चाहे रहे, वह मेरा कौन है! अब तो जो कुछ हो, तुम हो, मुझे कौन गिनता है। आज जरा-सी बात पर यह इतना झल्ला रहा है, और मेरी अम्माजी ने मुझे सैकड़ों ही बार पीटा होगा। मैं भी छोकरी न थी, तुम्हारी ही उम्र की थी, पर मजाल न थी कि तुम्हारे दादाजी से किसी के सामने बोल सकूँ! कच्चा ही खाती! मार खाकर रात-रात भर रोती रहती थी, पर इस तरह घर छोड़कर कोई न भागता था। आजकल के ही लौंडे प्रेम करना नहीं जानते, हम भी प्रेम करते थे, पर इस तरह नहीं कि माँ-बाप, छोटे-बड़े किसी को कुछ न समझे।

यह कहती हुई माताजी पूजा करने चली गईं। मैं अपने कमरे में आकर नसीब को रोने लगी। शंका होती थी कि आनंद किसी तरफ की राह व लें। बार- बार जी मसोसता था कि रुपये न दे दिए बेचारे इधर-उधर मारे-मारे फिरते होंगे। अभी हाथ-मुंह भी न धोया, जल-पान भी नहीं

किया। वक्त पर जल-पान न करें, तो जुकाम होता है, हरारत भी हो जाती है। महरी से कहा- जाकर देख तो, बाबूजी कमरे में हैं। उसने आकर कहा- कमरे में तो कोई नहीं है, खूंटी पर कपड़े भी नहीं हैं।

मैंने पूछा- क्या और भी कभी इस तरह अम्माजी से रूठे हैं?

महरी बोली -कभी नहीं बहू, ऐसा सीधा तो मैंने लड़का ही नहीं देखा। मालकिन के सामने कभी सिर नहीं उठाते थे। आज न जाने क्यों चले गए।

मुझे आशा थी कि दोपहर को भोजन के समय यह आ आएँगे। लेकिन दोपहर की कौन कहे, शाम भी हो गयी और उनका पता नहीं। सारी रात जागती रही। द्वार की ओर कान लगे हुए थे। मगर रात भी उसी तरह गुजर गयी। बहन, इस प्रकार तीन दिन बीत गए। उस वक्त तुम मुझे देखती तो पहचान न सकती। रोते-रोते आंखें लाल हो गई थीं। इन तीन दिन में एक पल भी नहीं सोई, और भूख का तो जिक्र ही क्या, पानी तक न पिया। प्यास ही न लगती थी। मालूम होता था, देह में प्राण ही नहीं है। सारे घर में मातम-सा छाया था। अम्माजी भोजन करने दोनों वक्त आती थीं, पर मुंह जूठा करके चली जाती थीं। दोनों ननदों की हँसी और चुहल भी गायब हो गई थी। छोटी ननद तो मुझसे अपना अपराध क्षमा कराने आयीं।

चौथे दिन सवेरे रसोइये ने मुझसे कहा--बाबूजी तो अभी मुझे दशाश्वमेध घाट पर मिले थे। मैं उन्हें देखते ही लपक कर उनके पास गया और बोला- मैया, घर क्यों नहीं चलते? सब लोग घबराए हुए हैं। बहूजी ने दिन से पानी तक नहीं पिया। उनका हाल बहुता बुरा है! यह सुनकर वह कुछ सोच में पड़ गए, बोले- बहूजी ने क्यों खाना-पानी छोड़ रखा है? जाकर कह देना, जिस आराम के लिए उस घर को न छोड़ सकी, उससे क्या इतनी जल्द जी भर गया?

अम्माजी उसी समय आंगन में आ गई। महाराज की बातों की भनक कानों में पड़ गई, बोलीं- क्या है अलगू? क्या आनंद मिला था?

महाराज- हाँ बड़ी बहू, अभी दशाश्वमेध घाट पर मिले थे। मैंने कहा- घर क्यों नहीं चलते, तो बोले-उसे घर में मेरा कौन बैठा हुआ है।

अच्छी- कहा नहीं, और कोई अपना नहीं है, तो स्त्री तो अपनी है, उसकी जान क्यों लेते हो?

महाराज-मैंने बहुत समझाया बड़ी बहू पर वह टस-से-मस न हुए।

अम्मा- करता क्या है?

महाराज- वह तो मैंने नहीं पूछा, पर चेहरा बहुत उतरा हुआ था।

अम्मा-ज्यों-ज्यों बूढ़े होते जाते हो, शायद सठियाते जाते हो। इतना तो पूछा होता, कहाँ रहते हो, कहां खाते-पीते हो। तुम्हें चाहिए था, उसका हाथ खींचकर ले आते। मगर तुम नमक-हरामों को अपने हलवे-मांडे से मतलब, चाहे कोई मरे या जिए। दोनों वक्त वक्त बढ़ बढ़कर हाथ मारते हो और मूछों पर ताव देते हो। तुम्हें इसकी क्या परवाह है कि घर में कोई आता है या नहीं। मैं तो परवाह व करती, वह आये या न आये। मेरा काम पालना-पोसना था। पाल-पोस दिया। अब

जहाँ चाहे रहे। पर इस बहू को क्या करूं, जो रो-रोकर प्राण दिए डालती है। तुम्हें ईश्वर ने आंखे दी हैं, उसकी हालत देख रहे हो। क्या मुँह से इतना भी न फूटा कि वह अन्न-जल त्याग किए पड़ी हुई है?

महाराज- बहूजी, नारायण जानते हैं, मैंने बहुत तरह से समझाया, मगर वह तो जैसे भागे जाते थे। फिर मैं क्या करता?

अम्मा- समझाया नहीं, अपना सिर। तुम समझाते और वह यों ही चला जाता क्या सारी लच्छेदार बातें मुझ से करने को हैं? इस बहू को मैं क्या करूं! मेरे पति ने मुझसे इतनी बेरूखी की होती, तो मैं उसकी सूरत न देखती। पर, इस पर उसने न-जाने कौन-सा जादू कर दिया है। ऐसे उदासियों को तो कुलटा चाहिए, जो उन्हें तिगनी का नाच नचाए।

कोई आधा घंटे बाद कहार ने आकर कहा- बाबूजी आकर कमरे में बैठे हुए हैं। मेरा कलेजा धक-धक करने लगा। जी चाहता था कि जाकर पकड़ लाऊं, पर अम्माजी का रूप सचमुच वज्र है बोली- जाकर कह दो, यहां उनका कौन बैठा हुआ है, जो आकर बैठे हैं।

मैंने हाथ जोड़कर कहा- अम्माजी, उन्हें अंदर बुला लीजिए, कहीं फिर न चले जाएँ।

अम्मा- यहां उसका कौन बैठा हुआ है, जो आएगा? मैं तो अंदर कदम न रखने दूंगी।

अम्माजी तो बिगड़ रही थी, उधर छोटी ननद जी जाकर आनंद बाबू को लायी। सचमुच उनका चेहरा उतरा हुआ था, जैसे महीनों के मरीज हों। ननद जी उन्हें इस तरह खींचें लाती थीं, जैसे कोई लड़की ससुराल जा रही हो। अम्माजी ने मुस्कराकर कहा- उसे यहाँ क्यों लायी? यहाँ इसका कौन बैठा हुआ है?

आनंद सिर झुकाए अपराधियों की भांति खड़े थे। जबान न खुलती थी। अम्माजी ने फिर पूछा चार दिन कहां थे?

'कहीं नहीं, यहीं तो था '

'खूब चैन से रहे होंगे?'

'जी हां, कोई तकलीफ न थी।'

'यह तो सूरत ही से मालूम हो रहा है।'

ननद जी जल-पान के लिए मिठाई लायी। आनंद मिठाई खाते समय इस तरह झेंप रहे थे, मानो ससुराल आये हों! फिर माताजी उन्हें लिये हुए अपने कमरे में चली गयी। वहाँ आधा घंटे तक माता और पुत्र में बातें होती रही। मैं कान लगाए हुए थी, पर साफ कुछ न सुनाई देता था। हां, ऐसा मालूम होता था कि कभी माताजी रोती हैं और कभी आनंद। माताजी जब पूजा करने निकली, तो उनकी आँखें लाल थी। आनंद यहाँ से निकले, तो सीधे मेरे कमरे में आये। मैं उन्हें आते देख चटपट मुँह ढांप कर चारपाई पर पड़ रही, मानो बेखबर सो रही हूँ। वह कमरे में आये, मुझे चारपाई पर पड़े देखा, मेरे समीप आकर एक बार धीरे से पुकारा और लौट पड़े। मुझे जगाने की हिम्मत न पड़ी। मुझे जो कष्ट हो रहा था, उसका एकमात्र कारण अपने को समझकर मन-

ही-मन दुखी हो रहे थे। मैंने अनुमान किया था, वह मुझे उठाएंगे, मैं मान करूंगी, वह मनायेंगे, मगर सारे मनसूबे खाक में मिल गए। उन्हें लौटते देखकर मुझसे न रहा गया। मैं हकबकाकर उठ बैठी और चारपाई से नीचे उतरने लगी, मगर न-जाने क्यों मेरे पैर लड़खड़ाएं और ऐसा जान पड़ा कि मैं गिरी जाती हूँ। सहसा आनंद ने पीछे पलटकर मुझे सँभाल लिया और बोले- लेट जाओ, मैं कुरसी पर बैठ जाता हूँ। यह तुमने अपनी क्या गति बना रखी है?

मैंने अपने को सँभालकर कहा- मैं तो बहुत अच्छी तरह हूं। आपने कैसे कष्ट किया?

'पहले तुम कुछ भोजन कर लो, तो पीछे कुछ बात करूंगा।'

'मेरे भोजन की आपको क्या फिक्र पड़ी है। आप तो सैर-सपाटे कर रहे हैं।

जैसे सैर-सपाटे मैंने किए हैं, मेरा दिल ही जानता है। मगर बातें पीछे करूंगा, अभी मुँह-हाथ धोकर आओ। चार दिन से पानी तक मुँह में नहीं डाला। 'रामा राम।'

'यह आपसे किसने कहा कि मैंने चार दिन से पानी तक मुंह में नहीं डाला! अब आपको मेरी कोई परवाह न थी, तो मैं क्यों दाना-पानी छोड़ती?'

'वह तो सूरत ही कह देती है। फूल से... मुरझा गए।'

'जरा अपना सूरत जाकर आईने में देखिए।'

'मैं पहले ही कौन बड़ा सुंदर था। ठूंठ को पानी मिले तो क्या, और न- मिले तो क्या। मैं न जानता था कि तुम यह अनशन व्रत ले लोगी, वहीं तो ईश्वर ही जानता है, अम्मा मारकर भी भगाती तो भी न जाता।'

मैंने तिरस्कार की दृष्टि से देखकर कहा- 'तो क्या सचमुच तुम समझे थे कि मैं यहाँ केवल आराम के विचार से रह गई?'

आनंद ने जल्दी से अपनी भूल सुधारी- नहीं, नहीं, प्रिय, मैं सचमुच गधा नहीं हूँ, पर यह मैं कदापि न समझता था कि तुम बिलकुल दाना-पानी छोड़ दोगी। बड़ी कुशल हुई कि मुझे महाराज मिल गया, नहीं तो तुम प्राण ही दे देतीं। अब ऐसी भूल कभी न होगी। कान पकड़ता हूँ। अम्माजी तुम्हारा बखान कर-करके रोती रहीं।

मैंने प्रसन्न होकर कहा- 'तब तो मेरी तपस्या सफल हो गयी।'

थोड़ा-सा पानी पी लो, तो बातें हों। जाने कितनी बातें करनी हैं।'

'पी लूंगी, ऐसी क्या जल्दी है।'

'जब तक तुम कुछ खा न लोगी, मैं यही समझूंगा कि तुमने मेरा अपराध क्षमा नहीं किया।'

'मैं भोजन, तभी करूंगी, जब तुम यह प्रतिज्ञा करो कि कभी इस तरह रूठकर न जाओगे।'

'मैं सच्चे दिल से यह प्रतिज्ञा करता हूँ।'

बहन, तीन दिन कष्ट तो हुआ, पर मुझे उसके लिए जरा भी पछतावा नहीं है। इन तीन दिन के अनशन ने दिलों में जो सफाई कर दी, वह किसी दूसरी विधि से कदापि न होती। अब विश्वास है कि हमारा जीवन शांति से व्यतीत होगा। अपने समाचार शीघ्र, शीघ्र लिखा।

तुम्हारी, चंदा

14

दिल्ली
20-2-26

प्यारी बहन,

तुम्हारा पत्र पढ़कर मुझे तुम्हारे ऊपर दया आयी। तुम मुझे कितना ही बुरा कहो, पर मैं इतनी दुर्गति न सह सकती थी, किसी तरह नहीं। मैंने या तो अपने प्राण दे दिए होते, या फिर उस सास का मुँह न देखती। तुम्हारा सीधापन, तुम्हारी सहनशीलता, तुम्हारी सास-भक्ति, तुम्हें मुबारक हो। मैं तो तुरत आनन्द के साथ चली जाती और चाहे भीख ही क्यों न मांगनी पड़ती, पर उस घर में कदम न रखती। मुझे तुम्हारे ऊपर दया ही नहीं आती, क्रोध भी आता है, इसलिए कि तुममें स्वाभिमान नहीं है। तुम जैसी स्त्रियों ने सास और पुरुषों का मिज़ाज आसमान पर चढ़ा दिया है। जहन्नुम में जाए ऐसा घर. जहाँ अपनी इज्जत नहीं। मैं पति-प्रेम भी इन दामों न लूँ। तुम्हें उन्नीसवीं सदी में जन्म लेना चाहिए था। उस वक्त तुम्हारे गुणों की प्रशंसा होती। इन स्वाधीनता और नारी-सत्य के नवयुग में तुम केवल प्राचीन इतिहास हो। यह सीता और दमयंती का युग नहीं है। पुरुषों ने बहुत दिनों तक राज्य किया। अब स्त्री-जाति का राज्य होगा। मगर अब अधिक व कोसूंगी।

अब मेरा हाल सुनो। मैंने सोचा था, पत्रों में अपनी बीमारी का समाचार छपवा दूंगी। लेकिन फिर ख्याल आया यह समाचार छपते ही मित्रों का ताँता लग जाएगा। कोई मिज़ाज पूछने आएगा, कोई देखने आएगा। फिर मैं कोई रानी तो हूँ नहीं, जिसकी बीमारी का बुलेटिन रोजाना छापा जाए। न जाने लोगों के दिल में कैसे-कैसे विचार उत्पन्न हों, यह सोचकर मैंने पत्र में छापने का विचार छोड़ दिया। दिन भर मेरे दिल की क्या दशा रही, लिख नहीं सकती। कभी मन में आता, जहर आ लूँ। कभी सोचती, कहीं न जाऊँ। विनोद के संबंध में भांति-भांति की शंकाएं होने लगीं। अब मुझे ऐसी कितनी ही बातें याद आने लगीं जब मैंने विनोद के प्रति उदासीनता का भाव दिखाया था। मैं उनसे सब कुछ पा लेना चाहती थी। मैं चाहती थी कि वह आठों पहर भ्रमर की भांति मुझ पर मँडराते रहे, पतंगा की भांति मुझे घेरे रहें। उन्हें किताबों और पत्रों में मग्न देखकर मुझे झुँझलाहट होने लगती थी। मेरा अधिकांश समय अपने ही बनाव-सिंगार कटता था, उनके विषय में मुझे कुछ चिंता न होती थी। अब मुझे मालूम हुआ कि सेवा का महत्त्व, रूप से कहीं अधिक है। रूप मन को मुग्ध कर सकता है, आत्मा को आनंद पहुँचाने वाली कोई दूसरी ही वस्तु है।

इस तरह एक हफ़्ता गुजर गया। मैं प्रात:काल मैके जाने की तैयारियाँ कर रही थी- यह घर फाड़े खाता था-कि सहसा डाकिये ने एक पत्र लाकर दिया। मेरा हृदय धक-धक करने लगा। मैंने काँपते हाथों से पत्र लिया पर सिरनामे पर विनोद की हस्तलिपि न थी। लिपि किसी स्त्री की थी, इसमें संदेह न था, पर मैं उससे सर्वथा अपरिचित थी। मैंने तुरंत पत्र खोला और नीचे की तरफ देखा, तो चौंक पड़ी-यह कुसुम का पत्र था। मैंने एक में साँस में सारा पत्र पढ़ लिया। लिखा था- 'बहन, विनोद बाबू तीन दिन यहाँ रहकर बंबई चले गए। शायद विलायत जाना चाहते हैं। तीन-चार दिन बम्बई रहेंगे। मैंने बहुत चाहा कि उन्हें देहली वापस कर दूँ, पर वह किसी तरह राजी न हुए। तुम उन्हें नीचे लिखे पते से तार दे दो। शायद ? जा. । यह क्या बात हुई ? मुझसे तो विनोद ने बहुत पूछने पर भी नहीं बताया, पर वह दु:खी बहुत थे। ऐसे आदमी को भी तुम अपना न बना सकी, इसका मुझे आश्चर्य है, पर मुझे इसकी पहले ही शंका थी। रूप और गर्व में दीपक और प्रकाश का संबंध है। गर्व रूप का प्रकाश है।'

मैंने पत्र रख दिया और उसी वक्त विनोद के नाम तार भेज दिया कि बहुत बीमार हूँ तुरन्त आओ। मुझे आशा थी कि विनोद तार द्वारा जवाब देंगे, लेकिन सारा दिन गुजर गया और कोई जवाब न आया। बँगले के सामने से कोई सवारी निकलती, तो मैं तुरंत उसकी ओर ताकने लगती थी कि शायद तार का चपरासी हो। रात को भी मैं तार का इंतजार करती रही। तब मैंने अपने मन को इस प्रकार शांत किया कि विनोद आ रहे हैं, इसलिए तार भेजने की जरूरत न समझी।

अब मेरे मन में फिर शंकाएँ उठने लगी। विनोद कुसुम के पास क्यों गये। कहीं उसी प्रेम के करण तो मुझसे वह विरक्त नहीं हो गए ? कुसुम कोई कौशल तो नहीं कर रही है ? उसे विनोद को अपने घर ठहराने का अधिकार ही क्या था ? इस विचार से मेरा मन बहुत छुब्ध हो उठा । कुसुम पर क्रोध आने लगा । अवश्य दोनों में बहुत दिनों से पत्र व्यवहार होता ? रहा होगा । मैंने फिर कुसुम का पत्र पढ़ा और अबकी उसके प्रत्येक शब्द में मेरे लिए कुछ सोचने की सामग्री रखी हुई थी । निश्चय किया कि कुसुम को एक पत्र लिखकर खूब कोसूं । आधा पत्र लिख भी डाला, पर उसे फाड़ डाला । उसी वक्त विनोद को एक पत्र लिखा । तुमसे कभी भेंट होगी, तो वह पत्र दिखाऊंगी, जो कुछ मुँह में आया, बक डाला। इस पत्र की भी वही दशा जो कुसुम के पत्र की हुई थी। लिखने के बाद मालूम हुआ कि वह किसी विक्षिप्त हृदय की बकवास है। मेरे मन में यही बात बैठती जाती थी कि यह कुसुम के पास हैं। वही छलिनी उन पर अपना जादू चला रही है। यह दिन भी बीत गया। डाकिया कई बार आया, पर मैंने उसकी ओर आँखें भी नहीं उठायी। चंदा, मैं नहीं कह सकती, मेरा हृदय कितना तिलमिला रहा था। अगर कुसुम उस समय मुझे मिल जाती, तो मैं न-जाने क्या कर डालती। रात को लेटे-लेटे ख्याल आया, कहीं वह योरोप न चले गए हो। जी बेचैन हो उठा। सिर में ऐसा चक्कर आने लगा, मानो पानी में डूबी जाती हूँ। अगर वह योरोप चले गए, तो फिर कोई आशा नहीं। मैं उसी वक्त उठी और घड़ी पर नजर डाली। दो बजे थे। नौकर को जगाया और तार-घर आ पहुँची। बाबूजी कुरसी पर लेटे-लेटे सो रहे थे। बड़ी मुश्किल से उनकी नींद खुली। मैंने रसीदी तार दिया। जब बाबूजी तार दे चुके, तो मैंने पूछा- इसका जवाब कब आएगा ?

बाबू ने कहा- यह प्रश्न किसी ज्योतिषी से कीजिए। कौन जानता है, वह कब जवाब दें। तार का चपरासी जबरदस्ती तो उनसे जवाब नहीं लिखा सकता। अगर और कोई कारण न हो, तो 8-9 बजे तक जवाब आ जाना चाहिए।

घबराहट में आदमी की बुद्धि पलायन कर जाती है। ऐसा निरर्थक प्रश्न करके मैं स्वयं लज्जित हो गयी। बाबूजी ने अपने मन में मुझे कितना मूर्ख समझा होगा। और, मैं वहीं एक बेंच पर बैठ गई, और तुम्हें विश्वास न आएगा, नौ बजे तक वहीं बैठी रही। सोचो, कितने घंटे हुए। पूरे सात घंटे। सैकड़ों आदमी आये और गये, पर मैं यहाँ जमी बैठी रही। जब तार का डमी खटकता, मेरे हृदय में धड़कन होने लगती। लेकिन इस भय कि बाबूजी झल्ला न उठें, कुछ पूछने का साहस न करती थी। जब दफ्तर की घड़ी में दो बजे, तो मैंने डरते-डरते बाबू से पूछा- क्या अभी तक जवाब नहीं आया?

बाबू ने कहा- आप तो यहीं बैठी हैं, जवाब आता तो क्या मैं खा डालता?

मैंने, बेहयाई करके फिर पूछा- तो क्या अब न आएगा?

बाबू! ने मुँह फेरकर कहा- और दो-चार घंटे बैठी रहिए।

बहन, यह वाक्य शर के समान मेरे हृदय में लगा। आंखें भर आयीं। लेकिन फिर भी मैं वहाँ से हटी नहीं। अब भी आशा बँधी हुई थी कि शायद जवाब आया हो। अब दो घंटे और गुजर गए, तब मैं निराश हो गई। हाय!. विनोद ने मुझे कहीं का न रखा। मैं घर चली, तो आंखों से आंसुओं की झड़ी लगी हुई थी। रास्ता न सूझता था।

सहसा पीछे मोटर का हॉर्न सुनायी दिया। मैं रास्ते से हट गई। उस वक्त मन में आया, इसी मोटर के नीचे लेट जाऊँ और जीवन का अंत कर दूँ। मैंने आंखें पोंछकर मोटर की ओर देखा, भुवन बैठा हुआ था, और उसकी बगल में बैठी हुई थी कुसुम! ऐसा जान पड़ा, मानो अग्नि की ज्वाला मेरे पैरों से समाकर सिर से निकल गई। मैं उन दोनों की निगाहों से बचना चाहती थीं, लेकिन मोटर रुक गई और कुसुम उतरकर मेरे गले से लिपट गई। भुवन चुपचाप मोटर में बैठा रहा, मानो मुझे जानता ही नहीं। निर्दयी, धूर्त।

कुसुम ने पूछा- मैं तो तुम्हारे पास जाती थी, बहन! वहाँ से कोई खबर आयी? मैंने बात टालने के लिए कहा- तुम कब आयीं?

भुवन के सामने मैं अपनी विपत्ति-कथा न कहना चाहती थी।

'नहीं, मैं चली जाऊंगी। अवकाश मिले तो एक बार चली आना।'

कुसुम ने मुझसे आग्रह न किया। कार में बैठकर चल दी। मैं खड़ी ताकती रह गयी। यह वही कुसुम है या कोई और? कितना बड़ा अंतर हो गया?

मैं घर चली, तो सोचने लगी-भुवन से इसकी जान-पहचान कैसे हुई? कहीं ऐसा तो नहीं है कि विनोद ने इसे मेरी टोह लेने को भेजा हो! भुवन के विषय में कुछ पूछने तो नहीं आयी?

मैं घर बैठी ही थी कि कुसुम आ पहुँची। अबकी वह मोटर में अकेली न थी- विनोद बैठे हुए थे। मैं उन्हें देखकर ठिठक गई। चाहिए तो यह था कि मैं दौड़कर उनका हाथ पकड़ लेती और मोटर से उतार लाती, लेकिन मैं जगह से हिली तक नहीं। मूर्ति की भांति अचल बैठी रही। मेरी मानिनी प्रकृति अपना उद्दंड स्वरूप दिखाने के लिए विकल हो उठी। एक क्षण में कुसुम ने विनोद को उतारा और उनका हाथ पकड़े हुए ले आयी। उस वक्त मैंने देखा कि विनोद का मुख बिलकुल पीला पड़ा हुआ है और वह इतने अशक्त हो गए हैं कि अपने सहारे खड़े भी नहीं रह सकते। मैंने घबराकर पूछा- क्यों, तुम्हारा यह क्या हाल है? कुसुम ने कहा- हाल पीछे पूछना, जरा इनकी चारपाई चटपट बिछा दो और थोड़ा-सा दूध मँगवा लो।

मैंने तुरंत चारपाई बिछाई और विनोद को उस पर लिटा दिया। दूध तो रखा ही हुआ था। कुसुम उस समय मेरी स्वामिनी बनी हुई थी। मैं उसके इशारे पर नाच रही थी। चंदा, मुझे उस वक्त ज्ञात हुआ कि कुसुम पर विनोद को जितना विश्वास है, वह मुझ पर नहीं। मैं इस योग्य हूँ ही नहीं। मेरा दिल सैकड़ों प्रश्न पूछने के लिए तड़प रहा था, लेकिन कुसुम एक पल के लिए विनोद के पास से न टलती थी। मैं इतनी मूर्ख हूँ कि अवसर पाने पर इस दशा में भी मैं विनोद से प्रश्नों का ताँता बाँध देती।

विनोद को जब नींद आ गई, तो मैंने आंखों में आंसू भरकर कुसुम से पूछा- बहन, 'इन्हें क्या शिकायत है? मैंने तार भेजा, उसका जवाब नहीं आया। रात दो बजे एक जरूरी तार भेजा। दस बजे तक तार-घर में बैठी जबाब की राह देखती रही। वहीं से लौट रही थी, जब तुम रास्ते में मिलीं। यह तुम्हें कहां मिल गए?'

कुसुम मेरा हाथ पकड़कर- दूसरे कमरे में ले गयी बोली- 'पहले तुम यह बताओ कि भुवन का क्या मामला था? देखो साफ कहना।'

मैंने आपत्ति करते हुए कहा- 'कुसुम, तुम यह प्रश्न पूछकर मेरे साथ अन्याय कर रही हो। तुम्हें खुद समझ लेना चाहिए था कि इस बात में कोई सार नहीं है। विनोद को केवल भ्रम हो गया।'

'बिना किसी कारण के?

'हाँ? मेरी समझ में तो कोई कारण न था।'

'मैं इसे नहीं मानती। यह क्यों नहीं कहती कि विनोद को जलाने, चिढ़ाने और जगाने के लिए तुमने वह स्वांग रचा था?'

कुसुम की सूझ पर चकित होकर मैंने कहा- 'वह तो केवल दिल्लगी थी।'

'तुम्हारे लिए दिल्लगी थी, विनोद के लिए वज्राघात था। तुमने इतने दिनों तक उनके साथ रहकर भी उन्हें नहीं समझा! तुम्हें अपने बनाव-संवार के आगे उन्हें समझने की कहाँ फुरसत? कदाचित तुम समझती हो कि तुम्हारी यह मोहिनी मूर्ति ही सब कुछ है। मैं कहती हूँ इसका तमगा दो-चार महीने के लिए हो सकता है। स्थायी वस्तु और ही है।'

मैंने अपनी भूल स्वीकार करते हुए कहा- 'विनोद को मुझसे कुछ पूछना तो चाहिए था?'

कुसुम ने हंसकर कहा - 'यही तो वह नहीं कर सकते। तुमसे ऐसी बातें पूछना उनके लिए असंभव है। वह उन प्राणियों में से हैं, जो स्त्री की आँखों से गिरकर जीते नहीं रह सकते। स्त्री या पुरूष किसी के लिए भी वह किसी प्रकार का धार्मिक या नैतिक बंधन नहीं रखना चाहते। वह प्रत्येक प्राणी के लिए पूर्ण स्वाधीनता के समर्थक हैं। मन और इच्छा के सिवा वह और कोई बंधन स्वीकार नहीं करते। इस विषय पर मेरी उनसे खूब बातें हुईं। खैर, मेरा पता इन्हें मालूम था ही, यहाँ से सीधे मेरे पास पहुंचे। समझ गई कि आपस में पटी नहीं। मुझे तुम्हीं पर संदेह हुआ।

मैंने पूछा- 'क्यों, मुझ पर तुम्हें क्यों संदेह हुआ?'

'इसलिए कि मैं तुम्हें पहले देख चुकी थी।'

'नहीं, मगर इसका कारण तुम्हारा संयम नहीं, परम्परा है। मैं इस समय स्पष्ट बातें कर रही हूँ इसके लिए क्षमा करना।'

'तुम समझती हो कि मुझे विनोद से प्रेम वहीं है।'

'नहीं, विनोद से तुम्हें जितना प्रेम है, उनसे अधिक अपने-आपसे है। कम- से-कम दस दिन पहले यही बात थी, अन्यथा यह नौबत ही क्यों आती? विनोद यहाँ से सीधे मेरे पास गये और दो-तीन दिन रहकर बम्बई चले गए। मैंने बहुत पूछा, पर कुछ बतलाया नहीं। वहाँ उन्होंने एक दिन विष खा लिया।' मेरे चेहरे का रंग उड़ गया।

'बम्बई पहुँचते ही उन्होंने मेरे पास एक खत लिखा था। उसमें यहाँ की सारी बातें लिखी थी और अन्त में लिखा था-मैं इस जीवन से तंग आ गया हूँ मेरे लिए मौत के सिवा और कोई उपाय नहीं है।'

मैंने एक ठंडी साँस ली।

'मैं यह पत्र पाकर घबरा गई और उसी वक्त बम्बई रवाना हो गई। जब वहाँ पहुंची, तो विनोद को मरणासन्न पाया। जीवन की कोई आशा नहीं थी। मेरे एक संबंधी वहां डॉक्टरी करते हैं। उन्हें लाकर दिखाया तो वह बोले- उन्होंने जहर खा लिया है। तुरंत दवा दी गई। तीन दिन तक डॉक्टर साहब ने दिन-को-दिन और रात को रात न समझा, और मैं तो एक क्षण के लिए विनोद के पास से न हटी। तीसरे दिन इनकी आंखें खुलीं। पहला तार मिला था, पर उसका जवाब देने की किसे फुरसत थी। तीन दिन और बंबई मैं रहना पड़ा। विनोद इतने कमजोर हो गए थे कि इतना लंबा सफर करना उनके लिए असम्भव था। चौथे दिन जब मैंने उनसे यहाँ आने का प्रस्ताव किया, तो बोले- मैं अब वहाँ न जाऊंगा। मैंने बहुत समझाया, तब इस शर्त पर राजी हुए कि पहले आकर यहाँ की परिस्थिति देख जाऊँ।'

मेरे से निकला -'हाय! ईश्वर, मैं ऐसी अभागिनी हूँ।'

अभागिनी नहीं हो बहन, तुमने विनोद को केवल समझा न था। वह तो चाहते थे कि मैं अकेली आऊँ, पर मैंने उन्हें इस, दशा में वहाँ छोड़ना उचित न समझा। परसों हम दोनों वहाँ से चले! यहाँ

पहुंचकर विनोद तो वेटिंग रूम में ठहर गए, मैं पता करती हुई भुवन के पास पहुँची। भुवन को मैंने इतना फटकारा कि वह रो पड़ा। उसने मुझसे यहाँ तक कह डाला। 'तुमने उसे बुरी तरह दुत्कार दिया है। आंखों का बुरा आदमी है, पर दिल का बुरा नहीं। उधर से जब मुझे संतोष हो गया, और रास्ते में तुमसे भेंट हो जाने पर रहा-सहा भ्रम भी दूर हो गया, तो में विनोद को तुम्हारे पास लायी। अब तुम्हारी वस्तु तुम्हें सौंपती हूं। आशा है, इस दुर्घटना ने तुम्हें इतना सचेत कर दिया होगा कि फिर ऐसी नौबत न आएगी। आत्मसमर्पण करना सीखो। भूल जाओ कि तुम सुंदरी हो, आनंदमय जीवन का यह मूल मंत्र है। मैं डींग नहीं मारती, लेकिन चाहूँ तो आज विनोद को तुमसे छीन सकती हूँ। लेकिन रूप में मैं तुम्हारे तलवों के बराबर भी नहीं। रूप के साथ अगर तुम सेवा-भाव धारण कर सको तो तुम अजेय हो जाओगी।'

मैं कुसुम के पैरों पर गिर पड़ी और रोती हुई बोली- 'बहन, तुमने मेरे साथ जो उपकार किया है, उसके-लिए मरते दम तक तुम्हारी ऋणी रहूँगी! तुमने सहायता न की होती तो आज न-जाने मेरी क्या गति होती।'

बहन कुसुम चली जाएगी। मुझे तो अब वह देवी-सी दीखती है। जी चाहता है, चरण धो-धोकर पीऊँ। उसके हाथों मुझे विनोद ही नहीं मिले हैं, सेवा का सच्चा आदर्श और स्त्री का सही कर्तव्य-ज्ञान भी मिला है। आज से मेरे जीवन का नवयुग आरंभ होता है, जिसमें भोग और विलास की नहीं, सहृदयता और आत्मीयता की प्रधानता होगी।

तुम्हारी,
पद्मा

□□□

माँगे की घड़ी

मेरी समझ में आज तक यह बात न आयी कि लोग ससुराल जाते हैं, तो इतना ठाट-बाट क्यों बनाते हैं। आखिर इसका उद्देश्य क्या होता है? हम अगर लखपति हैं तो क्या, और रोटियों को मोहताज हैं तो क्या, विवाह तो हो ही चुका, अब इस ठाट का हमारे ऊपर क्या असर पड़ सकता है? विवाह के पहले तो उससे कुछ काम निकल सकता है। हमारी सम्पन्नता बातचीत पक्की करने में बहुत-कुछ सहायक हो सकती है। लेकिन जब विवाह हो गया, देवीजी हमारे घर का सारा रहस्य जान गईं और निःसंदेह अपने माता-पिता से रो-रोकर अपने दुर्भाग्य की कथा भी कह सुनाई, तो हमारा यह ठाट-बाट हानि के सिवा लाभ नहीं पहुँचा सकता। फटे-हाल देखकर सम्भव है, हमारी सासजी को कुछ दया आ जाती और विदाई के बहाने कोई माकूल रकम हमारे हाथ लग जाती। यह ठाट देखकर तो यह अवश्य ही समझेंगी कि अब इसका सितारा चमक उठा है, जरूर कहीं-न-कहीं से माल मार लाया। उधर नाई और कहार इनाम के लिए बड़े-बड़े मुंह फैलाएंगे, वह अलग। देवीजी को भी भ्रम हो सकता है। मगर यह सब जानते और समझते हुए मैंने परसाल होली में ससुराल जाने के लिए बड़ी-बड़ी तैयारियाँ कीं। रेशमी अचकन जिंदगी में कभी न पहनी थी, फ्लेक्स के बूटों का भी स्वप्न देखा करता था। अगर नकद रुपये देने का प्रश्न होता, तो शायद यह स्वप्न, स्वप्न ही रहता, पर एक दोस्त की कृपा से दोनों चीजें उधार मिल गई। चमड़े का सूटकेस एक मित्र से माँग लाया। दरी फट गयी थी और नई दरी उधार मिल भी सकती थी, लेकिन बिछावन ले जाने की मैंने जरूरत न समझी।अब केवल रिस्ट-वाच की और कमी थी। यों तो दोस्तों में कितनों ही के पास रिस्ट-वाच थी। मेरे सिवा ऐसे अभागे बहुत कम होंगे, जिनके पास रिस्ट-वाच न हो, लेकिन मैं सोने की घड़ी चाहता था और यह केवल दानू के पास थी। मगर दानू से मेरी बेतकल्लुफ़ी न थी। दानू रूखा आदमी था। मंगनी की चीजों का लेना और देना, दोनों ही पाप समझता था? ईश्वर ने माना है, वह इस सिद्धान्त का पालन कर सकता है। मैं कैसे कर सकता हूँ? जानता था कि वह साफ इनकार करेगा, पर दिल न माना। खुशामद के बल पर मैंने अपने जीवन के बड़े-बड़े काम कर दिखाए हैं, इसी खुशामद की बदौलत आज महीने में 300 रुपये फटकारता हूँ। एक हजार ग्रेजुएट से कम उम्मीदवार न थे, लेकिन सब मुंह ताकते रह गए और बंदा मूछों पर ताव देता घर आया। जब इतना बड़ा पासा मार लिया, तो दो-चार दिन के लिए घड़ी माँग लाना कौन- सा बड़ा मुश्किल काम था। शाम को जाने की तैयारी थी। प्रातःकाल दानू के पास पहुंचा और उसके बच्चे को, जो बैठक के सामने सहन में खेल रहा था, गोद में उठाकर लगा भींच-भींचकर प्यार करने। दानू ने पहले तो मुझे आते देखकर जरा त्यौरियों चढ़ायी थीं, लेकिन मेरा यह वात्सल्य देखकर कुछ नरम पड़े, ओठों के किनारे जरा

फूल गए गए। बोले-खेलने दो दुष्ट को, तुम्हारा कुर्ता मैला हुआ जाता है। मैं तो इसे कभी छूता भी नहीं।

मैंने कृत्रिम तिरस्कार का भावय दिखाकर कहा- मेरा कुरता मैला हो रहा है न, आप इसकी क्यों फिक्र करते हैं। वाह। ऐसा फूल-सा बालक और उसकी यह कदर। तुम-जैसों को तो ईश्वर नाहक संतान देता है। तुम्हें भारी मालूम होता हो, तो लाओ मुझे दे दो।

यह कहकर मैंने बालक को कंधे पर बिठा लिया और सहन में कोई पंद्रह मिनट तक उचकता फिरा। बालक खिलखिलाता था और मुझे दम न लेने देता था, यहाँ तक कि दानू ने उसे मेरे कंधे से उतारकर जमीन पर बिठा दिया और बोले- कुछ पान-पत्ता तो लाया नहीं, उलटे सवारी कर बैठा। जा, अम्मा से पान बनवा ला।

बालक मचल गया। मैंने उसे शांत करने के लिए दानू को हलके हाथों दो- तीन धप्प जमाए और उसकी रिस्ट-बाच से सुसज्जित कलाई पकड़कर बोला-ले लो, बेटा, इसकी घड़ी ले लो, यह बहुत मारा करते हैं तुम्हें। आप तो घड़ी लगाकर बैठे हैं और हमारे मुन्ने के पास घड़ी नहीं।

मैंने चुपके से रिस्ट-वाच खोलकर बालक की बाँह में बाँध दी और तब उसे गोद में उठाकर बोला- भैया, अपनी घड़ी हमें दे दो।

सयाने बाप के बेटे भी सयाने होते हैं। बालक ने घड़ी को दूसरे हाथ से छिपाकर कहा-तुमको नई देंगे!

मगर मैंने अंत में उसे फुसलाकर घड़ी ले ली और अपनी कलाई पर बाँध ली। बालक पान लेने चला गया। दानू बाबू अपनी घड़ी के अलौकिक गुणों की प्रशंसा करने लगे-ऐसी सच्ची समय बताने वाली घड़ी आज तक कम-से-कम मैंने नहीं देखी।

मैंने अनुमोदन किया-है भी तो स्विस!

दानू- अजी, स्विस होने से क्या होता है। लाखों स्विस-घड़ियां देख चुका हूँ। किसी को सरदी, किसी को जुकाम, किसी को गठिया, किसी को लकवा... । जब देखिए, तब अस्पताल में पड़ी हैं। घड़ी की पहचान चाहिए, और यह कोई आसान काम नहीं। कुछ लोग समझते हैं, -बहुत दाम देकर कर लेने से अच्छी घड़ी मिल जाती है। मैं कहता हूँ गधे हो। दाम खर्च करने से ईश्वर नहीं मिला करता। ईश्वर मिलता है ज्ञान और घड़ी भी मिलती है ज्ञान से। फासेट साहब को तो जानते होंगे। बस, बंदा ऐसों ही की खोज में रहता है। एक दिन आकर बैठ गया। शराब की चाट थी। जेब में रुपये नदारद। मैंने 3 रु में यह घड़ी ले ली। इसको तीन साल होते हैं और आज तक एक मिनट का भी फर्क नहीं पड़ा। कोई इसके सौ आंकता है, कोई दो-सौ, तो कोई साढ़े तीन सौ, कोई पौने पाँच सौ मगर मैं कहता हूं तुम सब गधे हो, एक हजार के नीचे ऐसी घड़ी कहीं नहीं मिल सकती। पत्थर पर पटक दो, क्या मजाल कि बल खाए।

मैं- तब तो यार, एक दिन के लिए मंगनी दे दो। बाहर जाना है। औरों को भी इसकी करामात सुनाऊंगा।

दानू- मंगनी तो तुम जानते हो, मैं कोई चीज नहीं देता। क्यों नहीं देता, इसकी कथा सुनाने बैठूं, तो आलिफ़-लैला की दास्तान हो जाए। उसका सारांश यह है कि मंगनी में चीज देना मित्रता की जड़ खोदना, मुरव्वत का गला घोंटना और अपने घर आग लगाना है। आप बहुत उत्सुक मालूम होते हैं, इसलिए दो-टूक घटनाएं सुना ही दूँ। आपको फुरसत है न? हां, आज तो दफ्तर बंद है, तो सुनिए। एक साहब लालटेन मंगनी ले गए। लौटने आये तो चिमनियाँ सब टूटी हुईं। पूछा, यह आपने क्या किया, तो बोले-जैसी गई थी, वैसी आयी। यह तो आपने नहीं कहा था कि इसके बदले नई लालटेन लूंगा। वाह साहब, वाह! यह अच्छा रोजगार निकाला। बताइए, क्या करता। एक-दूसरे महाशय कालीन ले गए। बदले में एक फटी हुई दरी ले आए। पूछा, तो बोले-साहब, आपको तो यह दरी मिल भी गई, मैं किसके सामने जाकर रोऊँ। मेरी पाँच कालीनों का पता नहीं, कोई साहब सब समेट ले गए। बताइए, मैं उनसे क्या कहता? तब से मैंने कान पकड़े कि अब किसी के साथ यह व्यवहार ही न करूंगा। सारा शहर मुझे बेमुरोव्वत, मक्खीचूस और न जाने क्या-क्या कहता है..पर मैं परवाह नहीं करता। लेकिन आप बाहर जा रहे हैं और बहुत से आदमियों से आपकी मुलाकात होगी। सम्भव है, कोई इस घड़ी का ग्राहक निकल आए, इसलिए आपके साथ इतनी सख्ती न करूंगा। हां इतना अवश्य कहूँगा कि मैं इसे निकालना चाहता हूँ और आपसे मुझे सहायता मिलने की पूरी उम्मीद है। अब कोई दाम लगाए, तो मुझसे आकर कहिएगा। मैं वहाँ से कलाई पर घड़ी बाँधकर चला, तो जमीन पर पाँव न पड़ते थे। घड़ी मिलने की इतनी खुशी न थी, जितनी इस मामले पर विजय पाने की। कैसा फंसा है बच्चा! वह समझते थे कि मैं बड़ा सयाना हूँ यह नहीं जानते थे कि यहाँ उनके भी गुरुघंटाल हैं।

2

उसी दिन शाम को मैं ससुराल जा पहुँचा। गुत्थी खुली कि लोग क्यों ससुराल जाते वक्त इतना ठाट करते हैं। घर में हलचल पड़ गई। मुझ पर किसी की निगाह न थी। सभी मेरा साज-सामान देख रहे थे। कहार पानी लेकर दौड़ा, एक साला मिठाई की तश्तरी लाया, दूसरा पान की। नाइन झाँककर देख गई और ससुरजी की आँखों में तो ऐसा गर्व झलक रहा था, मानो संसार को उनके निर्वाचन-कौशल पर सिर झुकाना चाहिए। 30 रु. महीने का नौकर उस वक्त ऐसी शान में बैठा हुआ था, जैसे बड़े बाबू दफ्तर में बैठते हैं। कहार पंखा झल रहा था, नाइन पाँव धो रही थी, एक साला बिछावन बिछा रहा था, दूसरा धोती लिये खड़ा था कि मैं पायजामा उतारू। यह सब इसी ठाट की करामात थी।

रात को देवीजी ने पूछा- सब रुपये उड़ा आये कि कुछ बचा भी है?

मेरा सारा प्रेमोत्साह शिथिल पड़ गया। न क्षेम, न कुशल, न प्रेम की कोई बातचीत। बस, हाय रुपये! हाय रुपये! जी में आया कि इसी वक्त उठकर चल दूँ। लेकिन जब्त कर गया। बोला- मेरी आमदनी जो कुछ है, वह तो तुम्हें मालूम ही है।

'मैं क्या जानूँ तुम्हारी क्या आमदनी है? कमाते होगे अपने लिए, मेरे लिए क्या करते हो।' तुम्हें भगवान ने औरत बनाया होता, तो अच्छा होता। रात- दिन कंघी-चोटी करते। तुम नाहक मर्द बने। अपने शौक-सिंगार से बचत ही नहीं, दूसरी की फिक्र क्या करोगे?'

मैंने झुंझलाकर कहा- क्या तुम्हारी यही इच्छा है कि इसी वक्त चला जाऊं? देवीजी ने भी त्यौरियां चढ़ाकर कहा- चले क्यों नहीं जाते, मैं तो तुम्हें बुलाने न गयी थी, या मेरे लिए कोई रोकड़ लाये हो?

मैंने चिंतित स्वर में कहा- तुम्हारी निगाह में प्रेम का कोई मूल्य नहीं। जो कुछ है, वह रोकड़ ही है?

देवीजी ने त्यौरियां चढ़ाए हुए ही कहा- प्रेम अपने आपसे करते होगे, मुझसे तो नहीं करते।

'तुम्हें पहले तो यह शिकायत कभी न थी।'

'इससे यह तो तुमको मालूम ही हो गया कि मैं रोकड़ की परवाह नहीं करती, लेकिन देखती हूँ कि ज्यों-ज्यों तुम्हारी दशा सुधर रही है, तुम्हारा हृदय भी बदल रहा है। इससे तो यही अच्छा था कि तुम्हारी वही दशा रहती। तुम्हारे साथ उपवास कर सकती हूँ। फटे-चीथड़े पहनकर दिन काट सकती हूँ,लेकिन यह नहीं हो सकता कि तुम चैन करो और मैं मैके में पड़ी भाग्य को रोया करूँ। मेरा प्रेम उतना सहनशील नहीं है।'

सालों और नौकरों ने मेरा जो आदर-सम्मान किया था, उसे देखकर मैं अपने पर फूला न समाया था। अब यहाँ मेरी जो अवहेलना हो रही थी, उसे देखकर मैं पछता रहा था कि व्यर्थ ही यह स्वाँग भरा। अगर साधारण कपड़े पहने, रोनी सूरत बनाए आता, तो बाहर वाले चाहे अनादर ही करते, लेकिन देवीजी तो प्रसन्न रहतीं, पर अब तो भूल हो गई थी। देवीजी की बातों पर मैंने गौर किया, तो मुझे उनसे सहानुभूति हो गई। यदि देवीजी पुरूष होतीं और मैं उनकी स्त्री, तो क्या मुझे यह किसी तरह भी सहा होता कि वह तो छैला बनी घूमें और मैं पिंजरे में बंद दाने और पानी को तरसूं। चाहिए यह था कि देवीजी से सारा रहस्य कह सुनाता, पर आत्मगौरव ने इसे किसी तरह स्वीकार न किया। स्वाँग भरना सर्वथा अनुचित था, लेकिन परदा खोलना तो भीषण पाप था। आखिर मैंने फिर उसी खुशामद से काम लेने का निश्चय किया, जिसने इतने कठिन अवसरों पर मेरा साथ दिया था। प्रेम-पुलकित कंठ से बोला- प्रिय। सच कहता हूँ मेरी दशा अब भी वही है, लेकिन तुम्हारे दर्शन की इच्छा इतनी बलवती हो गई थी कि उधार कपड़े लिये, यहाँ तक कि अभी सिलाई भी नहीं दी। फटेहाल आते संकोच होता था कि सबसे पहले तुमको दुःख होगा और तुम्हारे घरवाले भी दुःखी होंगे। अपनी दशा जो कुछ है, वह तो है ही, उसका ढिंढोरा पीटना तो और भी लज्जा की बात है।

देवीजी ने कुछ शांत होकर कहा- तो उधार लिया?

'और नकद कहां धरा था?'

'घड़ी भी उधार ली?'

'हां, एक जान-पहचान की दुकान से ले ली।'

'कितने की है?'

बाहर किसी ने पूछा होता, तो मैंने 500 रु. से कौड़ी कम न बताया होता, लेकिन यहाँ मैंने 25 रु. बताया।

'तब तो बड़ी सस्ती मिल गई।'

'और नहीं तो मैं फंसता ही क्यों?'

'इसे मुझे देते जाना।'

ऐसा जान पड़ा, मेरे शरीर में रक्त ही न रहा। सारे अवयव निस्पंद हो गए। इनकार करता हूँ तो नहीं बचता, स्वीकार करता हूँ तो भी नहीं बचता। आज प्रात:काल यह घड़ी मंगनी पाकर मैं फूला न समाया था। इस समय वह ऐसी मालूम हुई, मानों कौड़ियाला गेंडली मारे बैठा हो, बोला- तुम्हारे लिए कोई अच्छी घड़ी ले लूँगा।

'जी, नहीं, माफ कीजिए, आप ही अपने लिए दूसरी घड़ी ले लीजिएगा। मुझे तो यही अच्छी लगती है। कलाई पर बाँधे रहूंगी। जब-जब इस पर आंखें पड़ेगी, तुम्हारी याद आएगी। देखो, तुमने आज तक मुझे फूटी कौड़ी भी कभी नहीं दी। अब इनकार करोगे, तो फिर कोई चीज न मांगूंगी।'

देवीजी के कोई चीज न माँगने से मुझे किसी विशेष हानि का भय न होना चाहिए था, बल्कि उनके इस विराग का स्वागत करना चाहिए था, पर न-जाने क्यों मैं डर गया। कोई ऐसी युक्ति सोचने लगा कि वह राजी हो जाएँ और घड़ी भी न देनी पड़े। बोला- घड़ी क्या चीज है, तुम्हारे लिए जान हाजिर है, प्रिय। लाओ तुम्हारी कलाई पर बाँध दूँ लेकिन बात यह है कि वक्त का ठीक-ठीक अंदाज न होने से कभी-कभी दफ्तर पहुँचने में देर हो जाती है। और व्यर्थ की फटकार सुननी पड़ती है! घड़ी तुम्हारी है, किन्तु जब तक दूसरी घड़ी न ले लूँ इसे मेरे पास रहने दो। मैं बहुत जल्द कोई सस्ते दामों की घड़ी अपने लिए लेकर और तुम्हारी घड़ी तुम्हारे पास भेज दूँगा। इसमें तो तुम्हें कोई आपत्ति न होगी।

देवीजी ने अपनी कलाई पर घड़ी बाँधते हुए कहा-राम जाने, तुम बड़े चकमेबाज हो, बातें बनाकर काम निकालना चाहते हो। यहाँ ऐसी कच्ची गोलियाँ नहीं खेली हैं। यहाँ से जाकर दो-चार दिन में दूसरी घड़ी ले लेना! दो-चार दिन जरा लेट दफ्तर चले जाना।

अब मुझे और कुछ कहने का साहस नहीं हुआ। कलाई से घड़ी के जाते ही हृदय पर चिंता का पहाड़-सा बैठ गया। ससुराल में दो दिन रहा, पर उदास और चिंतित। दानू बाबू को क्या जवाब दूंगा, यह प्रश्न किसी गुप्त वेदना की भांति चित्त को मसोसता रहा।

3

घर पहुंचकर जब मैंने सजल नेत्र होकर दानू बाबू, से कहा- घड़ी तो कहीं खो गई, खेद या सहानुभूति का एक शब्द भी मुँह से निकालने के बदले उन्होंने बड़ी निर्दयता से कहा- इसीलिए मैं घड़ी न देता था! आखिर वही हुआ, जिसकी मुझे शंका थी। मेरे पास वह घड़ी तीन साल रही, एक दिन भी इधर-उधर न हुई। तुमने तीन दिन में वारा-न्यारा कर दिया। आखिर कहां गये थे?

मैं तो डर रहा था कि दानू बाबू न-जाने कितनी घुड़कियाँ सुनाएंगे। यह क्षमाशीलता देखकर मेरी जान-में-जान आयी। बोला-जरा ससुराल चला गया था।

' तो भाभी को लिवा लाए?'

'जी, भाभी को लिवा लाता! अपनी गुजर होती ही नहीं, भाभी को लिवा लाता।'

'आखिर तुम इतना कमाते हो, वह क्या करते हो।'

' कमाता क्या हूं, अपना सिर? 30 रु. महीने का नौकर हूं?'

' तो तीसों खर्च कर डालते हो?'

'क्या, 30 मेरे लिए बहुत हैं?'

'जब तुम्हारी आमदनी 30 रु.है, तो यह सब अपने ऊपर खर्च करने का तुम्हें अधिकार नहीं। बीवी कब तक मैके में पड़ी रहेगी?'

'जब तक और तरक्की नहीं होती तब तक मजबूरी है। किस बिरते पर बुलाऊँ?'

'और तरक्की दो-चार साल तक न हो तो?'

'यह तो ईश्वर ही जाने। इधर तो ऐसी आशा नहीं है।

'शाबाश! तब तो तुम्हारी पीठ ठोकनी चाहिए। और कुछ काम क्यों नहीं करते। सुबह को क्या करते हो?'

'सारा वक्त नहाने-धोने, खाने-पीने में निकल जाता है। फिर दोस्तों से मिलना- जुलना भी तो है।'

'तो भाई, तुम्हारा रोग असाध्य है। ऐसे आदमी के साथ मुझे लेश मात्र भी सहानुभूति नहीं हो सकती। आपको मालूम है, मेरी घड़ी 500 रु. की थी। सारे रुपये आपको देने होंगे। आप अपने वेतन में से 15 रु. महीना मेरे हवाले रखते जाइए। इस प्रकार ढाई साल में मेरे रुपये पट जाएँ तो खूब जी खोलकर दोस्तों से मिलिएगा। समझ गए न? मैंने 50 रु. छोड़ दिए हैं, इससे अधिक रियायत नहीं कर सकता।'

'15 रु. में मेरा गुजर कैसे होगा?'

'गुजर तो लोग 5 रु. में भी करते हैं और 500 रु. में भी। इसकी न चलाओ, अपनी सामर्थ्य देख लो।'

दानू बाबू ने जिस निर्दयता से ये बातें कहीं, उससे मुझे विश्वास हो गया कि अब उनके सामने रोना-धोना व्यर्थ है। यह अपनी पूरी रकम लिये बिना न मानेंगे। घड़ी अधिक-से-अधिक 200 रु. की थी। लेकिन इससे क्या होता है! उन्होंने तो पहले ही उसका दाम बता दिया था। अव उस विषय पर मीनमेख विचार करने का मुझे साहस क्या हो सकता था? किस्मत ठोक कर घर आया। यह विवाह करने का मजा है! उस वक्त कैसे प्रसन्न थे, मानों चारों पदार्थ मिले जा रहे थे। अब नानी के नाम को रोओ। घड़ी को शौक चर्राया था, उसका फल भोगो। न घड़ी बाँधकर जाते, तो ऐसी कौन-सी किरकिरी हुई जाती थी। मगर तब तुम किसकी सुनते थे? देखें 15 रु. में कैसे गुजर करते हो। 30 रु. में तो तुम्हारा पूरा ही न पड़ता था, 15 रु. में तुम क्या भुना लोगे?

इन्हीं चिंताओं में पड़ा-पड़ा सो गया। भोजन करने की भी सुधि न रही!

4

जरा सुन लीजिए कि 30 रु. में कैसे गुजर करता था- 20 रु. तो होटल को देता था! 5 रु. नाश्ते का खर्च था और बाकी 5 रु. में पान, सिगरेट, कपड़े और सब कुछ। मैं कौन राजसी ठाठ में रहता था, ऐसी कौन-सी फिजूलखर्ची करता था कि अब खर्चे में कमी करता। मगर दानू बाबू का कर्ज तो चुकाना ही था। रो कर चुकाता या हंसकर। एक बार जी में आया कि ससुराल में जाकर घड़ी उठा लाऊँ, लेकिन दानू बाबू से कह चुका था कि घड़ी खो गई। अब घड़ी लेकर जाऊंगा, तो वह मुझे झूठा और लबड़िया समझेंगे। मगर क्या मैं यह नहीं कह सकता कि मैंने समझा था कि घड़ी खो गई, ससुराल गया तो उसका पता चल गया। मेरी बीवी ने उड़ा दी थी। हां, यह चाल अच्छी थी। लेकिन देवीजी से क्या बहाना बनाता। उन्हें कितना दु:ख होगा। घड़ी पाकर कितनी खुश हो गई थी! अब जाकर घड़ी छीन लाऊं, तो शायद फिर मेरी सूरत भी न देखे। हाँ यह हो सकता था कि दानू बाबू के पास जाकर रोता। मुझे विश्वास था कि आज क्रोध में उन्होंने चाहे कितनी ही निष्ठुरता दिखाई हो, लेकिन दो-चार दिन के बाद जब उनका क्रोध शांत हो जाए और मैं जाकर उनके सामने रोने लगूं, तो उन्हें अवश्य दया आ जाएगी। बचपन की मित्रता हृदय से नहीं निकल सकती। लेकिन मैं इतना आत्मगौरव शून्य न था और न हो सकता था।

मैं दूसरे ही दिन एक सस्ते होटल में चला गया। यहाँ 12 रु. में ही प्रबंध हो गया। सुबह को दूध और चाय से नाश्ता करता था। अब छटाँक भर चनों पर बसर होने लगी। 12 रु. तो यों बचे। पान, सिगरेट आदि की मद में 3 रु. और कम किए। और महीने के अंत में साफ 15 रु. बचा लिये। यह विकट तपस्या थी। इन्द्रियों का निर्दय दमन ही नहीं, पूरा संन्यास था। पर जब मैंने ये 15 रु. ले जाकर दानू बाबू के हाथ में रखे तो ऐसा जान पड़ा, मानों मेरा मस्तक ऊंचा हो गया है। ऐसे गौरवपूर्ण आनंद का अनुभव मुझे जीवन में कभी न हुआ था। दानू बाबू ने सहृदयता के स्वर में कहा- बचाए या किसी से माँग लाए?

'बचाया है भाई, माँगता किससे!'

'कोई तकलीफ तो नहीं हुई?'

'कुछ नहीं। अगर तकलीफ हुई भी, तो इस वक्त भूल गई।'

'सुबह को तो अब भी खाली रहते हो? आमदनी कुछ और बढ़ाने की फिक्र क्यों नहीं करते?'

'चाहता तो हूँ कि कोई काम मिल जाए तो कर लूँ, पर मिलता ही नहीं।' यहाँ से लौटा, तो मुझे अपने हृदय में एक नवीन बल, एक विचित्र स्फूर्ति का अनुभव हो रहा था। अब तक जिन इच्छाओं को रोकना कष्टप्रद जान पड़ता था, अब उनकी ओर ध्यान भी न जाता था। जिस पान की दुकान को देखकर चित्त अधीर हो जाता था, उसके सामने से मैं सिर उठाए निकल जाता था, मानो अब मैं उस सतह से कुछ ऊँचा उठ गया। हां सिगरेट, चाय और चाट अब इसमें से किसी पर भी चित्त आकर्षित न -होता था। प्रातःकाल भीगे हुए चने, दोनों वक्त रोटी और दाल। बस, इसके सिवा मेरे लिए और सभी चीजें त्याज्य थी, सबसे बड़ी बात तो यह थी कि मुझे जीवन से विशेष रुचि हो गई थी। मैं जिंदगी से बेजार, मौत के मुँह का शिकार बनने का इच्छुक न था। मुझे ऐसा आभास होता था कि मैं जीवन में कुछ कर सकता हूँ।

एक मित्र ने एक दिन मुझसे पान आने के लिए बड़ा आग्रह किया, पर मैंने न खाया। तब वह बोले- तुमने तो यार, पान छोड़कर कमाल कर दिया। मैं अनुमान ही न कर सकता था कि तुम पान छोड़ दोगे। हमें भी कोई तरकीब बताओ। मैंने कहा- इसकी तरकीब यही है कि पान न खाओ।

'जी तो नहीं मानता।'

'आप ही मान जाएगा।'

'बिना सिगरेट पिए तो मेरा पेट फूलने लगता है।'

'फूलने दो, आप पिचक जाएगा।'

'अच्छा तो लो, आज मैंने पान-सिगरेट छोड़ा।'

'तुम क्या छोड़ोगे? तुम नहीं छोड़ सकते।'

मैंने उनको उत्तेजित करने के लिए यह शंका की थी। इसका यथेष्ट प्रभाव पड़ा। वह दृढ़ता से बोले- 'तुम यदि छोड़ सकते हो, तो मैं भी छोड़ सकता हूँ। मैं तुमसे किसी बात में कम नहीं हूँ।'

'अच्छी बात है, देखूंगा।'

'देख लेना।'

मैंने उन्हें आज तक पान या सिगरेट का सेवन करते नहीं देखा।

पांचवें महीने में जब मैं रुपये लेकर दानू बाबू के पास गया, तो सच मानो वह टूटकर मेरे गले से लिपट गये। बोले- 'हो तो यार, तुम धुन के पक्के। मगर सच कहना, मुझे मन में कोसते तो नहीं?'

मैंने हंसकर कहा- 'अब तो नहीं कोसता, मगर पहले जरूर कोसता था।' 'अब क्यों इतनी कृपा करने लगे?'

इसलिए कि मेरी जैसी स्थिति के आदमी को जिस तरह रहना चाहिए, वह तुमने सिखा दिया। मेरी आमदनी में आधा मेरी स्त्री का है। पर अब तक मैं उसका हिस्सा भी हड़प कर जाता था। अब मैं इस योग्य हो रहा हूँ कि उसका हिस्सा उसे दे दूँ या उसको अपने साथ रखूं। तुमने मुझे बहुत अच्छा पाठ दे दिया?'

'अगर तुम्हारी आमदनी बढ़ जाए तो उसी तरह रहने लगोगे!'

'नहीं, कदापि नहीं। अपनी स्त्री को बुला लूंगा।'

'अच्छा, तो खुश हो जाओ,; तुम्हारी तरक्की हो गई है।'

'मैंने अविश्वास के भाव से कहा- 'मेरी तरक्की अभी क्या होगी? अभी मुझसे पहले के लोग पड़े नाक रगड़ रहे हैं?'

'कहता हूँ मान जाओ। मुझसे तुम्हारे बड़े बाबू कहते थे।'

मुझे अब भी विश्वास न आया। पर मारे कौतूहल के पेट में चूहे दौड़ रहे थे। उधर दानू बाबू अपने घर गये, इधर में बड़े बाबू के घर पहुंचा। बड़े बाबू बैठे अपनी बकरी दुह रहे थे।? मुझे देखा, तो झेंपते हुए बोले- 'क्या करें भाई, आज दूध वाला नहीं आया, इसीलिए यह बला गले पड़ी, चलो बैठो।'

मैं कमरे में जा बैठा। बाबूजी भी कोई आधा घंटे के बाद हाथ में डुगडुगी लिये निकले और इधर-उधर की बातें करते रहे। आखिर मुझसे न रहा गया, बोला - 'मैंने सुना है, मेरी तरक्की हो गई है।'

बड़े बाबू ने प्रसन्नमुख होकर कहा- 'हाँ भई, हुई तो है। तुमसे दानू बाबू ने कहा होगा।'

'जी हाँ अभी कहा है। मगर मेरा नंबर तो अभी नहीं आया, तरक्की कैसे हुई?'

'यह न पूछो, अफसरों की निगाह चाहिए, नम्बर-सम्बर कौन देखता है।' लेकिन आखिर मुझे किसकी जगह मिली? अभी कोई तरक्की का मौका भी तो नहीं।'

'कह दिया, भाई अफसर लोग सब कुछ कर सकते हैं। साहब एक दूसरी मद से तुम्हें 15 रु. महीना देना चाहते हैं। दानू बाबू ने शायद साहब से कहा- सुना होगा।'

किसी दूसरे का हक मारकर तो मुझे ये रुपये नहीं दिये जा रहे हैं?' नहीं यह बात नहीं। मैं खुद इसे मंजूर न करता।'

महीना गुजरा, मुझे 45 रु. मिले। मगर रजिस्टर में मेरे नाम के सामने वही 30 रु. लिखे थे। बड़े बाबू ने अकेले बुलाकर मुझे रुपये दिये और ताकीद कर दी कि किसी से कहना मत, वरना दफ्तर में बावेला मच जाएगा। साहब का हुक्म है कि यह बात गुप्त रखी जाए।'

मुझे संतोष हो गया कि किसी सहकारी का गला घोंट कर मुझे रुपये नहीं दिए गए। खुश-खुश रुपये लिये सीधा दानू बाबू के पास पहुँचा। वह मेरी बांछे खिली देखकर बोले- 'मार लाये तरक्की, क्यों?'

जी हां, वाट, रुपये तो 15 मिले, लेकिन तरक्की नहीं हुई, किसी और मद से दिये गए हैं।'

'तुम्हें रुपये से मतलब है, चाहे किसी मद से मिलें। तो अब बीवी को लेने जाओगे न?'

'नहीं, अभी नहीं।'

'तुमने तो कहा था, आमदनी बढ़ जाएगी, तो बीवी को लाऊंगा, अब क्या हो गया?'

'मैं सोचता हूं पहले रुपये पटा दूँ। अब से 30 रुपये महीने देता जाऊंगा, साल भर में सारे रुपये पट जाएंगे। तब मुक्त हो जाऊंगा।'

दानू, बाबू की आँखें सजल हो गईं। मुझे आज अनुभव हुआ कि उनकी इस कठोर आकृति के नीचे कितना कोमल हृदय छिपा हुआ था। बोले- 'नहीं, अबकी मुझे कुछ मत दो। रेल का खर्च पड़ेगा, वह कहाँ से दोगे! जाकर अपनी स्त्री को ले आओ।'

मैंने दुविधा में पड़कर कहा- 'यार, अभी न मजबूर करो। शायद किस्त न अदा कर सकूँ तो?'

दानू बाबू ने मेरा हाथ पकड़कर कहा- तो कोई हर्ज नहीं। सही बात यह है कि मैं अपनी घड़ी के दाम पा चुका था। मैंने तो उसके 25 रुपये ही दिये थे। उस पर तीन साल काम ले चुका था। मुझे तुमसे कुछ न लेना चाहिए था। अपनी स्वार्थपरता पर लज्जित हूँ। मेरी आँखें भी भर आयीं। जी में तो आया, घड़ी का सारा रहस्य कह सुनाऊं, लेकिन जब्त कर गया। गदगद कंठ से बोला- नहीं दानू बाबू मुझे रुपये अदा कर लेने दो। आखिर तुम उस घड़ी को चार-पाँच सौ में बेच लेते या नहीं? मेरे कारण तुम्हें इतना नुकसान क्यों हो?

'भाई, अब घड़ी की चर्चा न करो। यह बताओ, कब जाओगे?'

'अरे, तो पहले रहने का तो ठीक कर लूं।'

'तुम जाओ, मैं मकान का प्रबंध कर रखूंगा।'

'मगर मैं 5 रु. से ज्यादा किराया न दे सकूँगा। शहर से जरा हटकर मकान सस्ता मिल जाएगा।'

'अच्छी बात है, मैं सब ठीक करके रखूंगा। किस गाड़ी से लौटोगे?'

'यह अभी क्या मालूम। विदाई का मामला है, साइत बने या न बने, या लोग एकाध दिन रोक ही लें। तुम इस झंझट में क्यों पड़ोगे? मैं दो-चार दिन में मकान ठीक करके चला जाऊंगा।'

'जी नहीं, आप आज जाइए और कल आए।'

'तो उतरूंगा कहाँ?'

'मैं मकान ठीक कर लूंगा। मेरा आदमी तुम्हें स्टेशन पर मिलेगा।'

मैंने बहुत हीले-हवाले किए, पर उस भले आदमी ने एक न सुनी। उसी दिन मुझे ससुराल जाना पड़ा।

5

मुझे ससुराल में तीन दिन लग गए। चौथे दिन पत्नी के साथ चला। जी में डर रहा था कि कही दानू ने कोई आदमी न भेजा हो तो कहाँ उतरूंगा, कहाँ को जाऊंगा। आज चौथा दिन है। उन्हें इतनी क्या गरज पड़ी है कि बार-बार स्टेशन पर अपना आदमी भेजें। गाड़ी में सवार होते समय इरादा हुआ कि दानू को तार से अपने आने की सूचना दे दूँ। लेकिन बारह आने का खर्च था, इससे हिचक गया।

मगर जब गाड़ी बनारस पहुंची, तो देखता हूँ कि दानू बाबू स्वयं कोट-हैट लगाए, दो कुलियों के साथ खड़े हैं। मुझे देखते ही दौड़े और बोले-' ससुराल की रोटियाँ बड़ी प्यारी लग रही थीं क्या? तीन दिन से रोज दौड़ लगा रहा हूं, जुर्माना देना पड़ेगा।'

देवीजी सिर से पाँव तक चादर ओढ़े गाड़ी से उतरकर प्लेटफार्म पर खड़ी हो गई थी। मैं चाहता था, जल्दी से गाड़ी में बैठकर यहाँ से चल दूँ। घड़ी उनकी कलाई पर बँधी हुई थी। मुझे डर लग रहा था कि कहीं उन्होंने हाथ बाहर निकाला और दानू की निगाह घड़ी पर गई, तो बड़ी झेंप होगी। मगर तकदीर का लिखा कौन टाल सकता है। मैं देवीजी से दानू बाबू की सज्जनता का बखान खूब कर चुका था। अब जो दानू उसके समीप आकर संदूक उठाने लगे, तो देवीजी ने दोनों हाथों को जोड़कर उन्हें नमस्कार किया। दानू वे उनकी कलाई पर बंधी घड़ी देख ली। उस वक्त तो क्या बोलते, लेकिन ज्यों ही देवीजी को एक तांगे पर बिठाकर दोनों दूसरे ताँगे पर बैठकर चले, दानू ने कहा- क्या घड़ी देवीजी ने छिपा दी थी?

मैंने शर्माते हुए कहा- नहीं यार, मैं ही दे आया था। दे क्या आया था, उन्होंने मुझसे छीन ली थी।'

दानू ने मेरा तिरस्कार करते हुए कहा- 'तो मुझसे झूठ क्यों बोले?'

'फिर क्या करता?'

'अगर तुमने साफ-साफ कह दिया होता, तो शायद मैं इतना कमीना भी नहीं हूं कि तुमसे उसका तावान वसूल करता, लेकिन खैर, ईश्वर का कोई काम मसलहत से खाली नहीं होता। तुम्हें कुछ दिनों ऐसी तपस्या की जरूरत थी।'

'मकान कहां ठीक किया है।'

'वहीं तो चल रहा हूं।'

'क्या तुम्हारे घर के पास ही है? तब तो बड़ा मजा आएगा।'

'हां? मेरे घर से मिला हुआ है, मगर बहुत सस्ता है?'

दानू बाबू के द्वार पर ताँगे रुके। आदमियों ने दौड़कर असबाब उतारना शुरू किया। एक क्षण में दानू बाबू की देवीजी घर में से निकलकर तांगे के पास आयीं और पत्नी जी को साथ ले गयीं। मालूम होता था, यह सारी बातें पहले ही से सोची थीं।'

मैंने कहा- 'तो यह कहो कि हम तुम्हारे बिना-बुलाए मेहमान हैं।'

'अब तुम अपनी मरजी को कोई मकान ढूंढ लेना। दस-पांच दिन तो यहाँ रहो।'

लेकिन मुझे यह जबरदस्ती की मेहमानी अच्छी अच्छी न लगी। मैंने तीसरे ही दिन एक मकान तलाश कर लिया। विदा होते समय दानू ने 100 रु. लाकर मेरे सामने रख दिए और कहा- 'यह तुम्हारी अमानत है। लेते आओ!'

मैंने विस्मय से पूछा- 'मेरी अमानत कैसी?'

दान, ने कहा--15 रु. के हिसाब से 6 महीने के 90 रु. हुए और 10 रु. सूद।'

मुझे दानू बाबू की सज्जनता बोझ के समान लगी। बोला- तो तुम घड़ी ले लेना चाहते हो?

'फिर घड़ी का जिक्र किया तुमने। उसका नाम मत लो।'

'तुम मुझे चारों ओर से दबाना चाहते हो?'

'हां, दबाना चाहता हूं। तुम्हें आदमी बना देना चाहता हैं, नहीं तो उम्र भर यहाँ होटल की रोटियाँ तोड़ते और तुम्हारी देवीजी वहाँ बैठी तुम्हारे नाम को रोती। कैसी शिक्षा दी इसका एहसान तो न मानोगे।'

'यों कहो, तो आप मेरे गुरु बने हुए थे?'

'जी हां, ऐसे गुरु की तुम्हें जरूरत थी।'

मुझे विवश होकर घड़ी का जिक्र करना पड़ा। डरते-डरते बोला-

'तो भाई घड़ी'

' फिर तुमने घड़ी का नाम लिया! '

‘ तुम खुद मुझे मजबूर कर रहे हो।’

‘वह मेरी ओर से भावज को उपहार है।’

‘और ये जो 100 रु. मुझे उपहार मिले हैं।’

‘जी हाँ? यह इम्तहान में पास होने का इनाम है।’

‘तब तो डबल उपहार मिले हैं।’

‘तुम्हारी तकदीर ही अच्छी है, क्या करूं।’

मैं रुपये यों न लेता था, पर दानू बाबू मेरी जेब में डाल दिये। लेने पड़े। इन्हें मैंने सेविंग बैंक में जमा करा दिया। 10 रुपये महीने पर मकान लिया था। 30 रु. महीने खर्च करता था। 5 रुपये बचने लगे। अब मुझे मालूम हुआ कि दानू बाबू ने मुझे छह महीना, तक यह तपस्या न कराई होती, तो सचमुच मैं न-जाने कितने दिनों तक देवीजी को मैके में पड़ा रहने देता। उसी तपस्या की बरकत थी कि आराम से जिंदगी कट रही थी और ऊपर से कुछ-न-कुछ जमा होता जाता था। मगर घड़ी का किस्सा मैंने आज तक देवीजी से नहीं कहा। पाँचवें महीने में मेरी तरक्की का नम्बर आया। तरक्की का परवाना मिला। मैं सोचा रहा था कि देखूँ अबकी दूसरी मद वाले 15 रु. मिलते हैं था नहीं।1 पहली तारीख को वेतन मिला, यही 45 रु.। मैं एक क्षण खड़ा रहा कि शायद बड़े बाबू दूसरी मद वाले रुपये भी दें, जब और लोग अपने-अपने वेतन लेकर चले गये, तो बड़े बाबू बोले- क्या अभी लालच घेरे हुए है? अब और कुछ न मिलेगा।

मैंने चकित होकर पूछा- ‘जी नहीं, इस खयाल से नहीं खड़ा हूं । साहब ने इतने दिनों तक परवरिश की, यह क्या थोड़ा है। मगर कम-से-कम इतना तो बता दीजिए कि किस मद से वह रुपया दिया जाता था?’

बड़े बाबू-’पूछकर क्या करोगे?’

‘कुछ वहीं, यों ही जानने को जी चाहता है।’

‘जाकर दानू बाबू से पूछो।’

‘दफ्तर का हाल दाबू बाबू क्या जान सकते हैं।’

‘वहीं, यह हाल वही जानते हैं।’

मैंने बाहर आकर एक ताँगा किया और दानू के पास पहुँचा। आज पूरे दस महीने बाद मैंने ताँगा किराये पर किया था। इस रहस्य को जानने के लिए मेरा दम घुट रहा था। दिल में तय कर लिया था कि अगर बच्चा ने यह षड्यंत्र न रचा होगा, तो बुरी तरह खबर लूंगा। आप बगीचे में टहल रहे थे। मुझे देखा तो घबराकर बोले- कुशल तो है, कहां से भागे आते हो?

मैंने कृत्रिम क्रोध दिखाकर कहा- ‘मेरे यहाँ तो कुशल है, लेकिन तुम्हारी कुशल नहीं।’

‘ क्यों भाई, क्या अपराध हुआ है?’

'आप बतलाइए कि पाँच महीने तक मुझे जो 15 रु. वेतन के ऊपर से मिलते थे, वह कहाँ से आते थे?'

'तुमने बड़े बाबू से नहीं पूछा? तुम्हारे दफ्तर का हाल मैं क्या जानूं?'

'मैं आजकल दानू से बेतकल्लुफ़ हो गया था। बोला- देखो दानू मुझसे उड़ोगे, तो अच्छा न होगा। क्यों नाहक मेरे हाथों पिटोगे।'

'पीटना चाहो, तो पीट लो भाई, सैकड़ों ही बार पीटा है, एक बार और सही। बारजे पर से जो धक्का दिया था, उसका निशान बना हुआ है, यह देखो।'

'तुम टाल रहे हो और मेरा दम घुट रहा है। सच बताओ क्या बात थी?'

'बात-बात कुछ नहीं थी! मैं जानता था कितनी भी किफायत करोगे, 30 रु. में गुजर न होगा। और न सही, दोनों वक्त रोटियाँ तो हों। बस, इतनी बात है। अब इसके लिए जो चाहो, दंड दो।'

□□□

स्मृति का पुजारी

महाशय होरीलाल की पत्नी का जब से देहांत हुआ, वह एक तरह से दुनिया से विरक्त हो गए। यों रोज कचहरी जाते हैं-अब भी उनकी वकालत बुरी नहीं है। मित्रों से राह-रस्मी भी रखते हैं, मेलों-तमाशों में भी जाते हैं, पर इसलिए नहीं कि इन बातों से उन्हें कोई खास दिलचस्पी है, बल्कि इसलिए कि वे भी मनुष्य हैं, और मनुष्य एक सामाजिक जीव है। जब उनकी स्त्री जीवित थी, तब कुछ और ही बात थी। किसी-न-किसी बहाने से आये-दिन मित्रों की दावतें होती रहती थी। कभी गार्डन पाटी है, कन्नी संगीत है, कभी जन्माष्टमी है, कभी होली है। मित्रों का सत्कार करने में जैसे उन्हें मजा आता था। लखनऊ के सफेदे आये हैं। अब, जब तक दोस्तों को खिला न लें, उन्हें चैन नहीं। कोई अच्छी चीज खरीदकर उन्हें यही धुन हो जाती थी कि इसे किसी की भेंट कर दें, जैसे लोग अपने स्वार्थ के लिये तरह-तरह के प्रपंच रचा करते हैं वह सेवा के लिए षड्यंत्र रचते थे। आपसे मामूली जान-पहचान है, लेकिन उनके घर चले जाइए तो चाय और फलों से आपका सत्कार किए बिना न रहेंगे। मित्रों के हित के लिए प्राण देने को तैयार और बड़े ही खुशमिज़ाज। उनके कहकहे ग्रामोफोन में भरने लायक होते थे। कोई संतान न थी, लेकिन किसी ने उन्हें दुखी या निराश नहीं देखा।

मुहल्ले के सारे बच्चे उनके बच्चे थे। और स्त्री भी उसी रंग में रंगी हुई। आप कितने ही चिंतित हो, उस देवी से मुलाकात होते ही आप फूल की तरह खिल जाएँगे। न जाने कितनी लोकोक्तियाँ कहाँ से याद कर ली थीं। बात-बात पर कहावत कहती थीं। और जब किसी को बनाने पर आ जाती, तो रुलाकर छोड़ती थीं। गृह- प्रबंध में तो उनका जोड़ न था। दोनों एक दूसरे के आशिक थे, और उनका प्रेम पौधों के कलम की भांति दिनों के साथ और भी घनिष्ठ होता जाता था। समय की गति उस पर जैसे आशीर्वाद का काम कर रही थी। कचहरी से छुट्टी पाते ही यह प्रेम का पथिक दीवानों की तरह घर भागता था। आप कितना ही आग्रह करें, पर उस वक्त रास्ते में एक मिनट के लिए भी न रुकता था और अगर कभी महाशयजी के आने में देर हो जाती, तो यह प्रेम-योगिनी छज्जे पर खड़ी होकर अबकी राह देखा करती थी। और पच्चीस साल के अभिन्न सहचर ने उनकी आत्माओं में कितनी समानता पैदा कर दी थी कि जो बात एक के दिल में आती थी, वही दूसरे के दिल में बोल उठती थी। यह बात नहीं कि उनमें मतभेद न होता हो। बहुत-से विषयों में अनेक विचारों में आकाश-पाताल का अंतर था, और अपने पक्ष के समर्थन और परपक्ष के खंडन में उनमें खूब झाँव-झाँव होती थी। कोई बाहर का आदमी सुने तो समझे कि दोनों लड़ रहे हैं, और अब हाथापाई की नौबत आने वाली है। हृदय दोनों के एक, दोनों सहृदय, दोनों प्रसन्नचित्त, स्पष्ट कहने वाले, निःस्पृह, मानो देवलोक के निवासी हों, इसलिए

पत्नी का देहान्त हुआ, तो कई महीने तक हम लोगों को यह अन्देशा रहा कि यह महाशय आत्म-हत्या न कर बैठें।

हम लोग सदैव उनकी दिलजोई करते रहते, कभी एकांत में न बैठने देते। रातों को भी कोई-न-कोई उनके साथ लेटता था। ऐसे व्यक्तियों पर दूसरों को दया आती ही है। मित्रों की पत्नियों तो इन पर खूब जान देती थीं। उनकी नजरों में वह देवताओं के भी देवता थे। उनकी मिसाल दे-देकर अपने पुरुषों से कहतीं- इसे कहते हैं प्रेम! ऐसा पुरुष हो, तो क्यों न स्त्री उसकी गुलामी करें जब से बीवी -मरी है, गरीब ने कभी भरपेट भोजन नहीं किया, नींद भर नहीं सोया, नहीं तो तुम लोग दिल से मनाते रहते हो कि यह मर जाए, तो नया ब्याह रचाएं। दिल में खुश होंगे कि अच्छा मर गई, रोग टला, अब नयी-नवेली स्त्री लाएंगे।

और अब महाशयजी का पैंतालीसवां साल था, सुगठित शरीर था, स्वास्थ्य अच्छा, रूपवान, विनोदशील, सम्पन्न। चाहते तो तुरंत दूसरा ब्याह कर लेते। उनके हाँ करने की देर थी। गरज के बावले कन्यावालों जे संदेश भेजे, मित्रों ने भी उजड़ा घर बसाना चाहा, पर इस स्मृति के पुजारी ने प्रेम के नाम को दाग न लगाया। अब हफ्तों बाल नहीं बनते, कपड़े नहीं बदले जाते। घसिहारों-सी सूरत बनी हुई है, कुछ परवाह नहीं। कहाँ तो मुँह अँधेरे उठते थे और चार मील का चक्कर लगा आते थे। कभी आलस कर जाते थे तो देवीजी घुड़कियां जमातीं और बाहर खदेड़ कर द्वार बंद कर लेतीं। वहीं अब आठ बजे तक चारपाई पर पड़े करवटें बदल रहे हैं। उठने का जी नहीं चाहता! खिदमतगार ने हुक्का लाकर रख दिया, दो-चार कस लगा दिए। न लाये, तो गम नहीं। चाय आयी पी ली, न आये तो परवाह नहीं। मित्रों में बहुत गला दबाया, तो सिनेमा देखने चले गये, लेकिन क्या देखा और क्या सुना, इसकी खबर नहीं। कहां तो अच्छे-अच्छे सूटों का शौक था, कोई खुशनुमा डिजाइन का कपड़ा आ जाए, आप एक सूट जरूर बनाएंगे। यह क्या बनाएंगे, उनके लिए देवीजी बनवाएंगी। कहां अब वही पुराने-धुराने, बदरंग, सिकुड़े-, ढीले-ढाले कपड़े लटकाए चले जा रहे हैं, जो अब दुबलेगन। के कारण उतारे से लगते हैं और जिन्हें अब किसी तरह सूट नहीं कहा जा सकता। महीनों बाजार जाने की नौबत नहीं आती। अबकी कड़ाके का जाड़ा पड़ा तो आपने एक रूईदार नीचा लबादा बनवा लिया और खासे भगतजी बन गए। सिर्फ कंटोप की कसर थी। देवीजी होती, तो यह लबादा छीनकर किसी पीर को दे देती, मगर अब कौन देखने वाला है? किसे परवाह है, यह क्या पहनते हैं और कैसे रहते हैं। 45 की उम्र में वो आदमी 35 का लगता था यह अब 50 की जगह में 70 का लगता है, कमर भी झुक गयी है, दाँत भी गायब हो गए। जिसने उन्हें तब देखा हो, आज पहचान न सके।

मजा यह है कि तब वह जिन विषयों पर देवीजी से लड़ा करते थे, वही अब उनकी उपासना के अंग बन गए हैं। मालूम नहीं, उनके विचारों में क्रांति हो गयी है या मृतात्मा ने उनकी आत्मा में लीन होकर भिन्नताओं को मिटा दिया। देवीजी को विधवा-विवाह से घृणा थी। महाशयजी इसके पक्के समर्थक थे, लेकिन अब आप भी विधवा विवाह का विरोध करते हैं। आप पहले

पश्चिमी या नई सभ्यता के भक्त थे और देवीजी का मजाक उड़ाया करते थे। अब इस सभ्यता की उनसे ज्यादा तीव्र आलोचना शायद ही कोई कर सके। इस बार यों ही अंग्रेजों के समय-नियंत्रण की चर्चा चल गई। मैंने कहा -इस विषय में हमें अंग्रेजों से सबक लेना चाहिए। बस, आप तड़प कर उठ बैठे और उन्मत्त स्वर में बोले- कभी नहीं, प्रलय तक नहीं। मैं इस नियंत्रण को स्वार्थ का स्तम्भ, अहंकार का हिमालय और दुर्जनता का सहारा समझता हूँ। एक व्यक्ति मुसीबत का मारा आपके पास आता है। मालूम नहीं, कौन-सी जरूरत उसे आपके पास खींच लायी है, लेकिन आप फरमाते हैं- मेरे पास समय नहीं है।

यह उन्हीं लोगों का व्यवहार है, जो धन को मनुष्यता के ऊपर समझते हैं, जिनके लिए जीवन केवल धन है । जो व्यक्ति सहृदय है, यह कभी इस नीति को पसंद न करेगा । हमारी सभ्यता धन को इतना ऊंचा स्थान नहीं देती थी । हम अपने द्वार हमेशा खुले रखते थे । जिसे जब जरूरत हो, हमारे पास आये । हम पूर्ण सभ्यता से उसका वृत्तांत और उसके हर्ष या शोक में शरीक़ होंगे । अच्छी सभ्यता है! जिस सभ्यता स्पिरिट स्वार्थ हो, यह सभ्यता नहीं है; संसार के लिए अभिशाप है, समाज के लिए विपत्ति है । इस तरह धर्म के विषय में भी दम्पत्ति में काफ़ी वितंडा होता रहता था। देवीजी हिंदू धर्म की अनुगामिनी थीं, आप इस्लामी सिद्धांतों के कायल थे; मगर अब आप भी पक्के हिंदू हैं बल्कि यों कहिए कि आप मानवधर्मी हो गए हैं! एक दिन बोले- मेरी कसौटी तो है मानवता! जिस धर्म में मानवता को प्रधानता दी गई है, बस उसी धर्म का दास हूँ । कोई देवता हो या नबी या पैग़म्बर, अगर यह मानवता के विरूद्ध कुछ कहता है तो मेरा उसे दूर से सलाम है । इस्लाम का मैं इसलिए कायल था कि वह मनुष्य मात्र को एक समझता है, ऊँच-नीच का यहाँ कोई स्थान नहीं है; लेकिन अब मालूम हुआ कि यह समता और भाईपन व्यापक नहीं, केवल इस्लाम के दायरे तक परिमित है । दूसरे शब्दों में, अन्य धर्मों की भांति यह गुटबंदी है और सिद्धांत केवल उस गुट या समूह को संबल और सशक्ति बनाने के लिए रचे गए हैं । और जब मैं देखता हूँ कि यहाँ भी जानवरों की कुरबानी शरीयत में दाखिल है और हरेक मुसलमान के लिए अपनी सामर्थ्य के अनुसार भेड़, बकरी, गाय या ऊंट की कुरबानी फ़र्ज बताई गई है, तो मुझे उसके अपौरुषेय होने में संदेह होने लगता है । हिन्दुओं में एक सम्प्रदाय पशु-बलि को अपना धर्म समझता है । यहूदियों, ईसाइयों और अन्य मतों में भी कुरबानी की महिमा गायी गई है । इसी तरह एक समय नर-बलि का भी रिवाज था । आज भी कहीं-कहीं उस सम्प्रदाय के नामलेवा मौजूद हैं, मगर क्या सरकार ने नर-बलि को अपराध नहीं ठहराया और ऐसे मजहबी दीवानों को फाँसी नहीं दी? अपने स्वाद के लिए आप भेड़ को जबह कीजिए, या गाय, ऊंट या घोड़े को, मुझे कोई आपत्ति नहीं । लेकिन धर्म के नाम पर कुरबानी मेरी समझ में नहीं आती । अगर आज इन जानवरों का राज हो जाए, तो कहिए, वे इन कुरबानियों के जवाब में हमें और आपको कुरबान कर दें या नहीं? मगर हम जानते हैं, जानवरों में कभी यह शक्ति न आएगी, इसलिए हम बेधड़क कुरबानियाँ करते हैं । स्वार्थ और लोभ के लिए हम चौबीसों घंटे अधर्म करते हैं, कोई शाल नहीं, लेकिन कुरबानी का पुण्य के बगैर हमसे नहीं रहा जाता । तो जवाब

मैं ऐसे रक्तशोषक धर्मों का भक्त नहीं । यहाँ तो मानवता के पुजारी हैं, चाहे इस्लाम में हों या हिन्दू धर्म में या बौद्ध में या ईसाइयत में; अन्यथा मैं विधर्मी ही भला । मुझे किसी मनुष्य से केवल इसलिए द्वेष तो नहीं है कि यह मेरा सहधर्मी नहीं है । मैं किसी का खून तो नहीं बहाता, इसलिए कि मुझे पुण्य होगा ।

इस तरह के कितने ही परिवर्तन महाशयजी के विचारों में आ गए ।

और महाशयजी के पास सम्भाषण का केवल एक ही है, जिससे यह कभी नहीं थकते, और यह है-उन स्वर्गवासिनी का गुणगान । कोई मेहमान आ जाए आप बावले से इधर-उधर दौड़ रहे हैं । नहीं सूझता, कैसे उसकी खातिर करें । क्षमा-याचना के लिए शब्द ढूँढते फिरते हैं-भाईजान, मैं आपकी क्या खातिर करूँ, जो आपकी सच्ची खातिर करता था, यह नहीं रही । इस वक्त तक आपके सामने चाय और टोस्ट और बादाम का हलवा आ जाता । संतरे और सेब छिले-छिलाए तश्तरियों में रख दिए जाते । मैं तो जिस उल्लू हूँ, भाई साहब, बिलकुल काठ का उल्लू । मुझमें जो कुछ अच्छा था, यह सब उसका प्रसाद था । उसी की बुद्धि से मैं बुद्धिमान था, उसी की सज्जनता से सज्जन, उसी की उदारता से उदार । अब तो निरा मिट्टी का पुतला हूँ भाई साहब, बिलकुल मुर्दा । मैं उस देवी के योग्य न था । न जाने किन शुभ-कर्मों के फल से यह मुझे मिली थी । आइए, आपको उसकी तसवीर दिखाऊँ । मालूम होता है, अभी-अभी उठकर चली गई है । आई साहब, आपसे साफ कहता हूँ मैंने ऐसी सुन्दरी कभी नहीं देखी । उसके रूप में केवल रूप की गरिमा ही न थी; रूप का माधुर्य भी था और मादकता भी, एक-एक अंग साँचें में ढला था, साहब! आप उसे देखकर कवियों के नख-शिख को लात मारते ।

आप उत्सुक नेत्रों से वह तसवीर देखते हैं । आपको उसमें कोई विशेष सौंदर्य नहीं मिलता । स्थूल शरीर है, चौड़ा-सा मुँह, छोटी-छोटी लें, रंग-ढंग से दहकानीपन झलक रहा है । पर उस तसवीर की खूबियाँ कुछ इस अनुराग और इस आडम्बर से बयान किए जाते हैं कि आपको सचमुच उस चीज में सौंदर्य का आभास होने लगता है । इस गुणानुवाद में जितना समय जाता है, यही महाशयजी के जीवन के आनंद की घड़िया हैं । इतनी ही देर में यह जीवित रहते हैं । शेष जीवन निरानंद है, निस्पंद है ।

पहले कुछ दिनों तक वह हमारे साथ हवा खाने जाते रहे- वह क्या जाते रहे, मैं जबरदस्ती उन्हें ठेल-ठालकर ले जाता रहा, लेकिन रोज आधा घंटे तक उनका इंतजार करना पड़ता था। किसी तरह घर से निकलते भी, तो अपनी चाल से चलते और आधा मील में ही हिम्मत हार जाते और लौट चलने का तकाजा करने लगते। आखिर मैंने उन्हें साथ ले जाना छोड़ दिया। और तबसे उनकी चहल-कदमी चालीस कदम रह गई है। सैर क्या है-बेगार है। और वह भी इसलिए कि देवीजी के सामने उनका यह नियम था।

एक दिन उनके द्वार के सामने से निकला, तो देखा कि ऊपर की खिड़कियों जो बरसों से बंद पड़ी थीं, खुली हुई हैं! अचरज हुआ। द्वार पर नौकर बैठा नारियल पी रहा था। उससे पूछा, तो

मालूम हुआ, आप घूमने गये हैं। मुझे मीठा विस्मय हुआ। आज यह नई बात क्यों! इतने सवेरे तो वह कभी नहीं उठते। जिस तरफ वह गये थे, उधर ही मैंने भी कदम बढ़ाए। इधर एक हफ्ते के लिए मैं एक न्यौते में चला गया था। इस बीच यह क्या काया-पलट हो गई। जरूर कोई-न-कोई बात हुई है। और यह भला आदमी चला कितनी दूर गया। दो मील तक कहीं पता नहीं। मैं निराश हो गया मगर यह महाशय रास्ते में कहां रह गए, यहाँ तो किसी से उनकी मुलाकात भी नहीं है जहाँ ठहर जाएं। कुछ चिंता भी हो रही थी। कहीं कुएं में तो नहीं कूद पड़े। मैं लौटने ही वाला था कि आप लौटते हुए जल्द नजर आए। चित्त शांत हुआ। आज तो मामला ही कुछ और था। बाल नए फैशन से कटे हुए, साफ दाढ़ी, चिकना खिला हुआ चेहरा, चाल में चपलता, सूट पुराना, ब्रश किया हुआ और शायद इस्तरी भी की हुई, बूट पर ताजा पालिश। मुस्कराते हुए चले आते थे। मुझे देखते ही लपक कर हाथ मिलाया और बोले- आज कई दिन के बाद मिले हो, कहीं गये थे क्या?

मैंने अपनी गैरहाजिरी का कारण बताकर कहा- मैं डरता हूं आज तुम्हें नजर न लग जाए। अब मैं नित्य तुम्हारे साथ घूमने आया करूंगा। आज बहुत दिनों के बाद तुमने आदमी का चोला धारण किया है।

झेंपकर बोले - नहीं भाई, मुझे अकेला ही रहने दो। तुम लगोगे दौड़ने और ऊपर से घुड़कियां भी जमाओगे। मैं अपने हौले-हौले चला जाता हूँ। जब थक जाता हूं तब कहीं बैठ जाता हूं। । मेरा तुम्हारा क्या साथ?

यह दशा तो तुम्हारी एक सप्ताह पहले थी। आज तो तुम बिलकुल अप-टू-डेट लग रहो हो। इस चाल से तो शायद मैं तुमसे पीछे ही रहूंगा।

तुम तो बनाने लगे।

मैं कल से तुम्हारे साथ जाऊंगा। मेरा इंतजार करना।

नहीं भाई, मुझे परेशान न करो। मैं आजकल बहुत सबेरे ही उठ जाता हूँ। रात को नींद नहीं आती। सोचता हूं लाओ टहल ही आऊँ। तुम मेरे साथ क्यों परेशान होगे।

मेरा विस्मय बढ़ता जा रहा था। यह महाशय हमेशा मेरे पैरों पड़ते रहते थे कि मुझे भी साथ ले लिया करो । जब मैंने इनकी मंथरता से हारकर इनका साथ छोड़ दिया, तब इन्हें बड़ा दु:ख हुआ। दो-एक बार मुझसे शिकायत भी की- हाँ भई, अब क्यों साथ दोगे! अभागों का साथ किसी ने दिया है, या तुम नई नीति निकालोगे? जमाने- का दस्तूर है, जो लंगड़ाता हो, उसे छोड़ दो, बीमार हो, उसे जहर दे दो, और यही आदमी आज मुझसे पीछा छुड़ा रहा है। यह क्या रहस्य है? यह चपलता, प्रसन्नता और सजीवता कहाँ से आ गई? कहीं आपने बंदर की गिल्टी तो नहीं लगवा ली? यह नया सिविल सर्जन गिल्टी-आरोपण- कला में सिद्धहस्त है। मुमकिन है, इन्हें

किसी ने सुझाव दिया हो और आपने हजार- पाँच सौ खर्च करके गिल्टी बदलवा ली हो। इस पहेली को बुझे बगैर हमें चैन कहीं? उनके साथ ही लौट पड़ा।

दो-चार कदम चलकर मैंने पूछा- सच बताओ, भाईजान गिल्टी-विल्टी तो नहीं लगवा ली?

उन्होंने प्रश्न की आँखों से देखा- कैसी गिल्टी? मैंने नहीं समझा।

मुझे संदेह हो रहा है कि तुमने बंदर की गिल्टियाँ लगवा ली हैं।

अरे यार, क्यों कोसते हो। गिल्टियाँ किस लिए लगवाता? मुझे तो इसका कभी खयाल भी नहीं आया।

तो क्या कोई बिजली का यंत्र मँगवा लिया है?

तुम आज मेरे पीछे क्यों हाथ धोकर पड़े हो? विधवा भी तो कभी सिंगार कर लेती है? जी ही तो है। एक दिन मुझे अपने आलस्य और बेदिली पर खेद हुआ। मैंने सोचा, जब संसार में रहना है, तो जिंदों की तरह क्यों न रहूँ। मुरदों की तरह जीने से क्या फायदा। बस, और न कोई बात है, न रहस्य।

मुझे इस तरह व्याख्या से संतोष न हुआ। दूसरे दिन जरा और सबेरे आकर मैंने द्वार पर आवाज दी, लेकिन आज भी आप निकल चुके थे। मैं उनके पीछे भागा। जिद पड़ गई कि इन्हें अकेले न जाने दूंगा। देखूँ कब तक मुझसे भागता है। कोई रहस्य है अवश्य। अच्छा बच्चा, आधी रात को आकर बिस्तर से न उठाऊँ तो सही। दौड़ तो न सका, लेकिन जितना तेज चल सकता था, चला। एक मील के बाद आप नजर आए। बिलकुल भागे चले जा रहे थे। अब मैं बार-बार पुकार रहा हैं- हजरत, जरा ठहर जाइए, मेरी साँस फूल रही है, मगर आप हैं कि सुनते ही नहीं। आखिर जब मँजे अपने सिर की कसम दिलायी, तब जाकर आप ठहरे। मैं झट से पहुंचा, तो तिनकर बोले-मैंने तो तुमसे कह दिया था, मेरे घर मत आना, फिर क्यों आये और क्यों मेरे पीछे पड़े? मुझे आप धीरे-धीरे घूमने दो। तुम अपना रास्ता लो। मेरा उनका हाथ पकड़कर जोर से एक झटका दिया और बोला- देखो, होरीलाल, मुझसे उड़ो नहीं, वरना मुझे जानते हो, कैसा आदमी हूँ। तुम धीरे-धीरे टहल रहे हो या डबल मार्च कर रहे हो। मेरी पिंडलियों में दर्द होने लगा और पसलियाँ दु:ख रही हैं। हांक का हरकारा भी तो इस चाल से नहीं दौड़ता। उस पर गजब यह कि तुम थके नहीं हो, अब भी उसी दम-खम के साथ चले जा रहे हो। अब तो तुम डंडे लेकर भगाओ, तो भी तुम्हारा दामन न छोड़ूं। तुम्हारे साथ दो मील चलूंगा, तो अच्छी खासी कसरत हो जायेगी, मगर अब साफ- साफ बतलाओ, बात क्या है! तुममें वह जवानी कहाँ से आ गई? अगर किसी अकसीर का सेवन कर रहे हो, तो मुझे भी दो। कम-से-कम उसे मँगाते का पता दो, मैं मँगवा लूंगा, अगर किसी दुआ-ताबीज की करामात है, तो मुझे भी उस पीर के पास ले चलो।

मुस्कुराकर बोले- तुम तो पागल हो, झूठ-मूठ मुझे परेशान कर रहे हो। बूढ़े हो गए, मगर लड़कपन न गया। क्या तुम चाहते हो कि मैं हमेशा उसी तरह मुर्दा पड़ा रहूँ? इतना भी तुमसे नहीं देखा जाता! तब तो मिजाज़ ही न मिलते थे। कितनी चिरौरी की कि भाईजान, मुझ भकुवे को साथ ले लिया करो। मगर आप नखरे दिखाने लगे। अब क्यों मेरे पीछे पड़े हो? यह समझ लो, जो आदमी मदद आप करता है, उसकी मदद परमात्मा भी करते हैं। मित्रों और बंधुओं की मुरव्वत देख ली। अब अपने बूते पर चलूंगा।

यह इसी तरह मुझे कोसते जा रहे थे और मैं उन्हें छेड़-छेड़ कर और भी उत्तेजित कर रहा था कि एकाएक उन्होंने उँगली मुँह पर रखकर मुझे चुप रहने का इशारा किया, और जरा कदम और सीधा करके और चेहरे पर प्रसन्नता और पुरुषार्थ का रंग भर, मस्तानी चाल से चलने लगे। मेरी समझ में जरा भी न आया, यह संकेत और बहुरूप किस लिए? यहाँ तो कोई दूसरा था भी नहीं। हाँ सामने से एक स्त्री चली था रही थी, मगर उसके सामने इस पर्देदारी की क्या जरूरत? मैंने तो उसे कभी देखा भी न था। आसमानी रंग की रेशमी साड़ी, जिस पर पीला लैस टका था, उस पर खूब खिल रही थी। रूपवती कदापि न थी, मगर रूप से ज्यादा मोहक थी उसकी सरलता और प्रसन्नता। एक बहुत, ही मामूली शक्ल-सूरत की औरत इतनी नयनाभिराम हो सकती है, यह में न समझ सकता था।

उसने होरीलाल के बराबर आकर नमस्कार किया। होरीलाल ने जवाब में सिर हिला दिया, मगर बिना कुछ बोले आगे बढ़ना चाहते थे कि उसने कोयल के स्वर में कहा- क्या अब लौटेंगे नहीं? आप अपनी सीमा से आगे बढ़े जा रहे हैं। और हां, आज तो आपने देवीजी की तस्वीर देने का वादा किया था। शायद भूल गए, आपके साथ चलूं?

महाशयजी कुछ ऐसे बौखला गये थे, कि मामूली शिष्टाचार भी न कर सके। यों वह बड़े ही भद्र पुरुष थे और शिष्टाचार में निपुण, लेकिन इस वक्त जैसे उनके हाथ-पाँव फूले हुए थे। एक कदम और आगे बढ़कर बोले- आप क्षमा कीजिए। मैं एक काम से जा रहा हूं।

महिला ने कुछ चिढ़ कर कहा- आप तो जैसे आगे जा रहे हैं। मुझे तसवीर दीजिएगा या नहीं?

महाशयजी ने मेरी ओर कुपित नेत्रों से देखकर कहा- तलाश करूंगा। सुंदरी ने शिकायत के स्वर में कहा- आपने तो फरमाया था कि वह हमेशा आपकी मेज़ पर रहती है। और अब आप कहते हैं-तलाश करूंगा। आपकी तबियत तो अच्छी है? जबसे आपने उनका चरित्र सुनाया है, मैं उनके दर्शनों के लिए व्याकुल हो रही हूं। अगर आप यों न देंगे, तो आपकी मेज़ पर से उठा ले जाऊंगी, (मेरी ओर देखकर) आप मेरी मदद कीजिए। महाशय! यद्यपि मैं जानती हूं, आप इनके मित्र हैं और इनके साथ दगा न करेंगे । आपके ताज्जुब हो रहा होगा, यह कौन औरत महाशयजी से इतनी निस्संकोच होकर बातें कर रही है। इनसे मेरा पहला परिचय सब्जी मंडी में हुआ था। मैं शाक-भाजी खरीदने गयी हुई थी। अपनी भाजी मैं खुद लाती हूं। जिस चीज पर जीवन का आधार है, उसे नौकरों के हाथ नहीं छोड़ा चाहती। भाजी लेकर मैंने दाम देने के लिए

रुपया निकाला, तो कुंजड़े ने उसे ठनठना कर कहा- दूसरा रुपया दो, यह खोटा है। अब मैंने जो कुछ टंकारा, तो मालूम हुआ, सचमुच कुछ ठस है। अब क्या करूं, मेरे पास दूसरा रुपया न था, यद्यपि इस तरह के कटु अनुभव मुझे कई बार हो चुके हैं, मगर घर से रुपया लेकर चलते वक्त मुझे उसे परख लेने की याद नहीं रहती। न किसी से लेते ही बार परखती हूं।

इस वक्त मेरे संदूक में ज्यादा नहीं, तो बीस-पच्चीस खोटे सिक्के पड़े होंगे और रेजगारी तो सैकड़ों पड़ी ही होंगी। मेरे लिए अब इसके सिवाय दूसरा उपाय न था कि भाजी लौटा कर खाली हाथ चली आऊं। संयोग से महाशयजी उसी दुकान पर भाजी लेने आये थे। मुझे इस विपत्ति में देखकर आपने तुरन्त एक रुपया दे दिया।

महाशयजी ने बात काटकर कहा- तो आप इस वक्त यह सारी कथा क्यों सुना रही हैं? हम दोनों एक जरूरी काम से जा रहे हैं। कार्य में देर हो रही है।

उन्होंने मेरा हाथ पकड़कर अपनी ओर खींचा।

मुझे उनकी यह अभद्रता बुरी लगी। कुछ इसका रहस्य भी समझ में आ गया। बोला-तो आप जाइए, मुझे ऐसा कोई जरूरी काम नहीं है। मैं भी अब लौटा जाता हूँ।

महाशयजी ने दाँत पीस लिए। अगर वह सुन्दरी वहाँ न होती, तो न जाने मेरी क्या दुर्दशा करते। एक क्षण मेरी ओर अग्नि-भरे नेत्रों से ताकते रहे, मानो कह रहे हों-अच्छा बच्चा, इसका मजा न चखाया तो कहना, और चल दिए। मैं देवी के साथ लौटा।

सहसा उसने हिचकिचाते कहा- मगर नहीं, आप जाइए, मैं उनके साथ जाऊंगी। शायद मुझसे नाराज हो गए हैं। आज एक सप्ताह से मेरा और उनका रोज साथ हो जाता है और अब अपनी जीवन-कथा सुनाया करते हैं। कैसी नसीब वाली थी वह औरत, जिसका पति आज भी उसके नाम की पूजा करता है। आपने उन्हें देखा होगा। क्या सचमुच इन पर जान देती थीं?

मैंने गर्व से कहा- 'दोनों में इश्क था।'

'और जबसे उनका देहांत हुआ, यह दुनिया से मुंह मोड़ बैठे?'

'इससे भी अधिक उसकी स्मृति के सिवाय जीवन में इनके लिए कोई रस ही न रहा।'

'वह रूपवती थी?'

'इनकी दृष्टि में तो उससे बढ़कर रूपवती संसार में न थी।' उसने एक मिनट तक किसी विचार में मग्न रहकर कहा- अच्छा, आप जाएं। मैं उनके साथ बात करोगी? ऐसे देवता पुरुष की मुझसे जो सेवा हो सकती है, उसमें क्यों दरेग करूं? मैं तो उनका वृत्तांत सुनकर सम्मोहित हो गई हूं।

मैं अपना-सा मुँह लेकर घर चला आया। इत्तफाक से उसी दिन मुझे एक जरूरी काम से दिल्ली आना पड़ा। वहाँ से एक महीने में लौटा। और पहला काम जो मैंने किया, वह महाशय

होरीलाल का क्षेम-कुशल पूछा था। इस बीच में क्या-क्या नई बातें हो गयी-यह जानने के लिए अधीर हो रहा था। दिल्ली से एक पत्र लिखा था, पर इन हजरत में यह बुरी आदत है कि पत्रों का जवाब नहीं देते। उस सुंदरी से इनका अब सम्बन्ध है, आमदरफत है या बंद हो गई, उसने इनके पत्नी -व्रत का पुरस्कार दिया या देने वाली है? इस तरह के प्रश्न दिल में उबल रहे थे।

मैं महाशयजी के घर पहुँचा, तो आठ बज रहे थे। खिड़कियों के पट बंद थे। सामने बरामदे में कूड़े-करकट का ढेर था। वही दशा थी, जो पहले नजर आती थी। चिंता और बढ़ी। ऊपर गया तो देखा, आप उसी फर्श पर पड़े हुए- जहाँ दुनिया भर की चीजें बेढंगेपन से अस्त-व्यस्त पड़ी हैं। एक पत्रिका के पन्ने उलट रहे हैं। शायद एक सप्ताह से बाल नहीं बनाये थे। चेहरे पर जर्दी छायी थी।

मैंने पूछा- 'आप सैर करके लौट आये क्या?'

सिटपिटाकर बोले- 'अजी, सैर-सपाटे को कहां फुर्सत है भई, और फुर्सत भी हो, तो वह दिल कहाँ है। तुम तो कहीं बाहर गये थे।'

'हां जरा देहली तक गया था। अब सुंदरी से आपकी मुलाकात नहीं होती?'

'इधर तो बहुत दिनों से नहीं हुई'।

'कहीं चली गयी क्या?'

'मुझे क्या खबर?

'मगर आप तो उस पर बेतरह रीझे हुए थे।'

'मैं उस पर रीझा! आप सनक तो नहीं गए हैं। जिस पर रीझा था, उसी ने साथ न दिया, तो अब दूसरों पर क्या रिझूंगा?'

मैंने बैठकर उनकी गर्दन में हाथ डाल दिया और धमका कर बोला- देखो होरीलाल, मुझे चकमा मत दो। पहले मैं तुम्हें जरूर व्रतधारी समझता था, लेकिन तुम्हारी वह रसिकता देखकर, जिसका दौरा तुम्हारे ऊपर एक महीना पहले हुआ था, मैं यह नहीं मान सकता कि तुमने अपनी अभिलाषाओं को सदा के लिए दफन कर दिया है। इस बीच में जो कुछ हुआ है, उसका पूरा-पूरा वृत्तांत मुझे सुनाना पड़ेगा, वरना समझ लो, मेरी दोस्ती का अंत है।

होरीलाम की आंखें सजल हो गईं। हिचक-हिचक कर बोले- मेरे साथ इतना बड़ा अन्याय मत करो, भाईजान अगर तुम्हीं मुझ पर ऐसे संदेह करने लगोगे तो मैं कहीं का न रह पाऊंगा। उस स्त्री का जाम मिस इंदिरा है। यहां जो लड़कियों का हाईस्कूल है, उसी की हेड मिस्ट्रेस होकर आयी है। मेरा उससे कैसे परिचय हुआ, यह तुम्हें मालूम ही है। उसकी सहृदयता ने मुझे उसका प्रेमी बना दिया। इस उम्र में और शोक का यह भार सिर पर रखे हुए, सहृदयता के सिवा मुझे उसकी और कौन-सी चीज खींच सकती थी? मैं केवल अपनी मनोव्यथा की कहानी सुनाने के

लिए नित्य विरहियों की उमंग के साथ उसके पास जाता था। वह रूपवती है, खुशमिज़ाज है, दूसरों का दु:ख समझती है। और स्वभाव की बहुत कोमल है। लेकिन तुम्हारी भाभी से उसकी क्या तुलना? वह तो स्वर्ग की देवी थी। उसने मुझ पर जो रंग जमा दिया, उस पर दूसरा रंग क्या जमेगा? मैं उस ज्योति से जीवित था। उसके साथ मेरा जीवन भी विदा हो गया। अब तो मैं उसी प्रतिमा का उपासक हूँ जो मेरे हृदय में है। किसी हमदर्द की सूरत देखता हूँ तो निहाल हो जाता हूं और अपनी दु:ख-कथा सुनाने दौड़ता हूं। यह दुर्बलता है, यह जानता हूं। मेरे सभी मित्र इसी कारण मुझसे भागते हैं, यह भी जनता हूँ। लेकिन क्या करूं भैया, किसी- न- किसी को दिल की लगी सुनाए बगैर मुझसे नहीं रहा जाता। ऐसा मालूम होता है, मेरा दम घुट जाएगा। इसीलिए जब मिस इंदिरा की मुझ पर दया-दृष्टि हुई, तो, मैंने इसे दैवी अनुरोध समझा और उस धुन में-जिसे मेरे मित्रवर्ग दुर्भाग्यवश उन्माद समझते हैं- वह सब कुछ कह गया, जो मेरे मन में था, और है, एवं मरते दम तक रहेगा। उन शुभ दिनों की याद कैसे भुला दूं। मेरे लिए तो वह अतीत वर्तमान से भी ज्यादा सजीव और प्रत्यक्ष है। मैं अब भी उसी अतीत में रहता हूँ। मिस हंदिरा को मुझ पर दया आ गई। एक दिन उन्होंने मेरी दावत की और कई स्वादिष्ट खाने अपने हाथ से बनाकर खिलाए। दूसरे दिन मेरे घर आयी और यहाँ सारी चीजों को व्यवस्थित रूप में सजा गई। तीसरे दिन कुछ कपड़े लायी और मेरे लिए खुद एक सूट किया। इस कला में वह बड़ी चतुर है।

'एक दिन शाम को क्वींस पार्क में मुझसे बोली- 'आप अपनी शादी क्यों नहीं कर लेते'

मैंने हँसकर कहा- 'इस उम्र में अब शादी क्या करूंगा इंदिरा! दुनिया क्या कहेगी?'

मिस इंदिरा बोलीं- आपकी उम्र अभी ऐसी क्या है। आप चालीस से ज्यादा के नहीं मालूम होते।'

मैंने उनकी भूल सुधारी- 'मेरा पचासवाँ साल है।'

उन्होंने प्रोत्साहन देकर कहा- 'उम्र का हिसाब साल से नहीं होता, महाशय सेहत होता है। आपकी सेहत बहुत अच्छी है। कोई आपको पान की तरह फेरने वाला चाहिए। किसी युवती के प्रेम-पाश में बंध-जाइए, फिर देखिए, वह नीरसता कहां गायब हो जाती है।'

'मेरा दिल धड़-धड़ करने लगा। मैंने देखा, मिस इंदिरा के गोरे मुख-मुख पर हलकी-सी लाली दौड़ गई है। उनकी आंखें शर्म से झुक गयी हैं और कोई बात बार-बार उनके होंठों तक आकर लौट जाती है। आखिर उन्होंने आंखें उठायीं और मेरा हाथ अपने हाथ में लेकर बोली- 'अगर आप समझते हों कि मैं आपकी सेवा कर सख्ती हूं तो मैं हर तरह से हाजिर हूं। मुझे आपसे जो भक्ति और प्रेम मिला है, वह इसी रूप में चरितार्थ हो सकता है।'

मैंने धीरे से अपना हाथ छुड़ा लिया और काँपते हुए स्वर में बोला-- 'तुम्हारी इस कृपा को कहां तक धन्यवाद दूँ मिस इंदिरा, मगर मुझे खेद है कि मैं सजीव मनुष्य नहीं, केवल मधुर

स्मृतियों का पुतला हूँ। मैं उस देवी की स्मृति को अपनी लिप्सा और तुम्हारी सहानुभूति को अपनी आसक्ति से भ्रष्ट नहीं करना चाहता।' मैंने इसके बाद बहुत-सी चिकनी-चुपड़ी बातें की, लेकिन वह जब तक यहाँ रहीं, मुँह से कुछ न निकला। जाते समय भी उनकी भवें तनी हुई थीं। मैंने अपने आँसुओं से उसकी ज्वाला को शांत करना चाहा, लेकिन कुछ असर न हुआ, तबसे वह नजर नहीं आयी। न मुझे ही हिम्मत पड़ी कि उनकी तलाश करता, हालांकि चलती बार उन्होंने मुझसे कहा था-जब आपको कष्ट हो और आप मेरी जरूरत समझे, तो मुझे बुला लीजिएगा।'

होरीलाल ने अपनी कथा समाप्त करके मेरी ओर ऐसी आंखों से देखा, जो चाहती थीं कि मैं उनके व्रत और संतोष की प्रशंसा करूँ, मगर मैंने उनकी भर्त्सना की-कितने बदनसीब हो तुम होरीलाल मुझे तुम्हारे ऊपर दया भी आती है और क्रोध भी। अभागे, तेरी जिंदगी सँवर जाती। वह स्त्री नहीं थी, ईश्वर की भेजी कोई देवी थी, जो तेरे अँधेरे जीवन को अपनी मधुर ज्योति से आलोकित करने के लिए आयी थी, तूने स्वर्ग का-सा अवसर हाथ से खो दिया।

होरीलाल ने दीवार पर लटके हुए अपनी पत्नी के चित्र की ओर देखा और प्रेम-पुलकित होकर बोले- 'मैं तो उसी का आशिक हूँ भाईजान, और उसी का रहूँगा।'

समाप्त

□□□

www.ingramcontent.com/pod-product-compliance
Ingram Content Group UK Ltd.
Pitfield, Milton Keynes, MK11 3LW, UK
UKHW042133021026
15589UKWH00003B/798

9 789390 852840